Secretos peligrosos

Joy Fielding

Secretos peligrosos

Titania Editores

ARGENTINA - CHILE - COLOMBIA - ESPAÑA
ESTADOS UNIDOS - MÉXICO - URUGUAY - VENEZUELA

Título original: *Mad River Road*
Editor original: Atria Books, Nueva York
Traducción: Griselda Cuervo

© Copyright 2006 *by* Joy Fielding, Inc.
All Rights Reserved
© de la traducción: 2007 *by* Griselda Cuervo
© 2007 *by* Ediciones Urano, S. A.
Aribau, 142, pral. - 08036 Barcelona
www.titania.org
atencion@titania.org

ISBN: 978-84-96711-15-0
Depósito legal: B - 23.702 - 2007

Fotocomposición: Ediciones Urano, S. A.
Impreso por Romanyà Valls, S. A. - Verdaguer, 1 - 08786 Capellades (Barcelona)

Impreso en España - *Printed in Spain*

Para Novella

Agradecimientos

La gente siempre me pregunta cómo elijo los títulos de mis libros y yo respondo que es diferente para cada uno. A veces el título es lo más fácil, simplemente se me ocurre, y lo que hago luego es construir una historia en torno a él, como en el caso de *El abismo del miedo*. Otras veces el título me viene a la cabeza mientras escribo la novela: hay ocasiones en que una frase o una expresión, incluso una palabra salta de la página reclamando un lugar privilegiado, por ejemplo «Huye, Jane, huye». Hay casos en que es una auténtica tortura, y cuando ya he terminado el libro aún no sé qué título ponerle, como me pasó con *Don't Cry Now;* y, en otros, se trata de una elección difícil entre varias alternativas, como por ejemplo *Grand Avenue*. Por suerte, *Mad River Road** pertenece a la primera categoría.

Estaba de viaje para promocionar uno de mis libros —por favor, no me pregunte cuál— y acabé en Ohio, para ser más exactos en Cincinnati y Dayton. Durante mi estancia allí, vi la placa de la calle: Mad River Road e inmediatamente pensé: ¡Fantástico título para una novela! Así que tomé nota mental confiando en que algún día podría usarlo. Varios años —y libros— más tarde, la idea tomó forma. Debo

---

* *Mad River Road*, cuya traducción literal sería «Carretera del río Furioso», es el título original en inglés de esta novela. (*N. de la T.*)

reconocer que nunca he estado en la verdadera carretera de Mad River y no tengo ni idea de si la calle y las casas que yo he imaginado coinciden en lo más mínimo con las reales. Simplemente me encantó el nombre. Espero que a usted le guste el libro y me disculpe las libertades que haya podido tomarme.

Así mismo, hay una serie de personas a las que quisiera agradecer su constante apoyo y ayuda: Owen Laster, Larry Mirkin, Beverley Slopen, Emily Bestler, Sarah Branham, Jodi Lipper, Judith Curr, Louise Burke, Maya Mavjee, John Neale, Stephanie Gowan, Susanna Schell, Alicia Gordon y toda la gente maravillosa de la Agencia William Morris, Atria Books de Nueva York y Doubleday de Canadá. También me gustaría expresar aquí mi agradecimiento a mis editores y traductores de todo el mundo; les estoy profundamente agradecida por su entusiasmo y su esfuerzo. Quisiera dar las gracias especialmente al equipo de Goldmann de Alemania —Klaus, Giorg, Claudia y Helga— por la organización de la maravillosa gira de promoción del pasado otoño y también deseo dedicar un saludo muy especial a Verónica, a quien tanto echo de menos.

En cuanto a Corinne Assayag, le brindo mi más sincero agradecimiento por el diseño y mantenimiento de mi página web. Agradecimiento que hago extensivo a los muchos lectores que me envían mensajes de correo electrónico para decirme cuánto les gustan mis libros y también a los pocos que me escriben para todo lo contrario. Me encantaría poder agradar siempre a todo el mundo pero es imposible: la lectura es algo tan personal, tan subjetivo. Yo tan sólo puedo aspirar a hacerlo lo mejor posible en cada libro y, con un poco de suerte, a mejorar un poco cada día.

Agradezco también a Carol Kripke sus perspicaces comentarios sobre por qué ciertas personas se comportan como lo hacen. Esos comentarios me han sido de gran ayuda a la hora de crear algunos de los personajes que viven en la carretera de Mad River.

Aprovecho además para enviar un fuerte abrazo a mis hijas Shannon y Annie, que continúan siendo para mí una fuente de inspiración y orgullo, y a mi marido, Warren, que insiste en ser siempre quien conduce —dice que va más tranquilo cuando conduce él que cuando lo hago yo— en nuestros constantes viajes a Florida cada año; desempeña el papel de chófer y de guía turístico en nuestros viajes por la I-75 y quiero darle las gracias por su dedicación, su buen humor y su energía.

Prólogo

Tres de la madrugada. Su hora favorita. El cielo estaba oscuro, las calles desiertas, la mayoría de la gente dormida; como la mujer del dormitorio al final del pasillo. Se preguntó si estaría soñando y sonrió al pensar que su pesadilla estaba a punto de comenzar.

Se rió para sus adentros teniendo cuidado de no hacer el menor ruido: no tenía sentido despertarla antes de que hubiera decidido la mejor manera de proceder. Se la imaginó dando vueltas en la cama, incorporándose y observándolo mientras se acercaba a ella, moviendo la cabeza como solía hacerlo, mitad divertida y mitad displicente. Podía oír su voz grave y ronca teñida de desprecio: «Típico de ti —diría—, sin encomendarte a Dios ni al diablo, lanzándote sin haberte parado a pensar un plan».

Sólo que esta vez sí tenía un plan, pensó él mientras estiraba los brazos por encima de la cabeza y se detenía un momento a contemplar su torso atlético, sus bíceps musculosos que asomaban por debajo de las mangas de la camiseta negra. Siempre se había preocupado mucho por su aspecto y ahora, a los treinta y dos años, estaba en mejor forma física que nunca. «Es lo que tiene la cárcel», pensó mientras volvía a reírse en silencio. Se volvió hacia la ventana abierta al oír un fuerte ruido: una inmensa hoja de palmera golpeaba el cristal de arriba. Se había levantado un viento fuerte que agitaba los visillos blancos en todas direcciones, haciendo que parecieran más bien estandartes; su movimiento frenético le pareció una señal de apoyo, como si lo animaran. En el canal del Tiempo habían anunciado lluvias torrenciales en la zona de Miami de madrugada. «Setenta por ciento de posibilidades de fuertes tormentas con aparato eléctrico», había anunciado la atractiva presentadora rubia, pero ¿qué sabía ella? Se limitaba a leer lo que aparecía en la pantalla que le ponían delante y los imbéciles de los meteorólogos se equivocaban por lo menos la mitad de las veces. Mañana la rubita volvería a la carga con más predicciones poco fiables. Nunca se le pedían explicaciones a nadie. Cerró los dedos cubiertos con guantes de látex hasta formar con ellos una pistola y apretó el gatillo imaginario.

Esta noche, alguien sí que tendría que dar explicaciones.

Tres rápidas zancadas de sus pies enfundados en unas deportivas le bastaron para atravesar el parqué de la habitación; su cadera tropezó con una silla de respaldo alto que había olvidado que estaba ahí; blasfemó entre dientes —una retahíla de tacos variados aprendidos de su compañero de celda en Raidford— mientras cerraba la ventana. Inmediatamente, el murmullo suave del aire acondicionado sustituyó a los torturados aullidos del viento. Había conseguido entrar justo a tiempo gracias a esa ventana que había resultado ser tan fácil de abrir como siempre había sospechado que lo sería. A esas alturas, ella debería haber instalado ya el sistema de alarma antirrobo tal y como él le había aconsejado. Una mujer sola. ¿Cuántas veces le había dicho lo fácil que sería forzar esa ventana? En fin. «No digas que no te avisé», pensó recordando los tiempos en que se sentaban a beber vino —en su caso trasegar cerveza— alrededor de la mesa de aquel comedor. Pero incluso en aquellos primeros tiempos en que ella todavía era prudentemente optimista, aún así no había podido evitar darle a entender que su presencia en su casa era más tolerada que deseada; y cuando lo miraba, si es que se dignaba a mirarlo, movía la nariz ligeramente con un tic involuntario igual al que provoca una ráfaga pasajera de algún olor desagradable.

«Como si ella estuviera en situación de mirar a nadie por encima del hombro, levantando esa naricita altiva y desdeñosa», pensó él ahora, al tiempo que sus ojos se acostumbraban a la oscuridad permitiéndole distinguir los contornos del sofá y la mesa baja de cristal que ocupaban el centro de la habitación. Había que reconocerle que había decorado la casa muy bien. ¿Qué era lo que todo el mundo decía siempre de ella? Sí, eso: que tenía estilo. «¡Si por lo menos hubiera sido capaz de cocinar algo decente!», se burló recordando esos horribles comistrajos vegetarianos que trataba de hacer pasar por cenas. Joder, hasta la comida de la prisión era mejor que esa porquería espantosa. No era de extrañar que no hubiera sido capaz de buscarse un hombre.

Aunque sobre eso también tenía sus dudas.

Entró en el pequeño comedor que había junto al cuarto de estar y recorrió con la mano la tapicería del respaldo de las sillas dispuestas en torno a la mesa ovalada de cristal. Mucho cristal en la casa, pensó esbozando una sonrisa mientras flexionaba los dedos de sus guantes de látex. No tenía intención de dejar la más mínima huella.

¿Quién dijo que siempre se lanzaba a hacer las cosas sin pensar? ¿Quién dijo que no tenía un plan?

Miró a su derecha en dirección a la cocina y pensó en ver qué había en la nevera, tal vez incluso en coger una cerveza, si es que ella todavía tenía cervezas en casa. Probablemente no, ahora que él ya no venía a menudo. Él era el único del grupo que bebía cerveza, los demás tenían una testaruda fijación con su chardonnay y su merlot, o lo que fuera la mierda esa que se empeñaban en beber. A él todo le sabía igual: ligeramente avinagrado y metálico. Siempre le daba dolor de cabeza, o quizás era la compañía la que le daba dolor de cabeza. Se encogió de hombros recordando las miradas de medio lado que se lanzaban los unos a los otros cuando creían que no se daba cuenta. Miradas que decían que él era tan sólo un capricho pasajero, entretenido en pequeñas dosis, lleno de encanto facilón. A sonreír y a aguantarlo. De todas formas, no se quedaría el tiempo suficiente como para que importara.

Sólo que sí se quedó.

Y sí que importó.

«Y ahora estoy de vuelta», pensó mientras las comisuras de sus labios carnosos esbozaban una sonrisa cruel.

Un mechón díscolo de largo cabello castaño se deslizó por su frente hasta caer sobre el ojo izquierdo; lo apartó con gesto impaciente pasándoselo por detrás de la oreja y se dirigió hacia el estrecho pasillo que llevaba hasta el dormitorio en la parte trasera de la ordenada casa. Al pasar de largo la diminuta habitación en la que ella hacía yoga y meditación, percibió el olor a incienso que emanaban las paredes, como si se tratara de una capa fresca de pintura. Su sonrisa se hizo más amplia. Para ser alguien que se esforzaba tanto por mantener la calma, era sorprendente lo tensa que estaba siempre: permanentemente dispuesta a entablar una discusión sobre cualquier nimiedad, a ofenderse cuando no era la intención de nadie afrentarla, a saltarle a los ojos ante la menor provocación. Aunque no podía negar que le divertía provocarla.

La puerta del dormitorio estaba abierta y desde el pasillo podía distinguir el contorno de sus leves caderas bajo los cobertores de algodón blanco. Se preguntó si estaría desnuda y qué haría si así fuera. La verdad es que ella no le interesaba en absoluto en ese sentido: era un tanto fibrosa de más y al mismo tiempo parecía demasiado frágil para su gusto daba la impresión de que, bajo la más mínima presión, se quebraría en sus manos. Le gustaban las mujeres de formas más suaves, más redondas, más vulnerables. Le gustaba tener algo que agarrar, algo en lo que clavar los dientes. Pero si estaba desnuda...

No lo estaba. Pudo distinguir las rayas azules y blancas de su pijama de algodón una vez estuvo dentro de la habitación. ¿Por qué no le sorprendía en absoluto que llevara un pijama de hombre?, pensó. No tenía nada de raro. Su vestimenta siempre había sido más propia de un hombre que de una chica. «Mujer», se imaginó oírla corregirlo a medida que se acercaba a la cama de matrimonio. Una cama digna de una reina, se dijo mientras la contemplaba. Sólo que no tenía un aspecto tan regio en esos momentos: acurrucada en posición semifetal sobre el costado izquierdo, con la piel normalmente bronceada pálida por causa del sueño y el negro cabello que le llegaba hasta la barbilla aplastado sobre su mejilla derecha y metiéndosele por la boca que tenía medio abierta.

¡Si por lo menos hubiera aprendido a tener la boca cerrada!

Tal vez entonces él estaría visitando a otra persona y no a ella esa noche.

O quizá no hubiera tenido que visitar a nadie en absoluto.

El último año podría no haber ocurrido.

Pero, por supuesto, sí que había ocurrido, pensó apretando y soltando los puños mientras mantenía los brazos relajados a ambos lados de su cuerpo. Y había ocurrido, en gran medida, por culpa de Grace, a quien ahora tenía delante y que era incapaz de guardarse sus estúpidos pensamientos y opiniones para ella. Era la instigadora, la agitadora, la que había vuelto a todos en contra suya. Ella tenía la culpa de todo lo que había pasado y por tanto, esa noche, a ella correspondía que las cosas volvieran a su sitio.

Miró hacia la ventana al otro lado del dormitorio y vio la luna plateada guiñándole el ojo por entre las contraventanas blancas típicas de California. Afuera, el viento pintaba la noche con su pincel surrealista, combinando disparatadamente colores y superficies; en el interior todo era calma y silencio. Por un instante, se preguntó si cabía la posibilidad de marcharse sin que ella reparara en su presencia. Lo más probable era que fuese capaz de encontrar lo que buscaba sin despertarla. Seguramente la información que quería estaba escondida en uno de los cajones del escritorio de roble antiguo que a duras penas cabía entre la ventana y el vestidor. O tal vez estuviera a buen recaudo en su ordenador portátil. En cualquier caso, sabía que todo cuanto necesitaba se encontraba a su alcance; lo único que tenía que hacer era alargar la mano y cogerlo para luego desaparecer en la noche sin que nadie lo viera.

Pero ¿qué gracia tendría eso?

Deslizó la mano derecha en el bolsillo de su pantalón para verificar que efectivamente podía rozar con los dedos el rígido mango de la navaja. Por el momento estaba doblada y la hoja debidamente guardada en el interior de las cachas de madera. La abriría cuando llegara el momento, pero primero tenía mucho que hacer, así que más le valía ir empezando con la función, decidió mientras se sentaba con cuidado sobre la cama rozando con su cadera la de ella al hundirse el colchón bajo su peso. El cuerpo de ella giró ligeramente hacia la izquierda de manera instintiva y su cabeza se inclinó levemente hacia él.

—¡Eh, Gracie! —le susurró con voz aterciopelada—. Es hora de despertarse, señorita Gracie.

Ella dejó escapar un largo gemido pero no se movió.

—Gracie —insistió él alzando más la voz.

—Mmm —masculló ella empeñándose en no abrir los ojos.

«Sabe que estoy aquí —pensó él—, sólo está jugando conmigo.»

—Gracie —gritó.

Ella abrió los ojos de golpe.

Y entonces todo pareció ocurrir en un instante: ella estaba despierta y chillaba mientras trataba de incorporarse; aquellos horribles gritos de gato despavorido le perforaban los tímpanos para luego dispersarse por toda la habitación. De manera instintiva, alargó la mano para hacerla callar rodeándole el cuello con los dedos y los gritos se convirtieron inmediatamente en gemidos a medida que él ejercía más presión sobre su laringe. Ella trató desesperadamente de coger aire mientras él la levantaba fácilmente con un solo brazo empujando su espalda contra la pared de detrás de la cama.

—Cierra la boca —le ordenó mientras ella luchaba por que los dedos de sus pies permanecieran en contacto con la cama y arañaba los guantes de látex tratando inútilmente de soltarse.

—¿Vas a cerrar la boca? —insistió él.

Ella abrió los ojos como platos.

—¿Qué ha sido eso?

Podía sentir cómo trataba de emitir un sonido de respuesta pero sólo fue capaz de lanzar un sollozo entrecortado.

—Consideraré eso como un sí —le dijo al tiempo que le soltaba el cuello poco a poco y la observaba desplomándose por la pared para caer de nuevo sobre la almohada. Le hizo gracia contemplarla hecha un ovillo, luchando por recobrar el aliento. La parte de arriba del pijama se le había subido y dejaba al descubierto parte de su espalda, en la que se marcaban claramente cada una de sus vértebras. «Sería tan fácil romperle la columna», pensó, recreándose en la imagen al tiempo que la agarraba del pelo y le tiraba de la cabeza hacia atrás sin dejarle más opción que mirarlo a la cara.

—Hola, Gracie —dijo mientras observaba el movimiento desdeñoso de su nariz—. ¿Qué pasa, nena? ¿Te he interrumpido en mitad de algún maravilloso sueño?

Ella no dijo nada, se quedó mirándolo con ojos llenos de terror e incredulidad.

—Sorprendida de verme, ¿no?

Gracie lanzó una mirada fugaz hacia la puerta.

—Yo que tú me olvidaría de eso —le dijo él en tono calmado—. A no ser que quieras que me enfade de verdad, claro. —Hizo una pausa—. Te acuerdas de cómo me pongo cuando me enfado de verdad, ¿a que sí, Gracie?

Ella bajó la mirada.

—Mírame. —Una vez más le tiró del pelo de manera que la cabeza de ella quedó inclinada hacia atrás, con la nuez sobresaliendo de su tenso cuello como si fuera un puño.

—¿Qué quieres? —dijo en un suspiro ronco.

A modo de respuesta, él le tiró aún con más fuerza del pelo.

—¿Acaso te he dado permiso para hablar? ¿Eh?

Ella intentó decir que no con la cabeza pero él tiraba con tanta fuerza que no podía moverla.

—Consideraré eso como un no.

Le soltó el pelo y la cabeza de ella cayó sobre su pecho, como si la hubiera guillotinado. Ahora estaba llorando, lo que lo sorprendió. No se había esperado que hubiera lágrimas, por lo menos aún no.

—Entonces, ¿qué tal te ha ido últimamente? —le preguntó él como si fuera de lo más normal—. Tienes mi permiso para contestar —añadió al ver que ella no respondía.

—No sé qué quieres que te diga —respondió por fin ella tras una larga pausa.

—Te he preguntado qué tal te ha ido —le repitió—, seguro que a eso eres capaz de responderme.

—Bien.

—¿Ah sí? Cuéntame.

—Por favor, no puedo…

—¡Claro que puedes! Se llama mantener una conversación, Gracie. Funciona así: yo digo algo y entonces tú dices algo. Si yo te hago una pregunta, tú me contestas. Y en caso de que tu respuesta no me resulte del todo satisfactoria, entonces me veo obligado a hacerte daño.

A ella se le escapó un grito.

—Así que volviendo al principio: Yo te he preguntado qué tal te ha ido últimamente, y tu respuesta no ha sido muy imaginativa que digamos: «Bien». Y entonces yo he dicho: «Cuéntame». Y ahora te toca a ti. —Se sentó en la cama inclinándose hacia ella—. Sorpréndeme.

Ella lo miraba como a alguien que ha perdido la cabeza por completo. Él ya había visto esa mirada otras veces; siempre lo enfurecía.

—No sé qué decir.

Él detectó un ligero atisbo de desafío en su voz pero decidió ignorarlo por el momento.

—Pues, bueno, empecemos por tu trabajo: ¿qué tal te va?

—Bien.

—¿Sólo bien? Creía que te encantaba dar clase.

—Me he tomado un año sabático.

—¿Sabático? Vaya, vaya. Seguro que crees que no sé lo que significa.

—Ralph, nunca he creído que fueras estúpido.

—¿Ah no? Igual son imaginaciones mías.

—¿Qué haces aquí?

Él sonrió y luego le dio una bofetada con tal violencia que la hizo caer sobre la almohada.

—¿Cuándo he dicho que fuera tu turno de hacer preguntas? No lo he dicho, ¿a que no? No, me parece que no. Siéntate —le gritó mientras ella se cubría el rostro con las manos—. ¿Me has oído? No me obligues a repetírtelo, Gracie.

Ella se incorporó hasta quedar sentada de nuevo; se cubría la mejilla enrojecida con sus dedos temblorosos; la bofetada había hecho que se desvaneciera todo vestigio de actitud desafiante.

—¡Ah, y no me llames Ralph! Nunca me gustó ese nombre, me lo cambié en cuanto salí de la cárcel.

—¿Te han soltado? —murmuró ella, y después parpadeó y se apartó ligeramente, como si tratara de evitar el siguiente golpe.

—No les quedó más remedio. No te puedes hacer una idea de cuántas violaciones de mis derechos habían cometido. —Esbozó una sonrisa mientras recordaba—. Mi abogado dijo que lo que había pasado conmigo era un caso flagrante de justicia travestida y los jueces a los que apeló no tuvieron más opción que darle la razón. Bueno, ¿por dónde íbamos? Ah, sí. Tu sabático. Bastante aburrido, ¿no? Creo que no necesito oír nada más al respecto. Y ¿qué hay de tu vida amorosa?

Ella negó con la cabeza.

—¿Qué significa eso? ¿Que no tienes vida amorosa o que no me lo quieres contar?

—No hay nada que contar.

—¿No estás viéndote con nadie en estos momentos?

—No.

—Bueno, ¿por qué será que no me sorprende?

Ella permaneció en silencio con la mirada puesta en la ventana.

—Se acerca una tormenta —dijo él—. Pero nadie más.

Esbozó su sonrisa de muchacho travieso, la que solía practicar durante horas delante del espejo, la que siempre había sido garantía segura de que conseguiría tirarse a cualquier chica que quisiera. Por mucho que protestaran, ninguna era capaz de resistirse a esa sonrisa durante mucho tiempo. Por supuesto Gracie siempre había sido inmune a sus encantos. Le sonreía y ella le clavaba la mirada sin tan siquiera verlo, como si fuera transparente.

—¿Cuándo fue la última vez que echaste un polvo, señorita Gracie? —continuó él.

De inmediato ella se puso tensa y retrocedió.

—Me refiero a que eres una mujer razonablemente atractiva. Y joven. Aunque los años no perdonan, ¿verdad? De todas formas, ¿cuántos años tienes, señorita Gracie?

—Treinta y tres.

—¿De verdad? ¿Eres mayor que yo? No lo sabía. —Hizo un gesto de fingida incredulidad con la cabeza—. Apuesto a que hay muchas cosas que desconozco sobre ti. —Alargó el brazo y comenzó a desabrocharle los botones de la chaqueta del pijama.

—No —dijo ella sin moverse.

Él siguió con el segundo botón.

—No, ¿qué? —«Ni siquiera "por favor". Típico de ella», pensó.

—No lo hagas.

—¿Qué pasa, Gracie? ¿Crees que no soy lo suficientemente bueno para ti? —Le desabrochó el resto de los botones de un tirón sin hacer apenas esfuerzo y la atrajo hacia él agarrándola por las solapas del pijama—. ¿Sabes que creo, Gracie? Me parece que ningún hombre es lo bastante bueno para ti; creo que tengo que enseñarte lo equivocada que estás.

—¡No, espera, esto es una locura! Acabarás en la cárcel otra vez, y eso debe ser lo último que quieres. Tienes una segunda oportunidad, eres un hombre libre, ¿para qué arriesgarte así?

—No sé, tal vez porque estás como para mojar pan con ese pijamita de tortillera puesto.

—Por favor, todavía no es demasiado tarde, aún estás a tiempo de marcharte…

—O tal vez porque si no hubiera sido por ti, no me hubiera pasado los últimos doce meses de mi vida en la cárcel.

—No puedes echarme la culpa de lo que pasó…

—Y ¿por qué no?

—Porque yo no tuve nada que ver.

—¿Ah no? ¿Acaso no pusiste a todo el mundo en contra mía?

—No hizo falta.

—No, no hizo falta. Pero no te pudiste aguantar las ganas, ¿verdad? Y mira lo que pasó. Lo perdí todo: mi trabajo, mi familia, mi libertad.

—Y claro, tú no tuviste nada que ver con todo eso —le respondió ella cortante, recuperando el tono desafiante de su voz.

—No digo que yo sea del todo inocente; tengo mal genio, lo reconozco; y a veces se me va la mano.

—Le pegabas, Ralph. Un día sí y otro también. Cada vez que la veía estaba cubierta de moratones nuevos.

—Era muy patosa; yo no podía evitar que chocara con las cosas. Gracie negó con la cabeza.

—¿Dónde está?

—¿Cómo?

—En cuanto me soltaron fui directamente a casa. Y ¿qué me encuentro? Una pareja de maricas jugando a las casitas en mi piso. Eso es lo que me encuentro. Y cuando les pregunto qué ha pasado con la anterior inquilina, me parpadean con esas pestañas embadurnadas de rímel y me cuentan que no saben *absolutamente* nada. *Absolutamente* nada —repitió él poniendo voz de falsete al pronunciar la palabra—. Así es como me lo dijo el mariconazo esmirriado, igual que si fuera la mismísima reina de Inglaterra. Estuve a punto de arrearle una hostia allí mismo. —Con una mano, la agarró de las solapas con más fuerza mientras que con la otra sacaba la navaja de su bolsillo y la abría con el pulgar—. Dime dónde está, Gracie.

Ahora ella estaba forcejeando frenéticamente, dando patadas y manotazos.

—No sé dónde está.

Él la volvió a agarrar del cuello.

—Dime donde está o te juro que te rompo el puto cuello.

—Se marchó de Miami inmediatamente después de que te metieran en la cárcel.

—¿Adónde fue?

—No lo sé. Se marchó sin decir nada a nadie.

Al oír eso, él la empujó sobre la cama y se sentó sobre ella a horcajadas al tiempo que cortaba la cinta del pantalón del pijama con la navaja mientras que su otra mano le apretaba el cuello con más fuerza.

—Tienes hasta tres para decirme dónde está. Uno… dos…

—Por favor, no lo hagas.

—Tres. —Apretó la hoja de la navaja contra su cuello mientras le bajaba el pantalón del pijama.

—No, por favor. Te lo diré, te lo diré.

Él esbozó una sonrisa, redujo la presión sobre el cuello lo justo para dejarla respirar y le puso la navaja delante de los ojos.

—¿Dónde está?

—Se marchó a California.

—¿A California?

—Para estar cerca de su madre.

—No, no haría eso. Sabe que sería el primer sitio donde se me ocurriría ir a buscarla.

—Se mudó allí hace tres meses. Pensó que después de todo este tiempo no había peligro y quería irse lo más lejos posible de Florida.

—Seguro que eso es verdad. —Él puso la mano sobre la cremallera de su pantalón—. Tan verdad como que estás mintiendo, estoy seguro.

—No estoy mintiendo.

—Seguro que sí, y se te da muy mal. —Bajó el cuchillo hasta colocárselo sobre la mejilla y dibujó con él una línea imaginaria sobre su piel que empezaba debajo del ojo y llegaba hasta la barbilla.

—¡No! —Ahora ella estaba gritando, agitándose de un lado a otro, la sangre que brotaba del corte que le había hecho en la cara manchaba la blanca funda de la almohada al tiempo que él se colocaba entre sus piernas—. ¡Te diré la verdad, te juro que te diré la verdad!

—Y ¿por qué iba a creerme ahora nada de lo que me digas?

—Porque puedo demostrarte que no miento.

—¿Ah sí? Y ¿cómo?

—Lo tengo todo escrito.

—¿Dónde?

—En mi libreta de direcciones.

—Y ¿dónde está esa libreta exactamente?

—En mi bolso.

—Estoy empezando a perder la paciencia contigo, Gracie.

—En mi bolso que está en el armario; si me dejas levantarme iré a buscarlo.

—¿Qué te parece si vamos a buscarlo juntos?

Se apartó de ella, se cerró la bragueta y la arrastró desde la cama hasta el armario. Ella lo abrió y buscó rápidamente con la mirada en el interior mientras se agarraba el pantalón del pijama tratando de que no se le cayera. En el armario había un par de blusas estampadas en tonos azules, media docena de pantalones, unas cuantas chaquetas con pinta de caras, diez pares de zapatos como mínimo y varios bolsos de piel.

—¿Cuál de todos? —le preguntó él al tiempo que ya alargaba el brazo hacia la estantería en que estaban los bolsos.

—El naranja.

Con un movimiento rápido, él tiró del bolso haciéndolo caer al suelo.

—Ábrelo —le ordenó empujándola hasta hacerla caer de rodillas sobre la mullida alfombra blanca. Varias gotas de sangre se deslizaron por su mejilla salpicando el bolso mientras ella forcejeaba con el cierre. Otra gota fue a caer en la inmaculada superficie de la alfombra—. Y ahora dame la puta libreta de direcciones.

Gracie dejó escapar un gemido e hizo lo que le ordenaba.

Él abrió la libreta y fue pasando las páginas hasta encontrar el nombre que buscaba.

—Así que al final no se fue a California —dijo con una sonrisa.

—Por favor —dijo ella sollozando suavemente—, ya tienes lo que habías venido a buscar.

—Pero ¿qué nombre le han puesto a la calle? ¿Carretera de Mad River? —dijo él vocalizando exageradamente.

—Por favor —insistió ella—, ahora vete.

—¿Quieres que me vaya? ¿Has dicho eso?

Ella asintió con la cabeza.

—¿Quieres que me largue para que puedas llamar a tu amiga en cuanto me haya marchado y avisarla?

Ahora ella decía que no con la cabeza.

—No, yo nunca lo haría.

—Por supuesto que no. Igual que tampoco llamarías a la policía, ¿a qué no?

—No llamaré a nadie, te lo juro.

—¿De verdad? ¿Por qué será que me cuesta mucho creerte?

—Por favor…

—Me temo que no tengo elección, Gracie. Por no hablar de que, además, he estado esperando el momento de matarte casi tanto como el momento de matarla a ella. De verdad que no veo qué otra cosa puedo hacer. ¿A ti se te ocurre algo? —Sonrió, la obligó a levantarse agarrándola del brazo violentamente y le llevo la navaja a la garganta—. Da las buenas noches, Gracie.

—¡No! —gritó ella tratando con todas sus fuerzas de soltarse; consiguió darle un codazo en las costillas que lo dejó sin respiración, zafarse y salir corriendo hacia el vestíbulo. Casi había llegado a la puerta de entrada cuando su pie derecho se enredó con los bajos del pantalón del pijama haciéndola tropezar y caer sobre el parqué cuan larga era. Pese a todo, no se detuvo sino que continuó medio a rastras hacia la puerta, chillando a pleno pulmón con la esperanza de que alguien la oyera y viniera en su ayuda.

Él observó divertido cómo se precipitaba sobre el pomo de la puerta, plenamente consciente de que tenía tiempo de sobra para alcanzarla antes de que consiguiera ponerse de pie. «Desde luego hay que reconocer que es tozuda —pensó él no sin cierta admiración—, y bastante fuerte para ser una chica tan delgada.» Por no mencionar que era una amiga fiel. Pero cuando las cosas se habían puesto feas, había abandonado a su amiga en vez de someterse a las nada románticas proposiciones de él. Así que tal vez al final resultaba que no era tan buen amiga. Se merecía su suerte. Ella se lo había buscado.

Pero no tenía intención de cortarle el cuello, decidió doblando la navaja y metiéndosela de nuevo en el bolsillo en el preciso instante en que la mano de ella alcanzaba el pomo de bronce de la puerta de entrada; no, eso ensuciaría demasiado, por no hablar de que el riesgo era demasiado grande. Habría sangre por todas partes y entonces resultaría evidente que alguien no había jugado limpio y no tardarían mucho en sospechar de él, sobre todo en cuanto se dieran cuenta de que había salido de la cárcel y pensaran un poco con la cabeza.

Ella se defendió a patadas y arañazos, y sus ojos verdes le imploraron que se detuviera cuando volvió a rodearle el cuello con los dedos y comenzó a apretar. También gritaba, pero él estaba tan absorto en lo que estaba haciendo que apenas la oía. Siempre le había encantado usar las manos: era muy personal, muy físico. Nada le causaba mayor satisfacción que sentir la vida escurrirse entre sus dedos mientras abandonaba un cuerpo lentamente.

El hecho de que ella estuviera de año sabático le daba algo de tiempo: pasarían días, tal vez semanas, antes de que se denunciara su desaparición. Sin embargo, sabía de sobra que no podía contar con eso. Gracie tenía muchos amigos, quizás había quedado en reunirse con alguien para comer al día siguiente; así que no podía confiarse. Cuanto antes visitara la carretera de Mad River, mejor.

—Se me ha ocurrido que podíamos darnos un paseo en coche por la carretera de la costa —le dijo a Gracie que lo miraba con los ojos tan desorbitados que parecían a punto de estallar—. Simplemente te dejaré en algún pantano que encontremos por el camino para que los cocodrilos se encarguen de ti.

Incluso después de que los brazos de la mujer cayeran inertes a sus costados, incluso cuando ya no le cabía duda de que estaba muerta, él siguió apretando su cuello durante un minuto largo, contando en silencio los segundos antes de abrir los dedos uno a uno, y entonces esbozó una sonrisa satisfecha al contemplar el cuerpo sin vida de Gracie a sus pies. Volvió al dormitorio y quitó la funda de la almohada manchada de sangre, hizo la cama y salió de la habitación dejándola tal y como la había encontrado. Recogió el bolso del suelo, donde seguía tirado, se metió en el bolsillo un fajo de billetes y la tarjeta de crédito y se puso a buscar las llaves del coche.

—No te importa que use tu coche, ¿verdad? —le preguntó cuando estuvo de nuevo frente a la puerta de entrada y cogió en brazos el cuerpo aún caliente de Gracie. Ella lo miró con ojos fríos, sin vida. Él le sonrió—. Consideraré eso como un sí —le dijo.

Capítulo *1*

Jamie Kellogg tenía un plan. El plan era relativamente sencillo: consistía en encontrar el bar de aspecto respetable más cercano, identificar un rincón oscuro, donde nadie pudiera ver que había estado llorando, y ahogar sus penas en un par de vasos de vino blanco con sifón. No tantos como para emborracharse, por supuesto, ni siquiera para que se le subiera a la cabeza; todavía tenía que conducir hasta Stuart y para eso necesitaba tener la cabeza despejada. Y, además, no podía arriesgarse a tener resaca a la mañana siguiente, no con la señora Starkey sobrevolando sobre su cabeza como un albatros.

Paseó la mirada arriba y abajo por la calle más desierta. Las posibilidades de que encontrara un bar decente en aquella zona eran casi nulas, y eso que ¿qué mejor sitio que las inmediaciones de un hospital para encontrar uno? Miró hacia atrás por encima del hombro en dirección al edificio de poca altura del hospital conocido como el Good Samaritan, y el recuerdo de la escena que acababa de tener lugar en la unidad de cuidados intensivos le arrancó un gesto de dolor. «No nos digas que te ha sorprendido», casi podía oír a su madre y su hermana susurrándole al oído con sus voces en perfecta armonía, como siempre, o por lo menos como siempre cuando su madre vivía.

«Por supuesto que me ha sorprendido —musitó Jamie sin mover los labios—. ¿Cómo iba a imaginármelo?»

Un repentino golpe de viento se llevó su pregunta volando por el cálido aire de la noche. Por lo menos, por fin había dejado de llover. Unas tormentas espectaculares habían estado azotando toda la costa oriental de Florida durante los últimos dos días y algunas calles, la suya incluida, se habían inundado. «Ya, ya sé que eso me pasa por empeñarme en tener vistas al agua pero, por Dios, si no es más que un riachuelo; no vivo precisamente en una casa de precio exorbitante en primera línea de mar como alguna hermanita que yo me sé.» Se dirigió con paso decidido hacia el aparcamiento del hospital mientras continuaba con la discusión silenciosa con su hermana y su madre recientemente fallecida. ¿Quién iba a pensar que el puñetero río se desbordaría?

«Ése es precisamente tu problema», dijo su madre.

«Que no piensas», dijo su hermana rematando la frase.

—Y vosotras no confiáis en mí —susurró Jamie mientras se instalaba en el asiento del conductor de su viejo Thunderbird azul, la única cosa que se había llevado (¿quién llevaba a quién?) cuando se divorció el año pasado. Salió del aparcamiento confiando en que encontraría un «establecimiento respetable» antes de llegar a la autopista.

Por suerte, su apartamento estaba en el segundo piso de un edificio de tres plantas y había escapado del agua, lo que no podía decirse de los de los inquilinos menos afortunados del piso de abajo. «Y hablando de los desperfectos causados por el agua...», pensó mientras comprobaba lo resistente al agua que verdaderamente era su rímel en el retrovisor, sintiéndose aliviada al comprobar que las lágrimas no habían dejado marca alguna en su cara. De hecho, unos inmensos ojos marrones le devolvían la mirada con una expresión que rayaba en la serenidad. Un cabello con mechas aclaradas por el sol enmarcaba un bello rostro ovalado que, sorprendentemente, no mostraba signo alguno del torbellino que había en su interior. En cualquier caso, ¿de quién había sido la feliz idea de visitarlo por sorpresa? ¿Acaso no le había dicho él en repetidas ocasiones que odiaba las sorpresas?

Siguiendo un impulso repentino, giró a la derecha en la calle Dixie y se dirigió hacia el sur. Sí, luego tendría que conducir más en sentido contrario, pero el centro de West Palm estaba a unas pocas manzanas y seguro que allí, en la calle Clematis, habría bares con ambiente más agradable que el de los del bulevar de Palm Beach Lakes. Y así, si no le gustaba un bar, simplemente podía ir al de al lado sin necesidad de coger el coche.

Un mercedes rojo le estaba dejando libre un sitio en la calle Datura y Jamie maniobró rápidamente hasta dejar el Thunderbird azul perfectamente aparcado. Salió del coche, buscó algunas monedas en su bolso y puso en el parquímetro más de lo necesario aunque, en realidad, no pensaba quedarse mucho rato.

Dobló la esquina para coger Clematis cruzándose con una pareja joven que iba cogida de los hombros, con las caderas se diría que soldadas; los zapatos dorados de tacón de aguja que llevaba la chica hacían mucho ruido sobre la acera. Se pararon en la esquina para besarse antes de cruzar la calle con el semáforo aún en rojo. «A casa a vivir felices para siempre», pensó Jamie mientras los observaba hasta que desaparecieron en la noche. Sacudió la cabeza: ella en cambio, en vez de felices para siempre, se contentaba con una noche sin mentiras.

El Watering Hole estaba sorprendentemente lleno para ser miércoles por la noche. Jamie miró la hora. Las siete. Hora de la cena. Principios de mayo. Y ¿por qué no iba a estar lleno? Era un sitio conocido en una calle de moda y aunque, teóricamente, la temporada había acabado, todavía había muchos turistas de invierno en la zona que no acababan de decidirse a hacer las maletas y volver al norte para el verano. Seguramente eso era lo que ella debería hacer: preparar las maletas, meterlas en el coche y largarse de aquella ciudad. Otra vez.

¿Quién iba a echarla de menos? Su familia, no. Hacía ocho semanas que su madre había muerto; su padre y su cuarta esposa —increíble, pero se había casado con dos Joan, una Joanne y ahora una ex azafata llamada Joanna, que tenía treinta y seis años, sólo siete más que ella— vivían en algún lugar de New Jersey; su hermana se alegraría de que se marchara. «Eres peor que mis hijos», le había dicho Cynthia cuando Jamie había llamado la noche anterior para quejarse de las lluvias. Su trabajo tramitando reclamaciones en una compañía de seguros era aburrido y no iba a ninguna parte, su jefa era una mujer desagradable que siempre estaba de morros por algo. Jamie lo habría dejado hacía meses si no fuera porque el marido de Cynthia, Todd, era el que la había recomendado para el puesto. «Pero ¿qué te pasa? ¿Eres incapaz de acabar lo que empiezas? —oía a su hermana sermoneándola, seguido de—: Me lo tenía que haber imaginado. Eres tan floja. —A lo que añadiría—: ¿Cuándo dejarás de hacer el tonto y empezarás a asumir tus responsabilidades? ¿Cuándo vas a acabar la carrera de derecho? —Para rematarla por fin con—: ¿Quién deja la universidad cuando sólo le faltan dos créditos para graduarse y se casa con un imbécil que apenas conoce? —Y por si todavía respiraba—: Ya sabes que lo digo únicamente por tu bien, ya va siendo hora de que espabiles y cojas las riendas de tu vida. ¿Hasta cuándo vas a seguir esperando a estar preparada?»

Jamie tiró de uno de los taburetes que había a lo largo de la inmensa barra e hizo una señal al camarero. «Espera a que Cynthia se entere del numerito de esta noche», pensó decidiendo que le echaría valor y pidiendo una copa de burdeos de la casa en vez del proverbial blanco con sifón. Recorrió con la mirada el bar tenuemente iluminado tomando una fotografía mental del lugar: era un local grande y rectangular con una terraza fuera. Una de las paredes del interior era de ladrillo, y junto a ella había colocada una hilera de taburetes; justo enfrente estaba la barra; también había docenas de mesas en el centro y la parte de la entrada. Las baldosas del suelo amplificaban el ruido de las conversaciones de una clientela que fundamentalmente consistía en mujeres jóvenes bastante parecidas a ella misma.

¿Dónde estaban los hombres?, se preguntó Jamie distraída. A excepción de una mesa cercana en la que unos cuarentones —que ni la habían mirado cuando había pasado junto a ellos enfundada en sus ajustados vaqueros de tiro bajo de Juicy Couture y un jersey rosa aún más ajustado— estaban enfrascados en una conversación sobre el nuevo diseño del logotipo de la empresa, y un hombre de aspecto taciturno con un bigote excesivo al estilo de Tom Selleck, cuyas manos rodeaban su bebida con mimo, no había ninguno. Por lo menos, aún no. Jamie miró la hora otra vez pese a que tan sólo habían transcurrido unos minutos desde la última vez que lo había hecho. Seguramente era demasiado pronto para que los hombres hubieran salido de casa, pensó. A las siete de la tarde, si un hombre veía una mujer que le gustaba, estaba obligado a invitarla a cenar en vez de tan sólo a unas copas.

El camarero se acercó con el vino:

—Que lo disfrute.

Jamie cogió la copa que le tendía y dio un gran trago como si el vino fuera el mismísimo aire que necesitaba para respirar.

—Mal día, ¿eh?

—Mi novio está en el hospital —dijo ella sintiéndose de pronto como un cliché viviente: ¡por Dios, estaba contándole sus problemas al camarero! ¿Se podía ser más patética? Sólo que, tal vez, si le contaba al camarero todas sus desgracias no tendría la tentación de contárselas a su hermana y, además, quizás el camarero, que era alto, no estaba del todo mal y tenía una cicatriz debajo del ojo derecho que le daba mucha personalidad, le pediría que esperara hasta que acabase su turno y luego irían a sentarse a la fuente que había al final de la calle, y él resultaría ser un tipo sensible y divertido, y además inteligente y… —. Perdona, ¿me decías algo?

—Te preguntaba si tu novio está enfermo.

—No, es que ha tenido un accidente en el trabajo y le han tenido que operar.

—¿De verdad? ¿Qué clase de accidente?

—Se tropezó con la alfombra cuando iba camino del baño y se torció un tobillo —ella soltó una carcajada—. ¡Vaya accidente tan tonto! ¿no?

—¡Córcholis! —exclamó el camarero.

Jamie sonrió y dio un buen trago al vino, esperando hasta que el camarero se hubiera retirado para levantar la cabeza. «¿Divertido e inteligente?», pensó al tiempo que decidía que por muy desesperada que estuviera, nunca jamás saldría con un hombre hecho y derecho que dijese *córcholis*.

Lanzó una mirada furtiva al hombre con el bigote al estilo de Tom Selleck, pero éste estaba inclinado sobre su bebida con aire protector; alzó la vista un instante, su mirada se cruzó con la de Jamie y volvió la cabeza como para hacer más patente su falta de interés.

—De todas maneras ese bigote parece postizo —masculló Jamie clavando la mirada en su copa, hipnotizada momentáneamente por los destellos granates del vino.

Un instante después tenía ante sí la imagen de la escena: se veía subiendo las escaleras del Good Samaritan y preguntando a la mujer negra de aspecto regio que estaba en la recepción cómo se iba a la habitación de Tim Rannells.

—Tenía una operación de tobillo programada para esta mañana —informó a la mujer apretando con fuerza el regalo que le traía, haciendo que la bolsa de plástico crujiese entre sus dedos.

La mujer introdujo la información en el ordenador y una nube de preocupación cruzó su bello rostro:

—Me temo que el señor Rannells ha sido trasladado a cuidados intensivos.

—¿A cuidados intensivos? ¿Por una operación de tobillo?

—Es toda la información de que dispongo.

La mujer indicó a Jamie cómo llegar hasta la unidad de cuidados intensivos en el tercer piso, pero las puertas de la UCI estaban cerradas y nadie vino a abrir cuando tocó el timbre, así que se pasó los minutos que siguieron caminando arriba y abajo por la aséptica sala de espera, tratando de comprender cómo era posible que un hombre sano de treinta y cinco años ingresara en el hospital para someterse a una operación relativamente sencilla y acabase en cuidados intensivos.

—Igual mejor te sientas —dijo una mujer de mediana edad con una piel muy blanca, cabello castaño corto y aire de cansancio en sus ojos azules, que estaba sentada en uno de los sillones de plástico naranja dispuestos a lo largo de las paredes desnudas—, me parece que están bastante ocupados ahí dentro.

—¿Llevas mucho rato esperando?

—La verdad es que estoy esperando a una amiga. —Dejó abierto sobre su regazo el ejemplar de la revista *People* que había estado leyendo hasta ese momento—. Está dentro visitando a su hermana que ha tenido un accidente de coche. No están seguros de que vaya a sobrevivir.

—¡Qué horror! —Jamie miró a su alrededor pero no había nada en que posar la mirada—. A mi novio lo han operado esta misma mañana —dijo sin necesidad de que la mujer le preguntara—, y no sé cómo, resulta que ha acabado aquí. —Volvió a acercarse al timbre y apretó el botón varias veces con nerviosismo.

—¿Sí? —respondió una voz unos instantes más tarde— ¿En qué puedo ayudarle?

—Me llamo Jamie Kellogg y vengo a visitar a Tim Rannells —le gritó Jamie al timbre.

—¿Es usted pariente del señor Rannells?

—Mejor será que digas que sí —le aconsejó la mujer desde su asiento naranja—, si no, no te dejarán pasar.

—Soy su hermana —respondió Jamie sin pensar, seguramente porque tenía a su propia hermana en la cabeza. Cynthia la había estado persiguiendo durante semanas para que se reunieran a organizar las cosas de su madre.

—Espere un momento, por favor —contestó la voz antes de colgar.

Jamie se volvió una vez más hacia la mujer en el asiento naranja

—Gracias por avisarme.

—Aquí tienen sus normas —dijo la mujer encogiéndose de hombros—. Por cierto, me llamo Marilyn.

—Jamie —dijo Jamie—. ¡Cómo me gustaría que me explicaran qué está pasando! —Fijó la vista en el timbre—. No habrá pasado nada grave, ¿verdad? —Inmediatamente se dio cuenta de lo estúpida que era la pregunta, pero eso no le impidió hacer otra similar—: No se habrá muerto, ¿no?

—Seguro que saldrá alguien en seguida —dijo Marilyn.

—Vamos, que ingresó por un tobillo roto nada más…

—Intenta mantener la calma.

Jamie sonrió pero ya tenía los ojos llenos de lágrimas a punto de derramarse. Su madre siempre le decía que mantuviera la calma.

—Eso es lo que me decía siempre mi madre —repitió en voz alta—; decía que yo era tan impulsiva, que actuaba tan irreflexivamente, que eso me llevaba a menudo a sacar conclusiones demasiado rápido, antes de tener todos los datos.

—Vaya una declaración.

—Mi madre era juez.

—Desde luego que juzgaba, de eso no cabe duda.

Jamie se reclinó en el asiento, desconcertada por el comentario de Marilyn. La gente siempre le estaba recordando la gran mujer que fue su madre, así que la había pillado desprevenida el comentario espontáneo de la desconocida, y la gratitud que sentía hacia ella por haberlo hecho.

—Perdóname, no quería ofenderte.

—No, no, en absoluto.

La mujer volvió a concentrarse en la revista que tenía sobre el regazo.

—Tengo una hermana —continuó Jamie *motu proprio*—, una hermana que es básicamente todo lo que yo debiera haber sido: abogada, casada y con dos niños, ya sabes... perfecta.

—Una perfecta plasta, quieres decir.

Jamie sonrió. Cuanto más hablaba, más le gustaba Marilyn.

—No es para tanto, es sólo que a veces no resulta fácil porque yo soy la hermana mayor; o sea, que se supone que yo tendría que ser un modelo para ella y no al revés.

Jamie esperó a que Marilyn dijera algo como «Estoy segura de que también eres su modelo», pues, aunque no fuera cierto, hubiera estado bien oírlo; pero la mujer no dijo nada. De repente se abrió la puerta de la unidad de cuidados intensivos y una atractiva mujer con pantalón negro, jersey amarillo y ceño fruncido se dirigió a grandes zancadas hacia la sala de espera. Era por los menos cinco centímetros más alta que ella, le llevaba unos años, y tenía una belleza agresiva y poco discreta; su cabello, que le llegaba por la barbilla, era un poco demasiado negro; su barra de labios, un poco demasiado roja.

—¿Jamie Kellogg?

Jamie se puso de pie de un salto.

—Yo soy Jamie.

—¿Eres la hermana de Tim Rannells?

¿Era la doctora que atendía a Tim?, se preguntó Jamie pensando que aquella mujer tenía que hacer un curso de etiqueta hospitalaria.

—Su hermanastra para ser más exactos. —Se oyó decir Jamie, y luego se mordió el labio para no dar más detalles. ¿No le había dicho siempre su madre que se notaba cuando un testigo mentía por la cantidad de detalles que daba sin que nadie le preguntara?

—Tim no tiene hermanas ni hermanastras —respondió la mujer mientras Jamie sentía que sus mejillas palidecían de repente—. ¿Quién eres tú?

—Y ¿quién eres tú? —replicó Jamie.

—Soy Eleanor Rannells. La mujer de Tim.

Las palabras golpearon a Jamie con la fuerza de un puño gigante dejándola sin respiración; a duras penas consiguió mantener el equilibrio.

—Te lo preguntaré otra vez: ¿quién eres tú?

—Una compañera de trabajo de tu marido —se apresuró a decir Jamie atragantándose prácticamente con las palabras—. Y ésta es Marilyn —continuó señalando a la otra mujer que seguía sentada en su asiento naranja y que al oírla dejó la revista en el suelo de inmediato y se puso de pie rápidamente.

—Encantada de conocerte —dijo Marilyn alargando la mano.

—¿Trabajáis las dos en Allstate?

—Yo soy agente de reclamaciones —aclaró Jamie—, y Marilyn trabaja en Personal.

—En Personal —confirmó Marilyn.

—No lo entiendo. ¿Qué estáis haciendo aquí? Y ¿por qué has dicho que eras hermanastra de Tim?

—Nos enteramos de que Tim había tenido un accidente —explicó Jamie— y pensamos que sería buena idea hacerle una visita para ver qué tal estaba. Le hemos traído un regalo: es el último de John Grisham.

Eleanor Rannells cogió el libro que le tendía Jamie y se lo colocó bajo el brazo.

—Por lo visto sólo dejan pasar a la familia —añadió Marilyn cogiendo el relevo—, así que...

—Así que te convertiste en la hermana que nunca jamás ha tenido —dijo Eleanor dirigiéndose a Jamie.

«En contraste con la mujer que sí que tiene», pensó Jamie preguntándose si Eleanor se estaba tragando aquella historia o si simplemente era demasiado educada como para montar una escena.

—¿Qué tal está?

—No reaccionó bien a la anestesia y durante un rato su vida corrió verdadero peligro, pero parece que ya ha pasado, aunque no le permiten las visitas.

—Dale recuerdos de nuestra parte —dijo Marilyn.

—Así lo haré —respondió Eleanor dando unas palmaditas al libro y acomodándoselo bien bajo el brazo—. Gracias por el libro. Grisham es su favorito, ¿cómo lo sabíais?

—¡Acertamos! —dijo Jamie mientras observaba a la mujer de su novio desaparecer por la puerta de la UCI.

—¿Estás bien? —le preguntó Marilyn a su espalda.

—Está casado.

—Por lo visto.

—¡Está casado!

—¿Te traigo un poco de agua?

—Hemos estado saliendo cuatro meses. ¿Cómo es posible que no supiera que estaba casado?

—Pasa en las mejores familias —le dijo Marilyn—, te lo digo yo.

—¡Soy tan imbécil! —gimió Jamie.

—No eres imbécil, simplemente elegiste al hombre equivocado.

—Y no es la primera vez.

—No, y seguramente no será la última tampoco. No seas tan dura contigo misma.

—¡El muy cabrón mentiroso! —prorrumpió Jamie dando rienda suelta a un llanto amargo y furioso.

—¡Eso está mejor! ¡Bien dicho!

—Y ¿qué voy a hacer ahora?

—Te voy a decir lo que no vas a hacer: *no* vas a perder el tiempo llorando por tipos como él. —Marilyn le secó las lágrimas cariñosamente—. Eres una chica encantadora y te vas a buscar otro hombre en un abrir y cerrar de ojos. Y ahora vete a casa, ponte un vaso de vino y date un baño de espuma bien caliente. Verás cómo luego te encuentras mucho mejor. Te lo prometo.

Jamie sonrió pese a que seguía llorando.

—Y deja de llorar, se te correrá el rímel.

—Gracias por venir en mi ayuda.

—Encantada, y ahora vete, sal de aquí.

Jamie empezó a caminar hacia los ascensores, luego se detuvo y se dio la vuelta.

—Espero que todo salga bien con la hija de tu amiga.

—Gracias.

—Disculpa, ¿qué me decías? —preguntó Jamie cuando la voz del camarero la hizo volver en sí de repente.

—Decía que el caballero que está sentado al otro lado de la barra se preguntaba si podría invitarte a una copa.

«¿En serio?», pensó Jamie. Apenas la había mirado cuando se sentó y había algo ligeramente siniestro en él, en su postura, como si escondiera algo. Lo último que le hacía falta ahora era otro hombre que ocultara secretos. Pero el hombre del bigote al estilo de Tom Selleck había desaparecido y en su lugar se había sentado un tipo joven bien afeitado con un corte de pelo moderno y una sonrisa de medio lado. Él levantó su cerveza hacia ella a modo de brindis silencioso.

Jamie se imaginó a Tim Rannells en la cama del hospital, con su mujer a su lado leyéndole el libro que ella le había regalado. Pronto se unieron a Eleanor Rannells la hermana de Jamie, Cynthia, y luego su madre; las tres sacudían la cabeza con gesto de reprobación colectiva. «¿Cómo puedes siquiera plantearte algo tan descabellado?», le preguntaron al unísono.

Jamie hizo desaparecer a las mujeres con un movimiento vigoroso de su rubia melena, apuró su copa de vino de un trago y se la entregó al camarero.

—Dile que estoy bebiendo tinto de la casa —le contestó.

Capítulo 2

Entonces, ¿ahora ya puedo invitarte a cenar?

Jamie se rió tapándose los senos desnudos con la manta y contemplando al atractivo desconocido que había dejado entrar en su apartamento, y luego en su cama: sus labios eran carnosos y suaves; su nariz pequeña y casi perfecta; y sus ojos, los más azules que jamás había visto. ¿Cómo era posible que hubiera tenido tanta suerte?, estaba pensando. Ella que siempre iba de desastre en desastre, dando traspiés de una mala relación a otra, de algún modo se las había ingeniado para toparse con el hombre ideal. En un bar nada menos. En un momento de desesperación y desaliento. Y no sólo había resultado ser incluso más guapo de lo que parecía visto a la tenue luz del bar, no sólo tenía el impresionante cuerpo escultural de un dios griego —casi se le escapó un grito cuando lo vio quitarse la camisa—, sino que además había resultado ser un amante increíblemente generoso y atento, tan preocupado por el placer de ella como por el suyo propio. Habían pasado las últimas horas envueltos en una suave bruma de sensualidad y su cuerpo estaba literalmente exhausto y dolorido de placer; le parecía que cada una de sus terminaciones nerviosas estuviera expuesta y en carne viva; sentía un agradable cosquilleo entre las piernas y se acercó la manta a la cara para ocultar su sonrisa de satisfacción. Inmediatamente, el olor limpio y masculino de aquel hombre la invadió. Estaba por todas partes: en las sábanas, en la almohada, en las puntas de sus dedos, en los pliegues de su piel. Era un aroma maravilloso, decidió reclinándose sobre el cabecero y lanzando un profundo suspiro. Todo lo que tuviera que ver con él le parecía maravilloso. Hasta su nombre: «Brad —se repitió en silencio—, Brad Fisher. Jamie Fisher. Es ese tipó de idea el que siempre te acaba trayendo problemas. No te aceleres».

—¿De verdad me quieres invitar a cenar?

—Ya te lo propuse antes —le recordó él.

Era verdad. De hecho, después de la primera ronda él había sugerido que fueran a comer algo. Ella le había dicho que no, que tenía que madrugar para ir al trabajo a la mañana siguiente, aunque en realidad se debatía entre el impulso de salir corriendo y el deseo de lanzarse en sus brazos.

—Bueno, pues por lo menos déjame invitarte a otra copa —le había respondido él y, al instante, Jamie se encontró con otra copa de vino en las manos, casi como por arte de magia.

Jamie miró el despertador de la mesita de noche que había junto a la inmensa cama de matrimonio que ocupaba prácticamente todo el pequeño dormitorio. La cama era una de sus últimas grandes adquisiciones; la había comprado porque Tim le había dicho que necesitaba mucho espacio para dormir. Por lo menos esa había sido su excusa para no quedarse nunca toda la noche. Pero incluso después de que le hubiera dado la sorpresa —¿no le había dicho que odiaba las sorpresas?— de vender su cama al vecino del final del pasillo y comprar aquella mole monstruosa y carísima, aún así, Tim siguió ingeniándoselas para encontrar excusas para marcharse antes de la media noche: «Mañana me han puesto una reunión a primera hora; tengo médico en Fort Lauredale; me estoy agarrando un gripazo tremendo». ¿Cómo era posible que no hubiera sospechado nada? Pero ¿en qué estaba pensando? Después de todo lo que había aguantado en los últimos años, ¿cómo podía seguir siendo tan ingenua?

Más bien estúpida.

Por supuesto, su hermana le había advertido que su dormitorio era demasiado pequeño para aquella cama; por supuesto, una vez más, su hermana llevaba razón. La cama se comía todo el espacio;

casi no había sitio entre ésta y las paredes a ambos lados, lo que hacía imposible que dos personas pudieran moverse por la habitación al mismo tiempo.

—¿Qué te pasa? —le estaba preguntando Brad.

—¿Por qué crees que me pasa algo?

Él se encogió de hombros tocándose la punta de su casi perfecta nariz con el dedo.

—Porque de repente pareces tan triste…

—¿Ah sí?

Una sonrisa de medio lado, rebosante de inocencia y picardía en partes iguales, atravesó las bellas facciones de Brad.

—¿En qué estabas pensando?

Jamie contuvo el deseo de contarle todo lo que pasaba por su cabeza en esos momentos, de revelarle cada uno de los pensamientos que había tenido en la última década. Pero en vez de eso dijo:

—Estaba intentando pensar en algún restaurante que esté abierto a estas horas.

—Y ¿si llamamos a uno que sirva a domicilio?

—Perfecto.

—¿Pizza?

—Me encanta. —Estaba pensando en lo increíblemente fácil que podía llegar a resultar la vida mientras recitaba el número de memoria—. No salgo demasiado —dijo sintiendo que sus mejillas se ruborizaban.

Brad le pasó el brazo por encima para coger el teléfono que había junto al despertador sobre la diminuta mesita de plástico blanco; su musculoso antebrazo le rozó levemente los senos haciendo que su cuerpo se estremeciera de arriba abajo, como si cayera sobre ella una avalancha de vibraciones que amenazaba con sepultarla viva. Se esforzó por permanecer quieta mientras él marcaba el número y pedía una pizza grande.

—¿Te gusta la de *pepperoni* y champiñones? —le preguntó mientras alargaba los dedos para acariciarle los pechos bajo las sábanas y ella sintió que se quedaba sin aliento—. Tardarán treinta minutos —le informó él volviendo a poner el teléfono en la mesita de noche y apoyándose sobre un codo—; de lo contrario, nos devuelven el dinero —añadió esbozando su sonrisa pícara.

—Si alguien fuera capaz de embotellar esa sonrisa se haría de oro vendiéndola —pensó ella.

—Bueno, entonces, ¿estás bien? —le preguntó él.

—De maravilla, ¿y tú?

—Mejor que nunca. Tengo que reconocer que me alegro muchísimo de haber parado a tomarme una copa antes de volver a casa.

—Y ¿dónde está tu casa exactamente? —preguntó Jamie confiando en que no fuera demasiado lejos, en que él no tuviera que comerse la pizza a la carrera y marcharse apresuradamente: «Lo siento, pero mañana me han puesto una reunión a primera hora; tengo médico en Fort Laureadle; me estoy agarrando un gripazo tremendo».

—Para ser más exactos, la verdad es que en estos momentos no tengo casa —le respondió—- Me he estado hospedando en el Breakers durante las últimas dos semanas.

—¿Vives en el hotel Breakers?

El Breakers era uno de los mejores y seguramente el más caro de todos los hoteles de lujo en Palm Beach.

—No me quedaré mucho más tiempo, sólo hasta que decida qué hacer ahora.

—¿Qué hacer con qué?

Brad sonrió, pero su sonrisa ya no era pícara sino más madura, más seria.

—¿Sonaría a tópico manido si te dijera que con «mi vida»?

—No suena manido —le contradijo Jamie, aunque la verdad era que sí. Por lo menos un poco. Desde luego eso le habría parecido a su hermana. Claro que, para empezar, Cynthia nunca habría ligado con un atractivo desconocido en un bar. Nunca habría permitido que le pagara una copa y mucho menos lo habría invitado a su apartamento, ni habría hecho el amor con él en una inmensa cama de matrimonio comprada para complacer a un amante que resultaba estar casado. No, Cynthia era demasiado sensata como para hacer nada parecido: el hecho era que había conocido a Todd en el primer año de instituto, se había casado con él en el segundo año de universidad y ya le había dado dos hijos para cuando acabó la carrera de derecho.

«Tienes que ser más práctica —le habría dicho a Jamie—. Si hubieras acabado la carrera de Derecho, a estas alturas tendríamos nuestro propio despacho.»

«El único problema es que no quiero ser abogada.»

«Eres demasiado romántica, *ése* es el problema.»

«Estás casado, ¿verdad? —le preguntó Jamie a Brad aunque ya sabía cuál era la respuesta. Por supuesto que Brad Fisher era un hombre casado. Seguramente su matrimonio pasaba por una etapa difícil. ¿Qué otra razón podía haber para que se hospedara en el Breakers? Se había peleado con su mujer y se había marchado temporalmente de casa para que los dos tuvieran oportunidad de calmarse y recapacitar, cosa que —sin duda— haría en cuanto se terminase la pizza.

—¿Casado? —Brad soltó una carcajada y negó con la cabeza—. Por supuesto que no.

—¿No?

—¿Estaría aquí si lo estuviera?

—No lo sé, ¿estarías aquí?

—Me hospedo en el Breakers porque ha vencido el contrato de alquiler de mi apartamento y hace poco que he vendido mi empresa, así que estoy en una especie de encrucijada...

—¿Qué clase de encrucijada? ¿Qué clase de empresa? —le preguntó ella.

—Comunicaciones.

Jamie pensó que resultaba irónico que precisamente una palabra como *comunicaciones* pudiera ser tan ambigua, prácticamente carente de significado.

—¿Podrías ser un poco más específico?

—Programas informáticos —explicó él—, y además diseñé un *software* que atrajo la atención de un pez gordo de Silicon Valley y me ofrecieron una cantidad de lo más generosa por la empresa.

—Que aceptaste...

—Eh, que puede que sea un informático chiflado, pero no soy imbécil...

Jamie tenía serias dudas sobre si *informático chiflado* o *imbécil* habían sido alguna vez términos aplicables a Brad Fisher. ¿Sería posible que hubiera hombres aún más atractivos?, se preguntó pensando que de hecho, éste, mejoraba por minutos: no sólo era guapísimo, sexy y un amante magnífico, sino que además era un genio; y lo que era más: estaba soltero, tenía un buen coche y era rico. O por lo menos suficientemente rico como para quedarse en el Breakers hasta que decidiera qué quería hacer con su vida. «La verdad es que esto no hay quien lo mejore», decidió.

—Te horrorizará saber que prácticamente no sé utilizar un ordenador —le dijo esforzándose por que su rostro no delatara sus pensamientos—. Mi ordenador del trabajo siempre se cuelga. Es una auténtica pesadilla.

—¿A qué te dedicas?

—Agente de reclamaciones. Trabajo para Allstate.

Él asintió contemplándola con sus ojos azules como zafiros.

—Una vez perdí todo lo que había hecho ese día —continuó ella tratando de no cotorrear demasiado— y mi supervisora me obligó a quedarme hasta tarde y hacerlo todo de nuevo. Estuve allí hasta media noche.

—El trabajo debía de ser muy importante.

—Nada que no hubiera podido esperar hasta el día siguiente, pero la señora Starkey insistió en que yo tenía que haber hecho algo porque a nadie más en toda la oficina le había pasado nunca nada parecido con el ordenador, y en que por tanto era culpa mía y el trabajo tenía que hacerse, así que...

Estaba cotorreando. Tenía que parar, inmediatamente, antes de que lo echara todo a perder.

—Así que te quedaste y lo terminaste.

Jamie inspiró profundamente y luego fue dejando escapar el aire lentamente.

—Ésa fue la vez que estuve más cerca de despedirme.

—Suena como si hubieras estado bastante cerca en más de una ocasión.

—Sólo una media de una vez al día.

—¿Tanto odias tu trabajo?

—Es sólo que no se parece en nada a lo que había imaginado que haría con mi vida.

—Y ¿qué te habías imaginado?

—¿Me prometes que no te reirás?

—Y ¿por qué iba a reírme? —le preguntó él.

Jamie le reveló su secreto en medio de un suspiro.

—Siempre había pensado que quería ser asistente social.

Los ojos color zafiro lanzaron un destello.

—¿Siempre había pensado que quería?

Jamie arrugó la frente.

—Siempre *quise* ser.

Los ojos color zafiro se entornaron.

—Entonces, ¿por qué no lo eres?

—Mi madre decía que los asistentes sociales no ganan dinero. Ella quería que fuera abogada.

—Y ¿siempre haces lo que tu madre quiere?

—Sabe Dios que lo he intentado —dijo Jamie sacudiendo la cabeza—. Pero da igual, nunca era suficiente. —Se encogió de hombros—. De todas formas ahora ya da lo mismo. Murió hace dos meses.

—En ese caso supongo que ahora puedes por fin dejar de intentarlo —dijo Brad soltando una carcajada.

—Hay hábitos que son más difíciles de romper que otros.

—¿Todavía no estás preparada?

Jamie sonrió tristemente.

—¿Por qué será que todo el mundo me hace siempre esa pregunta?

—Lo siento.

—No pasa nada. No es culpa tuya que no tenga ni idea de lo que estoy haciendo con mi vida.

—Bueno, yo creo que se te aclararán las ideas cuando llegue el momento.

—Fijo, es fácil de decirlo para un genio de la informática.

—Deja el trabajo —le dijo Brad.

—¿Cómo? No puedo hacer eso. A mi hermana le daría un ataque.

—A mí me haría falta una buena asistente social.

Se inclinó hacia ella y la besó en los labios suavemente. Jamie soltó una carcajada.

—¡La verdad es que besas estupendamente! —le dijo ella mientras se apartaba, muy a su pesar, para coger aire.

—Y hablando de hermanas —dijo Brad al tiempo que su sonrisa se volvía más y más misteriosa— ¿Quién crees que me enseñó a besar así?

—¿Tu hermana te enseñó a besar?

—Hermanas —aclaró él—. Tres. Yo era el pequeño de la familia y me utilizaban sin escrúpulos —dijo entre risas—. Cuando empezaron a salir con chicos, experimentaban conmigo: «¿Qué te ha parecido, Bradley? Y así, ¿qué tal?» Y luego comenzaron a traer a sus amigas y ahí sí que se puso la cosa interesante.

—Me lo puedo imaginar.

—Sí, porque eso me permitió... ¿cómo lo diría una asistente social? ¿Tomar la iniciativa? Sí, eso es, sin duda empecé a tomar la iniciativa. Y así fue como *ellas* empezaron a enseñarme lo que les gustaba. Solían decir que no había nada peor que un tío metiéndote la lengua hasta la laringe; que era mucho mejor hacer las cosas con suavidad y sin prisas. Así —dijo, atrayendo a Jamie hacia él una vez más para abrazarla y besarle los labios dulcemente.

Ella sintió cómo le recorría las comisuras de los labios con la lengua, cómo ésta rozaba levemente la suya e iba penetrando cada vez más profundamente en su boca, cómo sus manos le acariciaban todo el cuerpo y la hacían deslizarse hacia abajo hasta quedar tendida en la cama. Y entonces, en vez de lanzarse sobre ella sin más, comenzó a descender por su cuerpo cubriendo de besos su cuello y sus senos, y descendió aún más abajo, hasta hundir la cabeza entre sus piernas donde su lengua siguió produciendo su magia. Ella dejó escapar un grito en el momento en que una ola de escalofríos como nunca había sentido antes la recorrió de la cabeza a los pies.

—No me digas que tus hermanas también te enseñaron a hacer eso —dijo cuando pudo recuperar el aliento.

Él lanzó una carcajada.

—No, eso lo aprendí yo solito. Y no me digas tú a mí que nadie te había hecho esto antes.

—Así, no. —Jamie pensó en su ex marido: prácticamente tenía que rogarle para que practicaran el sexo oral, y en las contadas ocasiones en que había logrado convencerlo para que lo hiciera (a regañadientes), él había salido de la cama de un salto en cuanto había terminado para ir corriendo al baño a lavarse los dientes y hacer gárgaras. Así que ella no había tardado mucho en dejar de pedírselo—. Entonces, ¿has estado casado alguna vez? —le preguntó.

—Pues sí —dijo Brad con tono despreocupado, pero sin añadir nada más.

—¿Y?

—Y no funcionó.

—¿No quieres hablar de eso? —le preguntó Jamie.

—No, si no me importa —le contestó Brad—, pero es que no hay mucho más que decir. El matrimonio iba bien, y luego ya no iba bien. No fue culpa de nadie y, por suerte, hemos conseguido seguir siendo amigos. Hablamos por teléfono casi todas las semanas.

—¿Ah sí?

—Bueno, es que tenemos un hijo.

—¿Tienes un hijo?

—Corey. Tiene cinco años. Tengo una foto suya en alguna parte —dijo Brad lleno de orgullo mientras alargaba el brazo para coger sus vaqueros que estaban al otro lado de la cama. Sacó la cartera y le enseñó una foto ajada que guardaba detrás de un fajo de billetes de veinte.

La imagen de un niño rubio muy guapo sonrió a Jamie tímidamente.

—Ésta se la hicieron hace casi un año, cuando cumplió cuatro. Ha crecido mucho desde entonces.

—Se parece a ti.

—¿Tú crees?

—Bueno, tiene el pelo más claro, pero la sonrisa es claramente igual que la tuya.

—¿De verdad? —Brad volvió a guardar la foto en la cartera y ésta en el pantalón—. Por desgracia, su madre se ha vuelto a casar hace poco y se han mudado al norte.

—Y ¿se ha llevado a Corey?

—Me temo que sí.

—¿Hace cuánto que no ves a tu hijo?

—Casi tres meses.

—Tiene que ser muy difícil.

—Bueno, Beth me pidió que le diera algo de tiempo para aclimatarse a su nueva vida, y me pareció justo.

Jamie sacudió la cabeza.

—Pues a mí me parece que eres increíble.

—No tanto —murmuró él.

—No conozco a muchos ex maridos que sean tan comprensivos.

—¿El tuyo no lo era?

—¿Cómo sabes que he estado casada?

—Por cómo has dicho «ex marido».

Jamie sonrió.

—¿Cuánto tiempo estuviste casada? —le preguntó él.

—No demasiado. Menos de dos años.

—Sin hijos. —Era una afirmación, no una pregunta.

Jamie no estaba segura de si debía asentir o negar con la cabeza.

—Sin hijos —dijo asintiendo con la cabeza.

—¿A tu madre no le gustaba?

—Es una manera suave de decirlo.

—¿Por qué no le gustaba?

—Creía que él tuvo la culpa de que dejara los estudios de Derecho.

—Y ¿no fue así?

Jamie dijo que no con la cabeza.

—Él fue la excusa que yo había estado buscando.

—¿No lo querías?

—No lo *conocía*.

Brad soltó otra carcajada: una maravillosa y sonora explosión que la hacía sentirse segura de que todo iba a salir bien mientras él estuviera a su lado.

—¿Sabes que cuando nos divorciamos mi suegra me obligó a devolverle todas las joyas que su hijo me había regalado, incluida la alianza? Decía que eran joyas de familia y que me demandaría si no se las devolvía.

—¡Qué maravilla!

—Eso mismo pensé yo.

—Y ¿se las devolviste?

—Por supuesto que sí. En cualquier caso no las quería, con la excepción de unos pendientes de oro y perlas que solía llevar puestos casi siempre. La verdad es que me costó un triunfo devolvérselos. —Jamie hizo una mueca de disgusto. ¿Por qué estaba hablando de su ex marido y su suegra? La cama era de matrimonio pero, aún así, no lo suficientemente grande para tanta gente—. De todos modos ya no importa. Todo eso pertenece al pasado, y no tengo por qué ver a ninguno de los dos nunca más.

—Eres libre para hacer lo que se te antoje —dijo Brad.

—Dicho así suena tan fácil.

—*Es* fácil.

Jamie cerró los ojos, apoyó la cabeza sobre el pecho de Brad y se dejó mecer por el ritmo acompasado de su respiración.

—¿A veces, no te entran ganas de subirte al coche y conducir sin rumbo fijo hasta donde la carretera te lleve? —le preguntó él.

—Constantemente —respondió Jamie.

Capítulo 3

Soñó con el funeral de su madre.

Sólo que, en el sueño, los que llevaban el féretro no eran los amigos y compañeros de su madre, sino el catálogo completo de posteriores esposas de su padre, todas ataviadas con trajes de novia de etérea seda color malva claro y portando en las manos olorosos ramos de lirios blancos. Su hermana estaba de pie junto al ataúd, esbelta y regia con su vestido morado de dama de honor, mirando de vez en cuando el reloj. «Me está esperando a mí», comprendió Jamie mientras intentaba encontrarse entre la muchedumbre de asistentes.

—Ya estoy aquí —trató de gritar desde las fronteras de su consciencia—, esperadme.

Jamie se vio corriendo hacia la multitud en el momento justo en que el ataúd comenzaba su parsimonioso descenso bajo tierra. ¡Ay Señor, no llevo ropa!, se dio cuenta al tiempo que trataba de ocultar su desnudez de la mirada espantada de su hermana y tropezaba con una lápida cercana que la hizo salir volando por los aires para ir a parar en el interior de un ataúd cuya tapa se había abierto generosamente para acogerla.

En el interior de la caja forrada de satén blanco, su madre abrió sus ojos color miel y le clavó una mirada acusadora:

—¿Estás preparada? —le preguntó.

Jamie dejó escapar un grito y se incorporó súbitamente quedando sentada en la cama; un reguero de sudor descendía por entre sus senos; su respiración era trabajosa e irregular.

—¡Joder! —murmuró apartándose el pelo de la frente mientras trataba de situarse y volver a la realidad.

Situarse era bien fácil: estaba en su apartamento, en su minúsculo dormitorio, en su inmensa cama de matrimonio. La realidad ya era más difícil de aceptar: tenía veintinueve años, un trabajo que no la llevaba a ninguna parte, un ex marido en Atlanta, un amante casado en el hospital y un perfecto desconocido en su cama.

Sólo que se dio cuenta de que Brad Fisher ya no estaba a su lado y eso acabó de despertarla del todo, dejándola sin saber si reír o llorar. ¿Habría sido el desconocido parte del sueño también?

El latido que sentía entre las piernas y la hendidura en la almohada sobre la que había estado apoyada la cabeza de Brad la convencieron rápidamente de que era real.

—¡Joder! —exclamó una vez más aguzando el oído con la esperanza de oírlo en la habitación contigua para después enterrar la cara entre las manos al convencerse de que se había marchado.

Por un lado la aliviaba que ya no estuviera allí: por lo menos así no tendría que enfrentarse al silencio incómodo, a las falsas promesas de volver a verse pronto, al doloroso beso en la frente como despedida mientras él se apresuraba hacia la puerta. Le había ahorrado todo eso. Debería estarle agradecida. Pero por otro lado no podía evitar sentirse abandonada, utilizada, incluso un poco maltratada. Otra vez.

—No seas idiota —se riñó a sí misma—, tú estás usando a Brad Fisher tanto o más que él a ti. ¿Cómo es el refrán? ¿Un clavo saca a otro clavo?

Desde luego no esperaba ni por lo más remoto que una aventura de una noche se convirtiera en una vida de devota adoración mutua. Aunque en el fondo eso era exactamente lo que se esperaba.

Jamie se preguntó cuál habría sido el momento exacto en que Brad se había deslizado silenciosamente fuera de su cama y de su vida. ¿Se habría ido tan pronto como se había asegurado de que ella estaba profundamente dormida o se habría permitido el lujo de dormitar unas cuantas horas antes de escapar? En cualquier caso, ya había conseguido lo que buscaba. Los seres queridos que ya no están con nosotros... «¡Y tanto!», pensó dejando escapar un sonoro suspiro. El sueño ya había quedado relegado a una desagradable nebulosa que sobrevolaba algún lugar recóndito fuera del alcance de su mente. Pero, aún con todo, habría sido un detalle por su parte si por lo menos se hubiera quedado el tiempo suficiente como para darle los buenos días, concluyó lanzando una mirada al reloj de la mesita de noche: las 08:15.

—¡Nooo! —exclamó una vez que su cerebro hubo descodificado la información que los brillantes números rojos le enviaban—. ¡Son las ocho y cuarto! —gritó a la habitación vacía, a sabiendas de que por más prisa que se diera para ducharse y vestirse, por más que condujera a toda velocidad, por más que se inventara las mejores excusas, llegaría tarde al trabajo y la señora Starkey se pondría furiosa. —Eres tan imbécil —dijo mientras el dedo acusador de su hermana la seguía hasta el cuarto de baño—. No has sido capaz ni de acordarte de poner el despertador.

«Estaba ligeramente liada», pensó Jamie reprimiendo una sonrisa mientras se metía en la ducha, abría el grifo y se colocaba directamente bajo el chorro de agua abriendo la boca al repentino torrente cálido.

—Eres tan imbécil —repitió.

Las palabras se deslizaron por el hilo de agua que salía de su boca mientras que las manos invisibles de Brad le enjabonaban el cuerpo y sus dedos le recorrían los senos y el vientre antes de desaparecer entre sus piernas. «¿Por qué demonios tenía que ser tan condenadamente bueno?», se preguntó al salir de la ducha unos instantes más tarde mientras se secaba hasta sacarse brillo con una toalla amarilla, tratando de borrar así el recuerdo de su tacto. Demasiado bueno para ser cierto, se recordó mientras se cepillaba los dientes y el pelo. Se puso lo primero que encontró en el armario dándose cuenta demasiado tarde de que eran la misma falda azul marino y la misma blusa azul pálido que había llevado al trabajo la víspera.

«Cuando algo parece demasiado bueno para ser cierto, por lo general, de hecho, lo es», entonó su hermana mientras Jamie se metía en la boca un trozo de pizza fría y se apresuraba hacia la puerta.

«¿Sin nada de maquillaje?», le preguntó su madre.

Jamie bajó corriendo las escaleras de hormigón hasta llegar al aparcamiento del edificio de tres plantas en que estaba su apartamento, comprobando con disimulo si todavía estaba allí el coche de Brad, aunque sabía de sobra que no estaba. «¿Cómo puedes ser tan tonta? —se fustigó a sí misma de nuevo mientras rebuscaba en su bolso tratando de encontrar las llaves del coche—. Pero ¿en qué estabas pensando?»

—Precisamente eso es lo que ha pasado: que *no* estabas pensando —se dijo Jamie en voz alta antes de que su madre o su hermana se le adelantaran.

«Para cuando te paras a pensar siempre es demasiado tarde», apostillaron ellas de todos modos.

Jamie miró la hora: las 08:40.

—Vaya si voy tarde, la señora Starkey me va a matar.

Pero la señora Starkey no estaba en su sitio cuando Jamie aterrizó por fin en su mesa casi a las nueve y diez. Las otras cuatro agentes de reclamaciones con las que compartía el soleado cubículo a penas reaccionaron a su llegada, aunque pudo detectar un levísimo movimiento de cabeza por parte de Mary McTeer.

—¿Todo bien? —le preguntó Karen Romanick sin levantar la vista de la pantalla del ordenador.

Karen era la mejor amiga de Jamie en Allstate, si bien rara vez se hacían confidencias y jamás quedaban fuera del trabajo. Era extremadamente delgada y su cabello era una auténtica explosión de rizos rubios que conferían un aire ligeramente frenético a todo cuanto hacía. Jamie se acababa poniendo nerviosa si pasaba un rato largo con ella.

Jamie sacudió la cabeza.

—¿No ha venido la señora Starkey?

—Sí sí, sí que ha venido —dijo Karen en un tono que hacía innecesario cualquier comentario adicional—: La señora Starkey ha venido —revelaba el tono— y no estaba precisamente contenta.

—Estupendo —dijo Jamie mientras encendía su ordenador y abría el documento en el que había estado trabajando la víspera.

—¿Fuiste al hospital al final? —le preguntó Karen entre dientes.

—Claro que sí.

—¿Y? ¿Cómo está Tim?

—Casado —dijo simplemente Jamie y entonces reparó en la extraña expresión que se dibujaba en el rostro anguloso de Karen—. ¿Lo sabías? —le preguntó incrédula.

—Y ¿tú no?

«Soy *tan* imbécil —pensó Jamie una vez más—. ¿Es que era yo la única que no lo sabía?»

«Uno ve solamente lo que quiere ver», oyó decir a su madre.

El teléfono de Jamie empezó a sonar. «Tal vez sea Brad —se pilló a sí misma pensando—, para decirme que siente mucho haber salido corriendo y que quiere compensarme por ello.» Jamie respiró hondo y descolgó interrumpiendo el repiqueteo del aparato.

—Jamie Kellogg —anunció llena de esperanza—, ¿en qué puedo ayudarle?

Pero en vez de la relajante voz de Brad susurrándole al oído sus más sinceras disculpas, lo que oyó fue el nasal acento neoyorquino de Selma Hersh echándole la bronca por no haberle respondido ayer tal y como le había prometido.

—Lo siento mucho —se disculpó Jamie tratando de recordar qué era exactamente lo que Selma esperaba que le enviara mientras tecleaba en busca del archivo en cuestión—. Tuve problemas con el ordenador, no me daba acceso a la información que me hacía falta.

Al otro lado de la línea, Selma Hersh resopló con incredulidad burlona.

—¿Para cuándo puedo contar con tenerlo encima de mi mesa? —le gruñó.

Jamie echó un vistazo rápido al archivo.

—Parece que todavía no disponemos de toda la información necesaria, señora Hersh.

—Pero ¿de qué me está hablando?

—Necesitamos un certificado médico que acredite la causa de la muerte de su marido.

—Tienen ustedes una copia del certificado de defunción, pero ¿qué más les hace falta?

—Son normas de la compañía, señora Hersh. Necesitamos una carta del médico que certificó la hora de la muerte en la que se especifique la causa del fallecimiento.

—Murió de neumonía.

—Sí, pero en cualquier caso necesitamos ese documento, en papel con membrete...

—Mi marido murió en el JFK Memorial, que es inmenso, ¿puede usted decirme cómo voy a saber qué médico certificó la hora de la muerte?

—Estoy segura de que el hospital le prestará la asistencia necesaria para obtener la información que solicitamos.

—Esto es completamente ridículo.

—Lo siento muchísimo, señora Hersh, pero tan pronto como nos haga llegar esa carta estaremos en condiciones de enviarle el cheque inmediatamente.

—Todo esto es absurdo. Quiero hablar con su supervisor.

—Le dejaré una nota para que se ponga en contacto con usted tan pronto como llegue... —Jamie se quedó con la palabra en la boca al cortarse la comunicación repentinamente—. Buenos días —dijo al tiempo que colgaba y en ese preciso instante sonó el teléfono otra vez. Jamie respiró hondo y se obligó a sonreír—: Jamie Kellogg.

—Jamie, hola.

Reconoció la voz de Tim inmediatamente, aunque no tenía su timbre característico. Se preguntó si todavía estaba en cuidados intensivos y si su mujer seguía allí montando guardia. «Cuelga», pensó.

—No me cuelgues —dijo Tim como si le hubiera leído el pensamiento—, por favor, Jamie, por lo menos escúchame.

—Veo que todavía estás vivo —le respondió ella con frialdad.

—Lo siento mucho, Jamie —empezó a decir él con voz temblorosa que presagiaba lágrimas.

Jamie negó con la cabeza, sintiendo que su cuerpo cedía, consciente de que estaba peligrosamente al borde de dejarse arrastrar una vez más: no en vano habían estado juntos durante más de cuatro meses; él había sido su amante, su confidente, en ocasiones incluso su amigo. Y ahora estaba en el hospital, seguía vivo de milagro...

«Pero ¿se puede saber qué me pasa?», se regañó golpeando el teclado con el puño, lo que hizo que se apagara la pantalla inmediatamente. Era un hombre casado, ¡por el amor de Dios!, y le había mentido. ¿Es que ya no le quedaban ni dignidad ni instinto de conservación? ¿Acaso no había aprendido nada de su matrimonio?

—Y ¿puede saberse qué es lo que sientes tanto, Tim? —le respondió cortante pensando en Selma Hersh y decidiendo que en aquel momento le hubiera venido bien una buena dosis de los arrestos de aquella mujer—. ¿Haberme mentido o que te descubriera?

—Las dos cosas —reconoció él tras una pausa.

—¿Qué es lo que te ha dicho tu mujer?

—Que habían venido a verme de la oficina. No hace falta ser ningún genio para darse cuenta de...

—¿Te vas a divorciar? —le interrumpió Jamie.

Otra pausa ligeramente más larga que la primera y entonces:

—No.

«Cabrón —pensó Jamie—, sí que te ha costado empezar a decir la verdad.»

—Menuda se debió montar ayer por la noche —continuó él soltando una ligera carcajada.

—Eres un hijo de mala madre —dijo Jamie sin alzar la voz—, te lo estás pasando en grande, ¿no?

La carcajada degeneró inmediatamente en tos.

—¿Cómo? Pero ¡qué dices, claro que no!

—Todo esto te halaga, mentiroso hijo de puta.

—Jamie, estás sacando las cosas de quicio.

—Vete a la mierda —dijo ella colgando el teléfono furiosa.

En medio de la calma que siguió, Jamie fue dándose cuenta poco a poco de los sonidos que había a su alrededor: el zumbido del ordenador; el leve murmullo de la voz de Mary McTeer hablando con un compañero de trabajo; el repiqueteo del teclado de Karen Romanick; la respiración acompasada de alguien que estaba de pie a sus espaldas. Jamie se dio la vuelta sabiendo de sobra de quién se trataba incluso antes de tener ante sus ojos los característicos dedos largos con manicura impecable de la señora Starkey tamborileando con impaciencia sobre las mangas de su blusa de seda beige.

—¡Qué manera tan fascinante de tratar a los clientes! —comentó la señora Starkey clavando en Jamie su acerada mirada color avellana a través de los cristales de las gafas de concha—. ¡No me extraña que tengas tanto éxito con ellos!

—Lo siento muchísimo —comenzó a decir Jamie sin estar muy segura de por qué se disculpaba exactamente: ¿por ser una estúpida redomada, por haber tenido una aventura con un hombre casado, por haberse ido a la cama con un desconocido, por utilizar el teléfono del trabajo para llamadas personales? ¡Qué coño, que eligiera ella misma! Sentía muchísimo toda su malgastada y estúpida vida.

—A mi oficina —ordenó la señora Starkey girando sobre los talones de sus zapatos planos color marrón y alejándose a grandes zancadas sin volver la vista atrás.

—¡Joder! —Jamie miró a la pantalla de su ordenador—. ¡Joder! —dijo de nuevo, incapaz de mover un solo músculo.

—Limítate a ir a su despacho y escucharla sin rechistar —le aconsejó Karen sin mover apenas los labios.

—Me parece que ahora mismo no estoy en condiciones de enfrentarme a ella.

—Y a mí me parece que no tienes elección.

—¡Joder!

—Te vas a disculpar, te vas a arrastrar y vas a conservar el trabajo —añadió Karen.

—No quiero conservar el trabajo —dijo Jamie en voz alta.

—Pero ¿qué estás diciendo?

Jamie se apartó de la mesa poniéndose de pie rápidamente.

—Digo que no quiero conservar este trabajo.

—Pero ¿qué vas a *hacer*?

Jamie empezó a recoger sus cosas de la mesa: una libreta de direcciones, un pintalabios rosa, un cortaúñas, unas medias de repuesto.

—Lo dejo.

—¿Sin ir a hablar con la señora Starkey primero?

—Es una mujer inteligente, acabará dándose cuenta. —Jamie se agachó para dar a su sorprendida compañera un abrazo—. Ya te llamaré cuando se hayan calmado los ánimos.

Salió de la oficina con paso decidido.

—¿Estás segura de lo que estás haciendo? —oyó a lo lejos la voz de Karen preguntándole—. Vamos, que si no te parece que te estás precipitando un poco.

Jamie vio cómo la señora Starkey la observaba desde su oficina y el desconcierto que leyó en sus facciones angulosas le produjo una inmensa satisfacción.

—Buenos días a todos —dijo sin dirigirse a nadie en particular al tiempo que la puerta se cerraba a sus espaldas.

Para las diez ya estaba en casa. Se le pasó por la cabeza parar en el Breakers pero lo pensó mejor: si Brad quería ponerse en contacto con ella sabía exactamente dónde encontrarla. Además, su marcha precipitada lo dejaba todo bastante claro. ¿Acaso se le podía echar a él la culpa de nada? Ya era bastante malo haberse ido a la cama con un hombre en la primera cita, pero es que ella ni siquiera había esperado tanto: se había ido a la cama con él en su primer *encuentro*, ¡por el amor de Dios!

—Pero ¿qué demonios pasa contigo? —iba mascullando Jamie mientras subía las escaleras que conducían a su apartamento. Saludó con la mano a un anciano encorvado que se encontraba al otro lado del pasillo. El hombre se la quedó mirando como si no tuviera ni idea de quién era. «Y tal vez así fuera», pensó Jamie mientras oía los rugidos de su estómago que la hicieron caer en la cuenta de que no tenía comida en casa excepto restos de pizza fría. Debería haber comprado cereales y leche, y unos huevos tal vez. En esos momentos le apetecía muchísimo una tortilla de queso; con un panecillo con sésamo; tostado, y un café solo bien cargado, pensó en el momento en que la envolvió el aroma de café recién hecho procedente del fondo del pasillo. Era una lástima que nunca hubiera llegado a conocer a sus vecinos: si los conociera, ahora podría haberse pasado por su casa para charlar amigablemente y tomarse una taza de café.

Pero la verdad era que realmente no tenía amigos. Y ya no tenía trabajo.

—Y café tampoco tengo —gimió mientras abría la puerta de casa y entraba en el cuarto de estar.

El olor a café la inundó y, por un minuto, Jamie pensó que se había equivocado de apartamento. Pero allí estaba el sofá rojo de segunda mano que su hermana le había dado cuando redecoró su casa, contra la pared del fondo, en ángulo recto con la silla de cuero negro que había comprado en las rebajas de Sears; y la carísima mesa de cristal de su madre seguía allí también, cubierta con los últimos números de varias revistas de moda.

Así que sí, éste *era* su apartamento y el atractivo hombre que en esos momentos salía de la diminuta cocina y caminaba hacia ella con una taza humeante de café solo en la mano y se la ofrecía, era el mismo hombre con el que había pasado la noche haciendo el amor apasionadamente; y aquí estaba ahora: seguía anticipando cada uno de sus deseos y necesidades; así que, sin lugar a dudas, debía de estar soñando y el sueño estaba empezando a ponerse realmente interesante, con lo cual cabía esperar que, en este preciso instante, seguramente se despertaría, por más que fuera lo último que quería hacer. «Por favor, que no me despierte ahora», estaba pensando Jamie en el momento en que él puso la taza en sus manos y se inclinó para besarla suavemente en los labios.

—Has vuelto —le dijo él besándola otra vez.

«Parece tan real —pensó Jamie—. Suena tan real.»

—Y tú también —se oyó decir a sí misma al tiempo que su propia voz la traía de vuelta a la realidad.

Brad Fisher seguía allí.

—Me desperté pronto y pensé que te podía dar una sorpresa y prepararte el desayuno —la informó él señalando hacia la cocina con la cabeza—, pero no había gran cosa en los armarios, así que me fui a todo prisa a Publix a comprar unos panecillos...

—¿Has traído *panecillos*?

Él le sonrió.

—Por aquí hay alguien que tiene mucha hambre.

Jamie trastabilló hasta el sofá, se dejó caer en él y dio un gran sorbo de café. Era el mejor que había tomado jamás.

—¿Cómo has entrado? —le preguntó.

Brad se encogió de hombros

—La puerta estaba abierta.

—¿Me olvidé de cerrarla con llave?

—Por lo visto.

—Primero se me olvida poner el despertador y luego no me acuerdo de cerrar la puerta. Mi madre habría dicho que se me olvidaría hasta la cabeza si no fuera porque la tengo pegada al cuello.

—¿Alguna vez decía algo agradable?

—También decía que tengo mucha labia.

Él soltó una carcajada.

—¡Vaya, no me refería a ese tipo de cumplido!

—He dejado el trabajo —gimió Jamie.

—¿De verdad? ¡Fantástico!

—¿Fantástico? De eso nada, ha sido una estupidez, no pensaba lo que hacía...

—Odiabas ese trabajo.

—Ya lo sé, pero me pagaba las facturas.

—Bueno, pues te buscas otro.

Jamie dio otro sorbo al café contemplando la sonrisa pícara que se dibujaba en el rostro de Brad.

—¿Qué pasa? —preguntó ella.

—Se me ha ocurrido una idea estupenda.

Jamie sintió un escalofrío entre las piernas.

—¿Ah sí?

—Creo que deberíamos hacer eso de lo que hablamos ayer por la noche.

Jamie ladeó la cabeza: entre sus recuerdos de la noche anterior había poco diálogo.

—Estaba pensando que podíamos coger el coche y simplemente largarnos —continuó él—. Claro que tendríamos que usar el tuyo; el mío está en el taller.

—Y ¿adónde iríamos?

—Adonde sea.

—No lo dices en serio.

—Lo digo completamente en serio.

—No puedo.

—¿Por qué no? Estamos los dos sin trabajo y no tenemos responsabilidades, nada nos impide marcharnos. Es el momento perfecto.

—Lo *dices* en serio.

—Completamente en serio.

Sonó el teléfono y Jamie lo cogió:

—¿Sí?

Brad se acercó inmediatamente a ella y comenzó a recorrerle los senos con las manos mientras que con los labios trabaza un senda de diminutos besos a largo de sus hombros.

—¿Se puede saber qué coño está pasando? —dijo la hermana de Jamie al otro lado de la línea.

—¡Hola, Cynthia! ¿Qué tal?

—No me vengas con «hola Cynthia qué tal». ¿Se puede saber qué coño crees que estás haciendo?

Jamie se preguntó si Cynthia tenía una cámara instalada en un rincón de la casa y si en ese preciso instante veía cómo los dedos de Brad le acariciaban suavemente el contorno de los pezones.

—Todd me acaba de decir que ha recibido una llamada furibunda de Lorraine Starkey para contarle con pelos y señales el farol que te has marcado esta mañana…

—No era un farol.

—¿Has dejado el trabajo sin molestarte en decir una sola palabra? ¿No has entregado una carta de dimisión? ¿No has dado ninguna explicación…?

Los dedos de Brad desaparecieron bajo la blusa. El gemido de Jamie fue perfectamente audible.

—¿Qué ha sido eso? ¿Acabas de soltar un gemido?

Jamie agarró las manos de Brad para que parara y, al hacerlo, se le cayó el teléfono.

—¿Jamie? —oyó a Cynthia decir desde su regazo—. ¿Se puede saber qué está pasando?

—Perdona, es que se me ha caído el teléfono.

Hubo una pausa.

—¿Estás con alguien?

—Pero ¡qué dices! ¡Por supuesto que no!

Brad se inclinó hacia delante apoyando la barbilla en el hombro de Jamie para seguir la conversación.

—¿Estás bien? —preguntó Cynthia—. No te estará entrando una depresión nerviosa, ¿no?

—Odiaba ese trabajo, Cynthia.

—No puedes seguir así y lo sabes, ¿verdad?

—Me puedo buscar otro trabajo.

—No me refiero a eso, ya sabes de qué te estoy hablando.

—Pues para serte sincera, no estoy segura.

—No puedes seguir jodiéndolo todo.

—No lo haré.

—Y ahora llama a la señora Starkey y dile que lo sientes.

—No puedo hacer eso.

—¿Cómo que no puedes?

—No puedo decirle que lo siento porque no es verdad.

—Bueno bueno —dijo Cynthia—, está claro que éste no es el mejor momento para hablar de esto. Hablaremos cuando vengas.

—¿Qué quieres decir con eso de «cuando vengas»?

—¿Qué quieres decir *tú* con eso de «qué quieres decir»?

—¿Cómo?

—Esto es genial —dijo Brad sin poder contener la risa.

—¿Qué ha sido eso? —exclamó Cynthia.

—¿Qué ha sido qué?

—¿Te estás riendo?

—Por supuesto que no.

—Porque no tiene gracia, ¿sabes?

—No me estoy riendo.

—Bueno, entonces, ¿a qué hora vas a venir? Y no me digas que te habías olvidado de que habíamos quedado.

Brad empezó a decir que sí con la cabeza.

—Dile que tienes otros planes —le susurró a Jamie al oído.

—¿Qué has dicho? —preguntó Cynthia.

—Lo siento mucho, Cyn, pero es que ya he *hecho* otros planes —le contestó Jamie.

—No me puedes hacer esto —protestó su hermana—. Dijiste que vendrías y que miraríamos juntas las cosas de mamá. Me lo prometiste.

—Lo haremos en otro momento. Mañana…

Brad negó con la cabeza:

—Mañana tampoco puedes —dijo.

—¿Cómo? —volvió a preguntar Cynthia.

—Perdona, mañana no, mañana tampoco puedo.

—Y el domingo tampoco —añadió Brad.

—Este fin de semana no me va bien —dijo Jamie.

—Pues entonces, ¿cuándo te va bien? No podemos seguir retrasándolo.

«Y ¿por qué no podemos? —se preguntó Jamie—. ¿Por qué tanta prisa en deshacernos de las cosas de mamá? No se va a ir a ninguna parte precisamente.» Jamie apoyó la mejilla contra la de Brad sintiendo su barba incipiente sobre la piel.

—Verás, es que creo que me voy a ir unos días —dijo de pronto sintiendo cómo una sonrisa iluminaba el rostro de Brad—. Igual la semana que viene.

—¿Qué? ¿De qué estás hablando? ¿Cómo que te vas a ir unos días? Pero ¿a dónde? ¿De qué me estás hablando? —le soltó Cynthia enfadada.

—Necesito descansar.

—¿Descansar?

—Unos cuantos días, una semana, tal vez dos —añadió Jamie al tiempo que Brad levantaba los dedos índice y corazón de su mano derecha.

—¡Esto es increíble! Y ¿cuándo lo has decidido si puede saberse?

—Te llamo mañana o pasado.

—Llámame cuando hayas madurado —dijo Cynthia justo antes de colgarle el teléfono.

Brad se puso de pie de un salto.

—¡Así se habla, Jamie!

—Está furiosa.

—¡Que se vaya a la mierda!

Brad le cogió las manos y la hizo girar por la habitación.

—¡Venga, señorita Jamie, no perdamos más tiempo! ¡Que empiece la función!

—Pero ¿a dónde vamos? ¿Tienes algún plan?

—Por supuesto que tengo un plan: nos vamos hacia el norte, igual paramos en Ohio unos días.

—¿Ohio? Y ¿qué hay en Ohio?

—Mi hijo. Vas a ver cuando lo conozcas, Jamie, te va a encantar. ¡Vamos! ¿No te estarás echando atrás, verdad?

Echarse atrás era precisamente en lo que estaba pensando. Todo estaba ocurriendo demasiado deprisa. Demasiado deprisa. Ya había hecho algo descabellado ese día. ¿De verdad se estaba planteando seriamente «partir hacia la puesta de sol» con un tipo que acababa de conocer? ¡Y además en *su* coche! Tenía que respirar hondo, calmarse un poco, reflexionar.

—Consideraré eso como un no —dijo Brad besándola suavemente en los labios.

¿Qué era lo que la preocupaba tanto?, se preguntó apartando de su mente toda objeción incómoda.

—¿A dónde exactamente de Ohio? —le preguntó.

—A Dayton —le respondió él dedicándole una de sus maravillosas sonrisas—, a una calle que se llama carretera de Mad River.

Capítulo 4

La casa de madera de dos plantas del 131 de la carretera de Mad River era como todas las demás casas de la calle: vieja y algo destartalada. La pintura gris se estaba descascarillando y las cuatro contraventanas de la fachada, blancas en su día, ahora estaban manchadas y desvencijadas describiendo una variedad de precarios ángulos torcidos. Las del dormitorio estaban particularmente mal, llenas de pegotes de porquería acumulada a lo largo de los años, y se mantenían en su sitio a duras penas. «Como yo», pensó Emma aspirando una bocanada del aire fresco de la mañana y obligando a sus larguísimas y reacias piernas a subir los seis peldaños a punto de desmoronarse que conducían a la entrada. Se detuvo en el diminuto porche ante la puerta de mosquitera con unos cuantos desgarrones a la que seguía otra puerta, ésta más robusta y pintada de negro, aunque el color estaba desvaído y la superficie llena de arañazos. Más allá del umbral, más casa descascarillada, desvaída y a punto de desmoronarse: sin duda había conocido tiempos mejores. Emma se encogió de hombros. Y ¿quién no? Además, ¿qué podía esperarse por el alquiler que pagaba?

Hace unos años, la calle había sido comprada por unos promotores con intención de derribar las casas y construir otras nuevas de lujo. Aburguesamiento, ése era el término. Sólo que alguien en el ayuntamiento se había opuesto y el proyecto quedó paralizado, envuelto en una madeja inextricable de requisitos administrativos.

Mientras tanto, los promotores, resistiéndose a abandonar después de lo que habían invertido y con la esperanza de que al final se llegaría a un acuerdo satisfactorio con los poderes fácticos, decidieron alquilar las casas por meses. El resultado fue que la carretera de Mad River se convirtió en algo así como un santuario para mujeres de paso, mujeres con pasados turbulentos y futuros inciertos cuyos presentes estaban en compás de espera. No era de extrañar que esto incluyera a un buen número de madres solteras con sus hijos. Cuando Emma y su hijo llegaron a la ciudad buscando un apartamento barato en un barrio seguro, a ser posible desde el que se pudiera ir andando al colegio, la agente de la inmobiliaria no se lo pensó más de un segundo antes de sugerirle la carretera de Mad River: cierto que las casas no estaban en perfectas condiciones precisamente y que te podían echar con sólo dos meses de preaviso, pero los vecinos de la calle se habían esforzado por adecentar los alrededores plantando flores en la parte delantera de los jardines y pintando las casas en toda una gama de interesantes tonos pastel. Y además, ¿en qué otro lugar de la ciudad se podía encontrar una casa con dos dormitorios por ese dinero?

—Es una casita muy acogedora —declaró la agente—, con muchísimas posibilidades.

Posibilidades de volver a empezar, se recordó Emma pensando que lo malo era que esas posibilidades costaban dinero y ella se estaba gastando el poco que había conseguido esconder de su ex marido a una velocidad que no se esperaba. Pronto no le quedaría nada.

Se sujetó detrás de la oreja un mechón de negro cabello que le llegaba hasta los hombros y se puso a escuchar a los pájaros en los árboles de los alrededores, preguntándose distraídamente qué clase de pájaros serían, qué clase de árboles. Debería saber esas cosas. Debería saber qué clase de pájaros —¿petirrojos?, ¿gorriones?, ¿cardenales?— daban aquella serenata cuando llevaba a su hijo al colegio por las mañanas. Debería saber cuál era la clase de árboles —¿arces?, ¿robles?, ¿olmos?— que había a ambos lados de la larga calle y que proyectaban su sombra sobre la diminuta cuadrícula de césped frente a su casa. Debería saber esas cosas. Del mismo modo que debería saber el nombre de las flores —¿peonías?, ¿begonias?, ¿petunias?— que la anciana señora Discala había plantado hacía poco a lo largo de la acera enfrente de su casa. Emma buscó las llaves en el bolsillo de sus vaqueros, abrió la puerta de mosquitera y metió la llave en la cerradura de la de madera. Ambas puertas rechinaron como si profirieran atronadoras protestas. «Seguramente hay que echarles aceite», pensó y se preguntó qué aceite habría que usar: ¿animal?, ¿vegetal?, ¿mineral?

Dentro hacía calor pero Emma desechó la idea de abrir las ventanas. La verdad era que la temperatura iba bien con su estado de ánimo: letárgico y rayando en depresivo. Hoy era el día en que se suponía que iba a empezar a buscar trabajo, pero su hijo no había dormido bien anoche —otra pesadilla—, lo que significaba que, por supuesto, ella tampoco, y le parecía poco probable que esas bolsas negras bajos sus normalmente deslumbrantes ojos azules causaran buena impresión a ningún entrevistador. Los ojos siempre habían sido su mejor baza: los tenía grandes y almendrados, y dominaban un rostro que, de no ser por ellos, hubiera resultado bastante anodino aunque bello.

—Luego me pongo a mirar las ofertas de empleo —informó al periódico que aún estaba tirado sobre el suelo de madera junto a la puerta de entrada.

Atravesó el pequeño recibidor que dividía la casa en dos mitades, a cual menos interesante: el cuarto de estar a la izquierda, sólo un poco más grande que el comedor, que estaba a la derecha; la cocina más allá del comedor, en la que apenas cabía la mesa redonda de color blanco y las dos sillas plegables que había comprado en una tienda de segunda mano junto con la mayoría de los otros muebles. Un sofá con una forma extraña —probablemente fruto del concepto que algún diseñador tenía de «moderno»— ocupaba casi todo el cuarto de estar colocado bajo la ventana junto a un sillón beige y verde sorprendentemente cómodo y entre ambos había un juego de mesas supletorias blancas de varios tamaños que se podían apilar unas sobre otras. El comedor contenía cuatro sillas plegables de plástico gris, colocadas en torno a una mesa cuadrada de tamaño mediano, cubierta con un mantel de flores que Emma había comprado para tapar los arañazos que tenía. Las paredes de toda la casa estaban pintadas de un blanco insulso, los suelos desnudos pedían a gritos unas alfombras. Pero la idea de poner alfombras se aproximaba demasiado a cualquier intención de permanencia y ¿cómo iba a pensar en echar raíces, en establecerse, en pasar página, cuando aún seguía vigilando por encima del hombro en todo momento? No, era demasiado pronto. Tal vez algún día...

—¡Bueno! —dijo Emma—. Ya basta.

Subió por la empinada escalera hasta el segundo piso; cada peldaño era como un recordatorio de que un día era igual a cualquier otro en la carretera de Mad River.

Emma fue a su habitación y se dejó caer en la cama de matrimonio aún sin hacer, preguntándose a quién se le habría ocurrido ponerle ese nombre a la calle cuando el río en cuestión estaba a kilómetros de distancia. Se decía que hubo un tiempo en que uno de sus afluentes pasaba muy cerca de allí, pero que se había secado hacía mucho. Y, en cualquier caso, ¿por qué Mad River: «río furioso»? ¿Qué hacía que el río estuviera tan *furioso*? ¿Era un río furioso, salvaje, descontrolado? ¿Sería aplicable el mismo adjetivo a las personas que vivían en aquella calle? «Otro de esos misterios sin resolver que tiene la vida», concluyó Emma cerrando los ojos. Ahora tenía cosas más importantes de las que preocuparse.

Su hijo, por ejemplo. Tenía que hacer algo respecto a las pesadillas del niño: estaban haciéndose cada vez más frecuentes y cada vez hacía falta más tiempo para que se calmara. Tal y como estaban las cosas, el niño se empeñaba en dormir con la luz y su pequeña radio encendidas toda la noche. Y no era sólo eso, sino que además a la hora de ir a la cama, insistía en toda una serie de rituales disparatados que cada vez duraban más: se cepillaba los dientes durante treinta segundos divididos en quince cepilladas exactas para los dientes de arriba y otras tantas para los de abajo; entonces procedía a enjuagarse la boca empezando por el lado izquierdo para luego pasar al derecho y terminaba escupiendo en el lavabo tres veces; también tenía que tocar el somier de madera de su pequeña cama dos veces antes de meterse entre las sábanas y entonces alzaba el brazo para tocar la pared por encima de su cabeza. Ninguna de esas operaciones podía omitirse ni modificarse en lo más mínimo pues el niño temía que, de hacerlo, las consecuencias serían terribles. Emma se dio cuenta de que a su hijo le daba miedo todo y dejó escapar un gemido preguntándose si siempre habría sido tan asustadizo aunque no se le notara.

Cierto que el último año no había sido nada fácil para él. ¡Mierda, no había sido fácil para ninguno de los dos! Se habían mudado tres veces y, para empezar, Dylan aún seguía sin entender por qué habían tenido que marcharse de su casa dejando atrás todo lo que le resultaba familiar y cercano: su abuela, su habitación, sus amigos, sus juguetes. Siempre estaba preguntando dónde estaba su padre y si había alguien que lo estuviera cuidando. No le gustaban sus nuevos nombres, y eso que le había explicado que a él le había puesto el de uno de los personajes de la que fuera la serie de televisión favorita de Emma, *Beverly Hills 90210. Sensación de vivir,* y que ella se había puesto el nombre del bebé de Rachel en *Friends,* y ¿no le parecía que le iba mucho mejor que su antiguo nombre? Él debía «tener mucho cuidado» —le recordaba a menudo— de que no se le escapara su antiguo nombre cuando estaba con desconocidos, aunque no le explicaba por qué. Y es que el caso era que no podía explicarle lo que había ocurrido con su padre. Era demasiado pequeño para entenderlo. Si tuvieran que mudarse otra vez, tal vez le dejaría elegir su nombre.

Emma rodó en la cama hasta colocarse sobre un costado, abrió los ojos y se quedó mirando por la ventana. Unas delicadas nubes blancas diminutas surcaban un sereno cielo azul. El viento agitaba contra el cristal la rama de un árbol al que acababan de salirle brotes nuevos. Hacía frío para ser mayo. Afuera, el aire olía a humedad y traía consigo una amenaza de lluvia. La detestaba: Emma se tomaba el tiempo como algo personal, aunque sabía que era una estupidez hacerlo, pero, aún así, ¿de verdad era necesario que hiciera mal tiempo tan a menudo? Ella se había criado en un lugar cálido y soleado. Tal vez algún día volvería.

Pero, por el momento, había ido a parar a la carretera de Mad River. Un mes más y se habría acabado el colegio. ¿Qué iba a hacer con Dylan entonces? Incluso si tuviera dinero para mandarlo de campamento dudaba de que él quisiera ir; y no podía llevarlo con ella al trabajo durante dos meses, así que ¿para qué pensar siquiera en buscarse un trabajo? Tal vez podría convencer a la señora Discala para que le cuidara al niño. A Dylan le caía bien decía que le recordaba a su abuela.

Todo era culpa suya, pensó Emma mientras los ojos se le cerraban de sueño. Los miedos de su hijo eran culpa suya y tenía que hacer algo, y pronto, o se volverían los dos locos. Efectivamente: carretera de *Mad* River.

Se quedó medio adormilada en una especie de duermevela en que la realidad y la fantasía empezaban a mezclarse conjugando extrañas imágenes y acontecimientos reales en su cabeza. Un instante se veía haciendo las maletas a toda prisa y huyendo de casa; al momento estaba lanzándose a un río de aguas turbulentas; un instante después, una hilera de personas cuyas caras le resultaban familiares jalonaba una costa desconocida llamándola por varios nombres distintos y tratando de atraer su atención: le lanzaban palos, daban golpes en el suelo con los pies, algunos agitaban los puños en el aire, como si aporrearan una puerta.

«Alguien está llamando a la puerta —se dio cuenta Emma a medida que los golpes se iban haciendo más fuertes—. ¿Quién podrá ser?», se preguntó casi temerosa de moverse: no estaba esperando a nadie y era muy improbable que ninguno de sus vecinos le hiciera una visita inesperada porque desde que llegó a la carretera de Mad River hacía unos meses no había estado precisamente tratando de hacer amistades, sino más bien respondiendo con frialdad a las tentativas de entablar conversación de todas aquellas madres solteras que vivían en la misma calle. Era mejor así: no tenía sentido que entrara a formar parte de la vida de nadie cuando la suya propia estaba pasando por un momento tan tenso e inestable, cuando una simple llamada de teléfono inesperada o un encuentro imprevisto podían obligarla a huir en mitad de la noche una vez más. ¿Acaso era tan sorprendente que su hijo hubiera acabado por adoptar la misma actitud? Su profesora, la señorita Kensit, se quejaba asiduamente de los pocos amigos que tenía Dylan. ¿Sería la señorita Kensit la que llamaba a la puerta? ¿Había venido para decirle que le había pasado algo terrible a su hijo, que alguien se lo había llevado?

Emma se incorporó de golpe tratando de ignorar el terror que se estaba apoderando de ella, pero éste se aferraba a su cuerpo como un mal catarro imposible de curar.

¿Los había encontrado?

Miró el reloj y se obligó a salir de la cama y caminar hasta el rellano de la escalera. Se había quedado dormida durante una buena media hora. ¿Era posible que en media hora, en esos treinta minutos en los que había bajado la guardia, su mundo se hubiera visto alterado para siempre, otra vez? Y ¿todo sin que se diera cuenta y desde luego sin su consentimiento?

—No estoy de acuerdo —dijo mientras baja lentamente las escaleras apoyándose con fuerza en la pared para ayudarse a mantener el equilibrio y dejando tras de sí sobre la pintura blanca las huellas del sudor frío que le provocaba el miedo—. No estoy de acuerdo.

Respiró hondo sin atreverse a soltar el aire, abrió la puerta de la calle y miró a través de la mosquitera. «Te mataré si hace falta —estaba pensando cuando clavó la mirada en el desconocido vestido de uniforme—. Te mataré antes de dejar que me quites a mi hijo.»

—Un paquete para usted —anunció displicentemente la boca de un joven que tenía un hueco entre las dos paletas—. No cabía por el buzón.

Emma abrió la mosquitera y el joven —que, ahora se daba cuenta, era el cartero— le entregó un sobre grande acolchado junto con sus otras cartas, y luego giró sobre sus talones y bajo corriendo los peldaños hasta llegar a la acera. Ella cerró rápidamente la puerta y abrió el sobre sacando de él lo que parecía ser una carta muy larga cuidadosamente mecanografiada a doble espacio. «¿De quién?», se preguntó sintiendo que el manto del miedo volvía a posarse sobre sus hombros mientras leía por encima hasta llegar a la última página. Pero, en vez de una firma, lo que se encontró fue una única palabra: «FIN».

—Pero ¿qué es esto? —preguntó en voz alta volviendo a la primera página.

La carta comenzaba así:

Apreciada señora Rogers,

Le agradecemos encarecidamente la oportunidad que nos ha brindado de leer su relato corto titulado Ella sigue en pie, *y pese a que consideramos que su historia es entretenida y está bien escrita, lamentamos tener que comunicarle que no nos parece adecuada para las lectoras de* Woman's Own. *Le deseamos mucha suerte en sus gestiones de cara a la publicación de su relato en otra revista y confiamos en que vuelva a ponerse en contacto con nosotros en el futuro.*

Atentamente...

«¿Qué coño es esto?», se preguntó Emma dándose cuenta en ese preciso instante de que el cartero había entregado el sobre en la dirección equivocada. De hecho, todas las cartas iban dirigidas a otra persona, a una tal Lily Rogers del 113 de la carretera de Mad River. *113*, no 131. Emma sabía quién era Lily Rogers: vivía al final de la calle, nueve casas más abajo, y solía saludar a Emma de lejos cuando la veía. Había intentado entablar conversación en varias ocasiones, pero Emma siempre había hecho lo posible por mantener las distancias y despedirse lo antes posible.

—¡Un momento! —exclamó Emma abriendo la puerta y empujando la mosquitera para salir hasta la calle en busca del cartero despistado. Pero éste ya había doblado la esquina y había desaparecido calle abajo, y no iba a salir corriendo detrás de él. Le llevaría a Lily Rogers su correo esa misma tarde, cuando fuera a buscar a su hijo al colegio. No había prisa. Nadie tenía prisa por ser rechazado.

Emma alzó la carta para echar un vistazo al relato al que venía adjunta:

—*Ella sigue en pie* —leyó en voz alta—. De Lily Rogers.

Pauline Brody está pensando en regalices: esos largos en es-
piral, los rojos, ésos de los que su hermana solía decirle que no
eran regaliz de verdad sino algún tipo de plástico y que llevaban
un montón de colorante rojo que le daría cáncer cuando se hicie-
ra mayor.

«¡Puaj!», pensó Emma volviendo a meter el relato en el sobre y dejando el correo de Lily en el suelo en lugar del periódico, que se llevó con ella a la cocina en la parte trasera de la casa. El sol entraba por el ventanal que había encima del fregadero iluminando la lisa superficie de la encimera de formica que había entre la pequeña nevera blanca y el horno. No tenía lavaplatos, ni microondas, ni grill, pero Emma casi daba gracias por ello: ya había tenido todas esas cosas mientras estuvo casada con el padre de Dylan y no echaba de menos nada. ¡Qué coño, mientras tuviera su Mr.Coffe para hacerse el café se daba por satisfecha! Aclaró su taza y se sirvió más café recién hecho de por la mañana. «Bueno, luego ya no tan recién hecho», pensó dando un gran sorbo; se sentó frente a la mesa y extendió ante sus ojos el periódico abierto por la sección de ofertas de empleo. Ya estaba bien de dejarlo para más tarde. Necesitaba un trabajo.

Emma lanzó un gemido y se recostó sobre el respaldo de la silla estirándose en dirección al cajón de debajo del fregadero. No podía hacer esto sola, necesitaba refuerzos; y ahí estaban, al fondo del cajón, escondidos entre los paños de cocina y las bayetas: un paquete entero de Salem y media caja de cerillas. «Hablando de cosas que darán cáncer cuando te hagas mayor...», pensó, mientras sacaba un cigarrillo de la mitad de la primera hilera. Lo encendió y dio una calada profunda cerrando los ojos. El número de cosas por las que era capaz de preocuparse tenía un límite, y la verdad era que a Emma le encantaba fumar, le encantaba todo lo que tenía que ver con fumar: el sabor del tabaco en la lengua, la lenta sensación de calor pasándole por la garganta, la exquisita presión que sentía en los pulmones a medida que se le llenaban de humo, la parsimoniosa y gratificante bocanada volviendo al exterior. No le importaba lo que dijeran los especialistas, nada que te hiciera sentir tan bien podía ser tan malo.

Claro que hubo un tiempo en que pensaba lo mismo de los hombres.

Y además se lo había prometido a Dylan: «Sí, te juro que dejaré de fumar. No, no me voy a morir, te lo prometo. ¿Ves? Mamá está tirando a la basura esos cigarrillos asquerosos. ¡Ya está, todos a la basura! No llores más, por favor, cariño, deja de llorar».

Tendría que abrir las ventanas y orear un poco la casa antes de que el niño volviera, y lavarse los dientes: «Quince cepilladas para los dientes de arriba y otras quince para los de abajo», pensó esbozando una sonrisa triste mientras se imaginaba a Dylan cumpliendo con su ritual de abluciones nocturnas. ¡Dios mío! ¿Qué iba hacer con el niño?

—¿Qué voy a hacer conmigo? —se preguntó paseando la vista por los anuncios de la sección de «Ofertas de Empleo No Cualificado».

«EXCELENTES PERSPECTIVAS ECONÓMICAS PARA JÓVENES EMPRENDEDORES» comenzaba el primer anuncio.

¿Estás buscando una ocupación que te llene? Un inmejorable ambiente de trabajo y un generoso sueldo te esperan.

—¡Pues yo con eso me conformo! —dijo Emma mientras seguía leyendo.

Buscamos 14 Agentes Comerciales a T/C para incorporarse a empresa de marketing en expansión. No telemarketing.

—¿Qué demonios será Agentes Comerciales a T/C? —se preguntó Emma al tiempo que daba otra larga calada al cigarrillo y seguía leyendo.

Agentes de Viajes (22 nuevos puestos); 10$/h + 40-100$ en efectivo diarios...

Se necesita panadero para pastelería portuguesa. Interesados ponerse en contacto con Tony o Anita...

18 puestos de consultor para incorporación inmediata a departamento de Reservas...

Responsable de Programa para Halfway; 50.000$ anuales...

—¡Eso ya va sonando mucho mejor!

...Experiencia mín. 5 años. E-mail CV a...

—¡Vaya por Dios! Pues entonces nada.

Llamaron a la puerta otra vez. Otra vez respiró hondo.

—No seas ridícula, será el cartero que se ha dado cuenta de que se ha equivocado de dirección.

Emma dio una última calada al cigarrillo antes de tirarlo al fregadero y dirigirse hacia la puerta, taza de café en mano. Recogió del suelo el correo de Lily Rogers y abrió.

La mujer que se encontró ante sus ojos al otro lado de la mosquitera era joven, rubia y guapa. «A su manera un poco insulsa», pensó Emma fijándose en su cara redondeada, en la naricita respingona y en los más que generosos pechos. Una pena. Sería preciosa si pesara dos o tres kilos menos, espectacular si perdiera cinco o seis.

—¡Hola! —dijo Lily Rogers esbozando una sonrisa con sus ojos castaños mientras levantaba un pequeño montón de cartas—. Me han dejado esto en casa por error. El cartero debe de ser nuevo o algo —continuó mientras Emma abría la puerta lo justo para que pudieran intercambiar el correo—. El de siempre nunca se equivoca. ¡Ay! —exclamó al ver el sobre grande abierto.

—Lo siento muchísimo —se apresuró a decir Emma—. Lo abrí sin darme cuenta de que no era para mí…

—No pasa nada. Buenas noticias espero...

Emma no dijo nada.

—¡Mierda! —dijo Lily Rogers sin siquiera molestarse en leer la carta.

—Pero ahí dicen que el relato es entretenido y está bien escrito —replicó Emma rápidamente—. Perdóname, no era mi intención curiosear.

—¡No importa!

Pero Emma pensó que parecía importarle, que daba la impresión de que estuviera a punto de echarse a llorar. «Dile que lo sientes y despídete de ella», se ordenó.

—¿Te apetece una taza de café? —se oyó decir desobediente y luego se mordió el labio.

Pero ¿qué estaba haciendo? No quería que Lily Rogers entrara en su casa. ¿Acaso no había puesto todo su empeño en no entablar amistad con los vecinos? ¿En qué estaba pensando? No quería una amiga. No se podía permitir una amiga.

—Me encantaría —respondió Lily siguiendo a Emma hasta la cocina.

Emma dejó su correo —no sin antes reparar en que consistía en dos facturas y un folleto de viajes a Cape Cod— sobre la encimera y recogió el periódico de la mesa; luego le sirvió a Lily una taza de café y le hizo señas para que se sentara.

—Gracias —dijo Lily dejándose caer en la silla que tenía más cerca y cruzando las piernas. Llevaba puesto un nada favorecedor chándal gris con el logotipo de un gimnasio del barrio—. Trabajo en Scully's cuatro días a la semana de diez a tres —dijo al darse cuenta de que Emma estaba mirando su ropa—, mientras Michael está en el colegio. Me parece que nuestros hijos están en la misma clase, la de la señorita Kensit, ¿no?

Emma dijo que sí con la cabeza y metió la mano en el cajón del fregadero para sacar otro cigarrillo.

—¿Quieres uno?

—No gracias, no fumo.

Emma negó con la cabeza mientras encendía su segundo cigarrillo del día y soltó el humo haciendo pequeños círculos en el aire.

—Entonces, ¿qué pasa con tu relato? —preguntó señalando con la cabeza el sobre que estaba sobre la mesa enfrente de Lily.

Lily se encogió de hombros.

—Ya sabes lo que dicen: que la esperanza es lo último que se pierde…

—¿Quieres ser escritora?

—Desde que era pequeña. Era la típica niña que siempre leía sus redacciones delante de toda la clase. A todo el mundo le encantaban. Cuando estaba en el último curso de primaria mi profesora de Lengua hasta llegó a decir en clase: «Esta niña va a ser escritora». —Lily se encogió de hombros otra vez—. ¡Bueno, yo sigo intentándolo!

—¿No es la primera vez que te rechazan una historia?

—Más bien la número ciento uno. Me podría empapelar la casa con las cartas.

—¿De verdad? —Emma se rió dándose cuenta de que estaba disfrutando de la conversación. ¿Cuánto hacía que no se relajaba tomando un café con otra persona adulta? ¿Desde cuándo no tenía una conversación con alguien que no tuviera cinco años?—. A mí me publicaron algo una vez —reconoció.

Lily abrió mucho los ojos y dejó la taza en la mesa.

—¿En serio? ¿Dónde?

—*Cosmopolitan* —dijo Emma sonriendo tímidamente—. De eso hace ya mucho tiempo, y no era una historia como las que escribes tú; era sobre mi experiencia como modelo.

—¿Eres modelo?

Emma deseó que Lily no hubiera parecido tan sorprendida.

—No exactamente. Ya no de todos modos. Hice alguna cosa hace unos años, antes de casarme.

—Y ¿por qué lo dejaste?

Emma se encogió de hombros.

—Por nada en especial.

Lily asintió con la cabeza dando a entender que ya sabía de qué le estaba hablando.

«Pero ¿cómo iba a saberlo?» —se preguntó Emma.

—¿Alguna vez compras el rímel de Maybelline?

—Claro.

—¿Te acuerdas de la caja que tenían antes? —preguntó Emma—. Aquella con unos ojos azules enormes mirando hacia arriba...

—Sí sí, sí que me acuerdo.

—Eran los míos.

—¿Eran tus ojos? ¿Me estás tomando el pelo?

Una vez más Emma deseó que Lily no se sorprendiera tanto.

—Eso es precisamente lo que le dije yo a aquel tipo con aspecto de baboso que entró en el McDonald's una tarde y me dijo que era fotógrafo y que yo tenía unos ojos impresionantes. Total, que me dio su tarjeta y yo pensé que era todo mentira, ¿sabes? Pero luego se la enseñé a mi madre, y ella lo llamó, y resultó que era verdad, y casi sin comerlo ni beberlo mis ojos acabaron en los anuncios de rímel de Maybelline.

—¡Es estupendo!

—Sí, supongo. Hice alguna cosa más, pero luego me casé y bueno… ya sabes lo que pasa.

Lily volvió a asentir en silencio, como si *realmente* lo supiera. Emma dio otra calada.

—¿Estás casada?

—Soy viuda —dijo Lily con un hilo de voz.

—¿Viuda? ¡Vaya! ¿Qué pasó?

—Accidente de moto —dijo Lily moviendo la cabeza, como si tratara de alejar un recuerdo desagradable—. Así que vendiste tu historia sobre la vida de modelo a *Cosmopolitan* —dijo en un intento evidente de cambiar de tema—. ¡Eso es sensacional, me encantaría leerla!

—Y a mí —respondió Emma—, pero por desgracia no me pude llevar las copias que tenía cuando me mudé.

El rostro ovalado de Lily adoptó una expresión pensativa mientras apuraba su taza de café y miraba el reloj.

—Será mejor que me marche o llegaré tarde al trabajo. —Cogió su correo y se puso de pie—. ¡Por cierto! —dijo, deteniéndose un momento junto a la puerta—. Llevamos unos meses con un club de lectura que yo he organizado; sólo unas cuantas mujeres de esta misma calle y un par más que conozco del trabajo. Esta noche tenemos reunión en mi casa, así que si quieres, pásate un rato.

—No, gracias —se apresuró a responder Emma—. Los clubes de lectura no me van demasiado.

—Como quieras, pero si cambias de idea… —Lily bajó las escaleras corriendo y cuando llegó a la acera se dio la vuelta y alzó el brazo con el correo en la mano—. A las siete y media —dijo alzando la voz—. En el ciento trece.

Capítulo 5

Jamie miró por la ventana del copiloto mientras su coche se dirigía hacia el norte a toda velocidad por la autopista de peaje de Florida, preguntándose si realmente estaría sufriendo una depresión nerviosa: no sólo había dejado el trabajo, ignorado completamente a su hermana y entregado las llaves de su adorado Thunderbird a un hombre que apenas conocía, sino que además no había parado de sonreír desde que había empezado el viaje hacía ya casi tres horas. Y eso que la verdad era que no había absolutamente nada interesante que ver en este largo y aburrido tramo de la autopista, y hacía rato que habían dejado de divertirla los aparentemente infinitos carteles que anunciaban la proximidad de Yeehaw, un pueblo cuya principal actividad a todas luces consistía en la venta de entradas a precios rebajados para Disney World y los Universal Studios. «VEA A MICKEY POR UN MINNIE-PRECIO», rezaba uno de los carteles orgullosamente, seguido por otro que decía: «¡GAAAANGAAAS!», y luego otro: «¡MENUDOS PRECIOS!», y otro: «¡PRECIOS DE INFARTO!», y otro: «¡SÓLO EN YEEHAW!». A Jamie no le cabía duda de que si se ponían todos esos carteles en el suelo uno detrás de otro seguramente cubrirían una superficie mayor que la del mismísimo Yeehaw.

Y entre todos aquellos carteles, había otros que anunciaban el zumo de naranjas de Florida —«¡A SU SALUD¡»—, parques temáticos como Bush Gardens y SeaWorld, varias reservas naturales y un moderno concepto conocido como Sun Pass: un aparato que se colocaba en el coche y permitía al conductor pasar por los peajes sin necesidad de hacer cola: «NO TIENE DINERO NI FAMA / Y SU COCHE ES PURA CHATARRA / PERO PASA POR LOS PEAJES / COMO UNA GRAN ESTRELLA DE LA PANTALLA» anunciaba un conjunto de carteles colocados uno inmediatamente después del otro. También había vayas publicitarias en las que se anunciaban a bombo y platillo las opiniones de los colectivos más variopintos: una de trasfondo claramente antiabortista instaba a los conductores con un «ELIGE LA VIDA» para luego preguntarles: «¿NO TE ALEGRA QUE TU MADRE LO HICIERA?», mientras que en otra podía leerse: « LA ONU QUIERE QUITARTE EL ARMA».

«Esto sólo se ve en Florida», pensó Jamie observando cómo la mujer que iba en el asiento del copiloto del descapotable que llevaban delante levantaba sus bronceadas piernas en el aire y colocaba los pies en el salpicadero dejando a la vista sus uñas pintadas de varios colores vivos. «Como si fueran caramelitos de sabores», pensó Jamie centrando su atención en el sinfín de matrículas personalizadas que le iban pasando por delante: L.A. 100X100, STOY X TI, LITIGATOR, y las típicas pegatinas de parachoques rezumando orgullo paterno con textos del tipo: «ORGULLOSO PADRE DE UNA ALUMNA DE MATRÍCULAS EN MILL VALLEY HIGH SCHOOL». También le pasó por delante la proverbial «ES UN NIÑO, NO UNA ELECCIÓN», más antiabortistas, escrito en letras negras sobre el inmenso maletero de un viejo Lincoln Continental blanco; un póster pegado a una de las ventanillas de atrás de un Dodge Caravan que anunciaba: «LA GRAVEDAD NO EXISTE, ES LA TIERRA QUE ES UNA CHUPONA»; y el que más le gustaba a Jamie, que era una señal pintada a mano sobre todo el cristal trasero de un Corvette amarillo chillón que aconsejaba a los otros viajeros: «SALVA UN CABALLO, MONTA UN VAQUERO». Jamie cerró los ojos dándose cuenta de que de tanto entornarlos para leer en medio de aquel sol de justicia le estaba entrando dolor de cabeza, y casi se quedó dormida, acunada por los hipnóticos estribillos de las canciones country que sonaban en la radio; canciones que indefectiblemente hablaban de corazones rotos, alcohol y más de lo mismo. Una repentina voz de alarma en las proximidades de su vejiga le sirvió de innecesario recordatorio de que no había ido al baño desde que salieron.

Sólo llevaban tres horas de viaje y ya se sentía cansada, le dolía la cabeza y estaba incómoda.

Pero aún así, no se acordaba de la última vez que había sentido una felicidad semejante.

—¿De qué te ríes? —le preguntó Brad sonriendo a su vez.

Jamie se rió y abrió los ojos.

—Es sólo que no me acabo de creer lo bien que estoy.

Brad apartó la mano derecha del volante y la alargó sobre el asiento del copiloto hasta tocar el muslo desnudo de Jamie.

—Desde luego que lo estás.

Jamie se ruborizó al mirar de reojo el Jaguar negro del carril contiguo: llevaban unos kilómetros adelantándolo y dejándose adelantar por aquel coche en lo que casi parecía riguroso turno. La matrícula del Jaguar era SUPER DOC. Jamie se preguntó si el conductor sería un doc-tor de renombre o un productor de doc-umentales en la cresta de la ola. Igual era un guapo veterinario, tal vez un dentista con delirios de grandeza. También se preguntó si podría ver la mano de Brad avanzando por debajo de la pernera izquierda de sus pantalones cortos. Pero SUPER DOC estaba mirando al frente, aparentemente hipnotizado por el denso tráfico de mediodía, y permanecía totalmente ajeno a los tejemanejes sexuales que se producían en el coche de al lado.

—Desabróchate los pantalones —le ordenó Brad.

—¿Cómo?

—Ya me has oído.

—Pero ¡cómo voy a hacer eso!

—Y ¿por qué no?

—¡Pues porque no! Alguien podría verme.

—Nadie está mirando. Y además, si no, no llego.

Una ola de pequeñas descargas eléctricas recorrió el cuerpo de Jamie de arriba abajo mientras lentamente, y muy a su pesar, sacaba la mano de Brad del interior de sus pantalones y cruzaba las piernas con toda la intención.

—Se supone que te tienes que concentrar en la carretera.

—¿Cómo voy a concentrarme en la carretera contigo sentada ahí, con esa pinta condenadamente deliciosa que tienes?

«Deliciosa», repitió Jamie en silencio, saboreando el sonido de la palabra. ¿Acaso le había dicho alguien alguna vez que parecía deliciosa? Este hombre mejoraba por segundos. Respiró hondo, ahogando el gemido de puro placer que surgía en su interior. Se preguntó cómo podía haber tenido tanta suerte, igual que se lo había preguntado la noche anterior. ¿Cómo podía una aventura de una noche haberse convertido en lo mejor que le había pasado en la vida? «SIMPLEMENTE VIVE Y QUE SEA LO QUE DIOS QUIERA» pensó recordando otra, tal vez profética, pegatina de parachoques que había leído justo después de pasar Stuart.

Una vez y se decidió a marcharse, todo había ido demasiado deprisa, como si alguien hubiera apretado la tecla invisible del avance rápido. Jamie se había quitado rápidamente la ropa de ir a trabajar para ponerse unos pantalones cortos blancos y una camiseta naranja, y luego había metido unas cuantas cosas en una diminuta bolsa de fin de semana que Brad a su vez había procedido a lanzar en el maletero. Él le había aconsejado que no llevara mucho equipaje; le dijo que le compraría lo que le hiciera falta por el camino. Lo que necesitara. Lo que quisiera. Cuando quisiera. Eso le dijo. Nadie le había dicho nunca algo así, igual que nunca nadie antes le había dicho que le pareciese deliciosa. Y no era todo: no simplemente deliciosa sino *condenadamente* deliciosa. Jamie sonrió aún más.

—¿Parezco deliciosa? —preguntó confiando en que oiría las palabras otra vez.

—Estás para comerte —le respondió Brad en tono bastante provocador—. De hecho, igual paro en la próxima gasolinera y hago exactamente eso.

Sin decir nada más, puso el coche en el carril de la derecha indicando que tomaría la próxima salida.

—¿Qué? No. ¡No puedes estar hablando en serio!

—Por supuesto que hablo en serio. Me ha entrado un hambre feroz de repente.

—No, Brad. No podemos —protestó Jamie en el momento en que Brad salía de la autopista.

—Y ¿por qué no podemos?

—Pues porque… no me sentiría cómoda.

Brad ignoró sus continuas protestas mientras seguía a un inmenso camión por la carretera ligeramente sinuosa que llevaba de la autopista al área de servicio situada en la zona central que separa los carriles de ambas direcciones. El aparcamiento estaba repleto de coches y camiones; había una gasolinera de autoservicio con tres filas de surtidores y una tienda pequeña al otro lado. Jamie se preguntó si Brad hablaba realmente en serio y, de ser así, dónde pretendía aparcar el coche para que nadie los viera. ¿De verdad pretendía tirársele encima en plena estación de servicio, en plena autopista de Florida, en pleno día, en pleno Estados Unidos para hacer algo por lo que seguramente ambos acabarían en el calabozo? ¿De verdad iba ella a permitírselo?

Pese a sus airadas protestas, Jamie se dio cuenta de que sentía una extraña excitación ante la perspectiva de hacer el amor en un sitio tan público. Nada menos que en una estación de servicio; rodeada de coches y camiones y viajeros fatigados que estiraban las piernas. Se rió para sus adentros: ¡esto sí que es un servicio completo! Jamás había hecho nada ni remotamente parecido, y dudaba de que todos esos carteles y pegatinas de parachoques que le decían ELIGE LA VIDA se refirieran a eso exactamente.

«Y sin embargo, eso es exactamente lo que estoy haciendo», decidió, dejándose arrastrar por una nueva oleada de euforia en el momento en que Brad aparcaba el coche justo al lado de la pequeña tienda. Voy a elegir la vida, simplemente voy a vivir y que sea lo que Dios quiera. «O más bien lo que Brad quiera», pensó aguantando la respiración y mentalizándose mientras él apagaba el contacto y se volvía hacia ella en su asiento. ¿De verdad iban a hacerlo aquí? ¿Ahora?

—Sólo bromeaba —dijo él sonriendo lentamente—. Ya sabes que nunca haría nada que te hiciera sentir incómoda.

—Sí, ya lo sé —respondió Jamie rezando para que la decepción no se le notara en la cara. Pero ¿en qué estaba pensando? ¿Es que no tenía la más mínima vergüenza?

Brad la besó en la mejilla, salió del coche, activó el surtidor con su tarjeta de crédito y seleccionó la gasolina más cara.

—¿Tienes que ir al baño? —le preguntó inclinándose hacia el asiento delantero—. Porque podías aprovechar para ir ahora.

—Buena idea.

—Creo que está a la vuelta —le indicó mientras ella salía del coche—. Seguramente tendrás que pedir la llave —añadió él señalando con la cabeza hacia la tienda.

El calor golpeó a Jamie con la misma fuerza que el empujón de un transeúnte maleducado y casi la hizo caer al suelo. Se tropezó con sus propios pies y se dio la vuelta avergonzada para comprobar si Brad la había visto; él estaba de pie junto a su coche diciéndole adiós con una mano mientras que con la otra agarraba la manguera del surtidor, y le estaba sonriendo: esa maravillosa sonrisa suya que eclipsaba al mismísimo sol abrasador de Florida.

—¿Estás bien? —le gritó.

Ella dijo que sí con la cabeza.

—¿Quieres algo de la tienda? ¿Una coca-cola, unas patatas fritas o algo así?

—Una coca-cola estaría muy bien, ¿necesitas dinero?

Jamie soltó una carcajada y levantó en alto su bolso de loneta marrón.

—Invito yo.

Entró en la tienda donde, para su gran alivio, un torrente de aire helado la envolvió inmediatamente. Oyó en la distancia una puerta de coche que se cerraba, el estruendo de un motor acelerando al máximo y el chirrido de unos neumáticos. «Ahí va uno que tiene verdadera prisa», pensó mientras repasaba los contenidos de las estanterías repletas de revistas y comida basura. En un rincón, tras una pila de cajas sin abrir, había un viejo videojuego roto abandonado.

Las cuatro inmensas neveras con puertas de cristal colocadas contra las paredes contenían un sinfín de productos lácteos, refrescos y zumos. Jamie cogió varias latas de coca-cola de una de ellas y las llevó hasta el mostrador pasando por delante de una pareja de mediana edad que consultaba un mapa mientras discutían sobre si se habían saltado o no la salida.

—¿Cuánto es por favor? —preguntó Jamie a la joven mascadora de chicle que había tras el mostrador.

—Dos cincuenta.

Jamie le dio un billete de cinco y esperó a que le devolviera el cambio dándose cuenta entonces de que llevaba encima unos cien dólares.

—¿Me podrías dar la llave de los lavabos? —le preguntó a la cajera.

—No hace falta llave —Un globo de chicle explotó ruidosamente contra los labios de la muchacha mientras ésta metía las latas en una bolsa de plástico que le entregó a Jamie—, la cerradura está rota.

«Estupendo», pensó Jamie mientras cogía la bolsa y, bajando la cabeza al cruzar el umbral, salía de nuevo al calor implacable. Por el rabillo del ojo vio a un vagabundo vestido con harapos y calzado con unas deportivas desparejadas de pie junto a unas cuantas máquinas expendedoras de periódicos, balanceando todo su cuerpo ante ellas como si estuviera rezando. «¡Vaya colgado!», pensó Jamie sintiendo cómo le corrían las gotas de sudor por la nuca.

—¡Eh! —gritó alguien y ella se giró instintivamente esperando que fuera Brad haciéndole señas desde el coche. Pero lo que vio fue un adolescente que llamaba a su amigo y lo que no vio por ninguna parte fue a Brad ni a su Thunderbird. Dio un giro completo sobre sí misma tratando de encontrarlos: tanto su fiel montura como el príncipe encantado habían desaparecido.

«¿Dónde se ha metido?», se preguntó dando otra vuelta.

«Cuando algo parece demasiado bueno para ser cierto, por lo general, de hecho lo es», oyó a su madre y su hermana entonando al unísono.

Pero no tenía sentido. Brad había tenido la oportunidad de marcharse aquella misma mañana. Es más, se había ido. ¿Para qué iba a volver —y con panecillos nada menos— si su intención era dejarla plantada unas horas más tarde?

Jamie conocía la respuesta incluso antes de formular la pregunta: «Porque necesitaba un coche —se recordó—, porque su coche se había averiado y no tenía con que llegar hasta Ohio».

Porque le habría mentido sobre lo del dinero y estar hospedado en el Breakers y sobre sólo Dios sabe qué más.

Porque era un viaje largo y aburrido y ella le servía de entretenimiento.

«Porque soy completamente imbécil», pensó mientras se le llenaban los ojos de lágrimas que comenzaron a rodarle por las mejillas y que trató de ignorar mientras caminaba hacia los lavabos. «Una estúpida de remate.» Abrió la puerta sobre la que podía leerse *amas*: la *D*, igual que Brad, hacía tiempo que había desaparecido.

Los baños estaban sorprendentemente limpios y las paredes blancas rezumaban olor a desinfectante; un inmenso contenedor de plástico verde presidía la habitación colocado frente a la encimera de formica en la que había dos lavabos de esmalte desvaído y resultaba evidente que alguien había tratado de adecentar aquel habitáculo sin ventanas porque justo detrás de los lavabos, bajo el inmenso espejo, había una botella de coca-cola vacía con unas flores de plástico dentro. Seguramente era obra de la misma persona cuyo intento atropellado de limpiar el espejo había resultado en unas artísticas marcas que lo surcaban a intervalos regulares.

Jamie entró en uno de los dos baños y dejó su bolso y las latas en el suelo; luego se bajó los pantalones oyendo cómo su hermana le advertía que no debía tocar el asiento del retrete: «No te sientes», le ordenó Cynthia.

«Por lo menos cubre con papel higiénico el asiento», apostilló su madre.

La respuesta de Jamie fue sentarse directamente mientras se sujetaba la cabeza entre las manos tratando de contener el llanto.

—Y ahora ¿qué voy a hacer? Pero ¿qué demonios pasa conmigo?

Se quedó allí inmóvil hasta un buen rato después de haber terminado y sólo alzó la cabeza al oír un ruido y unos pasos al otro lado de la puerta. Luego silencio otra vez. Ni un movimiento, ni el sonido del agua del grifo, ni el de la puerta del otro baño, solamente una respiración.

El sonido de alguien que esperaba.

—¿Brad? —dijo llena de esperanza— ¿Eres tú?

Nada.

Jamie se subió los pantalones y trató de ver a través de la rendija de la puerta, pero sólo alcanzaba a distinguir una delgada franja del espejo colocado en la pared opuesta y el reflejo de algo negro sobre su superficie. No se atrevió ni a coger aire cuando el sonido de la respiración se hizo más fuerte, más irregular. Por el hueco de debajo de la puerta aparecieron ante sus ojos unos pies calzados con unas viejas deportivas rotas y desparejadas: ¡el vagabundo de al lado de la tienda!, el que se balanceaba ante las máquinas expendedoras de periódicos; la había seguido hasta aquí; estaba de pie frente a la puerta esperando a que saliera. Pero ¿por qué? ¿Qué se proponía?

Jamie miró frenéticamente a uno y otro lado, tratando de analizar qué opciones tenía. Probablemente lo más seguro era no hacer nada, simplemente quedarse quieta y esperar: en algún momento alguien más tendría que usar el baño. O también podía ponerse a gritar con la esperanza de que alguien la oyera pese al ruido del tráfico circundante. Tal vez con sus gritos por lo menos conseguiría asustarlo. Se dio cuenta de que otra opción era obligarlo a dar el primer paso: quizá podía arriesgarse y tratar de salir corriendo; Jamie no se había fijado demasiado en el hombre, pero tenía la impresión de que no era un tipo fuerte y además seguramente no tenía muchas luces. «Igual que yo», se sorprendió pensando, y se habría reído si no fuera porque estaba aterrorizada. Volvió a sentarse sobre la tapa del váter optando por la opción de esperar. Un instante después se había vuelto a poner de pie: Y ¿si el vagabundo trataba de romper la puerta? No parecía muy robusta: un buen empujón bastaría. Y ¿si trataba de saltar por encima?

Jamie fijó la mirada en la parte superior de la puerta preparándose para ver aparecer los ojos delirantes de un enajenado y una espeluznante sonrisa desdentada. Pero, por suerte, las deportivas desparejadas permanecieron firmemente ancladas frente a la puerta. ¡Dios mío! ¿Qué se suponía que tenía que hacer ahora?

De manera instintiva alargó la mano hacia la bolsa de plástico que había junto a sus pies: su bolso podía no pesar lo suficiente, pero un buen golpe con un par de latas de coca-cola ya era otra cosa. Siempre y cuando tuviese espacio suficiente para echar el brazo hacia atrás y coger impulso, y tiempo suficiente para apuntar a la cabeza del hombre, y siempre y cuando él no la inmovilizara primero.

«Que alguien me ayude, por favor —rezó en silencio, y oyó un gemido que sabía era suyo—. Dios, por favor te lo pido, que se vaya. Si haces que se vaya te prometo que no volveré a hacer estupideces: haré caso a mi hermana y no me meteré en la cama con hombres casados ni con extraños que conozca en bares. Me buscaré otro trabajo y esta vez lo conservaré por más aburrido que sea. Hasta pediré disculpas a Lorraine Starkey si me sacas de este lío.»

Y entonces, de repente, las deportivas se alejaron y la puerta de la calle se abrió y volvió a cerrarse de inmediato. Al darse cuenta de que el hombre se había ido, Jamie se agachó agarrándose los costados y soltó un suspiro de alivio, y luego cogió lentamente su bolso con una mano y la bolsa de plástico con la otra, y empujó la puerta del baño.

No había nadie.

Se quedó de pie en medio de la habitación dando tiempo para que su respiración se acompasara. ¿Acaso se lo había imaginado todo? Se acercó a los lavabos y se echó agua fría en la cara; con una toalla de papel marrón se secó las lágrimas de los ojos y las mejillas, se apartó el pelo de la cara y respiró hondo. Pero su peripecia no había terminado: ahora tenía que pensar en la manera de volver a casa. Había sobrevivido a un encuentro potencialmente desagradable, pero debía enfrentarse a otro, esta vez con alguien que daba mucho más miedo que aquel pirado: su hermana. Jamie abrió la puerta de la calle mientras pensaba: «¿Estás preparada?»

Se lo encontró de pie junto a la puerta: sus harapos negros tapaban la luz del sol, su rostro estaba envuelto en sombras. Tenía la nariz larga y la boca oculta tras una barba descuidada, los ojos oscuros y la mirada perdida. «Los ojos de un demente», pensó Jamie oyendo como un grito asaeteaba el aire. *Su* grito.

—¡Apártate de mi! —chilló con los ojos anegados en lágrimas—. ¡Fuera, déjame en paz!

El hombre retrocedió inmediatamente.

—¡Jamie! ¿Estás bien? —La tranquilizó una voz—. No pasa nada, no pasa nada.

Jamie dejó de llorar, se secó los ojos con el dorso de la mano izquierda y los abrió desmesuradamente, sin dar crédito a lo que veía.

—¿Brad?

—Y ¿quién creías que era si no?

Jamie miró rápidamente en todas direcciones.

—Había un hombre, ¿no lo has visto?

—He visto a un vagabundo irse corriendo por entre aquellos matorrales, ¿por qué? ¿Qué ha pasado? ¿Te ha hecho daño?

—No —admitió Jamie concediéndose un momento para recuperar el aliento—, es sólo que me asustó.

Le contó a Brad lo que acababa de pasar.

—Me parece que más bien has sido tú la que lo ha asustado a él —dijo Brad sacudiendo la cabeza con aire sorprendido—. No deberías haber venido sola. ¿Por qué no me llamaste en cuanto lo viste?

—Te estuve buscando, ¿dónde estabas?

—Me di cuenta de que una de las ruedas estaba un poco baja, así que me fui ahí al lado a ponerle aire. Luego pensé que podía aprovechar para ir al baño también y fue entonces cuando oí todo el jaleo… —Sus labios esbozaron una sonrisa—. ¡Menuda guerrillera estás hecha!

—¿Yo?

Nadie la había llamado jamás «guerrillera»; «imprudente», sí; «testaruda», también; pero nunca «guerrillera».

—Toda una guerrillera —repitió Brad llevándola hasta el lavabo de señoras y cerrando la puerta tras de sí— y además una muy sexy. —Apoyó la inmensa papelera verde contra la puerta bloqueando la entrada —o salida—. Muy muy sexy.

—Pero ¿qué estás haciendo?

—¿A ti qué te parece?

La atrajo hacia sí y con una mano la aprisionó contra la pared mientras que con la otra le bajaba la cremallera de los pantalones. Un instante después la estaba levantando por los aires y abriéndose paso bruscamente en su interior.

Jamie sintió que le faltaba el aire, no alcanzaba a comprender cómo la situación podía haber dado un giro tan repentino: un minuto estaba totalmente aterrorizada; al siguiente, aliviada; y otro más tarde era presa de tal excitación que casi no podía respirar. Se aferró a los hombros de Brad con todas sus fuerzas mientras él la sostenía en sus brazos y hacía girar a ambos por la diminuta habitación mientras se hundía en ella una y otra vez. Jamie se vio reflejada en el espejo durante un instante y casi no pudo reconocerse en el reflejo de aquella mujer con la boca entreabierta y la cabeza inclinada hacia atrás en un gesto de total abandono. «¿Quién eres? —se preguntó— Y ¿qué estás haciendo?»

—Es todo culpa tuya, ¿sabes? —dijo Brad después cogiendo una flor de plástico y colocándosela en la oreja—. La culpa la tienes tú por ser tan condenadamente deliciosa.

Jamie lo siguió fuera de los lavabos con la cabeza baja y las piernas temblorosas a punto de vencerse bajo su peso. «Deliciosa guerrillera», se dijo a sí misma con orgullo mientras caminaba junto a él hacia el coche, encantada de que la culpa fuera suya.

Capítulo 6

Con un relato rechazado asomando por la bolsa de tela que llevaba al hombro, a las diez de la mañana menos un minuto exactamente, Lily empujó las pesadas puertas de cristal del gimnasio Scully's, situado en un anodino mini centro comercial de una sola calle a poca distancia en autobús de la carretera de Mad River, y saludó con una gran sonrisa y un gran café con leche desnatada a la mujer de piel intensamente bronceada que estaba tras el mostrador de la recepción.

—Eres un ángel —dijo Jan Scully cogiendo el vaso de plástico que le tendía Lily y quitándole la tapa con un movimiento rápido para dar inmediatamente un sorbo del humeante café espumoso—. ¿Cómo sabías que llevaba toda la mañana suspirando por tomarme uno de éstos?

—Porque es por lo que suspiras todas las mañanas —respondió Lily a la mujer de cuarenta y dos años que era propietaria de Scully's.

Todo en ella era gloriosamente desmesurado: desde su altura —Jan medía bastante más de uno ochenta—, pasando por sus labios carnosos pintados de naranja en los que se inyectaba colágeno regularmente y la sombra de ojos azul turquesa de sus párpados, hasta las carcajadas atronadoras que sacudían todo su cuerpo cuando se reía. Las fotografías de Jan en sus buenos tiempos —la mayoría con ella luciendo unos bikinis diminutos y sosteniendo orgullosa toda una variedad de trofeos de culturismo por encima de su cabeza coronada por una indómita melena de rizos rojos— cubrían la pared que se encontraba detrás de la recepción, mientras que los premios propiamente dichos —trofeos dorados con forma de ensaladera, copas de plata, esculturas en piedra— estaban guardados bajo llave en la vitrina de cristal que había en la pared opuesta. Hoy, como tenía por costumbre, Jan llevaba puesta una camiseta gris sin mangas —ideal para exhibir sus todavía torneados brazos y graníticos bíceps— y un pantalón de chándal a juego, de tiro bajo, para realzar su sobrenaturalmente liso vientre. El logotipo de Scully's en llamativas letras rosa estaba bien visible sobre su pecho y uno de sus glúteos; era un claro intento de comunicar el mensaje de que si uno se hacía miembro de Scully's, el resultado sería un cuerpo sin un gramo de grasa como el de Jan.

Lily metió su bolsa debajo del mostrador y apartó uno de los dos taburetes altos de madera, mirando distraída a través de la pared de cristal que se encontraba al fondo de la recepción. Contó un total de seis personas —cinco mujeres y un hombre— en el área del gimnasio y sonrió. Ella sabía algo que ellos ignoraban: que por más que hacer ejercicio de manera regular ayudara a Jan a mantener su cuerpo en fantástica forma para una mujer de cuarenta años, la reciente operación para alisarse el vientre y el trabajito que se había hecho en los pechos habían conseguido incluso más; por no hablar de la extensiva liposucción de muslos y caderas.

—Cuando una llega a cierta edad, el ejercicio que puede llegar a hacerse tiene un límite —le había confesado Jan con voz grave y ronca que evocaba una alocada juventud malgastada haciendo jurar a Lily que guardaría el secreto. «Por supuesto, el hecho de que Jan no hubiera tenido hijos también jugaba a su favor», se dijo Lily al tiempo que se daba palmaditas en su redondeado vientre. No, el gimnasio era como un hijo para Jan: había ganado su custodia tras una larga y tortuosa batalla legal con el que pronto se convertiría en su ex marido: un mastodonte musculoso atiborrado de esteroides que la había dejado por la enfermera de veintitrés años del cirujano plástico que había operado hacía poco las bolsas de los incrédulos ojos de Jan.

Habría quien hubiera disfrutado con la ironía del caso, pero Lily se negaba a dar cabida a pensamientos tan poco caritativos. Jan le había dado trabajo cuando llegó a Dayton pese a que carecía totalmente de experiencia, y aunque tan sólo fuera por eso, no se merecía nada que no fueran los pensamientos y deseos más amables por parte de Lily, de igual manera que se merecía el café con leche que le traía cada mañana.

—¿Qué tal va la cosa hoy? —preguntó Lily cuando Jan se acabó el café y comenzó a recoger sus cosas.

—A primera hora ha habido mucho movimiento: de hecho, tenía a Stan Petrofsky esperándome a la puerta, desesperado por que abriera de una vez. Debe de tener una novia nueva. —Soltó una de sus carcajadas estruendosas y miró hacia el gimnasio—. Pero luego la cosa ha decaído un poco.

Sonó el teléfono y Lily respondió:

—Scully's —dijo con una sonrisa—. Sí, sí, estamos abiertos. Así es, de siete de la mañana a diez de la noche de lunes a sábado y de ocho a seis los domingos. Sí, sí… aja… aja… Sí, desde luego, claro que se lo puedo enviar —continuó Lily respondiendo a la petición de un folleto informativo de la persona al otro lado de la línea—. Normalmente, para hacerse miembro hay una cuota inicial de quinientos dólares, más luego treinta al mes, pero ahora tenemos una oferta especial de sólo doscientos cincuenta por la inscripción inicial; más los treinta mensuales, sí.

—No te olvides de decirle lo de la taza y la camiseta que damos de regalo —dijo Jan.

—Y además le regalamos una taza y una camiseta —añadió Lily obedientemente.

—Que te dé el nombre —le recordó Jan en el preciso instante en que Lily iba a preguntarlo.

—¿Podría darme su nombre, por favor? —Lily cogió un lápiz y apunto *Arlene Troper* en un trozo de papel que había por el mostrador—. Sí, tenemos varias cintas de correr y un par de elípticos y una amplia gama de pesas. —Miró a través de la pared de cristal hacia la sala de ejercicios—. También disponemos de un remo y una bicicleta estática. No, no tenemos un Graviton, al final hemos llegado a la conclusión de que lo más clásico, lo sencillo, es lo que da mejores resultados. —Lily era rápida improvisando. «Pero ¿qué esperaba usted por ese precio?», estuvo tentada de preguntar, pero no lo hizo—. Además, le diseñaremos un plan de entrenamiento personalizado que se adapte específicamente a sus necesidades. Sí, sí, está incluido en el pago inicial. Muy bien, perfecto. Gracias a usted, señora Troper, esperamos verla pronto por aquí. Muy bien, sí, gracias. —Colgó el teléfono—. Arlene Troper dice que se pasará por aquí esta tarde.

—Es la taza de regalo —dijo Jan soltando una carcajada—, los atrae como moscas a la miel.

Jan sonreía, pero Lily se daba cuenta de que en realidad estaba preocupada. Desde que Art Scully había abierto su gimnasio en otro centro comercial cercano habían bajado mucho las inscripciones de nuevos miembros. El gimnasio de Art era más grande y ponía en sus anuncios que tenía máquinas mejores y más nuevas. Art también estaba ofreciendo un precio especial para nuevos miembros que incluía una camiseta de regalo, «pero no la taza», se había apresurado a señalar Jan.

Se colgó su bolso floreado del hombro, echó una última mirada a los trofeos reflejados sobre el cristal de la vitrina que los guardaba, y se encaminó hacia la puerta.

—Luego te veo —dijo—. ¿Qué libro se suponía que teníamos que haber leído para esta noche?

Lily lanzó un suspiro. En teoría, las cinco mujeres que formaban el club de lectura que se reunía cada mes tenían que venir preparadas: por lo menos se asumía que se habrían leído el libro del que iban a hablar.

—*Cumbres borrascosas* —respondió Lily.

—¡Estupendo, lo leí en el instituto! Es el de Cathy y ¿cómo se llamaba el tío? ¿Clifford…?

—Heathcliff.

—¡Eso! Es un libro que está muy bien. En fin, me marcho. Deséame suerte.

—¿Para qué te hace falta suerte? —le preguntó Lily.

Pero la puerta de entrada ya se estaba cerrando y la única respuesta que obtuvo fue el revoloteo de las uñas naranjas de Jan que le decía adiós con la mano.

—Buena suerte —gritó Lily con retraso, deseando en su fuero interno que Jan no fuera a hacer ninguna tontería como consultar con otro médico sobre el estiramiento de cejas que había estado considerando desde que vio una foto de Catherine Zeta-Jones en una revista, y llegó a la conclusión de que nadie podía tener ese aspecto sin haberse sometido al bisturí.

—No es natural —declaró—, vamos que las cosas no son así por naturaleza —añadió por si quedaba alguna duda.

Lily salió de detrás del pequeño mostrador de la recepción y dio unos pasos hasta llegar al sofá de cuero negro. Ordenó las revistas que estaban desparramadas sobre la mesita de roble que había delante de éste. Julia Roberts le sonrió desde la portada de una de ellas y Gwyneth Paltrow desde otra. Las dos eran tan guapas que no parecían de este mundo; aunque Lily había visto fotos de Gwyneth en chándal y con su esterilla de yoga bajo el brazo en las que su aspecto no era exactamente fabuloso, y hasta Julia parecía a veces cansada, pálida e incluso dientona cuando no estaba arreglada.

—Lo que distingue a las mujeres verdaderamente bellas —le había dicho su madre a Lily una vez— es precisamente que no están siempre guapas.

Era una de esas cosas que solía decir su madre, que en un principio sonaban profundas, pero que no tenían demasiado sentido si te lo pensabas un poco. Aún así, a Lily esas palabras le habían servido de consuelo, esas palabras y otro sinfín de dichos de su madre, con su característica mezcla casera de sabiduría y sentido común. «Si fuera capaz de consolar a mi hijo ni la mitad de lo que mi madre me ha consolado a mí, me daría por más que satisfecha», pensó deseando que su madre estuviera a su lado en ese preciso momento y asumiendo a regañadientes su inevitable pérdida. «Tantas cosas perdidas», pensó esforzándose por contener las lágrimas. Su madre había sido la que hizo que todos permanecieran unidos después de que Kenny perdiera el control de la moto esa horrible noche de lluvia y chocara contra un árbol a unas pocas manzanas de su casa. Su madre había sido la que la había acunado en sus brazos en los momentos de desesperación más oscura y profunda, la que había intentado desesperadamente convencerla de que ella no era la responsable de la muerte de Kenny, de que no debía culparse por ello.

Y Lily casi la había creído.

Casi.

Sonó el teléfono y Lily volvió al mostrador.

—Scully's —anunció esforzándose por sonar alegre. Era importante dar una imagen positiva, mantener el optimismo—. Sí, estamos abiertos hasta las diez. Así es. No, me temo que tendría usted que inscribirse para poder hacer uso de las instalaciones, pero tenemos una oferta especial… ¿Oiga, oiga? —Lily se encogió de hombros y colgó el teléfono.

Ya no la ofendía cuando la dejaban con la palabra en la boca: la gente estaba ocupada, no siempre tenía tiempo que regalar a los demás, sobre todo una vez que habían llegado a la conclusión de que no les interesa lo que les estaban ofreciendo. Ya no se lo tomaba como algo personal, de la misma manera que había dejado de pensar que las decenas de cartas rechazando sus relatos significaran que fuera una pésima escritora. La lectura, al final, era algo subjetivo; por lo menos eso sí que lo había aprendido en su club de lectura: lo que a una persona podía parecerle fascinante y profundo, para otra era una decepción y demasiado trillado. No se podía contentar a todo el mundo. Y no se debía intentarlo.

Lily observó a Sandra Chan, una atractiva mujer de unos treinta y tantos años, mientras se bajaba del elíptico para envolver con una delgada toalla blanca su igualmente delgado y blanco cuello, y esperar a que su amiga Pam Farelli terminara en la cinta de correr. Unos minutos más tarde, las dos mujeres salieron por las pesadas puertas de cristal que separaban el gimnasio de la recepción charlando animadamente y se dirigieron a los diminutos vestuarios que se encontraban tras el sofá de cuero negro sin ni siquiera dirigir una mirada en dirección a Lily. «Soy invisible para ellas —pensó Lily—, lo que no es del todo mala cosa», se recordó poniendo voz de presentadora de la tele.

Se abrió la puerta de la calle y entró un hombre corpulento en pantalón corto; su aspecto era duro: el cabello oscuro, las manos grandes asomando por las mangas de su chubasquero.

—Buenos días —dijo saludando a Lily mientras ella sacaba una toalla limpia de debajo del mostrador y se la entregaba.

—¿Hola, cómo está, detective Dawson? —le preguntó ella como hacía cada lunes, miércoles y viernes cuando el agente de la policía secreta venía a hacer sus cuarenta minutos de ejercicio.

—No hay queja, no hay queja —le respondía él siempre—. Y estaría mucho mejor si cenaras conmigo esta noche.

Lily dio un involuntario paso hacia atrás no sabiendo qué responder. Esto se salía del guión habitual y no estaba segura de qué se suponía que debía hacer. No era que el detective Dawson no le resultase atractivo. Al contrario, siempre se lo había parecido desde que, poco después de haber empezado a trabajar en Scully's, lo vio por primera vez entrar por la puerta con su característico ímpetu mientras vociferaba:

—¿Es tuyo ese Impala blanco que está aparcado en la plaza reservada para minusválidos? Porque si lo es, te interesará saber que la grúa está a punto de llevárselo.

—No, no es mío —balbuceó ella—, yo no tengo coche.

—Pero sí que tienes una sonrisa preciosa —le respondió él rápidamente, sonriéndole a su vez.

—Precisamente hoy por la noche tengo reunión del club de lectura en mi casa —le contestó ella.

Jeff Dawson entornó sus ojos color azul oscuro y arrugó su nariz rota —en dos ocasiones— como si acabase de descubrir algo sospechosamente siniestro.

—¿Grupo de lectura? ¿Te refieres a algo parecido a lo de Oprah?

—Igualito, igualito, salvo por las cámaras y el sueldo de seis ceros —dijo Lily sonriendo mientras pensaba que el detective no estaba mal de tipo para luego sacudir la cabeza, irritada consigo misma por fijarse en esas cosas.

Precisamente porque le parecía atractivo nunca podría salir a cenar con él. ¿Acaso no había dado por concluida esa etapa de su vida? Tenía que pensar en su hijo y en rehacer su vida. Una cosa era un poquito de coqueteo inocente y otra muy distinta enfrentarse a una cita con todas las trivialidades que eso implicaba, la evolución previsible de la escena, la paciencia que requeriría la más que previsible decepción final: no tenía energía para pasar por todo eso —otra vez— ni para soportar el terrible estruendo de su mundo desmoronándose a su alrededor; no tenía fuerzas.

—Y ¿qué tal mañana?

—¿Mañana?

—¿A las siete y media te iría bien? ¿Cenamos en Joso's?

Lily no había estado nunca en ese caro restaurante de moda del centro, pero había oído que era buenísimo. McDonald's había estado más en su liga en los últimos tiempos. Y además, ¿cómo iba a encontrar una niñera con tan poca antelación?

—Tengo un hijo —le comunicó a Jeff Dawson sin más rodeos, tratando de detectar en su rostro el menor signo de que eso ya era demasiado para él.

—¿Un hijo?

—Se llama Michael y tiene cinco años.

—Mis hijas tienen nueve y diez. Viven con su madre. Estamos divorciados, obviamente. —Soltó una carcajada nerviosa—. Desde hace casi tres años. ¿Y tú?

—Me quedé viuda. El año pasado. Accidente de moto —le explicó ella antes de que se lo preguntara.

—Lo siento mucho.

—No puedo cenar contigo mañana —dijo Lily.

Jeff Dawson asintió con la cabeza, como si lo comprendiera:

—Otro día entonces —dijo tranquilamente al tiempo que se alejaba del mostrador dirigiéndose hacia la sala de ejercicios; casi chocó con Sandra Chan y Pam Farelli, que ya se habían vestido y se marchaban.

—Es mono —dijo Pam lo suficientemente alto como para que se la oyera mientras Sandra lo seguía con la mirada.

—Estupendos tríceps —continuó Sandra observando cómo el detective se quitaba el chubasquero y quedaba a la vista su torso musculoso enfundado en una camiseta blanca.

—Siempre nos marchamos demasiado pronto —se quejó Pam—. Y por cierto, ¿quién es? —le preguntó a Lily como si de repente hubiera reparado en su presencia—. ¿Es de los asiduos?

Lily sintió una inesperada punzada de celos y controló sus deseos de salir de detrás del mostrador y echar a empujones a aquellas dos aspirantes a lobas.

—Perdona, ¿qué me preguntabas? —dijo sin embargo.

—El tipo que está levantando pesas de cien kilos sin que le caiga una gota de sudor —dijo Pam señalando con la barbilla—. ¿Qué sabes de él?

—¿Está casado? —preguntó Sandra Chan.

—Sé que tiene dos hijas —respondió Lily fingiendo estar buscando algo debajo del mostrador—, de nueve y diez años me parece.

Las dos mujeres se encogieron de hombros a la vez.

—¡Mierda! —murmuró una de ellas.

—Los buenos siempre están casados —dijo la otra.

Lily se dijo que no había mentido exactamente mientras observaba a las dos mujeres salir por la puerta y desaparecer en la resplandeciente claridad del sol que inundaba el exterior. «Sí que tiene dos hijas; de nueve y diez años», se repitió. Pero ¿por qué no les había dicho simplemente la verdad? Se recogió el pelo en una cola de caballo bien tirante con un coletero negro que sacó de su bolsa, colocó las pilas de toallas blancas que ya estaban perfectamente colocadas y apartó la mirada de la sala de ejercicios con gesto decidido: no quería ver a ningún hombre atractivo sólo unos cuantos años mayor que ella y que llevaba puesta una camiseta blanca ajustada levantando pesas de cien kilos sin que le cayera una gota de sudor. Eso era lo último que quería ver, lo último que *necesitaba* ver. Hombres como Jeff Dawson eran de los que podían hacer volar su imaginación en un momento de descuido, pero lo que de verdad necesitaba ella ahora era una sana dosis de realidad. Lily sacó el sobre grande de su bolsa y lo puso sobre el mostrador. «Esto sí que es la realidad», se dijo sacando el relato y la carta que lo acompañaba.

Apreciada señora Rogers,

Ésa soy yo.

Le agradecemos encarecidamente la oportunidad que nos ha brindado de leer su relato corto que lleva por título Ella sigue en pie,

Un título idiota. Debería haber puesto otra cosa.

y pese a que consideramos que su historia es entretenida y está bien escrita,

Y ¿que tiene de malo que sea entretenida y esté bien escrita?

lamentamos tener que comunicarle que no nos parece adecuada para las lectoras de Woman's Own.

Y ¿por qué coño no es adecuada? ¿Qué es lo que no está bien?

Le deseamos mucha suerte en sus gestiones de cara a la publicación de su relato en otra revista

¿En qué otra revista? Ya lo he intentado en todas las demás.

y confiamos en que vuelva a ponerse en contacto con nosotros en el futuro.

Lo dudo mucho.

Atentamente...

—*Des*atentamente —dijo Lily en voz alta volviendo a meter el relato y la carta en el sobre—. Dosis suficiente de realidad para un solo día, decidió mientras su mirada se desviaba sin querer hacia el gimnasio a pesar de sus buenas intenciones. Ada Pearlman, que llevaba su precioso cabello gris recogido en un moño francés sobre la nuca, iba avanzando por la cinta de correr a un kilómetro por hora aproximadamente, que ya era más rápido de lo que iba Gina Sorbara, una mujer de mediana edad rayando en obesa que parecía caminar sobre su cinta como si anduviera sonámbula. Jonathan Cartesis luchaba con el remo y Bonnie Jacobs, una anciana a la que habían diagnosticado osteoporosis recientemente, permanecía de pie inmóvil frente a las hileras de pesas dando la impresión de no tener ni idea de lo que estaba haciendo. Sólo el detective Jeff Dawson parecía estar donde debía, tumbado boca arriba en un banco estrecho con las piernas separadas a ambos lados del mismo: cada vez que levantaba sobre su cabeza los cien kilos de las pesas que había colocado a los extremos de la barra, sus muslos se tensaban bajo el pantalón de chándal negro. «La verdad es que *tiene* muy buen tipo» se sorprendió pensando Lily y entonces se dio cuenta de que Bonnie Jacobs la saludaba con la mano. Lily le sonrió y le devolvió el saludo, pero la mujer siguió haciéndole señas pues de hecho la estaba llamando. Lily se bajó del taburete rápidamente y entró en la sala de ejercicios teniendo cuidado de evitar mirar más de cerca al detective, que en ese momento acompañaba cada levantamiento de la barra con un gruñido acompasado.

—¿Ocurre algo, señora Jacobs?

—El médico me ha dicho que me convienen los ejercicios con pesas, pero no tengo ni idea de qué se supone que tengo que hacer exactamente —dijo mientras cogía una pesa de cinco kilos con cada mano, lo que prácticamente la hizo caer de rodillas.

—¡Uy no, señora Jacobs, eso es demasiado peso para usted, se va a hacer daño! ¿Por qué no prueba con éstas? —sugirió mientras cogía dos pesas de un kilo cada una de la estantería y se las entregaba cuidadosamente a la señora Jacobs.

—¿Esto es suficiente?

—No le hace falta más, fíese de mí —le dijo Lily preguntándose qué razón podía tener la señora Jacobs para fiarse de ella; qué razón podía tener *nadie* para fiarse de ella. Le enseñó a la anciana varios ejercicios fáciles para los bíceps y tríceps, uno para los pectorales y otros cuantos para la espalda y los hombros—. Se los puedo apuntar si quiere —se ofreció y luego volvió tan rápido como pudo a la recepción.

La siguiente media hora pasó sin mayores sobresaltos: saludó a los que entraban y se despidió de los que salían, cogió el teléfono, hizo una colada y puso la siguiente tanda en la lavadora. Se preguntó qué tal le estaría yendo a Michael en el colegio: había llevado su peluche nuevo de la Rana Gustavo para enseñarlo en clase. Se preguntó qué estaría haciendo Jan para necesitar que le desearan suerte. Se preguntó si debería intentar escribir otro relato: tenía ideas de sobra, pero la mayoría eran un tanto rebuscadas. ¿Qué era eso que solía decirse?: ¿escribe sobre aquello que conoces? ¿Sería ella capaz de hacer eso? ¿Era lo suficientemente valiente? ¿Lo suficientemente estúpida?

Negó con la cabeza dirigiendo la mirada involuntariamente hacia el gimnasio en el preciso instante en que Jeff Dawson se incorporaba quedando sentado a horcajadas en el banco, que inmediatamente se convirtió en una moto. Lily se llevó la mano a la boca conteniendo la respiración. Pero ¡claro, claro que conducía una motocicleta! ¡Era policía, lo más seguro es que ir en moto fuera parte de su trabajo! Lily apartó la vista negándose a pensar en ello ni un minuto más. Total, ¿qué más daba si no tenía la menor intención de salir con él?

—¿Todo bien? —le preguntó él apareciendo de repente a su lado.

«Para ser un hombre tan grande, la verdad era que se movía de manera bastante grácil», pensó ella.

—Sí, todo bien, ¿por qué lo preguntas?

—Estás un poco pálida, ¿te encuentras bien?

—¿Vas en moto? —se oyó a sí misma preguntando.

Si la pregunta lo sorprendió, no dio muestra alguna de ello.

—No, no desde que tengo hijos.

Lily asintió y miró hacia el teléfono como si le implorara que comenzase a sonar.

—¿Quiere eso decir que tal vez consideres cenar conmigo mañana? —le preguntó él tras una pausa.

—Lo siento, pero no puedo —dijo Lily en el momento en que se abría la puerta y su vecina Emma Frost entraba por ella—. ¡Hola, Emma! —la saludó Lily sonriéndole como si fuese su mejor amiga—. ¿Cómo tú por aquí?

—Pensé que me pasaría para ver dónde trabajas y de paso pensarme si me apunto.

Los inmensos ojos de Emma recorrieron el lugar sin llegar a posarse sobre nada en concreto.

—¡Estupendo! Ahora mismo tenemos una oferta especial para nuevos miembros: sólo doscientos cincuenta por la inscripción y luego treinta al mes.

—¿Doscientos cincuenta dólares? —repitió Emma fijando la mirada en Jeff Dawson.

—Es un buen precio si lo comparas con el de otros gimnasios de la cuidad —dijo él.

—¿Cómo has dicho que te llamabas?

—Jeff Dawson, un cliente de confianza.

—Seguro que sí —dijo Emma en tono un tanto frívolo al tiempo que le tendía la mano—. Emma Frost.

—¿Nos hemos visto antes? —le preguntó Jeff dando a Emma un apretón de manos y clavándole la mirada.

—No lo creo, ¿por qué?

—No sé, es que me suenas.

—Los ojos de Emma solían estar en todas las cajas de rímel de Maybelline —le informó Lily.

—Ya, pero yo no me pongo mucho rímel —dijo Jeff soltando una carcajada—, por lo menos no últimamente: si no mi jefe me pone mala cara.

Emma bajó la mirada.

—Y ¿a qué te dedicas exactamente?

—Jeff es detective de la policía —dijo Lily.

¿Se lo estaba imaginando o acababa de ver a Emma estremecerse ligeramente?

—Bueno, ya va siendo hora de que me vaya —anunció Jeff alejándose del mostrador de recepción—. Tienes mi número en la ficha del gimnasio —le dijo a Lily—. Llámame si cambias de idea.

En tan sólo tres zancadas había llegado hasta la puerta de la calle.

—Buen trasero —comentó Emma en cuanto se volvió a cerrar la puerta y añadió—: ¿Cambiar de idea sobre qué?

Lily movió la cabeza como para apartar la pregunta.

—¿Tienes algo con él?

—No, claro que no.

—Entonces, ¿por qué te estás poniendo roja como una fresa?

—No es verdad —replicó Lily sonando exactamente igual que su hijo.

—Bueno, lo que tú digas —le contestó Emma encogiéndose de hombros—. Igual me paso por tu casa esta noche para lo del club de lectura que me comentaste antes, si la invitación sigue todavía en pie, claro.

—¡Por supuesto que sí! ¡Genial! ¿No habrás leído *Cumbres borrascosas* por casualidad?

—¿Me tomas el pelo? Es uno de mis favoritos.

—Fantástico, entonces te veo luego.

Emma caminó hasta la puerta, se detuvo y se dio la vuelta.

—Tener una historia con un poli no es buena idea.

—¿Tienes algo en contra de la policía? —le preguntó Lily esforzándose por que el tono de la pregunta fuera intrascendente.

Emma se encogió de hombros.

—Sólo que nunca me ha parecido que hagan gran cosa.

Capítulo 7

Para Jamie, la mayor diferencia que había entre Florida y Georgia, por lo menos en este tramo de la I-75, estaba en los omnipresentes carteles que jalonaban el paisaje llano que se extendía a ambos lados de la frecuentada autopista. Los melocotones de Georgia recién cogidos del árbol habían sustituido a las jugosas naranjas de Florida como fruta típica —y anunciada hasta la saciedad—; las cebollas de Vidalia llenaban el vacío que había dejado el Sun Pass al desaparecer junto con la autopista de Florida en Wildwood; en vez de carteles informando de los kilómetros que quedaban hasta Yeehaw, ahora las numerosas vallas publicitarias anunciaban la proximidad de cacahuetes y pacanas: «KK-HUE-Ts SIN Ks-K-RA ¡PA-K-NA DIGAS QUE NO TE LO PONEMOS FÁCIL!» También había un alarmante número de anuncios de lo que parecían ser bares de camioneros con espectáculo porno: «CAFÉ RISQUÉ, TE LO ENSEÑAMOS TODO»; y su competencia, el «CAFÉ ERÓTICA. DONDE LA PEÑA SÍ QUE ENSEÑA». Había varios carteles con un adicional «TAMBIÉN PAREJAS», mientras que otros anunciaban «BUENA COMIDA» junto a grandes fotos de mujeres desnudas. Mujeres —«JÓVENES Y TIERNAS» según prometía una valla publicitaria—, aunque hubiera sido más exacto decir «COLEGIALAS Y MENORES», o por lo menos eso le pareció a Jamie a juzgar por las imágenes de jovencitas de pelo cardado y morritos enfurruñados que le clavaban la mirada desde los carteles: disponibles día y noche para el relax del viajero exhausto junto con una amplia selección de «JUGUETES Y VÍDEOS PARA ADULTOS». Esos oasis de carretera permanecían «ABIERTOS LAS VEINTICUATRO HORAS» ofreciendo sus generosas raciones de «COMIDA Y DIVERSIÓN».

—Comida y diversión —repitió Jamie sacudiendo la cabeza al contemplar la cantidad de coches aparcados ante cada establecimiento por el que iban pasando. Eran casi las seis de la tarde, pero el cielo estaba todavía tan azul y despejado como si fuera medio día. Jamie estiró las piernas, arqueó la espalda y movió el cuello en círculos oyendo los gruñidos sus músculos y el crujir de sus huesos. Estaba cansada de estar sentada en la misma posición, incluso si era Brad quien había conducido todo el rato.

—¿Cansada? —le preguntó él como si le hubiera leído el pensamiento.

—Un poco.

—Podemos parar en el próximo café «risqué». —Al decirlo sus ojos azules lanzaron un destello lleno de picardía.

—¿Lo dices en serio?

—Ya sabes que haría lo que fuera con tal de hacerte feliz.

Jamie sonrió.

—Me encanta que digas cosas así —dijo ella y él soltó una carcajada.

A Jamie le encantaba la risa de Brad. De hecho, prácticamente había decidido que no había nada de Brad Fisher que no le encantara. ¿Era posible enamorarse perdidamente en tan poco tiempo? Menos de veinticuatro horas para ser más exactos. Sin duda su hermana hubiera insistido en que estaba siendo víctima de un deslumbramiento pasajero, en que no era más que el efecto péndulo después de su última —y desgraciada— relación, en que esto tampoco era amor realmente, habría añadido su madre. El verdadero amor se construía sobre cimientos de confianza y verdad y llevaba tiempo levantar el edificio, y éste se asentaba sobre una base de aspiraciones e intereses comunes y respeto, además de la química. Y es que «cualquier imbécil puede enamorarse —habrían coincidido ambas—; lo difícil no es eso sino *permanecer* enamorado».

—Entonces tú, ¿qué aficiones tienes? —preguntó Jamie tratando de acallar las peroratas de las voces demasiado familiares.

—¿Mis aficiones?

—¿Tienes alguna?

—Y ¿tú?

—La verdad es que no —reconoció ella después de un silencio—. Pero supongo que debería.

—¿Por qué?

—No sé. A mi madre le encantaba jugar al Scrabble. Solía convencerme para que jugara con ella, pero nunca le gustaban las palabras que hacía yo; decía que eran demasiado simples y que tenía que hacer mejor uso de las letras, así que acababa ella montando las palabras de las dos y yo me limitaba a quedarme allí sentada hasta que se acababa la partida. Siempre ganaba ella. Y mi hermana juega al *bridge*. Siempre está intentando que me aficione pero a mí no me convence: ella y su marido siempre se chillan cuando juegan. Yo cuando era pequeña coleccionaba muñecas Barbie —añadió Jamie sonriendo al recordar—. ¿Eso se puede considerar una afición?

—¿Todavía las coleccionas?

Jamie dijo que no con la cabeza.

—Entonces me parece que no cuenta.

Jamie arrugó la frente preguntándose qué habría pasado con su colección de Barbies. No las había visto —de hecho ni había pensado en ellas— desde que se mudó de casa de su madre. Se dio cuenta de que seguramente todavía estaban allí, a buen recaudo entre las posesiones de su madre. Esas posesiones que ella y Cynthia se suponía que tenían que haber mirado esa misma noche.

—Ahora te toca a ti —le dijo Jamie a Brad arrojando mentalmente el recuerdo de la vieja colección de Barbies por la ventana: eso pertenecía al pasado, pero el hombre que tenía al lado era el presente, «quizás incluso el futuro», se dio permiso para pensar—. Yo ya he hablado bastante, ahora te toca a ti.

—A ver, ¿qué es lo que quieres saber?

—No sé, ¡cosas!

—¿Cosas?

—Sí, cosas, cosas, detalles.

—¿Detalles?

—El secreto de la vida está en los detalles, ¿no es eso lo que suele decirse? ¿Cómo es? ¿O es Dios el que está en los detalles? Dios está en los detalles. ¿O era el diablo?

—El secreto de la vida está en los detalles —repitió Brad—. ¡Me gusta!

Jamie se sonrojó llena de orgullo: había dicho algo que a él le había gustado. Así que nada de cambiarlo ahora.

—¿Qué es lo que te gusta hacer? Aparte de... ¡bueno, ya sabes!

—¿Aparte de hacer el amor contigo? —Se había vuelto hacia ella y su lengua reposaba entre sus dientes con gesto provocativo.

—Aparte de eso —se apresuró a decir Jamie sintiendo la familiar sensación entre las piernas—. Mira a la carretera.

—¿Por qué? ¿Hay algo interesante?

Jamie sonrió.

—Me refiero a que ya sé que te gustan los ordenadores.

—¿Los ordenadores?

—Bueno, eres programador de *software*, ¿no fue eso lo que dijiste? —«¿Le había entendido mal?»

—Perdona, creía que me preguntabas por mis aficiones.

—Creí que habías dicho que no tenías.

Él se rió.

—Bueno, me gusta ver películas.

—¿Ah sí? ¿De qué tipo?

—Las típicas que nos gustan a los tíos: de acción, pelis de guerra, de misterio.

—A mí también me gustan las de misterio —asintió Jamie—. Igual podemos ir a una luego; hasta puede que encontremos un autocine.

—¿Un autocine? Pero ¿todavía hay de ésos?

—No sé, quizás haya uno cerca de la autopista. —Se quedó mirando a la franja de hierba alta que separaba los dos sentidos del tráfico; no vio nada más que las filas de coches avanzando rápida y regularmente en ambas direcciones.

—¿Cómo murió tu madre? —le preguntó Brad de repente.

Jamie respiró hondo.

—Cáncer: le empezó en el pecho izquierdo hará unos cinco años; la operaron y creyeron que se lo habían quitado todo, pero seguía escondido; el cáncer tiene eso: le gusta jugar al escondite.

—Así que se le reprodujo —afirmó Brad.

—La segunda vez entre los pulmones, así que no hubo nada que hacer.

—Ha tenido que ser muy duro para ella.

—Supongo que sí. La verdad es que no era de las que se quejaban; decía que los hechos son los hechos y que hay que aceptarlos. Era juez —añadió.

—¿Qué clase de juez?

—Juzgado de lo Penal.

—Suena a que era una mujer de armas tomar.

—No era una persona fácil —dijo Jamie encogiéndose de hombros—. Me imagino que tiene que ser difícil ocupar un cargo que te da tanto poder, ya me entiendes, tener esa clase de control sobre la vida de los demás y pasarte el día diciéndole a la gente lo que tiene que hacer. Y luego llegar a casa y tener que lidiar con una hija sabelotodo que cree que no necesita consejos de nadie. Quiero decir que en el juzgado todo el mundo le pedía permiso hasta para ir al lavabo, literalmente, cada cosa que decía se consideraba poco menos que palabra de Dios; todos le daban la razón con la esperanza de obtener un veredicto favorable, y en cambio en casa, tenía una hija que se lo discutía todo y que nunca la escuchaba. De seguir sus consejos ya ni hablamos... Tiene que ser difícil.

—Para ella y para ti, me imagino.

—Solía alzar los brazos así. —Jamie hizo una demostración estirando los brazos y los dedos como si estuviera lanzando confeti—. Y luego salía de la habitación a grandes zancadas hablando sola: «Muy bien, allá tú, haz lo que te dé la gana». Casi podía uno imaginarse su larga toga negra de juez arrastrando por el suelo tras ella. —Jamie sacudió la cabeza—. Siempre decía que yo era incorregible.

—¿A qué se refería exactamente?

—A que era testaruda, incontrolable. —Lanzó un suspiro—. Un caso perdido.

—Un caso perdido —repitió Brad sonriendo—. ¡Me gusta!

—No sé, pienso que soy buena persona.

—Ese es precisamente tu problema.

—¿El qué?

—Que piensas demasiado.

—Y ¿qué me cuentas tú de *tu* madre? —preguntó Jamie reparando en que, curiosamente, cada vez que ella le hacía una pregunta sobre él, acababan hablando de ella. ¿De verdad era tan egocéntrica?

La piel en torno a los labios de Brad se tensó al esbozar a una sonrisa forzada y sus dedos apretaron el volante:

—¿Qué quieres saber de mi madre?

—Bueno, ya me has hablado de tus hermanas, pero nunca me has contado nada sobre tus padres.

—Eso es porque no hay mucho que contar, sólo lo típico: gente decente y trabajadora, ciudadanos temerosos de Dios de este gran país nuestro.

—¿Estás siendo sarcástico?

—Y ¿por qué iba a ser sarcástico?

—No sé.

—Ya estás otra vez pensando demasiado.

—¿Dónde viven? —insistió Jamie intentándolo desde otro ángulo.

—Texas.

—Nunca he estado en Texas.

—No me lo dices en serio.

—De verdad, hay un montón de sitios donde nunca he estado.

—Entonces tendré que llevarte algún día.

Jamie sonrió.

—Me encantaría.

—¿Has vivido toda tu vida en Florida?

—Casi toda. Mi madre quería que fuese a Harvard, por supuesto, pero yo preferí quedarme en Florida. También viví en Atlanta durante un tiempo —añadió casi a regañadientes.

—¿Qué se te había perdido a ti en Atlanta?

—Mi ex marido.

—Y su madre —dijo Brad bajando la voz.

«Al final todo se reduce a las madres», pensó Jamie.

—Mejor que no vayamos —dijo ella.

—¡Al contrario! —le contestó Brad—. Pasaremos por Atlanta en
unas cuantas horas. Igual podíamos parar a saludar. ¿Qué te parece?

—Me parece que ni hablar —replicó Jamie—. ¿Eso es un coche
de policía? —dijo señalando a un sedán negro y blanco parado en el
arcén.

—¡Mierda! —exclamó Brad pisando a fondo el freno en un intento inútil de reducir la velocidad antes de que lo pillara el radar.

Demasiado tarde. Ya tenía el coche patrulla detrás dirigiéndole
las luces para que se parara.

—¡Mierda! —volvió a decir Brad golpeando el volante con la
palma de la mano.

Jamie contuvo la respiración mientras Brad detenía el coche,
asustada aunque no sabía bien por qué. Se dio la vuelta en el asiento
para observar cómo se acercaba el agente de policía: llevaba un casco con visera que le cubría el rostro y los ojos. Brad bajó su ventanilla al tiempo que el policía se inclinaba y miraba hacia dentro.

—Permiso de conducir y documentación, por favor.

Brad se metió la mano en el bolsillo y Jamie abrió la guantera y
sacó los papeles del coche.

—Saque el permiso de la cartera por favor —ordenó el policía a
Brad que se apresuró a hacer lo que le decía.

—¿Tiene usted idea de la velocidad a la que circulaba? —El
agente tomó en su mano enguantada el permiso de conducir y la documentación.

—No estoy seguro —dijo Brad—, no creía que fuera demasiado…

—Según nuestro registro, a ciento cincuenta y cinco kilómetros
por hora —le interrumpió el policía— y el límite es ciento veinte.

—Sólo estaba intentando ir a la velocidad del resto de los conductores —explicó Brad.

—Espere aquí —le indicó el policía mientras volvía hacia el coche patrulla.

—Hijo de puta —murmuró Brad.

—Y ¿ahora qué está haciendo? —preguntó Jamie.

—Comprobar que no tenemos ninguna cuenta pendiente con la justicia.

—Y, ¿la tenemos? —Jamie había oído historias sobre los métodos de los agentes de la ley sureños, relatos apócrifos sobre viajeros a los que se les había obligado a pagar multas desorbitadas en el momento o que habían sido arrastrados hasta la comisaría si no tenían encima la suma que se les pedía, y ahora se preguntaba si estaban a punto de confiscarle el coche y cómo sería pasar una noche en la celda de una comisaría de pueblo. Se imaginó a su madre observando los acontecimientos desde algún lugar del despejado cielo mientras movía la cabeza con gesto de reprobación.

—¿Brad, estás bien? —preguntó dándose cuenta de repente de que estaba muy rígido y apretaba la mandíbula con fuerza.

No le respondió.

—¿Brad? —le preguntó otra vez en el momento en que el agente reaparecía junto al coche.

El policía le devolvió el permiso de conducir y los papeles del coche.

—Hay muchos controles de velocidad en esta zona. Le sugiero que vaya más despacio si no quiere que lo paren otra vez. —Escribió la multa y se la pasó por la ventanilla abierta—. ¡Ah! Y... señor Fisher —añadió cuando estaba a punto de darse la vuelta y alejarse—, lleva una de las ruedas de atrás muy baja. Haría bien en parar en Tifton a que se la miren.

—Eso haremos —respondió Brad.

—Gracias, agente —dijo Jamie en el momento en que el policía comenzaba a alejarse—. Es un detalle por su parte avisarnos de lo de la rueda...

—Mamón —se burló Brad metiéndose el permiso de conducir y los papeles en el bolsillo de los vaqueros.

—¿De cuánto ha sido la multa?

A modo de respuesta, Brad la rompió en mil pedazos y los tiró a sus pies en el suelo del coche.

—Y ¿qué más da?

—Pero ¿qué haces? —protestó Jamie—. Por más que rompas el papel la multa sigue ahí.

—Ya no.

Brad puso el coche en marcha, esperó hasta que se hiciera un hueco en el tráfico y volvió a incorporarse a la autopista acelerando rápidamente hasta alcanzar de nuevo una velocidad bastante por encima del límite.

Jamie no dijo nada. Era evidente que estaba enfadado y lo último que ella quería era decir algo que lo pusiera de peor humor.

—¿Qué crees que le pasará a la rueda? —se atrevió a preguntar unos segundos más tarde.

—Y ¿yo qué sé? Es tu puto coche.

Los ojos de Jamie se llenaron de lágrimas, como si la hubiera abofeteado con fuerza en pleno rostro.

—Lo siento —dijo Brad inmediatamente—, Jamie, lo siento mucho.

—No pasa nada —tartamudeó ella.

—Sí, sí que pasa. No tengo derecho a ponerme así.

—Estás enfadado, es normal.

—Pero eso no es excusa. De verdad que lo siento muchísimo.

—Es que no lo entiendo —dijo Jamie—. Quiero decir que no es más que una multa y además *íbamos* por encima del límite de velocidad.

Ella miró hacia el salpicadero.

Brad aminoró la marcha inmediatamente hasta reducir la velocidad al límite permitido.

—Perdóname —se disculpó una vez más.

—Veo que no te caen bien los policías —declaró Jamie.

Brad soltó una carcajada.

Al instante Jamie sintió que la tensión se desvanecía y también se rió, agradecida. Todo volvía a ir bien. Habían tenido un ligero contratiempo, pero ahora todo volvía a ser como antes.

—Odio a los muy hijos de puta —dijo Brad haciendo que la tranquilidad se rompiera en mil pedazos.

Una vez más, Jamie sintió cómo se tensaba todo su cuerpo y contuvo la respiración.

—Pero ¿por qué?

Brad se rascó la punta de la nariz con el dorso de la mano y entornó los ojos mientras miraba por el retrovisor. Se veía claramente que estaba sopesando cuánto debía contarle.

—Cuando yo tenía diecisiete años —comenzó a decir— mi padre se compró un coche nuevo, un Pontiac Firebird —añadió en tono algo más relajado—. Era de color rojo fuego, con asientos de cuero negro; dirección asistida, ABS, turbo, toda la pesca...; una verdadera maravilla. Y no sabes lo orgulloso que estaba de su coche; siempre estaba lavándolo y dándole cera. ¡Pobre de ti como te apoyaras con las manos sucias! ¡Se ponía como una fiera! Pero claro, ¿qué hace con el nuevo Firebird rojo de su padre un chaval de diecisiete años que quiere impresionar a las tías?

—¡No! ¿En serio?

Él la miró de reojo.

—Una noche, cuando mis padres ya se habían ido a dormir, cogí las llaves del flamante coche nuevo de papá y me fui a dar una vuelta con la chica que más me gustaba, Carrie-Leigh Jones, sentada en el asiento del copiloto. Y yo me iba diciendo: «Si con esto no consigo echar un polvo, es que no hay nada que hacer».

Jamie sonrió, aunque intuía que se mascaba la tragedia.

—Habíamos estado dando una vuelta y yo había tenido mucho cuidado de no pasarme el límite de velocidad ni llamar la atención con ninguna tontería; luego habíamos ido a Passion Park, que era como lo llamábamos nosotros por lo menos, porque por aquel entonces era donde iba todo el mundo a enrollarse. Aquella noche estaba muy tranquilo: ya era bastante tarde y casi todo el mundo se debía haber ido a casa ya. En fin, el caso es que empezamos a enrollarnos y justo cuando estaba a punto de lanzar un corner, así era como lo llamábamos, oigo un coche que se para al lado y simplemente asumo que es otro tío que ha pillado. Pero antes de que me dé tiempo ni a alzar la vista, me encuentro con que me están apuntando con una linterna en plena cara y dos policías me sacan del coche a rastras y empiezan a molerme a palos delante de Carrie-Leigh. —La cara de Brad se volvió sombría al recordar lo que vino después—. Me dejaron casi inconsciente y entonces uno de los dos me puso sobre sus rodillas como si fuera un chiquillo y empezó a darme azotes con el cinturón; y yo lloraba, suplicándole que parara; entonces oí que el otro le decía a Carrie-Leigh: «¿Por qué no te buscas un hombre de verdad?» y que le prometían que no dirían a sus padres dónde la habían encontrado si tenía la boca cerrada sobre lo que había pasado.

Jamie se quedó casi sin palabras.

—Y ¿qué pasó entonces?

Brad se encogió de hombros.

—Pues lo que te puedes imaginar: llevaron a Carrie-Leigh a casa y a mí me dejaron tirado en el suelo. —Hizo una larga pausa—. Al final conseguí volver a casa, aterrorizado de sólo pensar que se mancharan de sangre los asientos de cuero negro. Era tan idiota que iba rezando para que mi padre siguiera dormido. Pero ahí estaba, esperándome a la puerta. Resulta que había sido él quien había llamado a la policía y les había dicho que me dieran una lección.

—¿Les dijo que te pegaran una paliza?

—Así no me la tenía que dar él; se ahorraba el esfuerzo supongo. —Brad sonrió—. Se echó a reír cuando me vio llegar; me dijo que si volvía a tocar su coche me mataría con sus propias manos.

Brad soltó una carcajada, un sonido triste que reverberó en los cristales de las ventanillas.

—Pero ¡todo eso que cuentas es terrible!

—No, así es la vida. ¿Qué diría tu madre: los hechos son los hechos y hay que aceptarlos? ¡Eh, mira!

Brad señaló un gran cartel que había al borde de la carretera:

«BIENVENIDOS A TIFTON —anunciaba el cartel—, LA CAPITAL MUNDIAL DE LA LECTURA.»

—Me pregunto cómo saben que lo es —musitó Brad.

—Igual nos iría bien parar a comer algo —dijo Jamie—, y de paso que miren esa rueda.

Brad asintió con la cabeza.

—Lo siento mucho, Jamie —dijo otra vez.

Jamie alargó el brazo para cogerle la mano.

—¿El qué? —le preguntó.

Capítulo 8

—¡Ya está bien, Dylan, sube ahora mismo! —dijo Emma gritando desde lo alto de las escaleras. Iba enrollada en una toalla color mostaza y con otra más pequeña se había recogido el pelo mojado—. Ya es hora de ir a la cama.

No hubo respuesta.

Emma atravesó descalza el pasillo del piso de arriba y se asomó al cuarto de su hijo: la habitación era del tamaño de una caja de cerillas; eso fue lo que pensó Emma sintiendo la depresión cernirse sobre ella mientras paseaba la mirada por la diminuta cama que ocupaba el centro del dormitorio, la desvaída esterilla de baño color marrón que hacía las veces de alfombra a un lado de la cama, el armario de madera que se mantenía en un equilibrio algo inestable contra la pared del fondo, el colorido del dibujo sin enmarcar de Dylan: una inmensa colina verde, una figura esbelta vestida de rojo con unos patines blancos desproporcionadamente grandes que daba un gran salto con brazos y piernas extendidos formando un aspa, un sonriente sol amarillo en la esquina superior derecha del papel, un montón de caras sonrientes sin cuerpo coloreadas de azul y rosa diseminadas por la página. «¿Qué es el invierno para mí?» era supuestamente el título del dibujo pegado a la pared con celo: la única cosa mínimamente artística que había en la habitación.

—Dylan, venga, cariño. ¿Dónde te has metido?

Emma miró la hora: acababan de dar las siete, así que tenía media hora escasa para vestirse y secarse el pelo, asistir a los rituales nocturnos de su hijo y luego irse a casa de Lily. Con un poco de suerte, el niño ya estaría dormido para cuando llegara la señora Discala. Siempre y cuando lo encontrara, claro.

De repente, el terror se apoderó de ella inmovilizándola: y ¿si les habían descubierto?, y ¿si el padre de Dylan había conseguido entrar en la casa mientras ella estaba ocupada cantando en la ducha?, y ¿si se había dado a la fuga desapareciendo con el niño en la oscuridad de la noche? Si así fuera, no podría culpar a nadie más que a si misma, pensó. Realmente, no había tenido verdadera necesidad de lavarse el pelo: lo tenía bien tal y como estaba, ¿por qué se esforzaba por impresionar a un puñado de mujeres que no conocía y que en el fondo no le importaban, mujeres cuya compañía había estado evitando a propósito hasta el día en que la confusión del cartero había traído hasta su puerta a esa mujer guapa y sencilla, esa mujer que le brindaba una nueva posibilidad de una vida en la que hubiera algo más que correr, dormir y ejecutar elaborados rituales a la hora de ir a la cama? «Una vida con amigas, y conversaciones», se dijo. Una vida. La tentación había sido demasiado grande como para resistirse.

—¡Dylan! —llamó al niño de nuevo con la voz rayando en la histeria.

—Estoy escondido —respondió una vocecita amortiguada desde el interior del armario.

Emma lanzó un suspiro de alivio.

—¡Bueno, venga, sal ya! Es hora de ir a la cama.

—No, a ver si me encuentras.

Emma se quitó la toalla de la cabeza, se la puso sobre los hombros desnudos y luego dio unos cuantos pasos hacia el descansillo de la escalera asegurándose de hacer el mayor ruido posible.

—¿Así que tengo que encontrarte? Pero es que te escondes tan bien... ¡Es muy difícil! —Fue hacia su habitación a grandes zancadas e interpretó con diligencia la escena de abrir y cerrar la puerta—. ¡No, no estás aquí! Pero ¿dónde te has metido? ¿No me puedes dar una pista?

Risillas ahogadas en el cuarto de al lado.

Emma volvió al cuarto de Dylan.

—Y tampoco estás aquí —continuó mientras se acercaba a la cama y levantaba la liviana manta de rayas marrones y blancas que la cubría y cuyos bordes llegaban hasta el suelo por ambos lados—. ¡A ver! ¿Estás debajo de la cama? —Hizo una pausa—. No, debajo de la cama no.

—Prueba en el armario —le susurró el niño muy alto.

—Creo que voy a mirar a ver si en el armario —anunció Emma cruzando la habitación en unos cuantos pasos largos para abrir la puerta del armario; inmediatamente vio a Dylan al fondo, hecho un ovillo en el suelo con la cabeza enterrada en un montón de ropa sucia que Emma nunca se acordaba de llevar a la lavandería—. No, tampoco estás aquí —dijo ella mientras la pila de ropa se agitaba muerta de risa—. ¿Dónde estarás?

—Mira en el suelo, tonta.

—¿En el suelo? En el suelo no hay nada más que un montón de ropa sucia —dijo Emma agachándose—. Mejor será que la lleve a la lavandería antes de que nos apeste toda la casa.

Dylan, encantado, dio un grito y asomó la cabeza por entre el montón de ropa que se desparramó por todas partes.

—¡Soy yo, mamá! —chilló al tiempo que se echaba en sus brazos.

Emma retrocedió un par de pasos fingiendo sorpresa.

—¡No puede ser! ¡No me digas que estabas escondido en la ropa!

Dylan asintió vivamente con la cabeza.

—¡Te he engañado!

—¡Y tanto que sí!

—Ahora te toca a ti. —Dylan se le desenroscó del cuello y la miró con gesto expectante.

—¡Ay, cariño, ahora no puedo!, tengo que vestirme y secarme el pelo.

—¡No! ¡Tienes que esconderte!

Sus grandes ojos azules amenazaban lágrimas.

—¡Vale, vale! Pero después te tienes que preparar para ir a la cama, ¿trato hecho?

—¡Trato hecho! —respondió Dylan.

—Cierra los ojos y cuenta hasta diez.

Ya iba por el cinco cuando Emma salió de la habitación. «¿Dónde me escondo esta vez?», se preguntó apresurándose hacia el baño, metiéndose en la bañera —que aún estaba mojada—, y cerrando la cortina de la ducha. Estaba pensando en cuánto le gustaría tener una ducha separada cuando Dylan llegó a diez.

—¡Ya! ¡Que vengo!

«¡Y un *yacusi*!», siguió fantaseando mientras esperaba para oír las pequeñas pisadas sobre las baldosas del baño. Pero lo que oyó fueron unos pasitos que se alejaban escaleras abajo. ¿Dónde iba ahora? Tenía que saber de sobra que estaba escondida en la ducha: siempre se escondía ahí. Pero ¿qué estaba haciendo Dylan? Emma descorrió la cortina blanca de plástico, salió de la bañera cautelosa y fue de puntillas hacia las escaleras. Oyó al niño abrir y cerrar los cajones de la cocina. «¡Como si yo fuera capaz de apretujarme en un huequito de esos!», se dijo ella esbozando una sonrisa y volviendo al baño para pasarse el peine por el cabello mojado; luego se puso un poco de colorete y rímel.

—Maybelline, por supuesto —informó a su imagen reflejada en el espejo mientras oía cómo Dylan iba corriendo de la cocina al comedor.

—¡No te encuentro, mamá!

—Sigue buscando —lo animó Emma mientras se perfilaba los labios y se ponía un capa doble de pintalabios rosa antes de coger el secador de debajo del lavabo. Una bocanada de aire caliente le recorrió la raíz del pelo mientras pasaba revista mentalmente a la ropa que tenía en el armario. ¿Qué se pone una para una reunión de un club de lectura? Una falda le parecía demasiado formal, pero los vaqueros podrían interpretarse como una señal de que no se lo tomaba muy en serio. Decidió que seguramente lo mejor sería un pantalón negro, aunque el único que tenía era de lana y por tanto empezaba a ser demasiado caluroso para aquella época del año. Lo que necesitaba era unas cuantas cosas nuevas, nada excesivo o poco práctico, solamente un par de pantalones de algodón y algunos jerseys de entretiempo. «Y a Dylan tampoco le iría nada mal que le comprara algo de ropa nueva», pensó en el preciso instante en que sintió fijos en ella unos ojos azules alzados hacia ella que le lanzaban una mirada acusadora.

—¡No te estás escondiendo! —protestó el niño a punto de echarse a llorar.

—Sí que me estaba escondiendo —comenzó a explicar Emma—, pero...

—Tenemos que empezar otra vez.

—Dylan...

—¡Nada de Dylan! —protestó él enfadado—. No me llamo Dylan.

Inmediatamente, Emma se arrodilló frente a su hijo agarrándolo con tal fuerza que sus dedos se clavaron en los bracitos del niño.

—Sí, sí que te llamas Dylan. Dylan Frost. ¡Dilo!

—No.

—¿Te acuerdas de lo que hablamos?, ¿de lo importante que es que te seas Dylan Frost por lo menos un poquito más de tiempo?

—Pero es que no quiero ser Dylan Frost.

—¿Quieres que vengan y te lleven?, ¿que nos separen?, ¿es eso lo que quieres?

Su hijo negó con la cabeza violentamente, con los ojos desorbitados de miedo.

Emma sabía que debía callarse pero no podía. Tenía que hacer que su hijo entendiera lo importante que era que siguiese con la farsa, que comprendiera que la felicidad y el bienestar de ambos dependían de ello.

—No quieres vivir con un montón de desconocidos, ¿a que no?

—¡No! —sollozó el niño escondiéndose entre los brazos de su madre con sus mejillas regordetas surcadas de lágrimas.

—Muy bien, entonces, ¿cómo te llamas?

No hubo más respuesta que un llanto entrecortado.

Emma estiró los brazos para apartar al niño de ella aunque lo seguía teniendo sujeto por los hombros.

—¿Cómo se llama este niño? —le preguntó como si fuera un desconocido cualquiera que le hacía la pregunta en la calle.

—Dylan —musitó su hijo entre sollozos.

—¿Dylan qué más?

—Dylan Frost.

—Bueno, muy bien. —Emma cerró los ojos y atrajo al niño hacia ella meciéndolo suavemente en sus brazos—. Muy bien, Dylan, eres un niño muy bueno. Mamá está muy orgullosa de ti.

—Me llamo Dylan Frost —repitió él para que quedase bien claro.

—Sí, ese es tu nombre y, ¿sabes qué?

—¿Qué?

—Es casi la hora de irse a dormir, Dylan Frost, así que si quieres que me esconda, mejor será que nos demos prisa. ¿Preparado?

Él dijo que sí con la cabeza haciendo que el cabello castaño claro se le metiera en sus ojos azules.

Emma pensó que iba siendo hora de que se tiñera el pelo, pero decidió dejar eso para otro día.

—¡Bueno, empieza a contar!

Una vez más, Dylan contó hasta diez; una vez más, Emma se escondió detrás de la cortina de la ducha; y una vez más, Dylan bajó corriendo las escaleras para ver si estaba escondida en los cajones de la cocina. Emma miró la hora pensando que la señora Discala llegaría en unos minutos y que todavía no estaba lista. Se preguntó cuál sería el protocolo de los clubes de lectura, si era aceptable llegar diez —o hasta quince— minutos tarde. ¿Se suponía que tenía que traer pastas o algo así? ¿Una botella de vino? «No tengo ni lo uno ni lo otro», cayó en la cuenta mientras oía los pasos de Dylan subiendo las escaleras. «¡Por fin!», pensó Emma en el momento en que el niño volvía al baño y descorría las cortinas de la ducha pareciendo verdaderamente sorprendido de encontrarla allí.

—¡Me encontraste! —chilló Emma fingiendo consternación.

—¡Otra vez! —gritó Dylan.

—Ah-ah, de eso nada. Ahora tienes que irte a la cama —le dijo ella con firmeza—. Ve a ponerte el pijama mientras yo me visto.

Dylan hizo un puchero durante un instante pero luego se dio por vencido y obedeció. Emma salió de la bañera y se secó los pies en la deshilachada esterilla rosa antes de volver a su habitación y ponerse a rebuscar en el armario. Al final eligió los pantalones negros demasiado calurosos y un jersey color melocotón que no estaba excesivamente viejo. Todavía no se le había secado el pelo del todo y varios mechones díscolos de cabello negro ya comenzaban a rizarse desordenadamente.

—¡Mierda! —exclamó siendo plenamente consciente de que no tenía tiempo para arreglarse el pelo.

Era la historia de su vida, pensó al tiempo que su hijo entraba dando saltos en la habitación enfundado en su pijama de franela azul.

—¿Adónde vas? —le preguntó con aire desconfiado cuando la vio.

—No voy a ninguna parte —mintió Emma deseando no tener que hacerlo.

Pero Dylan se ponía tan nervioso cuando ella iba a cualquier parte sin él… Y además ahora no tenía tiempo para explicarle todo: era más fácil así, menos traumático para los dos.

—Entonces, ¿por qué estás toda arreglada?

—No estoy toda arreglada.

—Mentira.

—¡Bueno, da igual! No me voy a ningún sitio —mintió de nuevo—, la señora Discala va a venir a hacernos una visita.

—¿Por qué?

—Porque yo la he invitado.

—¿Por qué?

—Porque sí —dijo Emma tajante, pues no estaba precisamente de humor para jugar al «juego de por qué».

Sólo tenía unos minutos para meter a Dylan en la cama, conseguir que se durmiera y marcharse. Por lo general, su hijo era tan rápido para dormirse como diligente con sus abluciones nocturnas; a veces hasta se le cerraban los ojos antes incluso de que su cabeza tocara la almohada y no se despertaba hasta la mañana siguiente. A no ser, claro está, que una pesadilla lo despertara en mitad de la noche.

«No hay problema», pensó Emma llevando a su hijo de vuelta al baño y observando cómo el niño desenroscaba lentamente el tapón del dentífrico y extendía meticulosamente la pasta de rayas blancas y verdes sobre el cepillo naranja. Sólo estaría fuera unas pocas horas, volvería a tiempo de correr a su lado si tenía una pesadilla.

Emma contempló su imagen reflejada en el pequeño espejo rectangular que había sobre el lavabo mientras su hijo daba comienzo al largo proceso de cepillarse los dientes. «Parezco tan cansada —pensó—. Todavía no he cumplido los treinta y ya estoy demacrada y envejecida antes de tiempo. Lo que necesito son unas vacaciones —decidió—, unos cuantos días sola. ¡Qué bien estaría eso!», pensó en silencio mientras contaba la última de las quince cepilladas de su hijo a los dientes de arriba antes de empezar con los de abajo. Reprimió el deseo de arrebatarle el cepillo de dientes y acabar por él para luego meterlo rápidamente en la cama. Pero recordó que eso ya lo había intentado antes y el resultado había sido una escena de la que ambos habían tardado días en recuperarse. Por aquel entonces había pensado en hablar con la enfermera del colegio, pero luego había abandonado la idea: una enfermera de colegio sabe de narices llenas de mocos y de mataduras en las rodillas, no de trastornos obsesivo-compulsivos. Y consultar a un especialista no era una opción: los especialistas costaban dinero, dinero que ella no tenía y, además, el especialista haría un montón de preguntas y Emma carecía de respuestas para esas preguntas; por lo menos no tenía respuestas que quisiera compartir con nadie.

Dylan llenó hasta la mitad el vaso de plástico rosa que había sobre el lavabo y cerró el grifo cuidadosamente cuando el agua llegó a un punto negro del plástico; entonces se enjuagó la boca: empezando por el lado izquierdo y pasando después el agua al lado derecho para acabar escupiendo tres veces en el lavabo. Colocó el vaso de vuelta en el lugar exacto de donde lo había cogido y se secó los labios con una delgada toalla de manos.

—¡Ya está! —dijo el niño con orgullo como cada noche.

Emma lo acompañó fuera del baño dándole una palmadita cariñosa en su diminuto trasero y lo siguió hasta su cuarto observando cómo tocaba el somier de madera dos veces y luego se metía entre las sábanas y alzando el brazo por encima de la cabeza tocaba la pared. Emma se preguntó si estaba comprobando que la pared todavía estaba ahí. ¿Buscaba signos de permanencia, por pequeños que fueran? ¿Y... era ella la responsable del comportamiento irracional de su hijo? Se hizo esas preguntas una noche más: su propio ritual nocturno.

«No podía negar que *sí* que le he cambiado el nombre y le he dicho que unos desconocidos podrían venir y llevárselo», se recordó al tiempo que movía la cabeza llena de remordimientos y en ese momento Dylan encendió la radio que tenía junto a la cama. Pero, aún así, ella no tenía la culpa de la situación en la que estaban en esos momentos. Sí: su nivel de vida había caído en picado, y sí: a veces ella estaba nerviosa y deprimida; pero quería al niño más que a su propia vida y confiaba en que, algún día, su hijo entendería por qué lo había separado precipitadamente de todo cuanto él amaba y le resultaba cómodo y familiar. ¿Había tomado la decisión correcta? «Yo también tengo pesadillas», le entraban ganas de decir.

—Buenas noches, cariño —fue lo que realmente dijo mientras acariciaba los cabellos del niño—, que duermas bien.

—Cuéntame un cuento.

Esto era nuevo, algo totalmente inesperado. «Nota que esta noche algo es diferente», concluyó ella mirando de reojo la hora en su reloj y percatándose de que eran casi las siete y media; se preguntó por qué tardaría tanto la señora Discala.

—No sé ningún cuento —le respondió con toda honestidad.

—Papá sabía un montón de cuentos.

Emma se puso tensa de pies a cabeza.

—Ya lo sé, cielo, pero... —Se interrumpió, sintiéndose de repente completamente estúpida y fuera de lugar: la misma sensación que había experimentado durante todo el tiempo que estuvo casada con el padre de Dylan.

—Pero ¿qué?

«Papá era un mentiroso», quería gritar, pero no lo hizo sino que dijo:

—Y ¿si te cuento un cuento mañana? Igual hasta podemos ir a comprar un libro de cuentos, tú eliges el que más te guste...

—¡No, cuéntame un cuento *ahora*! —insistió Dylan.

Emma forzó la imaginación durante unos segundos pero no se le ocurrió nada. Pero ¿qué le pasaba? ¿Qué clase de madre no sabe ningún cuento?

—Bueno, te cuento uno si me prometes que luego te dormirás rápidamente.

Dylan asintió con entusiasmo.

—Está bien, pero uno sólo —añadió ella tratando de ganar tiempo para pensar.

Seguro que se acordaba de algún cuento de cuando era niña. El problema, se dio cuenta Emma en ese momento, era que nadie le había contado cuentos a la hora de dormir cuando era niña.

—¿Mamá? —Dylan la estaba mirando con aire inquisidor.

—¡Bueno, a ver! Había una vez un niño —comenzó Emma.

—Y ¿cómo se llamaba?

—Se llamaba Richard.

—No me gusta el nombre.

—¿Ah no? ¿Pues entonces qué nombre te gusta?

—Buddy.

—¿Buddy?

—Sí, hay un niño en mi clase que se llama Buddy y es guay.

—¿Guay?

—Sí. Así que, ¿se puede llamar Buddy el niño del cuento?

Emma se encogió de hombros y miró la hora una vez más: al ver que ya eran las siete y media en punto se apresuró a decir:

—Pues entonces, había una vez un niño que se llamaba Buddy

¿Dónde se había metido la señora Discala? Normalmente era tan puntual..., pensó.

—¿Mamá? —dijo Dylan de nuevo para atraer su atención.

—¿Qué?

—Había una vez un niño que se llamaba Buddy.

—Sí sí, había una vez un niño que se llamaba Buddy y tenía cinco años.

—Y ¿cómo era?

—Buddy medía un poquito más de un metro de alto y tenía un pelo castaño claro muy suave que hacía juego con sus preciosos ojos azules.

—¿Cómo yo?

—Exactamente igual que tú.

Y ahora ¿qué? Nunca se le había dado bien eso de contar historias; ella nunca había sido la niña que leía sus redacciones en voz alta para toda la clase como Lily. Su imaginación no funcionaba de esa manera: podía hablar largo y tendido sobre su vida, Dios era testigo de que tenía historias de sobra que contar, pero nunca se le habían dado bien las nanas, ni los cuentos de hadas.

—Bueno, el caso es que a Buddy, el niño, le encantaban los regalices —prosiguió plagiando alegremente las palabras del relato de Lily—, esos largos en espiral, los rojos, ésos de los que su hermana solía decirle que no eran regaliz de verdad sino algún tipo de plástico.

—¿Plástico?

«Llenos de un montón de colorante rojo que le daría cáncer cuando se hiciera mayor», continuó Emma en su cabeza pero sin decir nada en voz alta. Dylan ya tenía bastante de lo que preocuparse. ¿Por qué no habría escrito Lily algo un poco más apto para niños?

—En fin, da igual… Buddy y su madre vivían en una casita a las afueras de la ciudad.

—Y ¿dónde estaba el padre de Buddy?

—Buddy no tenía padre —dijo Emma cortante. Sonó el teléfono—. Cierra los ojos —le ordenó a su hijo—, vuelvo en un minuto.

Bajó corriendo las escaleras y cogió el teléfono interrumpiéndolo en mitad del tercer tono de llamada.

—¿Sí, dígame?

Era la señora Discala que lo sentía muchísimo pero que al final no iba a poder venir a cuidar a Dylan: se había hecho daño en la espalda esa misma tarde mientras plantaba unos rosales nuevos en el jardín y llevaba horas echada, esperando a ver si se le pasaba, pero no, y acababa de hablar con su hijo —que era paramédico— y le había dicho que se tomase un par de analgésicos, se diera un baño con el agua bien caliente y se metiera en la cama. Sentía muchísimo hacerle esta faena a Emma, y sobre todo no haberla avisado hasta el último minuto, pero sinceramente no creía que pudiera encargarse de un niño pequeño, aunque fuera tan bueno como Dylan, ni siquiera aunque estuviera dormido, simplemente no estaba en condiciones. Lo sentía mucho.

—No se preocupe —dijo Emma colgando el teléfono y echándose a llorar—. ¡Mierda!

La sorprendió lo decepcionada que estaba. Al haberse negado todo contacto con otros adultos durante tanto tiempo, no se había dado cuenta hasta ahora de lo desesperadamente que lo echaba de menos. Ahora veía claramente la ilusión que le hacía ir a la reunión en casa de Lily, aunque sólo fuera para sentarse con un montón de mujeres que no conocía a hablar de un libro que no había leído.

¿Qué locura transitoria se había apoderado de ella cuando le había dicho a Lily que *Cumbres borrascosas* era una de sus novelas favoritas? Uno de sus *títulos* favoritos, puede ser, porque en el caso concreto de ese puñetero libro no había pasado de ahí. Lo de leer no había sido nunca una prioridad para ella. Seguramente era por culpa de ese colegio pijo al que había ido —«pijo *de pega*», se corrigió— en el que se suponía que las alumnas debían leer un libro por semana como parte de un gran programa global destinado a promover la excelencia. Sólo que, en realidad, ¿cuándo habían promovido nada que no fuera el egoísmo y el mantenimiento del *statu quo*? No, en el Bishop Lane School for Girls, en el que, por cierto había sido admitida con reticencia y sólo porque era hija de una empleada, lo que importaba era de dónde venías más que hacia dónde ibas. Y en su caso, y dado que su origen era humilde, se daba por sentado que se dirigía a un lugar igualmente anodino.

Así que seguramente era mucho mejor que al final las cosas hubieran salido así esa noche: solamente hubiera conseguido ponerse en ridículo: habría dicho alguna estupidez, se habría delatado como una charlatana y una impostora. Las otras mujeres le habrían hecho el vacío, igual que sus compañeras de clase en el Bishop Lane cuando descubrieron que el suyo era poco menos que un caso de caridad: «la hija de la bedela» la llamaban. Poco importaba que su abuelo materno hubiera sido en otro tiempo tan rico como muchas de ellas, porque los padres de *las demás* no habían dilapidado sus fortunas en una larga sucesión de negocios fallidos e inversiones desafortunadas; los padres de *las demás* no las habían abandonado cuando se acabó el dinero; las madres de *las demás* no se habían visto obligadas a buscar dos trabajos para pagar una deuda descomunal y un tercero para hacer frente a los gastos del día a día. ¿Acaso era de extrañar que su madre no hubiera tenido nunca tiempo para contarle cuentos cuando era niña? ¿Era de extrañar que su vida hubiese consistido en una larga y tortuosa espiral descendente de malas decisiones y peores consecuencias?

Se había pasado la práctica totalidad de sus treinta años luchando con la idea de que la biología marca el destino de las personas, superando los obstáculos que le salían constantemente al paso, decidida a escapar de una suerte ineludible. Pero no importaba qué camino escogiera: parecía que siempre iba a parar a la misma casilla de partida. Las ciudades podían estar a cientos de kilómetros de distancia, los nombres de las calles podían ser distintos, pero en definitiva era todo igual. Por más lejos que se machara, fuera donde fuera, siempre acababa en la carretera de Mad River.

Emma se secó las lágrimas y dejó escapar un profundo suspiro. Necesitaba un cigarrillo. «Mi reino por un cigarrillo», pensó mirando a su alrededor y reparando en la pequeña televisión que había en una esquina; se preguntó si habría algo decente esa noche. La verdad es que seguramente debía mover la tele al cuarto de estar para que Dylan la tuviera más a mano, pero lo cierto era que la televisión era un somnífero para ella tanto o más que la radio para su hijo.

Emma volvió al cuarto de Dylan dispuesta a darle permiso para ver la tele una hora a cambio de no tener que terminar el cuento pero, por suerte, ya estaba dormido.

—¡Gracias a Dios! —murmuró dándole un beso en la frente y asegurándose de que estaba bien tapado—. Que duermas bien —le susurró desde la puerta.

Una vez en la cocina encendió un cigarrillo y salió fuera; observó un viejo Cadillac que estaba aparcando al final de la calle; vio cómo una mujer de melena roja que llevaba puestos unos pantalones de leopardo salía del coche y se apresuraba a cruzar la calle: «sin duda una devota de *Cumbres borrascosas*», pensó Emma soltando una carcajada. Seguramente debería llamar a Lily y explicarle por qué no vendría, pero no se habían dado los números de teléfono y además, lo más probable era que Lily se diera cuenta rápidamente de que no iba a venir. Se disculparía la próxima vez que la viera.

Claro que también podía explicarle ahora lo que había pasado: Dylan estaba profundamente dormido y sólo estaría fuera unos minutos... Y ¿por qué no? Dio una última calada al cigarrillo, tiró la colilla al suelo apagándola con el pie y se apresuró calle abajo.

Capítulo 9

—Aquí dice que Tifton es la cuna de la Interestatal setenta y cinco —dijo Jamie alzando la voz por encima de las risas estridentes de la mesa de al lado.

Estaba leyendo un folleto que había cogido al entrar por la puerta del atestado tugurio especializado en barbacoas en el que habían parado Brad y ella para cenar algo. Las risas eran cortesía del grupo de jovenzuelos escandalosos que había atrincherados en el reservado justo detrás del suyo.

—¿Además de ser «LA CAPITAL MUNDIAL DE LA LECTURA»? —preguntó Brad ingeniándoselas para enfatizar cada palabra y al mismo tiempo dejar bien clara su total falta de interés por todo lo que tuviera que ver con Tifton.

Detrás de Brad, uno de los ocupantes del reservado contiguo se puso de pie sobre el asiento para atraer la atención de la ocupadísima camarera de mediana edad.

—¡Eh, Patti! —la llamó—. ¡A ver si nos traes más cervezas!

—Siéntate Troy —le respondió la camarera sin tan siquiera mirarlo.

El joven, que debía de tener apenas veinte años, era muy alto y delgado, con hombros huesudos y anchos y el cabello largo color negro ala de cuervo cayéndole sobre unos ojos oscuros, diminutos y muy juntos. Unos calzoncillos blancos asomaban por encima de sus vaqueros de tiro bajo, que parecía estar a punto de perder, pues apenas se sujetaban a sus estrechas caderas. Mientras se dejaba caer de vuelta en su asiento indolentemente, pilló a Jamie mirándolo y le guiñó el ojo.

Inmediatamente, Jamie volvió a clavar la mirada en el folleto. No estaba segura, pero le había parecido oír la palabra *puta*, como una moneda lanzada al aire que hubiera venido rodando hasta sus pies.

—Por lo visto Tifton tiene quince mil habitantes —dijo alzando la voz más de lo que quería.

Como para dejar clara su indiferencia respecto al dato, Brad untó una patata frita en el *ketchup* y luego se puso a hacer equilibrios con ella en la punta de la lengua.

Jamie paseó la mirada por el pequeño restaurante de carretera con cuidado de evitar mirar a los muchachos del reservado de detrás de Brad y reparó en las tablas heterogéneas cubiertas de manchas del suelo, en los asientos forrados de escay verde oscuro y en las brillantes mesas de fórmica color crema. Los enormes ojos cándidos de unas caras inocentes la miraban desde los cuadros de terciopelo negro estratégicamente colocados por las paredes; en la del fondo había una pizarra enorme con las recomendaciones de la casa, que ese día eran la sopa de fríjoles negros y la ración de medio kilo de costillitas a la parrilla. Una ráfaga de humo oloroso se escapó a través de la puerta cerrada de la cocina e inundó el pequeño comedor. No había aire acondicionado y el calor, aún sofocante a esa hora, se combatía con dos inmensos ventiladores de techo cuyas aspas giraban a toda velocidad.

Por el rabillo del ojo, Jamie notó que algo se movía y, alzando la vista, se encontró con el joven delgaducho de pelo negro saludándola con un movimiento coqueto de los dedos desde el reservado de al lado, mientras arrugaba los labios para lanzarle un sonoro beso. Jamie apartó la mirada preguntándose si debía contárselo a Brad, pero decidió que lo mejor era que no dijera nada: Brad ya estaba suficientemente irritable y lo último que quería ella era echarle más leña al fuego.

Sabía que Brad estaba contrariado porque todos los talleres estaban cerrados hasta la mañana siguiente, lo que significaba que tendrían que pasar la noche en Tifton. Al principio esto no parecía haberle molestado excesivamente, pero una vuelta rápida por el centro del pueblo, que no tenía más de doce manzanas más bien cortas, lo había convencido de que Tifton era «LA CAPITAL MUNDIAL DE LA LECTURA» porque —dijo impaciente— «NO HABÍA ABSOLUTAMENTE NADA MÁS QUE HACER». Jamie se mostró más comprensiva: le habían encantado las grandes casonas antiguas construidas desde finales del XIX hasta los años treinta, que se cobijaban a la sombra de los inmensos árboles que jalonaban las calles, y confiaba en que tuvieran oportunidad de visitar por lo menos alguna de las preciosas iglesias o alguno de los edificios meticulosamente restaurados antes de marcharse a la mañana siguiente. ¿No era ése el plan? ¿No se suponía que iban allá donde la carretera los llevara? Pues bueno, una rueda en mal estado los había traído hasta Tifton, así que, ¿por qué no aprovechar su estancia al máximo?

—Aquí dice —continuó Jamie ignorando los continuos gestos del reservado de sus vecinos y leyendo el folleto con una voz obstinadamente animada que hasta a ella le resultada estridente— que Tifton es la cuna, no sólo de la Interestatal 75, sino también de todo el sistema de carreteras interestatales porque el de Tifton fue el primer proyecto de carretera interestatal del país en recibir aprobación y fondos del gobierno central, y esto se debió a que... —Jamie vio a los otros dos muchachos darse la vuelta en sus asientos para ver qué era lo que captaba tan poderosamente la atención de su amigo. Uno tenía el pelo rubio y grasiento recogido en una coleta. El otro llevaba la cabeza completamente rapada y esbozó su sonrisa de medio lado tan amplia que se le veían las encías, lo que le daba el aspecto de un perro gruñendo.

Brad apartó su plato empujándolo hasta el centro de la mesa y se inclinó hacia atrás apoyándose en los codos, totalmente ajeno a lo que ocurría a sus espaldas.

—¿Debido a que...? —preguntó sin mucho interés.

—Porque por lo visto, las buenas gentes de Tifton querían librarse del intenso tráfico de turistas de invierno que venían del norte

—continuó Jamie decidida a ignorar a sus tres admiradores de dudoso aspecto pues pensó que si los ignoraba al final perderían interés—: Así que decidieron construir una circunvalación y por lo visto se pasaron años estudiando el tema y planificando antes de ponerse por fin de acuerdo para conceder contratos, licencias y demás, y ¡casualidad! —¿quién lo iba a decir?—, un mes más tarde el presidente Eisenhower firmó una ley que daba el pistoletazo de salida oficial a la construcción de todo el sistema interestatal de carreteras.

Brad sacudió la cabeza fingiendo sorpresa y poniendo los ojos en blanco en el momento en que la camarera apareció a través de la puerta de la cocina con una bandeja llena de cervezas.

—Así que, como Tifton ya había hecho todo ese trabajo, decidieron comenzar por esta localidad —leyó Jamie—. Pero ¡escucha esto!: por aquel entonces, la normativa vigente establecía que las salidas de las autopistas interestatales debían espaciarse un mínimo de doce kilómetros, pero aquí ya habían empezado a construir *ocho* salidas, por eso Tifton tiene más salidas que la mayoría de las poblaciones a lo largo de la interestatal setenta y cinco.

Sonrió a Brad con la esperanza de que él le correspondiera con una de sus cautivadoras sonrisas, una de esas sonrisas que parecían decirle que aunque le importara un carajo lo que estaba diciendo, aún así, le seguía encantando ella y cómo lo decía. Pero Brad estaba mirando por el ventanal que había al lado de la mesa, como si en algún momento de los últimos sesenta segundos hubiera optado mentalmente por tomar una de las muchas salidas de Tifton. Los chicos de la mesa de al lado ya no se fijaban en ella y ahora se dedicaban a meterse con la camarera.

—Tifton también es la cuna del fabricante de cables Prestolite Wire —continuó Jamie confiando en poder recuperar la atención de Brad a base de pura fuerza de voluntad—, el proveedor de sistemas de cableado para automóviles de Ford, Chrysler y Honda entre otros. ¿Brad?

—¿Mmm?

—Tifton es…

—Pero ¿qué coño estás haciendo, Jamie? —le espetó él.

—¿Qué quieres decir?

—¿De verdad crees que me importa una mierda de qué es la cuna este pueblo perdido en el culo del mundo donde nos hemos quedado tirados?

Jamie se reclinó en el asiento y sintió que se le pegaba la camiseta al escay verde oscuro; no estaba segura de cómo —ni si quiera de si— se suponía que debía responder, pero lo que tenía bien claro era que habían oído a Brad perfectamente en el reservado de detrás: vio cómo los tres muchachos se movían en sus asientos, cómo ladeaban las cabezas e inclinaban ligeramente los hombros hacia ellos. El muchacho de la cabeza rapada apoyó un brazo profusamente tatuado sobre el respaldo del asiento y se rascó una oreja. De perfil sus cejas resultaban estar muy cerca de los ojos y su nariz era ganchuda.

—No es para tanto —dijo Jamie poniéndose a la defensiva mientras se preguntaba si estaba rompiendo una lanza en favor de Tifton o de sí misma.

—*No es para tanto* —la imitó Brad—. Pero ¿quién coño te crees que eres?, ¿la portavoz oficial de la asociación de comerciantes del pueblo?

A Jamie se le llenaron los ojos de lágrimas y bajó la cabeza para que nadie la viera llorar.

—Lo siento —se disculpó Brad inmediatamente—, ¿Jamie?

Ella mantuvo la mirada baja clavada en el plato, concentrándose en evitar que le temblara el labio inferior.

—¿Jamie? —Brad alargó la mano por encima de la mesa; sus dedos, que aún estaban pegajosos después del medio kilo de costillitas que se había comido, se entrelazaron con los de ella—. ¿Me has oído? Te he dicho que lo siento.

Lentamente, Jamie alzó la vista y lo miró a los ojos.

—Es sólo que no entiendo por qué te pones de tan mal humor —murmuró tratando de que nadie oyera la conversación—. No tenemos prisa precisamente...

—Ya lo sé.

—Creía que parte de la gracia estaba en ir descubriendo pueblos perdidos, como éste.

—Tifton no es precisamente un pueblo perdido —dijo Brad esbozando con los labios una sonrisa pícara que le iluminó la mirada—, o si no, ¿qué me dices de las ocho salidas de autopista y todo eso?

Ella sonrió a pesar de todo.

Brad se inclinó sobre la formica brillante del tablero de la mesa para secarle una lágrima que le corría por la mejilla y el aroma dulzón de salsa barbacoa que impregnaba sus dedos invadió la nariz de Jamie que tuvo que contenerse para lamerlos.

—De verdad que lo siento mucho, Jamie. Supongo que es sólo que estoy deseando ver a mi hijo, nada más.

—Ya, ya lo sé.

Brad le hizo una seña a la camarera para que trajese la cuenta.

—Entonces, ¿qué quiere hacer ahora mi bella dama? ¿Crees que habrá algún cine en Tifton?

—Seguro, fijo que no se pasan *todo* el tiempo leyendo —declaró Jamie y Brad soltó una carcajada.

Jamie creyó que se iba a morir de la emoción al oírlo llamarla «mi bella dama», más si cabe después de la tensión que había habido entre ellos durante la última hora.

—Tiene que haber un centro comercial por aquí cerca. No pasará nada por conducir con esa rueda, ¿no? —continuó ella.

Brad se encogió de hombros.

—Si le ponemos algo de aire yo creo que aguantará hasta mañana. ¿Vamos entonces?

—Pero tú, ¿no estás cansado?, como has sido el que ha conducido todo el rato…

Brad negó con la cabeza al tiempo que la camarera les dejaba la cuenta en la mesa de camino a la cocina. Él se metió la mano en el bolsillo, sacó un billete de veinte que dejó sujeto con su plato y se puso de pie.

—Voy un momento al baño y luego nos vamos.

La besó en la frente y se dirigió a los servicios que estaban en la parte de atrás. Jamie lo observó mientras se alejaba hasta que desapareció de su vista tras la puerta de doble batiente hecha de madera;

y entonces, al darse cuenta de que había tres pares de ojos escrutándola, fingió buscar algo en su bolso.

—¿Qué estás buscando? —le preguntó una voz desde el reservado de al lado.

Jamie se puso tensa de pies a cabeza y agarrando con dedos frenéticos una barra de labios exclamó:

—¡Lo encontré! —Se obligó a sonreír y alzó la vista decidida a no dejarse intimidar.

—¿Ya te los podrás pintar sola?

El joven de los calzoncillos asomando por encima de los pantalones se había puesto en pie de repente y se estaba sentando junto a ella en el asiento corrido, empujándola con sus leves caderas hasta arrinconarla en la esquina mientras que sus amigos se instalaban rápidamente en el asiento de enfrente.

Jamie miró hacia la puerta de los servicios; no había ni rastro de Brad por ninguna parte y la única camarera que se veía por allí estaba ocupada dejando un plato de costillas en otra mesa. A Jamie se le pasó por la cabeza la idea de gritar, pero decidió que no era buena idea: después de todo estaba en un restaurante bien iluminado y rodeada de gente, y Brad volvería en cualquier momento. ¿Qué necesidad había de montar una escena?

—Ya puedo yo sola, gracias.

—Ya puede ella sola —dijo el de la cabeza rapada al tiempo que Jamie metía el pintalabios de vuelta en su bolso.

—Seguro que sí. Me llamo Curtis, por cierto —dijo el de la coleta tendiéndole la mano por encima de la mesa.

—Wayne —dijo el rapado.

—Troy —añadió el que tenía sentado al lado.

—Jamie —les respondió ella decidiéndose a seguirles la corriente aunque dejó las manos sobre su regazo un tanto a la defensiva.

—¿Es vuestro ese Thunderbird azul que está en el aparcamiento? —le preguntó Curtis.

Jamie asintió con la cabeza.

—Eso me parecía: no me sonaba.

—¿Qué le pasa a la rueda? —preguntó Wayne.

—No estamos seguros. Con un poco de suerte nos lo dirán mañana por la mañana.

—Y ¿esta noche qué vais a hacer?

—Estábamos pensando ir al cine. —Jamie miró hacia los servicios de nuevo. Pero ¿por qué tardaba tanto Brad?

—Nosotros vimos una peli muy buena el otro día, ¿a que sí, tíos? —dijo Troy.

—Sí, una muy guay —asintieron los demás.

—¿De verdad? Y ¿cuál era?

—La nueva de Tom Cruise. La están poniendo en los multicines del centro comercial, el North Central.

—Y ¿eso queda lejos?

—No, a cinco minutos —dijo Curtis con una sonrisa enseñando las encías.

—¿Qué os han parecido las costillas? —preguntó Wayne mientras jugueteaba con el billete de veinte que asomaba por debajo del plato de Brad.

—Estaban buenísimas.

—Las mejores de todo Georgia —declaró Curtis con orgullo—. El padre de Troy es el dueño.

Entonces podía relajarse, pensó Jamie. No iban a montar ningún lío en el restaurante del padre de Troy. «Asumiendo, claro está, que fuera verdad que el restaurante era de su padre», se dio cuenta Jamie sintiendo cómo volvía a ponerse tensa de pies a cabeza.

—Pues dile por favor de nuestra parte que nos ha parecido todo riquísimo, y ahora si me disculpáis...

—¿No te apetece algo de postre? —le preguntó Troy sin hacer ni ademán de moverse—. El pastel de melocotón está de muerte.

—Suena muy bien —dijo Jamie—, pero estoy muy llena, así que si me permites...

Troy se deslizó por el asiento con desgana para dejarla salir. Mientras se ponía de pie, a Jamie le pareció notar una mano sobre su nalga. En ese momento vio a Brad saliendo de los servicios.

—¿Algún problema por aquí? —preguntó Brad paseando la mirada por los tres muchachos.

—Sólo estábamos intentando ayudar un poco a tu novia —dijo Curtis con aire indolente encogiéndose de hombros.

—Por lo visto hay unos multicines cerca —interrumpió Jamie que, percibiendo la tensión, no veía el momento de salir de allí cuanto antes.

—¿Ah sí? —le respondió Brad.

—En el centro comercial North Central —añadió Wayne—. Están poniendo la nueva de Tom Cruise.

—Suena bien.

—Es buena, muy buena —confirmó Curtis.

—Pues entonces igual hacemos eso —dijo Brad—. Gracias por la sugerencia.

—No dejéis de hacernos otra visita muy pronto —dijo Troy arrastrando las palabras y exagerando el acento sureño mientras Brad agarraba a Jamie del brazo y salían hacia el aparcamiento.

—¿Todo bien? —le preguntó cuando estuvieron junto al coche.

Había empezado a llover mansamente. Jamie asintió con la cabeza pero le temblaban las piernas, así que agradeció que Brad la sujetara del brazo.

—Primero el vagabundo de los lavabos en la gasolinera y ahora tres macarras en un bar de carretera: está visto que no te puedo dejar sola ni un minuto.

Jamie soltó una carcajada al recordar cuántas veces le había dicho exactamente lo mismo su madre.

—Seguramente no es buena idea.

—Pues entonces tomo nota —dijo Brad mientras echaba un vistazo a la rueda.

—¿Cómo lo ves? ¿Nos arriesgamos a ver si aguanta hasta el cine y vuelta? —le preguntó ella.

Brad esbozó una de sus sonrisas matadoras.

—¡Qué sería de la vida si no nos arriesgáramos!

Los estaban esperando junto al coche cuando salieron del cine.

—¿Y? ¿Qué os ha parecido el amigo Tom? —preguntó Troy.

Curtis estaba de pie a su izquierda con un cigarrillo en los labios y Wayne estaba apoyado sobre la puerta del copiloto. Habían dejado el coche al final del aparcamiento y el lugar estaba completamente desierto. Había dejado de lloviznar pero soplaba un viento húmedo que amenazaba más lluvia.

Jamie notó que la mano de Brad se tensaba sobre la suya.

—Fantástico —respondió Brad al tiempo que se colocaba delante de ella con gesto protector.

—Tom el Fantástico —soltó Curtis entre risas.

—Bueno, y ¿qué hacéis por aquí? —les preguntó Brad con voz animada, hasta incluso amable.

—Estábamos preocupados por vuestra rueda —dijo Troy—, así que pensamos que igual nos podíamos pasar por aquí para comprobar que todo estaba bien y ver si no necesitabais que os lleváramos a algún sitio o algo...

—¡Qué amables! Pero no hace falta que os molestéis, ya nos las arreglaremos.

—Ah sí, ¿tú crees? —preguntó Wayne apartándose del coche y echando a andar hacia ellos con actitud amenazante—. ¿Estás seguro? Tu novia parece de armas tomar. —Los otros dos se pusieron a su lado y los tres avanzaron hacia ellos—. Pensamos que igual te hacía falta que te echáramos una mano.

«¡Ay Dios!», pensó Jamie dando un paso atrás instintivamente. Recorrió con la mirada el aparcamiento desierto preguntándose dónde demonios se había metido la gente. ¿Por qué habían tenido que aparcar tan lejos de la puerta del cine?

—Brad...

—No pasa nada, Jamie.

—Sí, Jamie —dijo Troy acercándose—, tú tranquila. Ya verás qué bien lo vamos a pasar.

—Creo que os estáis pasando de la raya —le advirtió Brad.

Algo en su tono de voz hizo que los jóvenes se detuvieran un instante.

—¿Ah sí? Eso te parece, ¿eh? Y ¿qué vas a hacer, pararnos los pies? —le preguntó Wayne tras una breve pausa.

—Si no me queda más remedio…

—Brad, déjalo, larguémonos corriendo —le susurró Jamie.

—Tú tranquila —dijo Brad lo suficientemente alto como para que se le oyera—, esto va a ser divertido, ¿a que sí, chicos?

Brad volvió a meterse la mano en el bolsillo mientras los tres muchachos echaban a andar de nuevo; Curtis fue el primero en llegar hasta donde estaban.

Jamie oyó un chasquido poco familiar y entonces vio el destello fugaz de la navaja cortando el aire en medio de la oscuridad, movimientos confusos… Luego sintió que la empujaban apartándola a un lado, cayó de rodillas y alzó la vista en el preciso instante en que Brad agarraba a Curtis de la coleta y, haciéndolo girar sobre sí mismo, lo sujetaba con fuerza poniéndole la navaja en el cuello.

—*Esto* es lo que yo llamo divertirse —dijo Brad apretando el cuello del muchacho con el filo de la navaja hasta hacerle sangre.

—¡Eh, tío! —empezó a decir Troy mientras reculaba colocándose los pantalones con gesto nervioso—, tómatelo con calma, que sólo era una broma.

—Pues a mí no me lo ha parecido.

—Por favor —gimió Curtis.

—Tal y como yo lo veo —dijo Brad, que claramente se lo estaba pasando en grande—, tenéis más o menos tres segundos para pedirle disculpas a mi novia o le corto el cuello a vuestro amigo…

—Brad… —dijo Jamie—, no…

—No pasa nada, Jamie. ¿Y bien, chicos? Entonces, en qué quedamos?

—Perdónanos —dijo Wayne rápidamente.

—Lo sentimos mucho —añadió Troy.

—Y ¿tú qué dices, machote? —Brad le hizo un pequeño corte en el cuello a Curtis—. ¿Vas a pedir disculpas a la dama o qué?

—Lo siento mucho —consiguió decir Curtis con voz entrecortada.

—Así me gusta, ¡qué tíos más obedientes! Os sugiero que salgáis por patas ahora mismo —soltó a Curtis y con un movimiento rápido de muñeca se enroscó su coleta en la mano y se la cortó de un solo tajo, limpiamente. A los muchachos les faltó tiempo para marcharse. Brad se los quedó mirando hasta que desaparecieron de su vista y entonces ayudó a Jamie a levantarse y lanzó el manojo de cabellos al aire, observando cómo caían al suelo y la brisa los dispersaba, como si fueran las cenizas de un fuego.

—A su madre le va a encantar su nuevo corte de pelo, ¿no crees? —le preguntó a Jamie.

—Es que todavía no me puedo creer lo que ha pasado —decía ella poco después acurrucada en los brazos de Brad; sus cuerpos desnudos, sudorosos después de hacer el amor, resplandecían en medio de la cama matrimonial de la habitación de motel, mientras las imágenes del *show* de David Letterman se sucedían silenciosas en la pantalla del televisor encendido, pero con el volumen apagado, que había en el mueble oscuro imitando a madera, que estaba colocado contra la pared opuesta.

—Ha sido divertido, ¿no?

Jamie se sentó en la cama.

—No, no ha sido nada divertido, pero ¿estás loco o qué?

—Loco por ti —le contestó él atrayéndola hacia sí.

Jamie no pudo evitar sonreír aunque todavía estaba temblando y no había dejado de temblar desde que llegaron a la habitación.

—Y ¿si van a la policía?

—No irán.

—Y ¿eso por qué lo sabes?

—Porque lo sé.

Jamie tiró de la colcha de flores estampadas en tonos oscuros para cubrirse los senos. En una esquina de la habitación, decorada como la típica habitación de motel, el aire acondicionado emitía su zumbido estruendoso a intervalos regulares, encendiéndose y apagándose solo. El mando de la televisión estaba pegado a la mesa del lado de Jamie, seguramente para evitar que lo robaran, pero alguna mente ingeniosa había contraatacado llevándose las pilas, por lo que ahora era totalmente inservible y había que salir de la cama para apagar la tele, lo que significaba que seguramente se quedaría encendida toda la noche.

—¿Te puedo hacer una pregunta?

—Quieres saber de dónde he sacado la navaja —dijo él como si se esperara la pregunta.

—Creía que las navajas eran ilegales.

Brad le apartó de la cara unos mechones de pelo suavemente.

—¿Te he contado que antes de dedicarme a la informática pasé un tiempo trabajando con jóvenes de barrios marginales?

—¿Ah sí? No me habías dicho nada.

—Había un chico que según todos era... ¿cuál era esa palabra que usaba tu madre contigo?

—¡Un caso perdido!

—¡Eso! Yo prefiero decir «un espíritu libre». Como tú —dijo él besándole la punta de la nariz.

Jamie sintió que se derretía: resultaba que no era un caso perdido sino un espíritu libre.

—Total, que según el chaval su vida dio un vuelco gracias a mí. Según él, si no hubiera sido por mí... —Brad clavó los ojos en la pantalla de la televisión con la mirada perdida—. En fin, que me dio la navaja como regalo de despedida. Me dijo que a él ya no le iba a hacer falta y que la llevara siempre, que me traería buena suerte.

Jamie sacudió la cabeza. Este hombre era una auténtica caja de sorpresas.

—Desde luego que esta noche ha sido una suerte que la tuvieras.

—A veces no queda más remedio que protegerse —respondió él—, y proteger a la gente que quieres.

Jamie contuvo la respiración. ¿Le estaba diciendo que la quería?

—Ningún hombre me ha cuidado jamás como lo haces tú —le susurró acurrucándose contra él, dando gracias a Dios en silencio por haber puesto aquel hombre en su camino: un alma gemela que era capaz de leer en su interior, que comprendía quién era ella realmente. Un hombre que la protegía, que la cuidaba. Se dio cuenta de que la podían haber violado esa noche, o algo peor, y cerró los ojos decidiendo no pensar en todas las cosas horribles que podían haber pasado si Brad no hubiera estado allí para protegerla. «Tengo tanta suerte», pensó dejando escapar un profundo suspiro y rindiéndose al sueño.

Capítulo *10*

—¡Hola, pasa pasa! —le dijo Lily cogiéndola de la mano y acompañándola hacia el interior de la casa.

—No me puedo quedar mucho rato —anunció Emma pensando que no debería haber venido, que debía estar loca para dejar a Dylan solo, aunque fuera solamente unos minutos.

—Ya me estaba empezando a temer que habías cambiado de idea.

«Sólo he venido a decirte que no puedo quedarme», pensó Emma.

—Tenía que dejar a Dylan dormido —dijo.

«¡Qué casa tan alegre tiene! —pensó para sus adentros mientras contemplaba el papel rosa pálido de las paredes con sus dibujos de delicadas florecitas repitiéndose hasta el infinito y se preguntaba distraídamente cuánto le habría costado—. Debería hacer algo así con mi vestíbulo también.»

El cuarto de estar estaba pintado de un rosa más oscuro que el del vestíbulo y los muebles, aunque se veía claramente que no eran nuevos, tenían un aspecto cómodo y acogedor. Por lo menos las cuatro mujeres que estaban sentadas en los dos sofacitos rosas con tapicería de flores colocados uno enfrente del otro parecían estar muy cómodas. La misma impresión daba la amazona de cabellos rojos y pantalones de leopardo que había visto salir del Cadillac aparcado al otro lado de la calle y que ahora estaba sentada sobre la moqueta beige frente a la chimenea con las piernas cruzadas al estilo indio. Emma se preguntó cómo podía nadie ser tan flexible; se preguntó si la chimenea funcionaría de verdad; se preguntó qué hacía ella con aquellas mujeres cuando debería estar en casa con su hijo.

—Chicas, os presento a Emma Frost —dijo Lily mientras acompañaba a Emma hasta el centro de la habitación—. Igual os suena porque sus ojos eran los de la caja del rímel de Maybelline de hace unos años.

—¿Eres modelo? —le preguntó una de las mujeres.

—La verdad es que se puede decir que ya no.

—Yo uso el rímel de Maybelline —intervino otra—, es el mejor.

—Pues con eso te debes de haber levantado un buen pellizco, ¿cómo es que estás ahora en la carretera de Mad River? —La pregunta venían de la mujer leopardo.

—Es una larga historia —le contestó Emma.

—Somos un club de lectura —le respondió la mujer—, nos encantan las historias.

Las demás se rieron.

—Desde luego que *tienes* unos ojos preciosos —comentó alguien.

—Te voy a presentar a tus vecinas —prosiguió Lily con orgullo—: Emma, ésta es Cecily Wahlberg; vive en la casa color lila.

—En el ciento veintitrés —aclaró Cecily como si hubiera más de una casa lila; cruzó sus delgadas piernas y se pasó los esbeltos dedos por su fina melena rubia estilo paje.

—… Anne Steffoff…

—Número ciento quince —la informó Anne con voz ronca de barítono muy en consonancia con su geométrico corte de pelo—. Yo quería pintar la nuestra de morado.

—Pero yo no la dejé —dijo la mujer que tenía al lado—. Carole McGowan —añadió dando a Emma un fuerte apretón de manos acompañado de una sonrisa—, la pareja de Anne.

Emma reconoció a las tres mujeres, todas ellas vestidas en vaqueros y camisetas en tonos pastel, y sintió una punzada de culpa por haberlas evitado a propósito en el pasado. De las tres, Cecily era la que más se le aproximaba en edad, y si la memoria no le fallaba, tenía una hija un poco mayor que Dylan; Anne y Carole en cambio le debían de llevar unos diez años; recordó la imagen que tenía de ellas paseando a sus dos *schnauzers* regordetes calle arriba y calle abajo como tenían por costumbre.

—Y esta es Pat Langer; antes trabajaba en Scully's, pero lo dejó porque se quedó embarazada.

—Traidora —le echó en cara la amazona desde su estratégica posición en el suelo.

—Hola —la saludó Pat tímidamente recostándose en el asiento.

—¿Qué tiempo tiene tu bebé? —le preguntó Emma.

—Dos meses —sonrió Pat orgullosa—. Se llama Joseph.

«Ella también es prácticamente una cría», pensó Emma preguntándose quién estaría en casa cuidando de Joseph en esos momentos.

—Y yo que soy, ¿un florero? —se quejó entonces Jan descruzando las piernas de leopardo y tendiéndole la mano a Emma—. Jan Scully —se presentó a sí misma—, la dueña de Scully's. Lily me ha contado que estás pensando en apuntarte.

—Pues yo…

—Ahora sería un buen momento.

—Tenemos una oferta especial y regalamos una camiseta y una taza —dijeron a coro todas las demás.

La habitación volvió a llenarse con el sonido de las risas.

«¡Qué habitación tan agradable!», pensó Emma deseando poder acurrucarse allí mismo y esfumarse. O igual era mejor embotellar aquel cuarto de estar y llevárselo a casa para abrir el tapón cuando se sintiera sola y perdida, que últimamente era casi todo el tiempo. ¿Cuánto hacía que no estaba con gente que se riera en voz alta? Debería decirles que, en el último momento, la canguro no había podido venir, que no podía quedarse. Lo entenderían. También insistirían para que se marchara tranquila; pero es que… ella deseaba desesperadamente quedarse, aunque sólo fuera unos minutos más.

—Está bien, está bien, pido disculpas por haberme puesto en plan negocio —estaba diciendo Jan mientras sus labios carnosos hacían un mohín—. Es que hoy he estado en el banco y los muy cabrones no me han concedido el crédito.

—¡Ay, no! —exclamó Carole.

—¡No puede ser! —se sumó Anne.

—Y ¿te han dicho por qué? —preguntó Lily.

Jan se encogió de hombros.

—No tenían por qué: soy una mujer y este mundo es de los hombres.

—Eso sí que es verdad —le dio la razón Cecily.

—¿Sabéis lo que de verdad me saca de quicio? —les preguntó Jan.

—¿Qué, qué es lo que te saca de quicio? —preguntaron Anne y Carole al unísono.

—Que como no consiga nuevos clientes, y rápido, voy a tener que cerrar el chiringuito, que es precisamente lo que mi ex espera. Es que le estoy oyendo decir: «Ya te dije que Scully's era obra mía. Te avisé de que no saldrías adelante sin mí. Deberías haber aceptado mi oferta y vendérmelo cuando tuviste oportunidad». ¡Ojalá se pudra en el infierno! ¿Tú estás casada? —dijo todo seguido dirigiendo la pregunta a Emma.

—Divorciada.

—Así que estarás de acuerdo en que los hombres son unos cerdos. —Era una afirmación, no una pregunta.

—Desde luego —le respondió Emma.

—¡Tú lo has dicho! —apostilló Cecily.

—Seguramente nosotras no somos las más indicadas para opinar sobre los hombres —dijo Anne lanzando una mirada pícara en dirección a su compañera.

Carole esbozó una amplia sonrisa y dio una palmita al voluminoso muslo de Anne.

—Me vais a perdonar, pero no estoy de acuerdo —declaró Lily.

—Eso es porque tú estabas casada con el hombre perfecto —le dijo Cecily.

—Conozco a un montón de hombres que son maravillosos —protestó Lily—. Mi padre, sin ir más lejos, era uno de ellos; y mi hermano...

—Pues entonces es que tienes acaparado el mercado —sentenció Jan—. ¿Por qué te divorciaste? —le preguntó a Emma.

—Despacito, Jan —le advirtió Cecily—. Emma acaba de llegar, ¿qué quieres, que se asuste?

—Pero si no es de las que se asustan tan fácilmente, ¿a que no, cariño? —preguntó Jan.

«Me lo ha puesto en bandeja —pensó Emma—. Ésta es mi oportunidad de salir corriendo.»

Pero en vez de eso, se oyó decir:

—Mi ex, o el pervertido como lo llamo yo, era un mentiroso patológico que se tiraba a todo lo que se movía. Aunque, pensándolo bien, la verdad es que ni siquiera estoy segura de que ése fuera requisito indispensable cuando pienso en todas las noches en que me he pasado allí echada, más quieta que una muerta, y no pareció que él se diera cuenta ni le importara. Lo dejé cuando descubrí que tenía un montón de revistas porno con niños escondidas entre las de golf al fondo del armario.

Se quedó callada. Pensó que podía seguir, pero a juzgar por las miradas perplejas de todas las presentes seguramente ya había dicho suficiente por una noche.

—Bueno, y ¿qué pasa con Heathcliff? —dijo Lily cambiando de tema.

—¿Quién? —preguntó Pat.

—El protagonista del libro del que se supone que tenemos que hablar —le aclaró Lily.

—¡Ah! ¡Él!

—Sí, él.

—¿No es adorable? —dijo Jan desenroscando las piernas con sorprendente facilidad y levantándose del suelo para dar un abrazo a Lily—. Cree que nos reunimos todos los meses para hablar de libros.

—¿No se supone que para eso están los clubes de lectura?

—Sí, sí, cariño. ¿No es adorable? —repitió Jan.

—Creo que Lily tiene razón —dijo Pat mansamente con voz suave y temblorosa—. Yo tampoco creo que los hombres sean tan malos.

—Pero ¿cómo puedes decir eso —le preguntó Jan— después de todas las veces que has llorado en mi hombro por culpa de ese imbécil con el que te has casado? —continuó sin dar tiempo a Pat a responder—. ¿Cuántas veces te dijo que no estaba preparado para el compromiso, incluso después de enterarse de que estabas embarazada? Y ¿qué me dices de cuando se marchó en plena noche sin decir nada y ni te llamó hasta que no había pasado una semana?

—Pero al final volvió —dijo Pat con orgullo—. Y nos casamos.

—Bueno, pues ya me llamarás cuando seáis felices y comáis perdices —le respondió Jan amargamente.

—¿Podemos volver a *Cumbres borrascosas*, por favor? —lo intentó Lily de nuevo.

—Es que no sé cómo podemos tener un concepto tan malo de los hombres —continuó Pat—. A fin de cuentas, algunas estamos criando hijos varones.

«Debería estar en casa con Dylan», pensó Emma sintiendo que la invadía una nueva oleada de culpa.

—Las hijas son peores —intervino Cecily—. Por lo menos según mi madre que tuvo dos de cada. Solía decir que con los niños bastaba con conseguir que les gustaran los deportes y ya estaba, a no ser que te saliera uno con dotes artísticas, claro; eso sí que era una maldición.

—Hablando de maldiciones —apuntó Lily levantando su *Cumbres borrascosas* en alto—. ¿Es el amor de Cathy y Heathcliff tan profundo que hace de la suya una relación maldita? ¿O creéis que la relación es tan profunda precisamente porque está maldita?

Las mujeres la miraron como si no supieran de qué les estaba hablando.

—Creo que un poco las dos cosas —dijo Emma sintiendo que la frustración de Lily iba en aumento por causa del rumbo que había tomado la conversación y sorprendiéndose a sí misma por lo segura que podía parecer cuando en realidad no tenía la menor idea de lo que estaba diciendo—. A mí me parece que lo uno se compensa con lo otro y es prácticamente imposible decir dónde termina una cosa y dónde empieza la otra.

—Hay que reconocer que ciertamente *es* una historia de amor estupenda —dijo Anne.

—Sólo porque acaba mal —apostilló Carole.

—¿Quieres decir que el amor romántico no existe? —preguntó Pat.

—No que no exista sino que no dura —la corrigió Jan.

—La verdad es que no se puede una imaginar a un Heathcliff y una Cathy desdentados dándose besitos en la residencia de ancianos, ¿a que no? —dijo Anne.

—No querrías imaginártelo —dijo Carole.

—No, prefieres verlos como dos bellos espectros eternamente jóvenes vagando por los páramos —asintió Cecily.

—¿Qué tienen en común todas las grandes historias de amor que conocemos? —preguntó Emma en un arranque de audacia—. Romeo y Julieta, Tristán e Isolda, Hamlet y Ofelia…

Jan sonrió con aire triunfal:

—Que al final siempre mueren —respondió.

—La reunión ha estado fenomenal —dijo Lily mientras ella y Emma se tomaban un café sentadas en las escaleras del porche.

Eran casi las diez de la noche. Las demás se habían marchado todas a la vez hacía unos cinco minutos y la intención de Emma había sido hacer lo propio, pero en vez de eso y para su sorpresa, no se había dado ninguna prisa y se había dejado convencer para tomar una última taza de café, incluso a pesar de que ya tenía suficiente cafeína en el cuerpo como para no dormir en una semana. Ahora estaba más tranquila: había ido un momento a casa a ver cómo estaba Dylan aprovechando una pausa para las fumadoras y se lo había encontrado durmiendo profundamente. Además, se podía ver su casa desde donde estaban sentadas en esos momentos. No tenía de qué preocuparse.

—Ha sido divertido —le dio la razón Emma.

—Al principio costó un poco centrarnos en el libro —se rió Lily—. Supongo que pasa mucho cuando hay unas cuantas mujeres juntas.

—De eso yo no puedo opinar.

—¿No conoces a demasiadas mujeres?

—No conozco a demasiadas personas.

—Eres más bien solitaria —observó Lily.

—El caso es que nos hemos mudado varias veces en este último año y no es fácil, ya sabes.

—Yo creo que los amigos son importantes; y además adoro a mis amigas.

—Y ¿amigos hombres no tienes?

Lily hizo un gesto con sus delicados hombros.

—Últimamente no.

—¿Y qué hay del detective Dawson? —le preguntó Emma.

Lily volvió a encogerse de hombros.

—Parece un buen hombre.

—Así que sigues en tus trece.

—¿De qué me estás hablando?

—Me refiero a la conversación que estabais teniendo cuando aparecí por el gimnasio esta mañana. Me imagino que te estaba invitando a salir.

—Me preguntó si quería cenar con él mañana por la noche. En Joso's.

—Y ¿le has dicho que no? ¿Estás loca?

—Creía que no te gustaban los policías.

—Y no me gustan, pero sé apreciar una buena cena tanto como la que más. ¿Por qué le has dicho que no? Quiero decir que... ya sé que no es asunto mío, pero parecía que entre vosotros hay cierta química...

—No sé por qué le he dicho que no —reconoció Lily—. Llevo haciéndome esa pregunta todo el día.

—¿Has salido con alguien desde que murió tu marido?

—Alguna vez. Nada serio.

—Pero tienes la impresión de que esta vez podría ser diferente, de que con éste igual sí que podría haber algo serio.

—¿Cómo? No, no, ¿quién ha dicho nada de algo serio?

—Tú —le recordó Emma.

—Si es que casi no lo conozco.

—Pero crees que igual te gustaría conocerlo.

Lily suspiró alzando la vista al cielo cubierto de estrellas.

—No sé qué es lo que creo.

—Pues lo que *yo* creo es que deberías llamarlo. Nos lo debes a todas las demás.

Lily soltó una carcajada.

—Y eso ¿por qué?

—Porque necesitamos tema de conversación para nuestra próxima reunión. Además de Steinbeck.

Lily se rió otra vez: un sonido cristalino, como el repicar de las campanas.

—¿Así que vas a venir a nuestras reuniones entonces?

—¿Te importa que me lo piense un poco?

—Pues claro que no, pero que sepas que tus comentarios de esta noche han estado muy acertados; lo que dijiste de Romeo y Julieta, de Tristán e Isolda... eso sí que ha animado la conversación.

Emma le sonrió recordando la inmensa colección de discos de ópera que tenía su madre. Ella no tenía la suficiente paciencia como para escuchar una ópera entera y desconocía por completo quiénes eran Tristán e Isolda ni qué era exactamente lo que les había pasado, simplemente asumía que la historia terminaba mal. Era lo normal en el caso de las óperas. Pensó que era gracioso cómo recuerdos supuestamente insignificantes podían a veces resultar verdaderamente útiles mientras daba otro sorbo a su café deseando poder quedarse allí para siempre: sentada justo donde estaba, tomando café toda la noche y sintiéndose maravillosamente, gloriosamente libre. De la preocupación. De la responsabilidad. Del pasado.

—Asi que crees que debería llamar a Jeff Dawson y decirle que he cambiado de idea.

—¿Has cambiado de idea?

—No lo sé. Y además no tengo con quién dejar al niño —dijo Lily atropelladamente—. Y es sábado por la noche.

—Puedes dejar a Michael en mi casa —se oyó decir Emma.

Lily miró en dirección al cuarto de su hijo.

—No puedo hacer eso.

—Pero ¿por qué no? Yo voy a estar en casa de todas formas. Los niños pueden jugar juntos. Seguro que Dylan estará encantado.

—«¿Lo estará?», se preguntó Emma. ¿Estaría su hijo encantado con semejante intromisión en sus rituales nocturnos?—. Pueden dormir en mi cama. Se lo pasarán en grande.

¿Se lo pasarían en grande? ¿O resultaría un completo desastre?

—¿Te importa que me lo piense un poco? —dijo Lily tomando prestada la frase de Emma—. Es que Michael se ha portado muy bien esta noche, pero a veces puede resultar un poco difícil de manejar.

—Por no hablar del detective Dawson.

El ladrido de los perros interrumpió el silencio que siguió. Emma y Lily miraron al lugar del que provenían los ladridos y vieron a Anne y Carole saliendo de su casa con sus dos *schnauzers* entraditos en carnes tirando de la correa en dirección a la calle.

—¿Quién pasea a quién? —les gritó Lily cuando pasaron por delante de su casa para ir a detenerse abruptamente delante de una farola unos cuantos pasos más allá. Uno de los perros levantó la pata para marcar su territorio; luego el otro; y luego el primero otra vez.

—¡Hombres! —dijo Anne soltando una carcajada al tiempo que ella y Carole se cogían del brazo y seguían su camino calle abajo.

—¿Te ha entrado una mujer alguna vez? —preguntó Emma.

—¿Cómo? —dijo Lily abriendo mucho los ojos.

—A mi sí —continuó Emma—. Ya hace mucho tiempo. Una de las profesoras del internado al que me mandaron.

—¡Por Dios! Y ¿qué pasó?

—Yo tenía trece años, catorce igual, justo acababa de desarrollar y me moría de vergüenza. Teníamos una profesora de gimnasia, la señorita Gallagher, a la que todas las niñas adoraban. Tenía una larga melena rubia y solía dejar que se la cepillásemos. ¿Te imaginas? De verdad que nos parecía una especie de honor cepillarle el pelo grasiento a aquella mujer. Y un día, ese honor recayó en mí: ahí me tienes, de pie a su espalda, pasándole el cepillo por la melena; hasta me duele el brazo ya, pero yo sigo, y ella va y me dice que lo hago mucho mejor que el resto, que se me da de maravilla, con lo que yo me pongo a cepillar con más ímpetu todavía, claro; y coge y me pide que vuelva por la noche, así que vuelvo. Sólo que en vez de ser yo la que le cepilla el pelo, es ella la que empieza a cepillarme a mí el mío. Y tengo que reconocer que la sensación era estupenda. Y ella me dice que tengo un pelo precioso: tan suave, tan brillante... Y entonces noto algo que me roza el cuello... y no es precisamente el cepillo.

—¿Te besó?

Emma asintió con la cabeza arqueando una ceja y apretando los labios.

—Y ¿qué hiciste?

—Nada. Estaba muerta de miedo. Me limité a quedarme allí sentada. Y ella venga a decirme cosas como: «¿Te ha gustado? ¿Quieres que te lo haga otra vez?»; y entonces, de repente, me levanté de un salto y salí corriendo. No paré hasta que no llegué a mi cuarto.

—Y ¿se lo contaste a alguien?

—Se lo dije a mi madre. Era la directora del colegio.

—¿Y? ¿La despidió?

—No me creyó, dijo que me lo estaba inventando todo para llamar la atención.

Lily parecía horrorizada.

—¡Qué horror!

Emma se encogió de hombros.

—Has tenido una vida de lo más interesante —le comentó Lily tras una pausa de varios segundos.

—Un poco hasta demasiado a ratos. —Emma apuró el café y se puso de pie entregando a Lily la taza de Scully's vacía—. Ya va siendo hora de que me vaya a casa.

—Me alegro mucho de que hayas venido.

—Yo también. Ya me dirás qué decides al final sobre mañana por la noche.

Emma bajó las escaleras y le dijo adiós con la mano desde la acera.

—Me lo he pasado muy bien —le gritó mientras se obligaba a seguir caminando.

Cuando llegó a su casa se dio la vuelta pero Lily ya no estaba en las escaleras del porche. Mientras metía la llave en la cerradura y entraba en el vestíbulo de puntillas pensó que seguramente no debía haberle dicho que su madre era la directora del colegio. ¿Acaso tenía miedo de no caerle bien a Lily si sabía la verdad? Eso era una tontería. Lily no era como las chicas entre las que había crecido. Ella no la miraría mal si se enteraba de que su madre era una de las bedelas.

Pero ¿qué importaba una mentira más cuando ya había dicho tantas?

Emma fue hasta la habitación de Dylan: seguía durmiendo plácidamente. «¡Quién pudiera dormir así!», pensó, no sin cierta envidia, mientras se desvestía y se metía en la cama.

Cerró los ojos y esperó a que llegaran los demonios.

Capítulo 11

En los pocos instantes de duermevela que separan la vigilia del sueño, Jamie prácticamente revivió los casi dos años de infierno que había sido su vida con Mark Dennison. Todo comenzó —para más inri—, en su noche de bodas, cuando las sucesivas llamadas frenéticas de la madre del novio había interrumpido una y otra vez sus intentos de consumar el matrimonio.

—¿Cómo has podido hacerme esto? —Jamie oyó decir a su suegra al otro lado de la línea—. ¿Cómo has podido casarte con una chica que acabas de conocer, alguien de quien no sabes absolutamente nada?

Jamie esperaba oír a su flamante marido decir algo así como: «Sé todo lo que necesito saber, que estoy enamorado de ella». Pero lo que oyó fue una sarta de abyectas disculpas por lo precipitadamente que había ocurrido todo, por la innecesaria urgencia con que se habían fugado, por la espectacular falta de consideración para con los sentimientos de su madre; y luego toda una serie de promesas sobre cómo él y su nueva esposa no tenían la menor intención de establecerse en Palm Beach, sobre cómo cambiarían sus planes de luna de miel en las Bahamas y cogerían el primer avión a Atlanta a la mañana siguiente para tranquilizarla. Jamie incluso se oyó a sí misma tratando de consolar a su suegra ofreciéndole que los acompañara a buscar piso, diciendo a la visiblemente afectada dama que agradecería su consejo y que estaba deseando formar parte de una familia tan unida. La única respuesta que obtuvo fue el gélido silencio de la línea tras cortarse la comunicación.

Ni que decir tiene que aquella noche los intentos de hacer el amor de la pareja resultaron un completo desastre y que su marido fue incapaz de mantener una erección por más que ella lo intentara todo.

—¿Dónde has aprendido ese truquito? —le preguntó él enfadado apartándola—. ¿Eso te lo enseñaron tus novios de la universidad?

Fue la primera vez en que pensó en marcharse: se recordó a sí misma hecha un ovillo al otro lado de la cama pensando en hacer las maletas y salir por la puerta: «Trágate tu orgullo y vuelve a casa con tu madre. Han pasado menos de veinticuatro horas, te concederán la nulidad; vuelve a la universidad y acaba Derecho, puedes matricularte para el próximo trimestre, sólo tienes que salir de este lío en el que te has metido, y salir ahora».

Sólo que, ¿cómo iba a dejarlo ahora que él estaba tan vulnerable, precisamente ahora que prácticamente se deshacía en lágrimas rogándole que se quedara, disculpándose una y otra vez por las cosas horribles que le había dicho? Estaba disgustado, confundido, no pensaba lo que decía; ella tenía que saberlo ya. Le rogó que lo comprendiera. Tenía que tener un poco de paciencia con él, darle otra oportunidad. Le explicó que su madre había llevado una vida difícil: se había quedado viuda con sólo treinta y seis años y él se había convertido en su único consuelo, el único a quien podía acudir, el único en quien podía confiar, la única razón que la empujaba a seguir adelante, que la obligaba a salir de la cama por las mañanas. A la temprana edad de ocho años se había convertido en el hombre de la casa. Durante los últimos veinte años habían vivido ellos dos solos y era natural que a ella le costase aceptar a una perfecta desconocida en sus vidas. Si Jamie fuese capaz de tener un poco de paciencia...

Le prometió que lo intentaría. Había que reconocer que él llevaba razón: su madre estaba disgustada por lo repentino de su matrimonio, eso era todo; no tenía nada que ver con ella, no debía tomárselo como algo personal. ¿Acaso no le había dado casi un ataque a su propia madre cuando Jamie le anunció su intención de casarse con un hombre que conocía desde hacía apenas dos semanas?

—Mamá, ésta es Jamie. Jamie, te presento a mi madre, Laura Dennison —dijo orgulloso su flamante esposo cuando presentó a las dos mujeres de su vida.

A Jamie le sorprendió lo pequeña que era su suegra en realidad. Pese a la voz imponente que tenía por teléfono, resultaba que medía poco más de un metro cincuenta y cinco a lo sumo, y no debía de pesar más de cuarenta y cinco kilos. Jamie, con sus cincuenta y cinco kilos y su metro setenta, parecía erigirse sobre ella como una torre amenazante. «¿De qué había tenido tanto miedo?», se preguntó tendiendo los brazos con gesto magnánimo hacia la mujer de fríos ojos azules y cabello corto color castaño.

—No eres para nada como te había imaginado —le dijo su suegra poniéndose tensa al sentir cómo la rodeaban sus brazos.

—¡Qué ganas tenía de conocerte! ¡Por fin! —le respondió Jamie apartándose—. ¿Puedo llamarte Laura?

—Preferiría que me llamaras señora Dennison —le respondió con frialdad.

—Es sólo que vas un poco deprisa —le comentó después su marido mientras se instalaban en su antiguo dormitorio de soltero—, y además mi madre nunca ha sido muy efusiva que digamos.

—Me odia.

—No te odia.

—«Preferiría que me llamaras señora Dennison» —repitió Jamie adoptando el tono gélido de su suegra.

—Dale tiempo —le pidió su marido—, todavía está un poco sorprendida; simplemente ve poco a poco, ten un poco de paciencia.

—Voy tan despacio como puedo —le respondió Jamie con una sonrisa traviesa mientras abrazaba a su marido por la cintura y luego lo atraía hacia ella poniéndole las manos sobre los glúteos.

—Seguramente esto no es muy buena idea —le indicó él señalando con la barbilla hacia la puerta cerrada del dormitorio.

—No te preocupes, he echado el cerrojo.

—Pero ¿por qué has hecho eso?

—Pues porque me pareció que nos vendría bien un poco de intimidad —deslizó las manos hasta la bragueta de su marido.

Él le sonrió y comenzó a mordisquearle el cuello.

—¿Ah sí? ¿Eso te pareció?

Y entonces la besó y ella recordó la razón por la que le había parecido tan atractivo. Jamás había sido capaz de resistirse a un hombre que besara bien.

Ya se habían quitado la mitad de la ropa cuando los interrumpió el sonido persistente de unos nudillos sobre la puerta seguido de un forcejeo frenético con el pomo.

—Mark. —Se oyó la voz acerada de la señora Dennison a través de la gruesa puerta de madera—. Mark, ¿estás ahí?

—Un momento, mamá —dijo él mientras se apresuraba a vestirse.

Jamie rodeó con los brazos sus breves caderas tratando de atraerlo de vuelta a la cama.

—Dile que estás ocupado —le susurró.

—Vístete —le respondió él.

—¿Pasa algo? —preguntó la suegra mientras continuaba girando el pomo a derecha e izquierda.

Mark se apartó de Jamie y fue hasta la puerta mientras miraba una vez más a su esposa de reojo.

—Los botones —la regañó señalando su blusa abierta.

—¿Por qué estaba el cerrojo echado? —preguntó la señora Dennison lanzando a Jamie una mirada acusadora.

—La fuerza de la costumbre —respondió Jamie obligándose a sonreír.

—En esta casa no se echa el cerrojo a las puertas —dijo la señora Dennison.

—¿Ocurre algo? —preguntó Jamie tratando de adivinar qué era tan urgente.

La señora Dennison parecía confundida y daba la impresión de estar inmersa en un conflicto interno, como si tratara de hacerse a la idea de lo que se disponía a hacer.

—He pensado que deberías tener esto —dijo tras una larga pausa alargando la mano en la que llevaba los pendientes de oro y perlas más maravillosos que Jamie había visto jamás—. Pertenecieron a mi bisabuela y le prometí a mi hijo que serían para la mujer con la que se casara. —Echó los hombros hacia atrás, se aclaró la garganta y prácticamente escupió sus siguientes palabras—: Así que supongo que ahora son tuyos.

—Madre, ¡qué detalle por tu parte!

—Son preciosos —añadió Jamie sintiéndose repentinamente aturdida y llena de agradecimiento.

Su marido tenía razón: su madre era una mujer maravillosa que simplemente necesitaba un poco de tiempo para asimilar la sorpresa de la boda de su hijo. Tenía que tener paciencia con ella.

—Me conmueve, de verdad —dijo Jamie agradecida.

—Me imagino que entiendes perfectamente que si vuestro matrimonio no funciona —continuó la señora Dennison como si tal cosa—, tu obligación es devolverlos.

Ésa fue la segunda ocasión en los dos días que llevaba casada en que Jamie se planteó la posibilidad de marcharse. Pero en vez de eso, una vez más se dejó convencer de que tenía que dar a su suegra tiempo para acostumbrarse; se repitió a sí misma que era culpa suya por esperar demasiado y esperarlo demasiado pronto; que a fin de cuentas era ella quien se había casado precipitadamente y que ahora, por tanto, a ella correspondía aminorar la marcha de los acontecimientos. Sus expectativas no habían sido en absoluto realistas: una no se casa con un hombre que apenas conoce y se marcha con él a otra ciudad y luego espera que todo vaya como la seda inmediatamente.

Sólo que eso era exactamente lo que ella había esperado.

La idea de que aquel joven alto al que se le hacían dos hoyitos en la cara cuando sonreía tímidamente, el joven de nariz aguileña que había conocido en una exhibición de coches —él asistía a una convención de vendedores— no hubiera resultado el cautivador caballero de reluciente armadura que parecía ser en un primer momento, sino un tímido niño de mamá que todavía vivía en casa, era demasiado dolorosa como para darle cabida.

«Todo irá bien tan pronto como encontremos un apartamento para nosotros dos solos —se tranquilizó a sí misma—. Las cosas serán distintas: él volverá a ser el hombre encantador con el que me casé, el hombre con el que *creí* que me había casado, tan pronto como consiga alejarlo un poco de su madre.»

Pero Mark Dennison resultó tremendamente reacio a abandonar el nido.

—No entiendo por qué tienes tanta prisa por que nos marchemos —le dijo él—. Mi madre nos hace la comida, se ocupa de la casa, de la colada… trabaja como una loca, ¿es que no lo ves? ¿Por qué eres incapaz de apreciar todo lo que hace por nosotros? ¿Se puede saber qué te pasa?

—Es sólo que me parece que sería muy agradable tener un sitio sólo para nosotros, ¿sabes?, tener un poco de intimidad, un poco de vida sexual —le susurró Jamie acariciándole el muslo. «Mucha más vida sexual» era lo que en realidad estaba pensando, plenamente consciente de que en las últimas semanas ésta se había visto reducida hasta el punto de hacerse casi inexistente.

—¿Es eso lo único que te importa? —le preguntó él en tono acusador—. ¿Por qué no te buscas un trabajo? —le sugirió inmediatamente como si lo uno fuera sustituto ideal de lo otro.

Así que ella se buscó un trabajo: un puesto administrativo en una inmobiliaria que la aburría soberanamente. No aguantó ni un mes. Se buscó otro trabajo como recepcionista de un conocido promotor inmobiliario. Duró apenas seis semanas. Empezó a hablar de volver a la universidad y hacer un máster en Trabajo Social.

—Y ¿para qué quieres tú ser asistente social? —le preguntó su suegra.

Su marido se volvió más distante aún hasta que ella abandonó la idea de volver a la universidad y encontró otro trabajo de administrativa, esta vez en una compañía de seguros.

Por fin, él se avino a por lo menos mirar unos cuantos apartamentos en el mismo barrio, pero entonces su madre cayó enferma: algún problema de salud indefinido que los médicos no acababan de identificar, seguramente relacionado con el estrés —eso dijeron—, así que ¿cómo iban a marcharse hasta que no se pusiera bien?

«Vivirá hasta los cien», pensó Jamie dándose cuenta de que no tenía ninguna posibilidad de llevar una vida normal si no tomaba cartas en el asunto. Así que encontró un apartamento, firmó el contrato de alquiler y le dijo a su marido que ella se mudaba a fin de mes, con o sin él. A regañadientes, él accedió. Para entonces ya llevaban casados un año.

El segundo fue más de lo mismo.

Ella tenía un trabajo que odiaba, estaba casada con un hombre al que apenas conocía ni veía —él había adoptado la costumbre de pasar por casa de su madre cada noche después del trabajo, a veces incluso se quedaba a cenar allí y ni se molestaba en avisarla—, y había perdido el contacto con su familia y sus amigos de siempre. Trató de hacer nuevas amistades, se creó su círculo de amigas con las que hablar y quejarse mutuamente. Ellas le dijeron que tenía que marcharse.

—Te has limitado a cambiar una madre dominante por otra —le dijeron.

Tenían razón. Después de tomarse varias copas de vino para darse valor, lo llamó a casa de su madre y le dijo que volvía a Palm Beach. Una hora más tarde él estaba a la puerta con un ramo de flores, disculpas y lágrimas.

—Por favor, no me dejes —le suplicó—. Es todo culpa mía. He sido un completo imbécil. Te prometo que a partir de ahora las cosas serán diferentes. Por favor, dame otra oportunidad. Todo se arreglará, te lo prometo.

Él tenía razón. Las cosas mejoraron, por lo menos durante unas semanas en cualquier caso.

Y entonces empeoraron.

«Ya basta», pensó Jamie cambiando de postura en su lado de la cama, totalmente desvelada. Le parecía que una vez era más que suficiente; se negaba a recordar la agonía de los últimos meses. Se había acabado. No tenía por qué volver a ver a Mark Dennison nunca más. Ahora ella tenía una nueva vida y, tras varios intentos fallidos, un nuevo hombre. Alargó la mano para acariciar la espalda de Brad.

No estaba.

—¿Brad? —lo llamó saliendo de la cama y buscando con la mirada por la habitación en la que era evidente que no había nadie más; aguzó el oído por encima del zumbido del aire acondicionado con la esperanza de oír el sonido del agua de la ducha, de una máquina de afeitar eléctrica, de la cadena del váter. Nada. Corrió a la ventana y abrió las cortinas. El sol de la mañana la deslumbró por completo, pero incluso a través de la cegadora claridad salpicada de puntos violeta que siguió, pudo ver el aparcamiento del motel y comprobar que el coche no estaba. ¿Acaso los había encontrado el desagradable trío de la noche anterior y habían vuelto para ajustar cuentas con él?

Y entonces lo vio: un pedazo de papel blanco colgando sobre la pantalla apagada de la televisión, sujeto con la Biblia. La nota decía así:

Llevo coche al taller. Vuelvo pronto. Desayuna, ¡va incluido en precio habitación!

Jamie sonrió y apretó el papel contra su pecho como si fuera el pectoral de una armadura, tratando de calmar los locos latidos de su corazón. «¿Ves? —se tranquilizó a sí misma—, ya te dije que no tenías por qué preocuparte. No le ha pasado nada en absoluto y además se preocupa por ti. Como hace siempre.»

Rápidamente se duchó y se lavó el pelo, se vistió decidiéndose por una camisa blanca y un pantalón pirata rosa. Luego metió todo en su bolsa de viaje para tenerla lista cuando Brad volviera y tras echar una última mirada para comprobar que no se dejaba nada se dirigió a la recepción del hotel.

—¿Todavía sirven el desayuno? —preguntó al joven prematuramente calvo que había tras el mostrador de recepción.

El reloj de la pared que colgaba sobre la reluciente calva marcaba ya las 09:36.

—Justo a la vuelta —le contestó él señalando con el dedo índice de su mano derecha.

Jamie se dio cuenta de que le faltaba la punta del dedo y se preguntó qué le habría pasado mientras echaba a andar hacia la zona donde se servía el desayuno siguiendo sus indicaciones. La sala tenía una moqueta verde y varias mesas pequeñas con sus correspondientes sillas, además de un viejo sofá forrado de lona beige y una inmensa pantalla de televisión. Sobre una mesa larga y estrecha colocada a lo largo de toda una pared había una poco apetecible selección de panecillos medio duros, rebanadas de pan reseco para tostadas, y un par de bollos rellenos —uno de queso de untar y el otro de mermelada de fresa—. Jamie cogió el de queso, llenó de café casi frío un vaso de porespán blanco y se sentó a desayunar en la mesa más cercana fijando la atención en la televisión: en la pantalla, un hombre con un sombrero de vaquero de ala ancha y una camisa de cuadros azules y blancos abrazaba cariñosamente un rifle de asalto y se embarcaba en una apasionada defensa de su derecho constitucional a llevar armas. Ella se preguntó si eso incluía las navajas.

—¿Qué te parece? —preguntó una voz masculina detrás de ella.

Jamie alzó la vista en el momento en que el calvo prematuro de la recepción se servía un café y se sentaba en la mesa de al lado estirando sus largas piernas y dando una larga calada a un cigarro que no había encendido. Sobre la pared, al lado de la televisión, había un cartel de prohibido fumar.

—¿Qué me parece el qué? —se preguntó Jamie: ¿que estuviera prohibido fumar?, ¿los permisos de armas? ¿las navajas?

—El café —le contestó él—: estamos probando una marca nueva.

—Se deja beber.

—¿Sólo «se deja beber»?

Jamie dio otro sorbo.

—Sólo se deja beber.

—Sí, lo mismo estaba pensando yo —asintió el joven rascándose un lado de su chata nariz antes de posar el vaso de porespán sobre la mesita redonda y dar otra calada al cigarrillo sin encender.

—Nada del otro jueves. Me llamo Dusty, por cierto.

—Jamie —dijo Jamie—. El bollo en cambio está bastante bueno.
—Dio un mordisco como para enfatizar sus palabras.

—¿De verdad? A mí los que más me gustan son los de canela. Tienen montones de pasas.

—No he visto ninguno de ésos.

—No, ¡qué va! A estas horas no, son los primeros que se acaban.

Jamie dio otro mordisco al bollo y otro trago al café. Dusty dio otra calada. El hombre con el sombrero vaquero de la tele estaba explicando que no eran las armas de fuego las que mataban a la gente, sino que era «la gente la que mataba a gente», eso estaba diciendo. «¿Le habría cortado Brad el cuello al muchacho?», se preguntó Jamie.

—Entonces, ¿hacia dónde vais? —preguntó Dusty.

—A Ohio.

—¿Sois de allí?

—No, no he estado nunca.

—Yo tampoco. Nunca he salido de Georgia. —Dusty entornó sus ojillos marrones, como si no estuviera del todo seguro de por qué—. Y ¿qué hay en Ohio?

—El hijo de mi novio —respondió Jamie disfrutando inmensamente de la sensación que sentía en la boca al pronunciar la palabra *novio*, del sonido de la palabra en sus oídos. «No, seguro que no habría usado la navaja», pensó.

Los dedos de Dusty tamborilearon sobre la mesa. Charlton Heston había sustituido al vaquero del sombrero y hablaba en una especie de evento:

—Con mis propias manos —gritaba a la muchedumbre enfervorecida.

«¿A qué se referirá?», se preguntó Jamie.

—¿Qué te pasó en el dedo? —preguntó.

Dusty alzó su mano derecha examinando el dedo índice como si le costara recordar.

—Accidente con una cortadora de césped —dijo tras una larga pausa.

Jamie dio un respingo.

—¡Aj!

—¿Aj? —rió Dusty.

—Debe de haberte dolido horrores.

—¡Va, no, no tanto! Por lo menos al principio no. Ni me di cuenta de lo que había pasado hasta que miré para abajo y vi la sangre. —Sacudió la cabeza—. Sangre sí que había.

—Y ¿no te lo pudieron coser? —siguió preguntando Jamie.

—No lo encontré. El puto cacho de dedo salió volando.

Jamie se imaginó la punta del dedo de Dusty volando por los aires, describiendo un arco idéntico al de la coleta de Curtis. Oyó una carcajada y se dio cuenta horrorizada de que era ella quien la había soltado.

¡Ay, Dios, lo siento muchísimo; no quería reírme, realmente es terrible. Lo siento mucho, de verdad!

—¡Si no pasa nada! La verdad es que tiene bastante gracia —se rió Dusty uniéndose a ella.

—¿Y nunca lo encontraste?

—Hasta el día siguiente no, y para entonces ya era demasiado tarde… pero todavía lo tengo.

—¿Todavía lo tienes?

—Sí, pero no lo llevo encima, claro.

—¡Gracias a Dios! —exclamó Jamie.

—¡Aj! —dijo Dusty y los dos se rieron de nuevo.

Una sombra se proyectó sobre la pantalla de la televisión. Jamie miró en esa dirección y vio a Brad apoyado contra la pared.

—¿Qué tiene tanta gracia? —preguntó clavándoles la mirada.

Jamie se puso de pie inmediatamente.

—¡Uy, es una historia muy larga! —dijo aún entre risas.

—No tenemos ninguna prisa —dijo Brad—. Por lo visto el mecánico no tendrá el coche hasta esta tarde.

—Seguramente podéis estar en la habitación hasta las cuatro más o menos —dijo Dusty—. A esa hora empieza el movimiento.

—Gracias —respondió Brad a Dusty al tiempo que éste volvía hacia la recepción.

—¡Bueno! Entonces nos lo podemos tomar con calma —comenzó a decir Jamie—. Y ¿si damos un paseo? Hay un montón de iglesias que…

—¿De verdad te parece buena idea andar dándole conversación a esta gente? —la interrumpió Brad—. ¿Es que no has tenido bastante con lo de ayer por la noche?

Jamie tardó unos segundos en comprender de qué hablaba Brad.

—¿Lo dices por Dusty? —se rió ella—. Fíate de mí: es totalmente inofensivo.

—Fíate de *mí*. Nadie es totalmente inofensivo.

Jamie se acercó a Brad y se detuvo frente a él poniéndose de puntillas para darle un beso fugaz en los labios. Le encantaba que se preocupara por ella y la protegiera de aquella manera.

—*Desde luego* que me fío de ti.

Él le sonrió levantando una bolsa de plástico blanca que tenía escondida a la espalda.

—Te he traído una cosa.

—¿En serio? Y ¿qué es?

—Ábrela.

Jamie cogió la bolsa que le ofrecía Brad, metió la mano en su interior y se le saltaron las lágrimas al sacar de dentro la caja y ver la muñeca de cabellos rubio platino, curvas imposibles y tacones de plástico rojo.

—¡No me lo puedo creer, me has comprado una Barbie!

—Pensé que te gustaría empezar una colección nueva.

Jamie se lanzó a los brazos de Brad.

—¡Eres absolutamente increíble! —le dijo encantada.

Brad la abrazó fuerte mientras el ruido de disparos de la televisión invadía la sala.

—¡Venga! —le dijo—. Vamos a llevar a Barbie a ver iglesias.

Capítulo 12

—¡Está bien, Dylan, se acabó el tiempo! —gritó Emma al otro lado de la puerta cerrada con pestillo del baño.

Eran casi las seis y media. Lily vendría a dejar a Michael de un momento a otro.

—¡Vete! —le respondió una vocecilla.

—¿Se puede saber qué estás haciendo ahí dentro, cariño? ¿Te duele la tripa?

Silencio.

—Dylan, ya sabes que a mamá no le gusta que eches el pestillo del baño.

—¡Vete! —repitió Dylan.

Emma respiró hondo y se obligó a sonreír. Recordó haber leído que si te obligabas a sonreír, independientemente de cómo estuvieras realmente, eso te haría sentir mejor. ¡Actitud positiva! Alguna chorrada así.

—Cielo, tu amigo Michael va a llegar enseguida.

—No es mi amigo —fue la respuesta inmediata.

—Pero si va a tu clase; yo creí que te caía bien.

—*No* me cae bien.

Emma sonrió aún más.

—Pues tú a él sí. Y le hace mucha ilusión venir a pasar la noche aquí.

—No puede dormir en mi cama.

—Ya te he dicho que dormiréis en mi cama. Los dos.

—No quiero dormir en tu cama.

—Bueno, está bien. Luego lo arreglamos, pero mientras tanto...

—Y no le voy a dejar mis juguetes.

—Pues entonces será mejor que salgas a vigilarlo, porque va a llegar en cualquier momento.

—No, dile que se vaya a su casa.

—No puedo decirle eso, le prometí a su madre... —Se quedó callada. «Pero ¿se puede saber qué hago discutiendo con un niño de cinco años?», se preguntó—. Dylan, sal de ahí ahora mismo o lo lamentarás. —«Soplaré y soplaré y la casa tiraré», dijo para sí—. ¡Dylan, ¿me estás oyendo?

Silencio total. Seguido del sonido reticente del pestillo y el crujido lento de la puerta del baño abriéndose. Apareció la figura de Dylan por la puerta entreabierta: estaba de pie en mitad del pequeño baño, clavándole a su madre una mirada furibunda y con el labio inferior tembloroso.

—Eso está mejor. Ya está bien de tonterías por hoy, y ahora abajo; estoy haciendo macarrones con queso para cenar.

—Los macarrones con queso son un asco —dijo Dylan negándose a dar un paso.

—Pero ¿qué me estás contando? ¡Si te encantan!

—¡Mentira! Son asquerosos.

—Ven abajo conmigo. —Emma cogió la mano de su hijo; de repente se paró en seco al ver el charco sobre las baldosas del suelo, justo enfrente del váter.

—¿Qué ha pasado aquí?

—Fue sin querer —dijo Dylan sin atreverse a mirarla a la cara y con las mejillas arreboladas.

Emma paseó la mirada por el suelo, la tapa del váter, la pared justo detrás del váter... Un decorativo reguero de orina, estilo graffiti, lo cubría todo.

—Esto no ha sido sin querer, no, de eso nada jovencito. Lo has hecho aposta.

—No —insistió Dylan—, es que no atiné.

—Pues entonces lo vas a tener que limpiar —le informó Emma mientras mojaba un trapo con agua y obligaba al niño a cogerlo—. ¡Ahora mismo!

—No.

—Dylan, ya he tenido bastante de tus tonterías por hoy.

A modo de respuesta, Dylan abrió la mano y dejó caer el trapo al suelo.

—Muy bien, caballero, recógelo.

—No.

—¿Quieres que te dé unos azotes? ¿Es eso lo que quieres? Porque me muero de ganas…

—Eres mala —le gritó Dylan de repente empujándola para que se apartara de su camino y corriendo a su habitación—. Eres una mamá mala.

—Y tú te portas muy mal —contraatacó Emma atrapando a su hijo en el rellano de la escalera.

Para entonces, la frustración ya había borrado la sonrisa de su rostro y las lágrimas estaban acabando con el menor resto que hubiera podido quedar de ella. Agarró a Dylan del brazo y lo giró bruscamente dándole varios azotes en el trasero mientras él chillaba enfurecido.

Llamaron a la puerta.

La mano de Emma se detuvo en pleno vuelo. «Pero ¿qué estoy haciendo? —se preguntó—, ¿no me había prometido a mí misma que por mal que se pusieran las cosas nunca lo pagaría con mi hijo?» Respiró hondo varias veces seguidas, y otras cuantas veces más, tratando de calmarse.

—Bueno, basta, ahora vamos a ir abajo —comenzó a decir tratando deliberadamente de hablar con la mayor suavidad posible—, y le vas a decir hola a Michael y luego vais a ir los dos a la cocina y te vas a comer todos los macarrones con queso que te ponga, y además te van a parecer riquísimos, y vas a decir: «Gracias por hacerme unos macarrones con queso tan buenos, mamá»; y entonces le vas a dejar a Michael los juguetes que quiera, si no mañana por la mañana cuando te levantes habrán desaparecido todos, incluido Spiderman. ¿Queda claro? Dylan, ¿queda claro?

—Te odio —fue la respuesta de Dylan.

—Bueno, puede ser, pero soy todo lo que tienes.

—Quiero que venga mi padre —le chilló Dylan al tiempo que conseguía soltarse, salía corriendo de vuelta al baño y cerraba dando un portazo.

—¡Dylan!

El ruido del pestillo.

—Dylan, por favor, no me hagas esto.

—¡Quiero que venga papá!

Llamaron a la puerta otra vez.

Emma se quedó de pie en mitad del pasillo, tratando de contener las lágrimas y recuperar un mínimo de calma. Pero ¿qué demonios acababa de pasar? ¿Qué había hecho?

—Dylan, cielo, lo siento mucho. No quería...

—¡Vete!

Emma sacudió la cabeza mientras se secaba las lágrimas de las mejillas con ambas manos en el momento en que llamaban a la puerta por tercera vez.

—Un momento —gritó encaminándose escaleras abajo siguiendo el rumbo que había tomado su voz.

Pero ¿qué era lo que le pasaba? ¿Por qué le costaba tanto controlarse últimamente? Sí, Dylan se había despertado en plena noche con una de sus pesadillas y como resultado luego se había pasado todo el día cansado y de mal humor; y sí, ella también estaba agotada. No era nada fácil ser madre estando sola, pero ésa era precisamente la cuestión: *ella* era la madre y *él* era el niño. Ella era la persona adulta en toda esta ecuación, y no podía andar por ahí perdiendo los nervios en cuanto Dylan no se portara bien. Y, además, a fin de cuentas era ella la que había decidido invitar a Michael a pasar la noche, no él. No le había preguntado antes a Dylan, no había tenido en cuenta su opinión aunque en el fondo ya sabía que a su hijo no le haría gracia la idea. De la misma manera que sabía que ella era la que lo había hecho así, que ella era la responsable de que Dylan fuera tan retraído y no tuviera amigos. ¿Cómo había podido creer que reaccionaría de ningún otro modo al enterarse de que, sin pensárselo dos veces, dejándose llevar por un desafortunado impulso momentáneo, su madre había invitado a un prácticamente desconocido a su casa? Y lo mismo daba que fuera un inofensivo niño de cinco años o que fueran a la misma clase o que vivieran en la misma calle. En cualquier caso, se trababa de «otro» y por tanto era alguien al que se debía temer y en última instancia rechazar.

«Igual que en una de las historias de Lily», pensó Emma al tiempo que abría la puerta y se encontraba con las caras sonrientes de Lily y su hijo que estaban de pie en el porche. Lily llevaba un chándal azul y estaba sin maquillar; tenía el cabello recogido de cualquier manera, con mechones rubios escapando en todas direcciones. Pero, aún así, la anticipación hacía resplandecer su rostro ovalado con tal intensidad que el contemplarla casi quitaba la respiración. Emma sintió una punzada de celos y pensó en lo agradable que sería estar en el lugar de ella, aunque sólo fuera una noche: ilusionarse realmente por algo —¿cuándo había sido la última vez que *algo* le había hecho ilusión a ella?—, por salir a cenar con un hombre que la miraría anhelante, no con odio. «¡Ojalá hubiera sido mi marido el que se hubiera muerto en un accidente de moto!», estaba pensando Emma mientras acompañaba a Lily y su hijo al interior de la casa.

—¡Hola, adelante, pasad!

—Perdona que llamara con tanta insistencia —se disculpó Lily—, pero es que pensé que igual no me oías, y luego se me ocurrió que igual era que no funcionaba el timbre, así que he seguido llamando. He seguido llamando: ¡la verdad es que no tiene mucho sentido!

—Estaba en el baño.

—¡Ay, perdona!

—¡Que no, no seas tonta! —Emma miró al niño, que se mantenía detrás de su madre agarrando con fuerza su mochila con una mano y la rana Gustavo con la otra. Contuvo los deseos de agacharse y plantarle un gran beso en esos carrillos sonrosados. ¿Eran todos los niños de cinco años tan deliciosos? Pero ¿qué demonios les pasaba cuando crecían?—. Éste debe de ser Michael.

—Sí, éste es Michael —asintió Lily con voz de madre orgullosa.

—Éste es Gustavo —dijo Michael enseñando el gran peluche verde a Emma.

—¡Encantada de conocerte, Michael! ¡Encantada también, Gustavo! —Emma miró hacia las escaleras—. ¡Dylan, ha llegado Michael!

No hubo respuesta.

—Bajará enseguida. ¿Tienes hambre, Michael? —le preguntó Emma al niño.

Michael dijo que sí al tiempo que dejaba su mochila en el suelo. Emma se preguntó si era tan angelical como parecía. De manera un tanto perversa, confió en que no fuera así.

—Espero que te gusten los macarrones con queso.

—Es lo que más le gusta —dijo Lily.

—A mí también —convino Emma.

—Y a mí —dijo Dylan apareciendo en lo alto de la escalera.

Emma sintió cómo se le llenaba el corazón de amor y gratitud.

—¡Dylan, cariño, mira quién ha venido!

Dylan bajó la escalera a trompicones dejando en la pared el rastro pegajoso de sus dedos.

—¡Hola! —dijo.

—Y ésta es la mamá de Michael, la señora Rogers.

—Llámame Lily.

—Mamá, ¿puedo? —pidió permiso Dylan.

Emma sintió que la invadía una oleada de amor tan intensa que tuvo que agarrarse al suelo con los dedos de los pies para no caerse. Su hijo era lo mejor que le había pasado en la vida. «¿Cómo podía haber sido tan desconsiderada, tan *mala*, como él la había acusado muy acertadamente? Tan sólo era un niño pequeño, ¡por Dios!, y ella le exigía demasiado. «Lo siento mucho, cielo —le dijo en silencio—. Perdóname. Te prometo que no volveré a levantarte la mano.»

—Claro que puedes, cariño.

—Tengo hambre —anunció Dylan cogiendo a Michael de la mano y guiándolo hasta la cocina mientras las dos mujeres los seguían—. Mi mamá hace los mejores macarrones con queso del mundo —estaba diciendo el niño—, ¿verdad que sí, mamá?

—Una vieja receta de la familia —dijo Emma sonriendo a Lily—, de la familia Kraft, pero aún así...

Lily sonrió contemplando cómo Emma servía unas generosas raciones de macarrones con queso precocinados de la marca Kraft en los platos de los niños.

—¿Tienes tiempo para tomar algo? —preguntó Emma cogiendo el vaso de vino blanco que había estado haciendo durar toda la tarde de la encimera, donde lo había dejado hacía un rato.

¿Desde cuándo bebía por la tarde?, se preguntó de repente sintiendo el calor del vino barato en la garganta.

—No, me encantaría, pero la verdad es que tengo que irme ya —se disculpó Lily.

—Mi mamá tiene una cita —informó Michael a Dylan.

—¿Qué es una cita? —preguntó Dylan.

Michael se le acercó con aire de confidencia.

—Es cuando comes en un restaurante.

Dylan puso los ojos como platos.

—Y ¿nosotros podemos tener una cita también, mamá?

—¡Por mí no hay problema! —le contestó Emma dando otro sorbo al vino.

Lily se despidió de su hijo con un abrazo.

—Bueno, pásalo bien y haz lo que te diga la señora Frost...

—Emma —puntualizó Emma rápidamente aunque en realidad hubiera preferido ser la señora Frost. Su madre siempre le había insistido en lo importante que era dirigirse a las personas mayores con respeto.

—... y nos vemos mañana. —Lily dio un beso en la mejilla a Michael, que seguía comiendo sus macarrones—. Aquí te dejo apuntado mi número de teléfono, por si tienes que llamarme —dijo tendiendo a Emma un trozo de papel con el número cuidadosamente escrito en él—. Si por el motivo que sea al final decides que prefieres que recoja a Michael de camino a casa cuando vuelva, no tienes más que llamarme.

—Seguro que no hará falta.

Se detuvieron a la puerta de la calle.

—¿De verdad crees que esto es buena idea? —le preguntó Lily con sus inmensos ojos castaños suplicándole que la tranquilizara.

—No te preocupes más, Michael estará de maravilla.

—No, si no estoy hablando de Michael, estoy pensando en Jeff Dawson.

—Todo va a ir como la seda. —Emma alargó la mano para dar una palmada en el brazo a su nueva amiga.

—No sé, ¿tienes la menor idea del tiempo que hace que no tengo una cita con nadie?

—Creo que lo me puedo imaginar bastante bien.

—Es que no sé cómo comportarme. Seguro que me quedo sin saber qué decir.

—Pues entonces escucha. ¿Cómo era eso que nos decían en aquellas charlas del instituto?... Déjale hablar a él, averigua lo que le gusta, ríele los chistes.

—Y ¿si no cuenta ninguno?

—Pues entonces cuentas tú uno.

—¡Ay, Dios! No sé ninguno, ¿y tú?

—Blanco y negro es, y además rojo de la cabeza a los pies, ¿qué es? —sugirió Emma.

—¿Un periódico?

—Una monja rodando por una montaña.

—¡Ayayay, es el chiste más tonto que he oído en toda mi vida! —gimió Lily.

—¿En serio? Es el que más gusta en las guarderías.

—Creo que tengo ganas de vomitar.

—Estarás estupenda —dijo Emma abriendo la puerta y empujando suavemente a Lily hacia el porche—. Sólo recuerda: si todo lo demás falla...

—Si todo falla ¿qué?

Emma sonrió mientras daba otro sorbito al vino.

—Miente.

Cuando los niños se durmieron, Emma se sentó en el cuarto de estar con otro vaso de vino. Pese a los miedos de Dylan —y los suyos propios—, la noche había ido a las mil maravillas: después de cenar, los niños habían subido corriendo a jugar al cuarto de Dylan, y aunque no había muchos juguetes para elegir —su adorado Spiderman de trapo, unos cuantos airgameboys, un Lego y un montón de coches y camiones de plástico—, parecía que con eso les había bastado. También hubo el consabido escondite antes de irse a la cama seguido de los rituales habituales de Dylan, que el niño ejecutó con la máxima sutileza y discreción posibles. Si Michael notó algo raro desde luego no dijo nada. Al contrario, él y Dylan se metieron en la cama de Emma mientras ella estaba acabando de ver una repetición de *Friends*, del capítulo en que Ross dice: «Rachel, yo te desposo» cuando se está casando con otra. El único momento tenso de la noche había sido cuando, al terminar, Dylan miró a Michael y declaró lleno de orgullo:

—Mi mamá se puso el nombre por el bebé de Rachel.

Por suerte, las incompatibilidades logísticas que semejante afirmación sugería pasaron totalmente desapercibidas para Michael.

—¡Guay! —se limitó a responder.

—¡Guay! —le contestó Dylan riéndose.

Y ahora Emma estaba sentada en el cuarto de estar tomándose una copa de vino y preguntándose qué hacer: podía leer un libro si tuviera uno, pensó. Rellenó la copa mientras pensaba en cómo le estaría yendo a Lily.

—A la salud de la feliz pareja —dijo, deseando haberse decidido a mover la tele abajo, pues de haberlo hecho ahora podría entretenerse con algo.

No podía quedarse allí sentada sin hacer nada, bebiendo y hablando sola toda la noche. ¿O sí que podía?

—Y ¿por qué no? —preguntó en voz alta al tiempo que se quitaba los zapatos con los pies y subía las piernas al sofá probando distintas posturas hasta encontrar la buena.

«Éste no es mi sitio —se dijo cerrando los ojos—. Mi sitio no es la carretera de Mad River.»

¿Acaso alguna vez había sentido que estaba donde debía, en el lugar al que pertenecía?

Sin duda su sitio no había sido el Bishop Lane School for Girls, ese espantoso último bastión de los internados a la antigua para niñas ricas y mimadas, donde ser la que caminaba con la espalda más derecha era tan o más importante y codiciado que el honor de ser la encargada de pronunciar el discurso de clausura de curso. Lo que no debiera sorprender a nadie teniendo en cuenta las ingentes cantidades de palos de escoba que parecían haberse tragado —o tal vez tener metidos por sus culitos arrogantes y puntiagudos— aquellas niñas malcriadas. Ése era el discurso que hubiera pronunciado si algún año la hubieran elegido a ella para darlo. ¡Ja! ¡Ni en un millón de años la hubieran seleccionado a ella!

Aunque su primer trimestre en aquel colegio había sido de lo más prometedor. Esos primeros meses antes de que todo el mundo se enterara de quién era realmente, antes de que se descubriera que el suyo era poco más o menos un caso de caridad, que su madre era una de las empleadas. «¡La hija de la bedela!», murmuraban a su paso en los pasillos, como si se tratara de una enfermedad contagiosa.

Lo único que ella quería era encajar, ser como las otras chicas; pero ¿cómo iba a ser como las demás si ellas lo tenían todo y ella no tenía nada, si hasta los vaqueros de marca más baratos estaban totalmente por encima de sus posibilidades? ¿Era tan sorprendente que hubiera empezado a robar en las tiendas? Al principio sólo eran cosas pequeñas: una barra de labios, un pintauñas...

—Ese color es muy chulo —le había comentado al día siguiente en clase Sarah Johnson: la primera señal de reconocimiento que había recibido de sus compañeras en meses.

Esa vaga promesa de aceptación le había bastado para acabar el día y soportar los consabidos desplantes que aún así se habían sucedido. Así que, ¿por qué no llevarse esos guantes de piel, sobre todo cuando la dependienta estaba siendo tan desagradable? Y ¿esas deportivas? ¿Acaso no eran como las que le habían valido a Lucy Dixon todos aquellos cumplidos? Y ¿esa falda y ese jersey? Le quedaban bien; más aún: la hacían sentir bien. Con aquella ropa puesta valía tanto como las demás. ¡Ya les enseñaría ella!: la hija de la bedela no era en absoluto un caso de caridad.

¡Qué irónico que para sentir que pertenecía al grupo hubiera tenido que coger cosas que —precisamente— no le pertenecían!, pensó Emma recordando la precipitación, la emocionante sensación de peligro, de poder, que experimentaba cada vez que metía algo en su inmenso bolso sin que nadie la viera.

También recordó la angustia que venía después, la culpa, las promesas a sí misma de que iba a dejar de hacerlo.

Sólo que no lo dejó. *No podía*, pese a sus mejores intenciones. Y entonces un día, cuando salía de Neiman Marcus con tres minifaldas escondidas bajo el uniforme, la detuvo una guardia de seguridad que la había estado observando mientras paseaba por la tienda. Le encontraron las tres minifaldas, dos sujetadores, un conjunto de chaqueta y jersey de cachemira, hasta el tubo de crema hidratante que se había metido —en un último arrebato tonto— en el bolsillo cuando ya estaba saliendo: el regalo del día de la madre. Menudo regalo. Los grandes almacenes llamaron al colegio, a su madre y a la policía, aunque al final no presentaron cargos.

Fue su primer encontronazo con la policía. Pero no el último.

Al año siguiente, una tarde hizo novillos y en vez de ir a clase se coló en el cine sin pagar. Por supuesto la pillaron y, del cine, con intención de que sirviera de ejemplo, llamaron al colegio. La expulsaron dos días y le advirtieron que no se le toleraría la menor trasgresión en el futuro. Había tenido suerte de que su madre fuera una empleada muy bien considerada, le dijo la directora.

Seis meses más tarde, despidieron a su madre y ésta encontró otro trabajo, lo que obligó a Emma a cambiar de colegio. Se tiñó el pelo, cambió la manera de deletrear su nombre y le dijo a todo el mundo que su madre se estaba muriendo de cáncer. Durante un tiempo todo eso le valió un cierto grado de aceptación, pero entonces alguna buena samaritana de la oficina de apoyo al alumnado llamó a su madre para preguntarle si había algo que pudieran hacer por ella en aquellos momentos difíciles. Emma quedó como una mentirosa, un fraude. Varios días después de aquello se encontró con unas antiguas compañeras de clase del Bishop Lane.

—¿Es verdad que tienes las tetas tan grandes porque llevas puestos doce sujetadores? —le preguntó una.

Emma respondió dándole un puñetazo en plena cara.

—Se lo tenía bien merecido —rió Emma ahora recordando cómo sangraba y apurando lo que quedaba de la botella de vino.

Por supuesto, se informó al colegio y a su madre. Esta vez sí que llamaron a la policía, por más que tampoco se presentaron cargos al final.

—Has tenido mucha suerte —le dijo el agente soltándole un sermón sobre los malos pasos en que andaba, para luego preguntarle si no quería hacerle una mamada en el asiento de atrás de su coche patrulla.

Y ahora, aquí estaba: cuidando del hijo de la única amiga que había conseguido hacer en años, para que esa amiga pudiera salir a cenar con un —¡tachán!— policía. Una más de esas pequeñas ironías que tiene la vida. Como lo era el hecho de que, efectivamente, al final su madre hubiera muerto de cáncer poco después de que Emma se casara. Se puso de pie con dificultad, como tratando de escapar del hombre con el que se había casado. Por mucho que corras no podrás esconderte, estaba pensando mientras la habitación daba vueltas a su alrededor. Se volvió a sentar enseguida. Pero, de todos modos, ¿dónde iba a ir? Por muy rápido que corriera, por muy lejos que se marchara, su pasado siempre iría con ella. Podía empezar de cero tantas veces como quisiera, siempre acabaría en el mismo sitio.

Capítulo *13*

—¿Más vino? —. Jeff Dawson alargó la mano más allá de la vela color crema que ardía en el centro de la mesa cubierta con un mantel rosa de lino y cogió la cara botella de merlot.

Lily dijo que no con la cabeza, pero acto seguido cambió de idea. ¿Cuántas veces se le había presentado la posibilidad de beber buen vino en compañía de un hombre amable en un restaurante chic últimamente? ¡Y quién sabía cuándo se le volvería a presentar! Así que lo mejor que podía hacer era aprovechar la ocasión.

—Bueno, pero sólo un poquito.

Jeff le sirvió dos dedos de vino en la copa y luego se puso otro tanto en la suya.

—¿Cómo está el salmón?

—Estupendo, y ¿tu cordero?

—Perfecto. —Jeff cortó un trozo de carne y alargó el brazo para ofrecérselo ensartado en la punta del tenedor, lo que hizo que la corbata color guinda apretara su cuello de jugador de rugby. Ni la chaqueta azul marino bien cortada ni la camisa azul cielo conseguían disimular su monumental torso y sus musculosos brazos.

—Toma, pruébalo.

Lily abrió la boca aceptando el ofrecimiento.

—¡Ummm, sí que está rico! ¿Quieres probar el salmón?

—No, no soy mucho de pescado —confesó casi avergonzado —, la culpa es de mi madre.

—Sí, claro, la culpa siempre es de la madre.

Jeff se rió.

—Tengo que reconocer que fue muy buena madre, pero la cocina no era lo suyo. Me temo que el único pescado que preparó en toda su vida eran esas barritas de merluza congeladas que a mí me espantaban.

—A mí tampoco me han gustado nunca.

—Así que jamás aprendí a apreciar el pescado.

—Nunca es tarde —dijo Lily bajando la mirada hacia el salmón de su plato.

—No, yo soy de filete con patatas, supongo. —Se llevó otro trozo de carne a la boca como para dar énfasis a lo que estaba diciendo.

Lily lo observó mientras masticaba, fascinada por el movimiento entusiasta de sus mandíbulas. Tenía la boca bonita, pensó; sus ojos recorrieron los labios suaves y carnosos y luego se posaron sobre la nariz rota —dos veces—, después pasaron a la cicatriz en forma de Y que tenía en la mejilla derecha y por fin se detuvieron para admirar la mirada franca de sus ojos azul oscuro que estaban un poquito demasiado juntos. No era exactamente guapo, de hecho no lo era ni *remotamente*, pero era curioso, precisamente eso era lo que lo hacía más atractivo. Lily nunca había tenido un interés especial en los hombres guapos, más bien siempre los había preferido con defectos.

—¿Cómo te hiciste esa cicatriz? —le preguntó—. Si no te importa que te lo pregunte...

—No, no me importa en absoluto —le respondió él—. Una pelea con un traficante fumado que llevaba una navaja.

—¡Ay, Dios! ¿En serio?

—No —le contestó él con un brillo pícaro en los ojos—. Pero siempre había querido contar algo por el estilo. Suena muy dramático, ¿a que sí?

—Nunca me ha gustado demasiado el drama.

—¿No? Pues mejor, porque tengo que admitir que la verdad es bastante pedestre.

—¿Qué te pasó entonces?

—Me salió un tumor pequeñito en el nervio. Ya hace diez u once años. Total, que me lo tuvieron que quitar.

—¡Vaya susto!, ¿no?

—Ni la mitad del que hubiera pasado si hubiera tenido que reducir a un traficante fumado con una navaja en la mano, pero sí, supongo que fue un buen susto —reconoció él—. Por suerte, al final fue benigno, así que...

—Así que... —repitió Lily pinchando con el tenedor una hoja de lechuga y verificando con disimulo que no se había salpicado la blusa en tonos pastel de aceite, que era exactamente el tipo de cosa que solía pasarle, pensó retirándose un mechón de pelo detrás de la oreja izquierda y preguntándose si Jeff lo estaba pasando tan bien como ella.

El restaurante era maravilloso, exactamente tal y como lo pintaban todas esas críticas del periódico plagadas de elogios: íntimo sin ser claustrofóbico, romántico sin llegar a empalagoso, sofisticado pero sin pretensiones. Las paredes estaban pintadas de color morado; el suelo y el techo eran de madera de roble clara. Se oía una suave música de jazz, había flores frescas por todas partes y la comida era exquisita, aunque a Lily casi le dio algo cuando vio los precios.

—Entonces —dijo Jeff retomando la conversación y los dos se rieron—: ¿Ya te he dicho lo guapa que estás esta noche?

Lily sintió cómo sus mejillas se teñían de rojo. Repitió mecánicamente el gesto de retirarse el pelo detrás de la oreja, aunque no hacía ninguna falta, y clavó los ojos en el plato.

—Sí sí, ya me lo has dicho.

—Pero ¿te lo puedo decir otra vez?

—¡Por mi no hay ningún problema!

—Estás guapísima.

Lily sonrió e hizo un gesto con la mano, como para apartar con ella el cumplido.

—¿No te lo crees? —dijo Jeff inclinándose hacia delante y apoyando sus fuertes antebrazos sobre la mesa.

—Bueno, no me iría nada mal perder unos cuantos kilos.

—¡No lo estarás diciendo en serio!

—Tres o cuatro kilos como mínimo.

—De eso nada.

—Eres muy amable, pero...

—¡Eh, que soy policía!: yo nunca miento.

—¿Ah no?

—Pues... no; bueno, me imagino que de vez en cuando sí, como todo el mundo.

—Y ¿cuándo es de vez en cuando?

—¿Cómo?

—Que cuándo mientes.

Jeff apoyó el tenedor sobre el plato y alzó la vista al techo: claramente, estaba considerando la respuesta con toda seriedad.

—En el trabajo miento para obtener información o una confesión.

—Y ¿eso es ético?

—Desde luego que sí. La Constitución no dice nada de que haya que ser honesto cuando se trata con ladrones y asesinos.

—Y ¿tú tratas con muchos asesinos?

Él se encogió de hombros.

—No, no muchos. Según las estadísticas, el asesinato sigue siendo un acto bastante esporádico.

—¡Gracias a Dios!

—Los asesinos con los que he tratado no eran muy distintos de cualquiera de nosotros. Por lo menos no a simple vista.

—Y ¿si se profundiza?

—Bueno, eso depende.

—¿De qué?

—De las circunstancias. ¡A ver cómo lo explico! —Miró alrededor del restaurante lleno de gente como si estuviera buscando a alguien—. Sí, mira, ¿ves a esa pareja de la esquina?

Lily miró disimuladamente a su derecha.

—¿El señor con barba y la señora del vestido de lunares?

Jeff asintió con la cabeza.

—Bien, pues imaginemos que mañana por la mañana estás leyendo el periódico y te enteras de que el señor Barbas ha sido detenido y acusado del asesinato de la señora Lunares.

—Bueno, me lo voy a imaginar. —Lily miró de nuevo a la pareja de mediana edad de la esquina preguntándose si tenían la menor sospecha de que eran los protagonistas de unas especulaciones tan sumamente desagradables.

—Bien. Escenario número uno: el señor Barbas le dice a la señora Lunares que tiene que volver al trabajo a terminar una cosa urgente después de cenar; la señora Lunares se va a casa; el señor Barbas trabaja un rato y luego decide que ya está bien y vuelve a casa antes de lo previsto para encontrarse a la señora Lunares en la cama con su mejor amigo; Barbas pierde la chaveta y los lunares acaban desparramados por las paredes.

—Un crimen pasional —dijo Lily imaginándose los lunares del vestido de la mujer esparcidos por las paredes color morado y esforzándose para no soltar una carcajada—, y además muy colorido.

Jeff le sonrió.

—Por lo general, eso es lo que dirá el abogado: el señor Barbas nunca hubiera hecho algo tan terrible; es un ciudadano respetable que paga sus impuestos, adora a su perro y se ocupa de su anciana madre… Pero la sorpresa de encontrar a su mujer en la cama con su mejor amigo hizo que se volviera loco, transitoriamente, así que no era responsable de sus actos. Lo más probable es que el juez le dé la razón. El señor Barbas ha matado a una persona, pero realmente no es un asesino. Le podría pasar a cualquiera, ¿no?

Lily asintió con la cabeza.

—Claro que también tenemos el escenario número dos: el señor Barbas y la señora Lunares se van a casa; ella lo acusa de haber estado coqueteando con la camarera toda la noche; él le dice que está loca; ella lo llama cabrón; él le responde que ella es una hija de puta; la pelea va en aumento: se chillan, se empujan, y de repente ella coge un cuchillo y se lo clava a él en el corazón; ya está muerto para cuando cae al suelo. Luego en la comisaría, ella se deshará en lágrimas repitiendo una y otra vez que no quería hacerlo. El abogado de la defensa se dirigirá al tribunal para enumerar las repetidas infidelidades del señor Barbas y reiterará las desesperadas muestras de arrepentimiento de doña Lunarcitos: es una mujer temerosa de Dios que nunca ha cometido una infracción, no tiene ni una multa de aparcamiento; no lo volverá a hacer jamás, etcétera, etcétera.

—Puede que haya matado a alguien, pero en realidad no es una asesina —añadió Lily—. Podría pasarle a cualquiera.

—Escenario número tres: se van a casa, él ha bebido demasiado y la emprende a golpes con ella, algo que por otra parte hace con cierta frecuencia, sólo que en esta ocasión es peor que de costumbre: dice que la va a matar, forcejean y ella, presa del pánico, coge una pistola...

—Lunarcitos dispara a Barbas en legítima defensa.

—¡Exactamente! Lo mata pero, ¿realmente es una asesina?

—Y ¿el escenario número cuatro?

—Igual que el número tres, pero esta vez Barbas cumple con su amenaza y mata a Lunares de una paliza.

—Ya, pero eso es diferente.

—Sí, y ¿cómo?

—Esta vez él sí que es un asesino.

—¿No crees que sea algo que pudiera pasarnos a cualquiera siempre y cuando se den las circunstancias *adecuadas*; desgraciadas más bien?

—Creo que todos podemos ser víctimas —argumentó Lily eligiendo sus palabras con cuidado—, creo que todos tomamos decisiones equivocadas de vez en cuando, pero en este caso estás hablando de abusos, de una decisión consciente y reiterada de tratar con brutalidad a otro ser humano y, en última instancia, de matar. —Lily se estremeció y bebió un poco de vino—. Creo que este caso es distinto de los demás: en éste en concreto no hay lugar para la duda razonable.

—Estoy de acuerdo —dijo Jeff—. Barbas ha cometido un asesinato a sangre fría y deberían encerrarlo de por vida, pero viéndolo ahora ahí sentado, riendo y disfrutando de su café, ¿quién lo diría? Parece exactamente igual que tú y que yo. Y esto me lleva al escenario número cinco y al más peligroso de los asesinos: el psicópata.

—Y ¿por qué es más peligroso que los otros?

—Porque carece totalmente de conciencia. Y además es un camaleón: cambia de personalidad con la facilidad con que se cambia de camisa; te estudia, se comporta como esperas que lo haga; no tiene verdaderos sentimientos, pero es un excelente actor. Puedes estar casada con un tipo como el señor Barbas durante años y de repente una mañana te despiertas y te encuentras con que te ha estado mintiendo todo este tiempo: nunca estudió medicina, resulta que tiene otra mujer e hijos en Canadá, que sus últimas tres esposas, todas, desaparecieron en circunstancias misteriosas. Eso sí, tienes suerte: las poco afortunadas son las que nunca se despertaron, las que desaparecieron mientras paseaban al perro y sus cuerpos fueron encontrados meses más tarde en las inmediaciones de un lago cercano o entre los desechos de un vertedero. Resulta que Barbas sólo estaba ganando tiempo.

—Pero ¿por qué mata?

—Por el dinero del seguro, por otra mujer, por miedo a que lo descubran... A veces simplemente porque le gusta. ¡Al final, para él es lo mismo que aplastar una mosca!

—Eso sí que es un buen susto... —Lily miró de nuevo al señor de la barba meterse una cucharada de flan de manzana en la boca y seguir hablando con su acompañante del vestido de lunares—. Supongo que con la gente nunca se sabe.

—¡Piénsalo! ¿Qué es lo que siempre dice todo el mundo cuando se enteran de que alguien ha cometido un crimen particularmente cruento? —le preguntó Jeff—. ¿Qué dice la gente que vive en la misma calle que el asesino pirado que acaban de detener por haber enterrado vivas a veinte personas en el jardín de su casa? Algo como: «¡Es lo último que te podías esperar de alguien como él!»

—O sea, ¿que estás diciendo que todos tenemos un lado oscuro?

—Pues la verdad es que *yo*, no —dijo Jeff soltando una carcajada—. Conmigo, sin duda alguna, todo está bien a la vista.

Pues a mí me gusta lo que veo, pensó Lily llevándose otro trozo de salmón a la boca para evitar decirlo en voz alta.

—Y ¿en tu vida privada? —le preguntó en vez de decir lo que pensaba.

—¿En mi vida privada?

—¿Sobre qué mientes en tu vida privada?

—¿Sobre qué miento? —dijo él repitiendo la pregunta—. Más que nada sobre cosas pequeñas.

—¿Como por ejemplo?

—Como por ejemplo cuando el año pasado mi madre me tejió un jersey de regalo de Navidad, una cosa demencial de rayas rosas y granates. ¡Dios sabe en qué estaría pensando! Y, claro, resulta que está orgullosísima de su obra y no hace más que preguntarme si me gustaba. ¿Qué le voy a decir? ¿Que es la cosa más horrorosa que he visto en los días de mi vida y que ni muerto me lo pondría? No, por supuesto que no. Le digo que es muy bonito, que me encanta.

—Así que mientes para no herir los sentimientos de alguien.

—A veces también puede que exagere un poco —admitió después de una pausa—. Ya sabes, para hacer más interesante una historia.

—¿Quieres decir cosas del tipo del pez inmenso que se escapó cuando ya casi lo tenías?

—Bueno, en mi caso sería más bien el perpe...

—¿El perpe?

Jeff soltó una carcajada.

—El perpetrador, el delincuente, el sospechoso... El tipo al que esté persiguiendo...: «Debe de haber sido campeón olímpico de los cien metros lisos porque ni Superman hubiera podido pillar a ese tío»... Ese tipo de cosas.

Le tocaba reírse a Lily.

—Y ¿te gusta ser policía?

—Sí, mucho.

—Y ¿qué es lo que te gusta?

—¿Quieres que te sea totalmente sincero?

—A no ser que estés preocupado por herir mis sentimientos...

Él sonrió.

—Si te digo la verdad, me gusta todo: me encanta resolver misterios, salvar perros, encontrar hijos extraviados... Me encanta arrestar a los malos y ponerlos entre rejas, me encanta ir a los juicios. ¡Joder, si hasta me caen bien los picapleitos! Y que conste que esto es algo que no reconozco ante casi nadie.

—No te preocupes, prometo que te guardaré el secreto.

—Y ¿a ti? —preguntó Jeff—, ¿a ti qué te gusta?

—Pues para empezar me encanta el salmón —dijo Lily terminándose lo que le quedaba en el plato a sabiendas de que estaba evitando contestar a la pregunta. Sabía de sobra que él la estaba observando, esperando a que continuara—. Y me gustan los restaurantes —hizo una pausa, posó el tenedor y alzó la vista para mirarlo a los ojos—. Y también me gusta haber cambiado de idea sobre si debía salir contigo esta noche.

—¿Por qué ha sido?

—¿Quieres que te sea totalmente sincera?

—A no ser que estés muy preocupada por herir mis sentimientos... —le respondió él y los dos sonrieron.

—Bueno, no era que no quisiese salir contigo; sí que quería.

—Que, obviamente, es por lo que dijiste que no.

—Es sólo que ha pasado mucho tiempo desde la última vez que tuve una cita y no estaba segura de que fuera muy buena idea.

—¿Por qué?

—¿Que por qué no estaba segura de que fuera una buena idea?

—Por qué hacía tanto tiempo que no tenías una cita.

Lily colocó el cuchillo y el tenedor sobre el plato y se tocó la nuca con la mano derecha.

—Es una larga historia.

—Me has contado que tu marido se mató en un accidente de moto el año pasado.

Lily asintió.

—¿Cuánto tiempo llevabas casada?

Lily dudó. La verdad es que no quería hablar de su matrimonio. Pero no hablar de ello lo convertiría en algo todavía más misterioso innecesariamente. Y además, ¿no acababa de decir Jeff que le encantaba resolver misterios?

—Cuatro años. De hecho, ya estaba embarazada cuando nos casamos —añadió aunque él no se lo había preguntado.

—¿Dirías que fue un buen matrimonio?

Lily se encogió de hombros.

—Dejémoslo en que tuvo sus altibajos.

Él asintió dando a entender que sabía de lo que le hablaba.

—Aún así el accidente debió de haber sido horrible, más si cabe por lo inesperado.

—Sí, fue horrible —se oyó decir Lily; su voz sonaba lejana y entrecortada, como un tercer eco—. Recuerdo a los policías que vinieron a casa, recuerdo la expresión de la cara de mi madre cuando salíamos para el hospital, recuerdo a un agente diciendo que nos preparásemos, que como Kenny no llevaba puesto el casco, la cara había quedado destrozada y había mucha sangre. Dijeron que tenía rotos prácticamente todos los huesos del cuerpo pero que, milagrosamente, todavía estaba vivo. Llegamos al hospital unos minutos antes de que muriera.

—Lo siento mucho.

—Fue culpa mía —dijo Lily.

—¿Culpa tuya? ¿Cómo puedes haber tenido tú la culpa de un accidente así?

—Porque nos habíamos peleado. Llevábamos discutiendo toda la tarde.

Jeff alargó la mano por encima de la mesa y la puso sobre la de Lily.

—La gente se pelea, Lily, pero eso no quiere decir que lo que le pasó a Kenny fuera culpa tuya.

—No, no lo entiendes. Estaba tan enfadado... Nunca debería haberle dejado coger la moto.

—¿Acaso hubieras sido capaz de impedírselo?

—No —admitió Lily alzando la mano que él había estado cubriendo con la suya para secarse unas cuantas lágrimas de la mejilla—. Lo siento. ¿Crees que podemos hablar de otra cosa?

—Por supuesto, y debería ser yo el que te pidiera perdón.

—Perdón ¿por qué?

—Por meterme donde nadie me llama.

—Eres policía —le recordó ella—, yo diría que meterte donde nadie te llama es parte de tu trabajo.

—Ése es un comentario muy generoso por tu parte —dijo él—. Y entonces, ¿de qué te gustaría que habláramos?

Lily miró la hora.

—La verdad es que ya se está haciendo tarde, seguramente debería irme a casa.

—Jan me ha dicho que Michael va a pasar la noche en casa de un amigo.

—¡Ay, esa Jan! —comentó Lily pensando que iba a tener unas palabritas con ella a la mañana siguiente—. Y ¿qué más te ha dicho?

—Que eres la mejor empleada que ha tenido, pero que lo que de verdad te gustaría es ser escritora.

Lily asintió mientras se preguntaba con qué frecuencia conseguimos lo que verdaderamente queremos.

—¿Qué te parece si dejamos ese tema para otro día? Le dije a Emma que intentaría pasar por allí de camino a casa, para ver qué tal iba todo.

—¿Emma es la que me presentaste ayer? ¿La de los ojos Maybelline?

¿Eran imaginaciones suyas o efectivamente detectaba una pizca de ironía en la voz de Jeff?

—Lo dices como si no te lo creyeras.

Jeff se encogió de hombros.

—No te olvides que soy poli. También es parte de mi trabajo sospechar de todo.

—¿Crees que está mintiendo?

—No lo sé.

—Pero ¿por qué iba a mentir? —insistió Lily.

—No lo sé —repitió él—, igual no está mintiendo.

«Vaya, vaya, pues con eso te debes de haber levantado un buen pellizco —oyó Lily decir a Jan en su cabeza—, ¿cómo es que estás ahora en la carretera de Mad River?»

—La profesión de modelo no es precisamente de las más estables —dijo tratando de hacer que se callaran los dos—. Un día estás en lo más alto y al siguiente nadie se acuerda de ti.

—Eso sí que es verdad.

—Hasta escribió una historia sobre eso para *Cosmopolitan*.

—¿En serio? Y ¿la has leído?

—No, ¿por qué? ¿Crees que está mintiendo sobre eso también?

—Sólo he preguntado si la has leído.

—Pues no. Pero ¿para qué se lo iba a inventar?

—¿Para impresionarte? —sugirió Jeff.

—¿Para impresionarme?

—Un poco como lo del pez inmenso que se escapó cuando casi lo tenías.

Lily se encogió de hombros, incómoda con la idea de que su nueva amiga pudiera estar mintiéndole.

—¿Sabes lo que vamos a hacer? —dijo Jeff metiendo la mano en el bolsillo interior de su chaqueta para coger el móvil—. La llamas y le preguntas si todo va bien. Si hay algún problema te llevo en coche a casa inmediatamente, pero si no, nos quedamos a tomar el postre. Dicen que el pastel de chocolate es exquisito.

Lily cogió el teléfono y marcó rápidamente el número de Emma. Sonó una vez, dos, tres y por fin Emma descolgó en mitad del cuarto tono.

—¿Diga? —Emma sonaba como si estuviera medio adormilada.

Lily miró la hora: acababan de dar las nueve.

—¡Emma, soy Lily! ¿Te he despertado? —Se imaginó a Emma a la puerta de su casa con un vaso de vino en la mano.

—No, no, claro que no —le contestó Emma aclarándose la garganta—. ¡Ay, perdona, no me sale la voz!

—Sólo llamaba para preguntar si todo iba bien.

—Todo va a las mil maravillas. Los niños están dormidos. Y tú, ¿qué tal?

—Bien, bien. Sólo quería saber qué tal te estaba yendo.

—¡Bueno, pues date por informada! ¡Deja ya de preocuparte y pásalo bien! Los niños están estupendamente.

Lily devolvió el teléfono a la mano extendida de Jeff mirando hacia la mesa en que el hombre de la barba y su acompañante del vestido de lunares habían estado sentados para descubrir que ya se habían marchado.

—¿Y? —preguntó Jeff—. ¿Todo bien?

Lily sonrió apartando de su mente cualquier pensamiento desagradable.

—Todo bien —le respondió.

Capítulo 14

—Tengo que reconocer que es el mejor pastel de chocolate que he probado en mi vida. —Jamie pinchó con el tenedor otro trozo del pastel de chocolate de tres pisos con glaseado de caramelo; mientras dejaba que sus papilas se deleitaran en la exhuberancia del jugoso pastel, tratando de no prestar demasiada atención a la expresión sombría que parecía haberse apoderado por sorpresa del normalmente agradable y pícaro rostro de su compañero de viaje. Hasta su postura había cambiado: sus hombros y su cabeza estaban inclinados formando un ángulo que casi resultaba amenazante; sus ojos azules transmitían una frialdad sorprendente y estaban evitando mirar a los de Jamie; sus labios suaves y carnosos se habían replegado en una dura y delgada línea sin dejar el menor rastro de su gloriosa sonrisa. Estaba claro que algo le molestaba.

—¿Seguro que no quieres un poco?

Brad apartó la cara, dio un sorbo a su café dando a entender que no estaba interesado en absoluto y empezó a juguetear con las fichas del juego de Hi-Q que el restaurante había tenido la gentileza de colocar en cada mesa.

«Por si la conversación languidece», pensó Jamie observándolo encajar unas fichas de plástico de vivos colores con forma de chincheta en el tablero de madera. El juego consistía en dejar una sola ficha al final.

—Creo que debe de ser verdad eso que dicen de que el chocolate produce endorfinas que van directas al cerebro y provocan una sensación de bienestar —insistió ella—. Igual que cuando haces ejercicio. Por lo visto las endorfinas son un chute natural. *Endorfinas* es una palabra graciosa, ¿no crees? —continuó Jamie al ver que Brad no contestaba—. Siempre me he preguntado de dónde sacan palabras así.

Brad siguió concentrado en el juego: pasó una ficha azul por encima de otra amarilla y tiró la ficha amarilla encima de la mesa junto con otras dos que ya había descartado antes.

—Brad, ¿qué te pasa?

—No me pasa nada —dijo él pese a que era evidente que le pasaba algo.

Jamie se tomó otro trozo de pastel mientras miraba alrededor del restaurante abarrotado.

—¿Por qué crees que a este sitio le han puesto de nombre Cracker Barrel? —se preguntó en voz alta.

Brad se encogió de hombros mientras seguía con la mirada a una atractiva camarera de cabellos negros que contrastaban con el uniforme color naranja chillón y que se movía entre las mesas camino de la cocina.

—¡Es una cadena de restaurantes, Jamie! —le contestó—. ¡A quién coño le importa de dónde se han sacado el nombre!

Jamie observó la gran sala luminosa con suelos y muebles de madera barnizada y toda una serie de motivos decorativos, también de madera.

—Igual han usado la misma madera con la que suelen hacerse los barriles —aventuró Jamie aunque la hipótesis sonaba más bien endeble, hasta en sus propios oídos. Pero eso no explicaba el «Cracker»—. ¿Será «cracker» el nombre de un tipo de barril?

Brad la miró parpadeando varias veces seguidas.

—Pero ¿de qué estás hablando, Jamie?

—Es sólo que tenía curiosidad por saber... Da lo mismo.

Brad hizo un último intento con el Hi-Q y consiguió dejar una ficha en cada una de las esquinas del tablero triangular.

—¡Tres fichas: no está mal! —comentó ella.

—Es una mierda de resultado —respondió él volviendo a poner todas las fichas en su sitio para empezar otra partida.

—Por lo visto hay que ser medio superdotado para conseguir quedarse con una sola.

—Pues entonces debe de ser que no soy superdotado.

Jamie se llevó a la boca el último trozo de pastel y luego empezó a coger las migas del plato aplastándolas con el tenedor mientras pensaba que no iba a haber cantidad de endorfinas capaz de aligerar la atmósfera que se respiraba entre ellos.

—¿He hecho algo para que estés enfadado conmigo? —le preguntó abiertamente cuando ya no pudo soportar más la tensión.

Brad alzó la vista de la mesa por primera vez desde que se habían sentado.

—Y ¿por qué iba a estar enfadado contigo?

—Pues no sé, pero pareces distante.

—¿Distante?

—Llevas una hora con cara de perro —le dijo decidida a ir directamente al grano.

—No tengo cara de perro. —Rápidamente descartó varias fichas azules dejándolas sobre el mantel.

—Sí, sí que la tienes: estás bajando el labio de arriba no sé cómo y se te han puesto unos morros que parecen un hocico —declaró ella confiando en que a él le entrara la risa.

Pero no fue así.

—Son imaginaciones tuyas, Jamie.

—No señor, no lo creo. Apenas me has dirigido la palabra desde que dije que no quería pasar la noche en Atlanta. ¿Es eso lo que te ha sentado mal?

Brad se encogió de hombros volviendo a bajar la mirada hacia la mesa.

—No tiene importancia, es sólo que pensé que sería un buen sitio para hacer una parada, nada más. Tú misma lo has dicho antes: no tenemos ninguna prisa.

—De verdad que no me gusta nada Atlanta —objetó Jamie.

—Déjalo.

—¿Déjalo?

—Que te entiendo.

—¿Ah sí?

—Bueno, igual no del todo —admitió él alzando las manos con gesto evidente de frustración y provocando que las fichas de colores se desparramaran por la mesa y algunas cayeran al suelo—. Lo que me gustaría saber es dónde está el problema exactamente. Qué pasa, ¿que tienes miedo de que nos.encontremos con tu ex marido?

—No es eso.

—Entonces, ¿qué es?

Jamie contempló cómo una ficha amarilla rodaba por el suelo yendo a parar bajo el pesado zapatón negro de un cliente que estaba sentado cerca.

—No lo sé.

—¿Qué pasa, Jamie? ¿Es que todavía no te has olvidado de ese tío?

—¿Qué? ¿Me tomas el pelo? Por supuesto que me he olvidado de él.

—Pues entonces no lo entiendo.

—Es simplemente que no tengo muy buen recuerdo de Atlanta.

—Pues entonces más a mi favor: así tendrás recuerdos nuevos.

—Mira, si seguimos cuarenta minutos más llegaremos hasta Adairsville. Hay un sitio fantástico justo a las afueras que se llama Barnsley Gardens. Se supone que es el lugar más romántico de todo Georgia, ya sabes, muy al estilo de *Lo que el viento se llevó*. Tiene unas ruinas que, según dicen, están encantadas y jardines con estanques y riachuelos, y acres y acres de terreno cubiertos de flores de todas clases. También hay un hotel de cinco estrellas en una mansión rehabilitada del siglo diecinueve; podríamos quedarnos allí, a no ser que creas que es demasiado caro, por supuesto; y si no podemos ir a otro sitio...

—Jamie —la interrumpió Brad—, estoy cansado, no tengo ganas de conducir otros cuarenta minutos más.

—Pues ya conduzco yo —se ofreció ella con tono animado.

Él sacudió la cabeza.

—Lo que quiero es relajarme, ha sido un día agotador.

¿De verdad? Jamie pasó revista rápidamente a lo que habían hecho: se habían pasado la mañana en Tifton viendo iglesias antiguas y dando un paseo por las tiendas del centro del pueblo. Luego habían comido tranquilamente en un café; a eso de las tres habían ido a recoger el coche al que ya le habían cambiado la rueda que perdía aire por una nueva y Brad había insistido en pagarlo con su tarjeta de crédito; luego por fin habían seguido viaje hacia el norte por la I-75 parando una hora en Macon porque a ella le había llamado la atención un cartel que anunciaba el «Salón de la Fama de la Música de Georgia». Allí Brad les había comprado unas camisetas azules iguales y después habían vuelto a la carretera. Todo había ido perfectamente hasta que él había mencionado lo de que podían pasar la noche en Atlanta.

—Debo de estar acusando ahora el cansancio de ayer por la noche —aclaró Brad—, pero bueno, supongo que puedo hacer un esfuerzo y seguir media hora más si eso es lo que te apetece.

—¿No te encuentras bien?

—No, no es nada.

—Igual deberías comer algo.

—Lo que necesito es tumbarme un rato.

—Bueno, pues conduzco yo y tú puedes echar una cabezadita —sugirió Jamie.

—Conduzco *yo* —insistió Brad haciendo una señal a la camarera—. Ya está oscureciendo así que puede haber bastante tráfico a las afueras de Atlanta y no quiero que te pase nada.

Jamie alargó la mano por encima de la mesa para coger la de Brad. Pero ¿cuál era su problema?, se recriminó a sí misma. ¿No se daba cuenta de que el pobre estaba agotado? ¿Por qué era tan egoísta? ¿Llevaba razón él? ¿Le daba miedo encontrarse con su ex marido o —peor aún— con su ex suegra? Y si se los encontraba, ¿qué? ¿Qué más le daba a ella? Ahora tenía a su lado a otro hombre, y muy sexy, del que poder presumir. Un hombre que básicamente tenía todo aquello de lo que su ex marido carecía. Con una sola mirada,

Laura Dennison se daría cuenta de que así era. ¡Qué coño, igual hasta resultaba divertido encontrarse con ellos!

«Esto va a ser divertido, ¿a que sí, chicos?», recordó a Brad diciendo.

—Bueno, venga, pasaremos la noche en Atlanta.

—¿Qué? No —protestó Brad—. Odias Atlanta, no estarás a gusto.

—Estaré perfectamente —le aseguró ella.

—Iremos al hotel ése, el Beardsley Gardens...

—Es Barnsley —le corrigió ella soltando una carcajada—, y además podemos ir otro día; mañana por la noche igual. O si no a la vuelta. Probablemente hay que reservar de todos modos: para quedarse en un sitio así debe de ser necesario reservar con meses de antelación.

Él asintió con la cabeza dando la impresión de estar dándole la razón, pero algo a regañadientes.

—Lo más seguro es que lleves razón. Llamaré para reservar mañana por la mañana a primera hora, a ver si hay suerte.

—¡Sería genial!

La camarera se acercó con la cuenta.

—¡De repente me ha entrado un hambre de lobo! —exclamó Brad—. ¿Sabes que creo que tienes razón y que lo que me hace falta es comer algo? ¿Te importa? Tomaré el menú de desayuno completo con el beicon muy crujiente y dos huevos poco hechos —le dijo a la camarera antes de que Jamie pudiera responder—. ¡Ah, y unas galletas de esas que tienen tan buena pinta y otra taza de café! ¿Y tú qué quieres, Jamie? ¿Otro trozo de pastel de chocolate rico en endorfinas?

—No gracias.

Jamie seguía sin acostumbrarse a los repentinos cambios de humor de Brad.

—Entonces, ¿dónde podemos quedarnos en Atlanta? —Brad se inclinó hacia delante apoyando los codos sobre la mesa y cogió la mano de Jamie entre las suyas.

—Hay montones de moteles.

—No no, nada de moteles. Vamos a algún sitio mejor.

—Bueno, pues está el Best Western...

—No, mejor que un Best Western...

—Luego también hay el Ritz Carlton que está en la alameda Peachtree pero...

—¿Pero?

—Pero está en Cutter Park.

—¿Cutre Park?

Jamie soltó una carcajada.

—Me gustaría ver la cara que pondría mi ex suegra si te oyera. Siempre estaba hablando de que Cutter Park era la *única* zona de Atlanta donde se podía vivir. Seguro que no le parecería lo mismo si se llamara Cutre Park.

—Pues a mí me parece que Cutre Park no suena tan mal y no hay quien mejore al Ritz —le respondió él con mirada pícara—, así que, ¿qué te parece?

Jamie sonrió.

—No hay quien mejore al Ritz —asintió.

La lujoso recepción del Ritz Carlton estaba decorada en blanco y oro y en el momento en que ellos llegaron era un hervidero de turistas japoneses. Jamie siguió a Brad hasta el mostrador de recepción.

—Quisiéramos una habitación para esta noche, por favor —informó Brad al recepcionista en cuanto el hombre vestido con traje oscuro y camisa blanca almidonada acabó de atender a otros huéspedes—. Una suite si es posible. —Brad sacó su tarjeta de crédito y la dejó sobre el mostrador de mármol.

—Muy bien, señor. Permítame que compruebe si hay alguna disponible.

«Una suite —estaba pensando Jamie—, una suite en el Ritz Carlton.»

—Seguramente a mi ex suegra le daría un ataque al corazón si pudiera verme ahora —susurró Jamie incapaz de impedir que su voz delatara su entusiasmo.

—Disponemos de una suite doble para no fumadores maravillosa en la décima planta, con vistas a la Galleria.

—¿Qué te parece Jamie? —le preguntó Brad—. ¿Suite con vistas a la Galleria?

—Y ¿por qué no? —le respondió Jamie entre risas.

—La dama dice «¿y por qué no?» —repitió Brad, y volviéndose hacia Jamie le susurró al oído—: ¿Se puede saber qué es una Galleria?

—Si es tan amable de firmar aquí, señor Hastings —dijo el recepcionista echando una mirada a la tarjeta y acercando a Brad un formulario para que lo firmara.

«¿Señor Hastings?», pensó Jamie, que estuvo a punto de corregir al recepcionista, pero éste ya estaba pasando la tarjeta por la máquina. Jamie observó cómo hacía una pausa y lo intentaba una segunda vez.

—Disculpe, señor. ¿No llevará usted por casualidad alguna otra tarjeta?

—¿Qué pasa con ésta?

—Lo ignoro, señor, pero no la acepta.

—Eso es imposible, inténtelo otra vez.

El recepcionista lo intentó una tercera vez.

—Lo siento muchísimo, señor, tal vez con otra tarjeta…

—¿Qué pasa? —preguntó Jamie.

Brad torció el gesto.

—La dichosa tarjeta, debe de ser la banda magnética.

—¡Ya, habría que llamarlas bandas *frenéticas* más bien, siempre está uno con esta historia! —bromeó Jamie confiando en arrancarle una sonrisa, pero Brad arrugó los labios con gesto tenso—. A mí me pasa todo el tiempo. ¿Tiene usted celo por ahí? —le preguntó ella al recepcionista—. A veces funciona si tapas la tarjeta con celo, o si no con una bolsa de plástico…

—Jamie, déjalo. Nos vamos a otro sitio.

A Jamie se le cayó el alma a los pies. Le hacía tanta ilusión pasar la noche en el Ritz…

—Yo también llevo la tarjeta de crédito —se ofreció rebuscando en su bolso y entregando su tarjeta al recepcionista acto seguido. ¡Qué demonios! ¿Cuánto podía costar una noche?

—No quiero que pagues con tu tarjeta —le dijo Brad.

—¡Que no pasa nada! Tú has estado pagándolo todo desde que salimos.

—Lo siento muchísimo —el empleado del hotel miró a un lado y a otro incómodo, como si estuviera suplicando a sus compañeros con la mirada que vinieran en su ayuda—, pero tampoco acepta esta tarjeta.

—¡Vaya! —murmuró Jamie. Se le había olvidado pagar el cargo de la tarjeta de crédito del último mes y seguramente el precio de la suite había hecho que se pasara del límite—. Y ¿si nos quedamos en una habitación normal en vez de en una suite?

—Me temo que no hay ninguna libre —se apresuró a informales el recepcionista con voz tan taciturna que hasta Jamie se dio cuenta de que estaba mintiendo—. Quizá los señores deseen probar suerte en el Embassy Suites. Está tan sólo a unas cuantas manzanas de aquí.

—Métase el Embassy Suites por donde le quepa —le espetó Brad.

—Brad...

—Vámonos Jamie.

Brad se colgó la bolsa de Jamie del hombro izquierdo y la suya del derecho, la agarró del brazo y la arrastró hacia la salida abriéndose paso hacia la puerta giratoria de cristal de la entrada por entre la multitud de japoneses que todavía quedaba en el *hall*. Le lanzó al botones el resguardo del aparcamiento y empezó a caminar nerviosamente arriba y abajo dando grandes zancadas mientras esperaban a que les trajeran el coche.

—No pasa nada, Brad. Ya encontraremos otro hotel.

—No me pienso quedar en el jodido Embassy Suites.

—En Atlanta hay miles de hoteles, seguro que encontraremos uno que esté bien.

—¡Puta tarjeta de crédito!

—Estas cosas pasan, Brad, no te pongas así.

—Sí que me pongo así. Es humillante —dijo él sacudiendo la cabeza mientras se pasaba la mano por sus cortos cabellos—. ¡Joder!

Jamie se mordió el labio para obligarse a no pronunciar una sola palabra más tratando de animarlo. «Simplemente déjalo hasta que se le pase —pensó—, déjalo que se desahogue. Por supuesto que se siente avergonzado. No está acostumbrado a que le pasen estas cosas. En unos minutos se habrá calmado y todo volverá a la normalidad.»

—Y además el recepcionista te ha llamado señor Hastings —dijo ella acordándose de repente.

Brad se paró en seco y se volvió hacia ella.

—¿Qué?

—Cuando te ha pedido que firmaras.

—¿De verdad?

—He estado a punto de corregirlo, pero entonces ha sido cuando ha dicho que la tarjeta no pasaba y...

Brad negó con la cabeza.

—Hastings es mi segundo nombre: Brad Hastings Fisher —le aclaró—. El muy imbécil no sabe ni leer. No me extraña que la haya cagado.

Jamie sonrió. «Brad Hastings Fisher —repitió en silencio en el momento en que el botones llegaba a la rotonda de entrada al volante de su Thunderbird—. ¡Suena tan distinguido!»

—Déjame que conduzca yo, tú estás cansado...

—Métete en el coche, Jamie —le ordenó Brad con suavidad mientras él se sentaba en el asiento del conductor al tiempo que el botones abría la puerta del copiloto—. Yo conduzco y tú me haces de guía.

—¿Ahora? Pero ¡si estás agotado!

—¡Ya no después de este chute de adrenalina! Podemos conducir por la ciudad un rato, así me iré tranquilizando.

A Jamie se le pasó por la cabeza sugerir que siguieran hasta Adairsville, pero luego se lo pensó mejor: no tenía el menor interés en que se repitiera la escena que acababan de tener.

¿De verdad que quieres que te haga de guía?

—¿Qué te parece si damos una vuelta en coche por Cutter Park? Podías enseñarme dónde vivías antes.

Jamie lanzó un suspiro. Lo último que le apetecía era dar vueltas por Cutter Park. Lo que quería era darse un baño bien caliente y meterse en una cama con sábanas limpias. Pero si lo que le hacía falta a Brad para tranquilizarse era dejar que pasara un rato...

—Gira a la izquierda —le dijo cuando estaban saliendo del aparcamiento del Ritz—, y ahora a la derecha. Bien, sigue recto hasta el próximo cruce y gira a la derecha otra vez, y después sigue la calle.

—¡Vaya, menudas casas! —comentó Brad—. ¡Éstas sí que son del estilo de *Lo que el viento se llevó!*

Jamie contempló la hilera de mansiones rodeadas de césped en perfecto estado medio escondidas tras altas verjas de hierro forjado.

—No se ven muy bien de noche. La verdad es que sería mejor que esperáramos hasta mañana.

—¡No, con esto ya vale! ¿En serio que viviste en uno de estos palacetes?

—No, vivía en un pequeño apartamento a unas cinco manzanas de aquí. Podemos ir, gira a la derecha al llegar al próximo semáforo.

—Y ¿dónde está la casa de tu ex suegra? —le preguntó Brad ignorando lo que le sugería y siguiendo todo recto.

Jamie sintió tensarse hasta el último músculo de su cuerpo.

—¿La casa de mi ex suegra?

—¿No decías que vivían en Cutter Park?

Jamie asintió.

—Como a un kilómetro y medio de aquí.

—Enséñame la casa.

—Brad...

—Sólo estoy intentando conocer mejor a mi chica, ¡venga!, y luego buscamos un motel y lo dejamos por hoy.

«Mi chica», se repitió Jamie en silencio saboreando el sonido de las palabras; asintió con la cabeza y empezó a guiarlo por el laberinto de calles sinuosas que era Cutter Park. Se le ocurrió que podía señalarle cualquier casa y decir que ése era el lugar donde había pasado los que seguramente habían sido los peores años de su vida, pero tenía la sensación de que él se daría cuenta si lo hacía, y, además, ¿para qué iba a mentirle? En unos minutos habrían llegado a la calle Magnolia. Las casas se iban haciendo menos impresionantes a medida que se alejaban de la alameda Peachtree, pero seguían siendo muy bonitas y con un aspecto de lo más respetable. Lo verdaderamente irónico del caso era que después de que ella y Mark se divorciaran, él no había vuelto a casa de su madre sino que se había quedado en el apartamento.

—Es ésa, la número noventa y dos; aquí a la derecha, la segunda empezando por el final.

Brad paró el coche en frente de la casa de madera pintada de blanco dejando que los faros iluminaran el inmenso cartel de «SE VENDE» que había en el recortado césped de la parte delantera del jardín. Dos columnas de aspecto regio flanqueaban la puerta de entrada que estaba pintada de negro. Las cortinas de todas las habitaciones estaban echadas y las ventanas del piso de abajo a oscuras. Había una luz encendida en el piso de arriba: la del dormitorio de la señora Dennison, se dió cuenta Jamie reprimiendo un escalofrío.

—Así que por fin la vieja bruja se ha decidido a vender.

—¿Qué te parece? —le preguntó Brad—. Y ¿si llamamos a la puerta y le hacemos una oferta que no pueda rechazar?

De repente las cortinas del dormitorio se abrieron y una silueta solitaria se perfiló en la ventana, una silueta imponente que miraba hacia la calle desde las sombras.

—¡Vámonos de aquí! —le murmuró Jamie a Brad—. Brad, por favor —le insistió al ver que no se movía—. Vámonos antes de que reconozca el coche.

—Sí, eso no puede ser —asintió Brad haciendo un rápido cambio de sentido y pisando a fondo el acelerador mientras avanzaban por la apacible calle.

Capítulo 15

—¡Jamie! ¡eh, Jamie, despierta!

—¿Mmm? —Jamie se dio la vuelta en la cama hasta quedar boca arriba negándose a abrir los ojos—. ¿Qué?

—Despierta, Jamie.

Se sentó en la cama de un salto, como si le hubieran echado encima un vaso entero de agua helada, con el corazón latiendo al galope y un torrente de palabras escapándose de su boca seca:

—¿Qué pasa? ¿Qué pasa? ¿Ha pasado algo?

¿Los habían encontrado los muchachos de Tifton y se habían metido en su habitación?

A su lado, Brad se rió silenciosamente y le pasó la mano por la espalda desnuda con gesto tranquilizador.

—¡Eh, eh, tranquila! No pasa nada, no quería asustarte.

Jamie se esforzó por enfocar la vista en la habitación del motel pero estaba oscuro y todo daba vueltas a su alrededor. Todavía era de noche, por lo menos eso lo tenía claro, porque veía la luna asomando por una rendija de las cortinas y además los números rojos brillantes del reloj digital que había en la mesita de noche al lado de la incómoda cama doble le confirmaron rápidamente que eran las 03:02. ¡Eran las tres de la madrugada, por Dios! Tiró de la sábana blanca para taparse mientras sus ojos se iban acostumbrando a la oscuridad y esperó a que Brad le explicara qué estaba pasando. Pero él no dijo nada, se limitó a quedarse allí sentado con una sonrisa transpuesta dibujada en su bello rostro, mirándola fijamente.

—Brad, ¿se puede saber qué pasa?, ¿ha ocurrido algo?

—No, nada.

—Entonces, ¿qué pasa?

—No pasa nada.

—No lo entiendo, ¿para qué me has despertado? —A menos que hubiera estado soñando y se hubiera imaginado la voz de Brad, y en realidad fuera ella, y no él, la que había provocado toda aquella conmoción en mitad de la noche: él dormía profundamente, ella tenía la culpa de que ahora estuvieran los dos despiertos a esas horas—. ¿Era yo la que estaba teniendo una pesadilla y nos he despertado a los dos?

—A mi me pareció que dormías plácidamente —le contestó él.

Así que entonces sí que había sido *él* el que la había despertado. Pero ¿por qué?

—No entiendo nada, ¿por qué…

—Te quiero —se limitó a decir él.

Cualquier vestigio de somnolencia que pudiera quedar aún en el cuerpo de Jamie se desvaneció inmediatamente. Ahora estaba completamente despierta.

—¿Qué? —preguntó aunque había oído perfectamente lo que le había dicho—. ¿Cómo? —preguntó Jamie con la esperanza de oírselo decir otra vez.

—Oye, ya sé que todo ha ido muy rápido; seguramente piensas que estoy loco…

—No, no creo que estés loco. —Se le llenaron los ojos de lágrimas.

—Es que estaba aquí sentado —continuó él secándole las lágrimas con la punta de los dedos—, mirándote mientras dormías, y de repente sentí como una ola que me envolvía y pensé: estoy enamorado de esta mujer; la quiero. Te quiero —dijo inclinándose hacia ella para darle un beso de una delicadeza que a Jamie se le hizo casi insoportable: como si una mariposa le hubiera rozado los labios y luego levantado el vuelo de nuevo.

—¿Me has despertado para decirme que estás enamorado de mí?

—Creía que no aguantaría si tenía que esperar a que se hiciese de día.

—Estás enamorado de mí —repitió Jamie acunando las invisibles palabras contra su pecho, apretándolas contra su piel, sintiendo cómo éstas impregnaban cada poro, cómo se diluían en su sangre y llegaban flotando en ella hasta su corazón. Hacía tanto tiempo que nadie le decía nada parecido, tanto tiempo que no se sentía amada.

—Pero, ¿por qué? —no pudo evitar preguntar—. ¿Por qué estás enamorado de mí? —«¿Qué ves en mí que merece ser amado?», se preguntó Jamie en silencio.

—¿Que por qué? —repitió él con tono de incredulidad—. No sé, ¿por qué se enamora uno de alguien?

—Pero, ¿qué es lo que has visto en mí? —preguntó esta vez en voz alta con la esperanza de que si planteaba la pregunta de otra manera obtendría una respuesta.

—¿Que qué he visto en ti? Pues, vamos a ver. —Él hizo una pausa, como si estuviera pensando cuidadosamente en la contestación que iba a dar—. Me encanta tu físico —bromeó Brad—, tus ojos… tu pelo… tus pechos… —Sus dedos recorrieron la cara de Jamie, descendieron hacia sus hombros y continuaron su camino trazando una delicada senda sobre su cuerpo electrizado—. Me encanta cómo echas la cabeza hacia atrás cuando algo te hace ilusión, me encanta el sonido de tu risa, un poco como el de las campanas al vuelo, y me encanta cómo besas —dijo él besándola de nuevo, esta vez con un beso más profundo—. Y además me encanta oírte gemir cuando te toco la nuca, justo aquí —continuó él poniendo la mano en el lugar exacto; ella gimió, como si fuera parte del guión, y luego se rió suavemente.

Campanas al vuelo, pensó ella aguzando el oído mentalmente para escucharlas.

—Pero lo que más me gusta es tu espíritu aventurero, cómo no te da miedo arriesgarte, la manera en que vas a por lo que quieres. Me encanta tu valentía, tu deseo de experimentar cosas nuevas.

Jamie sonrió: lo que su madre y su hermana habían interpretado como falta de juicio y un carácter demasiado impulsivo eran para Brad valentía y espíritu aventurero.

—Se ve que tú me inspiras —le contestó ella.

—No, eres tú la que me inspira a mí —le respondió él y la besó un largo rato, dejando que su lengua jugara con la de ella—. Entonces, ¿no estás enfadada conmigo?

—¿Enfadada? —se rió ella— Y ¿por qué iba a estar enfadada contigo?

—Por haberte despertado; estabas tan dormida...

—¿Me lo estás diciendo en serio? Puedes despertarme siempre que te de la gana para decirme estas cosas.

—Estás preciosa cuando duermes: tan serena, tan quieta.

Jamie se acurrucó contra él apoyando la cabeza sobre su pecho, escuchando el latido acompasado de su corazón.

—¿No podías dormir?

Él se encogió de hombros.

—No he podido parar de pensar en toda la noche.

—Y ¿en qué pensabas?

—¡Bah, en una sorpresa que te estoy preparando!

—¿Una sorpresa? ¿Qué clase de sorpresa?

Él se apartó y alargó el brazo para coger sus vaqueros.

—Es hora de vestirse, señorita Jamie.

—¿Qué?

Brad se puso de pie de un salto.

—¡Venga, Jamie, ponte cualquier cosa y mueve ese precioso culo! —Él ya estaba tirando de los vaqueros por encima de sus breves caderas.

—Pero, espera un momento, Brad, para un poco. ¿Qué está pasando? ¿Qué haces?

—Ya lo verás.

—Y ¿no puedo verlo mañana por la mañana?

Todo aquello era una locura, eran las tres de la madrugada. Él soltó una carcajada.

—Es más divertido de noche.

—¿El qué es más divertido?

—¡Venga, Jamie!, ¿quieres estropear la sorpresa?

Fue entonces cuando se dio cuenta de que se iban al Barnsley Gardens: de algún modo, él se las había ingeniado para organizarlo todo; había esperado a que se durmiera para llamar y ahora estaba allí de pie ante ella, tras haberle confesado su amor; ¡por el amor de Dios!, estaba tan emocionado que no podía parar quieto; pasaba el peso de una pierna a otra presa de los nervios, deseoso de salir de aquel motel cochambroso.

—Bueno, ya voy —dijo ella mientras salía de la cama.

Brad dio un grito de alegría:

—¡Ésa es mi chica!

Jamie se metió en el baño, se echó agua fría a la cara y se pasó el peine por el pelo rápidamente.

—Deja eso —la apremió Brad observándola desde el diminuto recibidor de entrada—, estás fantástica.

—Estoy tan fantástica como alguien a quien han despertado en plena noche.

No quería espantar al recepcionista del Barnsley Gardens... Pero, ¿hasta qué hora trabajaba esta gente? Y ¿cómo se las había arreglado Brad para solucionar el problema con su tarjeta de crédito tan rápido? Estuvo a punto de preguntárselo, pero se lo pensó mejor: no quería estropearle la sorpresa.

—¡Venga, Jamie, ya te lavarás los dientes luego! —dijo él en el momento en que ella alargaba la mano hacia el cepillo.

—Yo no voy a ninguna parte sin lavarme los dientes. —Se lavó los dientes y empezó a recoger sus cosas para meterlas todas en el neceser.

—Pero ¿qué estás haciendo ahora?

—Preparándome para marcharme.

—Ya harás eso mañana por la mañana.

—Pero ¿qué quieres decir? Creía que nos íbamos.

—Más bien estamos intentando irnos —dijo él lanzándole a Jamie la misma ropa que llevaba puesta el día anterior.

Ella consiguió atraparla antes de que cayera al suelo.

—Entonces, ¿vamos a volver aquí?

—Pero claro que sí, tendremos que dormir *algo*…

—No entiendo.

—¿Te fías de mí? —le preguntó Brad con voz ligeramente teñida de impaciencia.

—¡Claro que me fío de ti!

—Pues entonces, ¡a ver si conseguimos que empiece la función!

Jamie buscó ropa interior limpia en su bolsa de viaje y se vistió. Brad ya tenía la puerta abierta incluso antes de que terminase de atarse los cordones de las deportivas. El aire húmedo de la noche invadió la habitación, como si también tratara de meterle prisa. Así que al final no se marchaban al Barnsley Gardens, pensó haciendo un esfuerzo para no sentirse decepcionada mientras seguía a Brad hasta el coche. ¿No le acababa de decir que la quería? Y ¿no la quería, al menos en parte, por su espíritu aventurero, su valentía, su deseo de vivir experiencias nuevas?

¿De verdad quería arriesgarse a decepcionarlo?

—¡Pues que empiece la función! —repitió Jamie mientras se metían en el coche.

Unos minutos más tarde estaban otra vez en la carretera, pero Jamie no tenía ni idea de adónde iban. Parecían estar conduciendo en círculos sin llevar un rumbo fijo. Al cabo de diez minutos todavía estaban en el coche y empezaba a costarle mantener los ojos abiertos. Pensó en preguntar si podía ayudarlo, pero la mirada decidida de Brad, visible hasta de perfil, incluso en la oscuridad, le decía que lo dejara hacer. Era obvio que tenía un plan, así que lo mejor sería que se relajara, se dijo a sí misma cerrando los ojos y poniéndose a escuchar el típico programa de altas horas de la madrugada que sonaba en la radio del coche:

—*No sé qué hacer con ella, tío. Está muy buena pero lleva meses mintiéndome y poniéndome los cuernos.*

—*A mí me parece que sólo tienes dos alternativas, Buddy: o te quedas y sigues aguantando que te mienta y te tome el pelo, o te portas como un hombre y la dejas.*

—*Pero es que la quiero, tío.*

—¡Eh, Buddy! ¿Te suena la expresión encoñado?

Jamie abrió los ojos en el momento en que el coche giraba bruscamente a la derecha. ¿Dónde estaban?

—Brad…

—Chsss. —Él se llevó el dedo a los labios—. Déjame escuchar esto.

—No, tío, no es tan sencillo.

—Nunca lo es, Buddy.

Jamie creyó reconocer las altas columnas de una de las mansiones pero trató de convencerse de que no era así.

—¿Dónde estamos?

—Chsss, ya casi hemos llegado.

—Es una mujer increíble.

—Todas las malas mujeres lo son.

—Brad…

—Chsss

—Me tiene totalmente pillado, no puedo ni pensar.

—Eso es porque no estás usando la cabeza, Buddy. Estás pensando con otra parte del cuerpo, con una que ya se sabe que no es precisamente la mejor para juzgar el carácter de las personas.

¿Habían vuelto a Cutter Park?

—No lo entiendes, tío.

—¡Claro que lo entiendo!, ¡si nos ha pasado a todos alguna vez!: en la cama es increíble, la mejor que te has tirado en toda tu vida; pero eso se paga, Buddy, y ahora tienes que tomar una decisión: ¿cuál es el precio que estás dispuesto a pagar realmente?

Jamie se irguió en el asiento. Habían vuelto a Cutter Park. ¿Por qué?

—No la conoces, tío. A veces, cuando estamos juntos, es como un ángel.

—Es el diablo, Buddy. Sal de ahí ahora que todavía estás a tiempo.

Jamie alargó la mano y apagó la radio. Las voces se interrumpieron.

—Brad, ¿se puede saber qué está pasando? ¿Qué estamos haciendo aquí?

—He estado pensando mucho en lo que me contaste.

—¿En qué exactamente?

—En tu ex suegra.

Jamie se dio cuenta de que estaba conteniendo la respiración.

—¿Mi ex suegra? Y ¿qué pintas tú pensando en ella?

—No sé, supongo que es porque hemos estado frente a su casa hace unas horas y hemos visto su ventana, y tú te has acordado de cómo te obligó a devolver el anillo de boda…

—Créeme, ya no lo quería…

—Y ¿los pendientes de oro y perlas? —le recordó él.

Jamie se imaginó los maravillosos pendientes de perlas engarzadas en oro con forma de corazón.

—Sí, ya, pero ¿qué se le va a hacer?

—Bueno, pues precisamente en eso es en lo que he estado pensando. —Se volvió hacia ella y le dedicó una de sus cautivadoras sonrisas—: creo que podemos recuperarlos.

—¿Cómo? —Jamie trató de reírse pero la expresión de los ojos de Brad le heló la sonrisa en los labios—. No lo dices en serio.

Brad sacudió la cabeza.

—¡Al contrario, lo digo completamente en serio!

Jamie se movía incómoda en su asiento a medida que las calles se iban haciendo cada vez más familiares. Estaban a sólo dos manzanas de la calle Magnolia.

—Brad, para y da la vuelta. Esto es una locura.

—Lo que es una locura es que esa mujer haya hecho la vida imposible a mi chica durante casi dos años impunemente. Quiero decir que no me negarás que por lo menos se te ha pasado por la cabeza vengarte.

—¿Vengarme? Pero ¿de qué me estás hablando?

—Te estoy hablando de recuperar lo que te pertenece.

—Pero si los pendientes no me pertenecen.

—Claro que sí: ella te los dio, ¿no?

—Sí, pero luego me pidió que se los devolviera.

—Pero no tenía derecho a hacerlo.

—Tal vez no, pero…

—Nada de peros.

Giraron para enfilar la calle Magnolia.

—Brad, por favor, tienes que parar. No podemos hacer esto.

—¡Claro que podemos! Podemos hacer lo que queramos.

—Pero yo no quiero.

—¿Qué te pasa, Jamie? ¿Ya has perdido el espíritu aventurero?

Hasta en la oscuridad, Jamie podía distinguir la decepción en los ojos de Brad.

—No, no es eso, es sólo que...

Brad aparcó el Thunderbird azul a unas cuantas casas del número noventa y dos.

—¡Olvídate de todo! —estaba diciendo—. Tienes razón, ha sido una idea estúpida.

Jamie dejó escapar de su boca temblorosa un profundo suspiro de alivio que se disolvió en mil pedazos al entrar en contacto con el aire: casi podía verlos dispersándose, como si trataran de escapar en todas direcciones. Pero ¿en qué había estado pensando Brad? ¡Por el amor de Dios: era un experto en informática, no un ladrón de los que entran en las casas en plena noche!

—Vámonos —dijo ella suavemente.

—Sólo lo hacía por ti, ¿sabes?

—Sí, sí que lo sé, pero...

—¿Pero?

—Estás cansado, no estás pensando con claridad. Por la mañana todo esto te parecerá igual que un sueño descabellado.

Porque sin lugar a dudas lo era, se dio cuenta Jamie: no cabía ni la más remota posibilidad de que nada de esto estuviera pasando realmente en breve se despertaría y todo volvería a la normalidad, así que podía relajarse y dejar de respirar entrecortadamente. No era más que un sueño tonto.

Brad le rodeó los hombros tiernamente con un brazo y con el otro apagó la llave del contacto.

Inmediatamente, Jamie se apartó.

—Pero ¿qué haces?

—Voy a recuperar tus pendientes. —Se metió las llaves del coche en el pantalón, abrió la puerta y salió del coche de un salto.

Ya había desaparecido antes de que ella tuviera tiempo de reaccionar.

—¡Brad, espera! ¡Para un momento, por favor!

Lo alcanzó cuando ya estaba cerca de la puerta de Laura Dennison. «Se le ha ido la cabeza», pensó ella. O eso, o le estaba gastando una broma pesada. En cualquier caso, tenía que detenerlo antes de que fuera demasiado lejos.

—¡Esa es mi chica! Sabía que cambiarías de idea.

—Brad...

—Sabía que podía contar contigo.

—Brad, por favor, vuelve al coche.

—Donde voy a ir es ahí dentro —dijo él señalando la casa.

¿Por qué?, quería gritarle ella.

—Pero ¿cómo? —fue lo que dijo—. ¿Cómo piensas entrar? No tenemos la llave, y hay alarma.

Esa nueva información hizo que él se detuviera unos instantes.

—Seguro que te acuerdas del código.

—Seguro que a estas alturas ya lo ha cambiado.

—Y ¿por qué iba a cambiarlo? Se suponía que no ibas a volver jamás.

—Pero ¿y si lo ha cambiado de todos modos? ¿Qué hacemos si salta la alarma?

—Nos largamos corriendo.

—Y ¿si no nos da tiempo? Y ¿si nos cogen?

—Eso no va a pasar —dijo él con voz segura—. ¡Vamos, Jamie! ¡Esto va a ser divertido! —La estrechó en sus brazos y la besó con una pasión contagiosa que hizo que ella recobrara el ánimo—. No vamos a hacer daño a nadie, sólo vamos a recuperar algo que te pertenece. Ella ni se enterará de que hemos estado aquí.

—Pero ¿te estás oyendo, Brad? Estás hablando de meterte en casa de alguien en plena noche. Estás hablando de cometer un robo. Estás hablando de la posibilidad de que nos cojan y acabemos en la cárcel.

—¡Venga ya, Jamie! ¿Qué ha sido de ese espíritu libre del que me enamoré?

La pregunta fue directa al corazón de ella.

—Por favor, Brad, esto no está bien.

—Y ¿te parece que lo que *ella* hizo está bien?

—No, pero ya sabes lo que suele decirse: dos errores no hacen un acierto…

Brad soltó una carcajada.

—¿Es eso lo que diría tu madre?

Jamie se estremeció, pero el caso era que tenía razón: eso era exactamente lo que su madre habría dicho.

—Y tu hermana —añadió él para que no quedara lugar a dudas—. Creía que tú no eras como ellas.

—Y no lo soy.

—Pues a mi me parece que al final lo que sí que va a ser cierto es eso de que «de tal palo, tal astilla».

—Brad, te estoy hablando en serio.

—Y ¿crees que yo no?

—Creo que no te lo has pensado.

—¿Que no me he pensado qué exactamente?

—Toda esta historia —dijo Jamie observando cómo la sonrisa de Brad se desvanecía dando paso a una expresión fría y dura que la luz de la luna parecía proyectar sobre su rostro como una máscara—. Esto no es un juego.

—Por supuesto que no: es una aventura.

—No, tampoco es eso, es un *delito* entrar así en las casas ajenas.

—Sólo si te pillan. —Una sonrisa incipiente volvió a perfilarse en el rostro de él—. Y a nosotros no nos van a pillar, te lo prometo, así que ¿estás preparada?

Jamie dudó: *¿Estás preparada?* La pregunta que llevaba toda la vida oyendo. ¿Estaba preparada? Pero ¿para qué exactamente? ¿Quién era aquel hombre? ¿En qué lío se había metido?

—Hay que tener un poco de fe, Jamie. Tienes que tomar una decisión: ¿en el fondo eres igual que tu madre o eres la mujer de la que creí haberme enamorado?

La mujer de la que *creí* haberme enamorado.

—Brad, espera, por favor...

—Cuento contigo, Jamie. —Cruzó el césped a grandes zancadas—. Lo estoy haciendo por ti, cariño —le gritó de lejos.

«Es el diablo, Buddy —le pareció oír decir al locutor de radio—, sal de ahí ahora que todavía estás a tiempo.»

Pero, ¿cómo iba a dejar que entrara solo en la casa? Incluso si Brad conseguía entrar, no sabía el código de la alarma y lo cogerían, acabaría metido en la cárcel durante años. Y todo ¿por qué? ¿Porque estaba decidido a recuperar los pendientes de oro y perlas que creía que le correspondían a ella? ¿Porque trataba de realizar una hazaña para impresionarla? ¿Porque el orgullo le impedía abandonar su plan?

Además, ¿dónde iba a ir sin él? Las llaves de su coche estaban en el bolsillo del pantalón de Brad, y no tenía intención de andar sola por las calles de Atlanta a las tres de la mañana; como tampoco podía quedarse allí parada esperando a que él volviera. No habría acabado los estudios de Derecho, pero sabía lo suficiente de leyes como para darse perfecta cuenta de que se la consideraría cómplice.

¿Eres igual que tu madre o eres la mujer de la que creí haberme enamorado?

«*Soy* esa mujer. Soy la mujer de la que te has enamorado.»

Es el diablo. Sal de ahí ahora que todavía estás a tiempo.

«Él es el hombre del que estoy enamorada —pensó Jamie—. Es el hombre del que estoy enamorada y me está dando a elegir entre ser igual que mi madre o ser la mujer de la que se enamoró. Esto es una prueba. ¡Eso es!: te está poniendo a prueba. No tiene la menor intención de entrar en casa de Laura Dennison, sólo está esperando a ver quién eres realmente.»

¿Estás preparada?

Jamie lo siguió atajando por mitad de la senda de ladrillos que atravesaba el césped.

—Brad —gritó en voz baja, pronunciando su nombre en un susurro que atravesó el aire tibio de la noche como si se abriera paso a través de las sombras esquivas persiguiendo espectros juguetones.

¿Dónde se había metido? ¿Estaba esperándola detrás del árbol más cercano aguardando el momento de saltar sobre ella?

Se detuvo en mitad del largo y estrecho camino asfaltado que llevaba al garaje y miró por encima de sus dos hombros alternativamente, asegurándose de que no había nadie observándola desde una de las ventanas, pero las casas cercanas estaban todas totalmente a oscuras a excepción de las luces de los porches de entrada. Jamie miró hacia el segundo piso para ver si había el menor movimiento en las cortinas del dormitorio de Laura Dennison. Todo estaba tranquilo. Sólo se oían los grillos, los ecos del tráfico, los murmullos de la noche. Al contemplar la casa contuvo la respiración recordando la primera vez que la había visto, lo mucho que la había impresionado, lo esperanzada que se sentía entonces. Era tan joven, pensó, aunque tan sólo hacía unos cuantos años de aquello. «¿Cuándo empecé a sentirme tan condenadamente vieja?», se preguntó mientras se movía cautelosamente. ¿Qué había sido de todo su optimismo?

—Brad —lo llamó otra vez, estremeciéndose al oír el sonido de su propia voz por más que estuviera hablando lo más bajo que podía.

Miró hacia la puerta de la entrada pero no vio ni rastro de él. ¿Ya había dado la vuelta por la parte de atrás? ¿O era simplemente que se había marchado andando y la había dejado allí para que se las arreglara como pudiera una vez visto que no había superado la prueba?

—Brad —volvió a llamarlo yendo hacia la puerta que había en un lateral de la casa.

Y entonces de repente alguien se le acercó por la espalda y una mano le tapó la boca y la nariz. No podía respirar. No podía moverse. ¡Que alguien me ayude!, gritaban sus entrañas, pero el único sonido que consiguió emitir fue un grito ahogado.

—Jamie, tranquila —le susurró Brad al oído—, soy yo. La soltó y ella se dio la vuelta y se lanzó en sus brazos.— No podía dejar que despertaras a todo el vecindario —añadió él.

—Casi me matas del susto.

—¿Cuántos ladrones crees que trabajan en esta calle? —preguntó él frívolamente.

Jamie se habría reído si no hubiera estado tan asustada. Luego él se apartó repentinamente y se metió la mano en el bolsillo. ¿Buscaba las llaves del coche o la navaja?, se preguntó Jamie dando un paso atrás sin querer. Pero no era ni lo uno ni lo otro: lo que Brad sacó fue su cartera y cogió la tarjeta de crédito.

—¿Qué estás haciendo? —le preguntó ella.

—La jodida tarjeta debería servir para esto al menos. —Y acto seguido se puso a intentar abrir la cerradura con ella.

—Vamos, Brad. La broma ya ha ido demasiado lejos. Además, eso sólo funciona en las películas de la tele —le dijo en el preciso instante en que se oyó un chasquido y se abrió la puerta—. ¡Ay, Dios! —exclamó ella mientras una estridente nota sostenida anunciaba que la alarma se había activado y tenían exactamente treinta segundos para teclear el código antes de que comenzara el ruido ensordecedor—. ¡Ay, Dios! —dijo otra vez.

Brad, con el rostro radiante de anticipación, la atrajo hacia sí y le dio un beso en los labios.

—Te quiero, señorita Jamie.

Capítulo 16

Los gritos despertaron a Emma.

Salió de un salto de la cama y clavó la mirada en el reloj de la mesita hasta que se dio cuenta de que *no* había reloj en la mesita. Tardó unos segundos en orientarse: no estaba en su habitación sino en la de Dylan, en la cama de Dylan; su hijo estaba durmiendo en la suya con el hijo de Lily, Michael, bien arropado a su lado. O por lo menos *había estado* durmiendo. Pero ahora estaba gritando a pleno pulmón, lo que quería decir que tenía otra de sus pesadillas, lo que a su vez indicaba que eran aproximadamente las tres de la madrugada: podía poner la hora al reloj guiándose por las condenadas pesadillas. Y si no conseguía dormir una noche de un tirón pronto, pensó mientras cruzaba el pasillo descalza, sería *ella* la que se iba a poner a gritar.

Emma comprobó rápidamente que se había acordado de ponerse el pijama antes de meterse en la diminuta cama de su hijo: no era cuestión de presentarse desnuda ante dos niños de cinco años; eso sí que les iba a dar pesadillas, pensó sintiendo que la cabeza le iba a estallar de dolor, lo que anunciaba que iba a tener una resaca monumental a la mañana siguiente. Eso asumiendo que fuera capaz de pegar ojo en lo que quedaba de noche.

—Tranquilo Dylan —dijo encendiendo la luz de la mesita y acunando al niño lloroso en sus brazos. Junto a él, Michael seguía durmiendo profundamente con sus despeinados cabellos rubios describiendo espirales sobre la almohada, como si fueran signos de interrogación.

—Chsss, no pasa nada, Dylan, mamá está aquí. Chsss, ¡que vas a despertar a Michael! Y no lo querrás despertar, ¿verdad?

Emma miró al hijo de Lily preguntándose cómo podía nadie dormir tan profundamente con alguien a su lado dando semejantes alaridos.

—He tenido una pesadilla —sollozó Dylan abrazándola con fuerza.

—Ya lo sé, cariño, pero ya ha pasado; estoy aquí y no pasa nada.

—Había un hombre —empezó a contarle Dylan.

Esto era nuevo, pensó Emma. Dylan nunca se había acordado de ninguno de sus sueños antes.

—¿Un hombre? Y ¿lo conocías?

Dylan negó vigorosamente con la cabeza.

—No le podía ver la cara, llevaba un sombrero.

—¿Un sombrero?

—Una gorra de béisbol, ya sabes, como la que tiene papá. Pero no era papá —añadió rápidamente como para tranquilizarla.

Emma se estremeció y trató de no imaginarse a su ex marido, pero ya era demasiado tarde: lo veía delante de ella, sonriéndole desde el otro lado de la habitación.

—Estaba de pie al final de la cama, mirándome.

—Bueno, pero ya ves que ahora no hay nadie ahí. —Emma se liberó de los brazos del niño entrelazados en torno a ella y caminó hasta la ventana para mirar a la calle.

El fantasma de su ex marido, de pie junto a una farola, alzó la vista y se la quedó mirando. «Podrás correr —le advirtió la aparición— pero no podrás esconderte.»

Dylan corrió a su lado y le abrazó las piernas clavando las uñas en la tela del pijama de Emma hasta arañarla.

—¡Mamá, no! ¡No mires! ¡No mires!

—Ahí no hay nadie tampoco, cielo. —Cogió al niño en brazos para que mirara por la ventana—. ¿Lo ves? Sólo hay un montón de insectos revoloteando alrededor de la farola.

—Y ¿por qué hacen eso?

—Porque les gusta la luz.

—Y ¿por qué?

«¡Ay Dios!», pensó Emma sintiéndose demasiado cansada para jugar al «y por qué» a las tres de la madrugada. «Debería saber la respuesta a ese tipo de pregunta», pensó.

—No lo sé, mi vida.

¿Por qué así ven mejor? ¿Por qué les gusta el calor? ¿Porque tienen tendencias suicidas?

—El hombre dijo que me iba a cortar en mil pedazos pequeñitos y me iba a echar a los tiburones —la informó Dylan.

«Tiburones en Ohio —pensó Emma—: ¡no me extraña que el niño se despierte chillando!»

—Yo nunca le dejaría que te hiciera eso —lo tranquilizó—. Lo sabes de sobra, ¿verdad que sí? —Dylan movió la cabeza con fuerza de arriba abajo y se apretó contra su cuello empapándolo de lágrimas—. Aquí estás a salvo —le dijo mientras lo llevaba de vuelta a la cama—. No te pasará nada mientras estés conmigo, yo siempre te protegeré. —Lo volvió a acostar en la cama al lado de Michael—. Y ahora intenta dormirte un rato, cariño. ¿Ves lo bien que duerme Michael?

—Pero es que él no tiene pesadillas.

—No.

—Tiene suerte.

—Sí. —Emma le dio un beso en la frente apartándole el pelo de los ojos con la punta de los dedos—. Y tú tampoco vas a tener más, ¿vale?

—Quédate conmigo —le suplicó el niño.

—No puedo, cielo. No hay sitio para los tres.

—Sí que hay —dijo su hijo acercándose más a Michael. Éste se dio la vuelta en sueños obedientemente, como si estuviera haciendo sitio a la recién llegada—. ¿Lo ves?

—Bueno, está bien. —Emma se metió en la cama junto a Dylan, que le puso inmediatamente una mano sobre el vientre y una pierna sobre el muslo dejándola sin posibilidad de moverse.

«¡Fantástico! —pensó ella—. Ahora sí que estoy atrapada.» Cerró los ojos y rezó para que viniera el sueño, pero cada vez que estaba a punto de dormirse Dylan daba una patada o se movía o gemía, y ella se sobresaltaba. El dolor de cabeza se hacía cada vez más intenso y Emma supo que esa noche tampoco dormiría.

Apenas había cumplido los veinte cuando conoció al que sería el padre de Dylan. Él era mayor y había visto mucho más mundo aunque, como ella, estaba inquieto y confundido respecto a lo que quería hacer con su vida. Emma se identificó con el niño perdido oculto tras ese hombre fanfarrón y se escapó con él a Las Vegas.

—¿Estás embarazada?

Fue la primera pregunta que le hizo su madre cuando volvió. No «¿estás contenta?» o «¿estás segura?», ni siquiera «¿estás loca?», sino «¿estás embarazada?» Como si ésa fuera la única razón por la que alguien se casaría con ella.

—¿Así es como me das la enhorabuena, madre? —Y luego añadió, pese a que no se lo había preguntado—: Nos queremos. Estamos enamorados —insistió Emma como si tratase de convencerse a sí misma de que así era. Y es que eso era precisamente lo que estaba tratando de hacer, porque la verdad era que no estaba segura de amar a su marido: tenían muy poco en común, a veces él se mostraba malhumorado y preocupado y ella nunca sabía lo que estaba pensando. Pero lo que sí sabía era que adoraba el sonido de su voz cuando *él* decía que *la* quería, que adoraba la manera que tenía de mirarla, que adoraba la imagen de sí misma que veía reflejada en sus ojos.

Y por más que podía ser cierto que no lo conocía demasiado bien, había una verdad aún mayor: *él* no la conocía a *ella* en absoluto.

No había sido su intención mentir. Las historias que le había contado sobre su acomodada familia, sus logros académicos, haber sido aceptada en Princeton... Todo eso lo había dicho para impresionarlo. Y después, cuando él ya estaba impresionado más que de sobra, cuando estaba loco por ella y ya eran marido y mujer, bueno para entonces... ¿Qué podía hacer más que continuar con la farsa? En poco tiempo empezó a resultarle más fácil mentir que decir la verdad. Y cada vez le costaba más distinguir entre lo uno y lo otro.

—¿Te avergüenzas de mí? —le preguntó él poco después de casarse.

—Por supuesto que no.

—Quiero decir que sé que no soy tan inteligente como tú, a mi no me aceptaron en Princeton...

—¿Y? —dijo Emma—. Yo tampoco fui al final...

—Pero sólo porque tu madre cayó enferma.

—Por favor, ni se te ocurra hablar de eso delante de ella, se disgusta mucho...

—No te preocupes, no sacaré el tema. Pero ¿por qué tuviste que decirle que yo fui a Yale? Casi me caigo de la silla cuando lo he oído.

—Pues no te he visto negarlo...

—Me pilló completamente por sorpresa, no me dio tiempo a reaccionar.

Emma se encogió de hombros y disipó las preocupaciones de él con un golpe de su larga melena oscura.

—Le dije que habías ido a Yale porque sabía que la haría feliz; la impresionan mucho ese tipo de cosas.

—Bueno, pero tendremos que decirle la verdad.

—Y eso ¿por qué? —preguntó Emma.

—Porque la verdad saldrá a la luz —le contestó él.

—¿La verdad de qué?

—La verdad saldrá a la luz —repitió él.

—Eso no tiene ningún sentido.

—Claro que lo tiene.

—A ver, ¿qué significa eso en realidad? ¿que la verdad está escondida a oscuras en un armario como si fuese gay o algo así?

Él sonrió algo apurado.

—Sabes perfectamente lo que significa.

—Lo único que sé es que me he casado con el hombre más guapo y más sexy del mundo entero —dijo Emma rodeándolo con sus brazos y apretando sus caderas contra las de su flamante marido.

Él le sonrió y hundió la cara en el cuello de Emma. «Por alguna razón, no le ha costado nada tragarse este cuento», pensó ella. Hablando de verdades que salen a la luz...

La verdad era que él se encerraba cada vez más en sí mismo y la acusaba constantemente de mentirle. Ella contraatacaba acusándolo a él de estar engañándola. Su vida sexual se fue apagando hasta hacerse inexistente en cuanto ella anunció que estaba embarazada. Después de que naciera el niño, su marido empezó a dormir en el sofá, eso las pocas noches que se molestaba en volver a casa.

Al principio, Emma trató de reavivar la llama: se compró lencería exótica —hasta unas esposas— en un esfuerzo por seducirlo de nuevo, pero todo fue inútil. Una noche, le sacó el tema cuando él volvió dando tumbos después de una borrachera con los amigos.

—¿Quién es ella esta vez? —le preguntó.

—Pero ¿de qué me estás hablando?

—Sabes perfectamente de qué te estoy hablando.

—No digas tonterías.

—No son tonterías —le respondió—, y yo tampoco soy tonta.

—Pues entonces deja de comportarte como si lo fueras.

—¿Me vas a decir de una vez dónde has estado toda la noche?

—He salido con David y Sal, ya lo sabes. Oye, estoy cansado...

—Yo también estoy cansada.

—Pues vete a la cama.

—¿Sola? ¿*Otra vez*?

—Mira de verdad, ya hemos tenido esta conversación antes; no puedo darte lo que necesitas.

—Lo que yo necesito es que me hagas un poco de caso. ¿Soy tan horrible que ya no puedes ni siquiera tocarme? ¡Vamos! —dijo ella entre sollozos golpeando el brazo de su marido con el puño cerrado—. ¡Tócame! —empezó a pegarle en los brazos, a abofetearlo—. Finge que soy David o Sal.

—¡Basta! —dijo él agarrándola por los brazos para detenerla.

—Me estás haciendo daño —gritó Emma, y él la soltó.

Fue entonces cuando ella le dio un bofetón en plena cara.

Él le respondió con otro.

A partir de ahí, todo fue de mal en peor.

—¿Les has dicho a tus amigas que te pego? —le preguntó incrédulo a la semana siguiente.

—Y ¿por qué no se lo iba a decir? Es verdad.

—Tú no reconocerías la verdad ni aunque la tuvieras delante de las narices.

—Te está bien empleado —murmuró Emma dándose la vuelta en su lado de la cama—. Fue todo culpa tuya. Yo lo único que quería era que me prestaras un poco de atención. No quería nada más que un poco de amor.

—¿Qué? —preguntó Dylan medio dormido mientras su cuerpecito se tensaba contra el de su madre—. ¿Nos tenemos que marchar otra vez?

—No, cielo. No pasa nada. Vuelve a dormirte, cariño.

—Te quiero mucho mamá.

—Yo también te quiero mucho, mi vida.

Lily soñaba con un helado: estaba de pie a la entrada del típico café de los años cincuenta comiéndose un cucurucho pequeño de helado de fresa y le caían gotas en la inmaculada blusa blanca trazando un reguero de manchas rosa que se extendía indolente desde la pechera hasta su cintura. Junto a ella, Jeff Dawson sostenía entre las manos con mimo un gigantesco cucurucho bañado de chocolate negro. De repente él se inclinó hacia delante, como si fuera a probar el helado de Lily pero, en vez de eso, le cogió la mano y empezó a lamerle la palma. Pasó una moto a toda velocidad en el momento en que su madre salía corriendo del café agitando una bandera americana y parloteando sobre declaraciones de impuestos. Unos segundos más tarde un coco gigante cayó del cielo y alguien gritó: «Ha habido un accidente». Lily miró hacia abajo, hacia su blanca blusa. El rosa de las manchas se había convertido en un rojo intenso: su corazón estaba sangrando, como si le hubieran pegado un tiro.

Se sentó de un bote en la cama; la parte delantera de su pijama rosa estaba empapada de sudor.

—¡Dios misericordioso! —murmuró mientras sus ojos buscaban el reloj en la penumbra. Las tres y diez de la madrugada—. ¡Estupendo! —Salió de la cama y se dirigió al baño para ponerse una toalla mojada con agua fría en el cuello y secarse el sudor—. Bueno, éste no era tan difícil de interpretar precisamente —dijo entre dientes cuando las imágenes del sueño ya estaban empezando a desvanecerse en su cabeza, difuminándose como si alguien las estuviera borrando con una goma.

Era evidente que sentía remordimientos por lo bien que lo había pasado con Jeff esa noche y su subconsciente la estaba avisando… Pero ¿de qué exactamente? ¿Qué era lo que su subconsciente trataba de decirle? ¿Que Jeff podía ser peligroso para su salud? ¿O que ella era peligrosa para la de él? ¿Que si le dejaba acercarse demasiado un coco gigante caería del cielo y lo mataría igual que había matado a Kenny?

Sólo que no había sido un coco descontrolado el que había matado a Kenny.

Lily sacudió la cabeza. No era más que una pesadilla estúpida, un montón de imágenes inconexas que no guardaban ninguna relación ni significaban nada. ¿Qué otra explicación había para que su madre corriera por ahí agitando una bandera americana y hablando incoherentemente sobre declaraciones de impuestos? Si los sueños eran efectivamente una especie de presagio, la verdad es que resultaría muy útil que tuvieran algo de sentido de vez en cuando.

—Lo del helado de fresa sí que tiene sentido —dijo Lily bajando las escaleras.

Se le hacía raro estar sola en casa sin Michael. Aunque era una casa pequeña, ahora le parecía inmensa y vacía sin el sonido de la voz del niño, sin el repiqueteo alegre de su risa, sin el rítmico sonido acompasado de su respiración. Al pasar delante de la habitación de su hijo miró los numerosos dibujos hechos a dedo con pintura y las acuarelas que cubrían las paredes de su dormitorio y eso la hizo retroceder unos pasos y entrar en el cuarto. Encendió la luz y la sorprendió —como le ocurría siempre— el talento que tenía el niño. Y no era que se lo pareciera a ella porque era su madre, no, todo el mundo lo decía: la señorita Kensit le había dicho que Michael era uno de los alumnos con más talento artístico que había tenido en sus nueve años de profesora; hasta le había enseñado al director del colegio uno de los dibujos de Michael: una acuarela de un rebaño de ciervos comiendo flores silvestres al lado de un riachuelo, y el director le había puesto una pegatina con una estrella dorada en una esquina y le había dicho a Michael que algún día sería un artista famoso y que entonces él —el director— podría decir que lo conocía. Ese dibujo ocupaba ahora un lugar preferente en la pared de enfrente de la cama, entre el dibujo en tiza de un niño y su madre corriendo cogidos de la mano por un campo de hierba muy alta y una pintura abstracta hecha con los dedos de unas espirales danzarinas color verde lima que casi saltaban de la página.

Lily fue de una pared a otra, estudiando cada dibujo con la misma reverencia que si hubiera estado contemplando las obras expuestas en el Louvre. Había uno de un jarrón lleno de flores rojas y moradas; otro de un niño sonriente saltando de un avión —un niño el doble de grande que el avión con un paracaídas inmenso abriéndose tras él—; al lado, un dibujo a carboncillo de otro niño con su madre que estaban de pie, llenos de orgullo, frente a su casa de tejado triangular; y otro más, éste pegado a la pared justo encima de la cama, de una madre que arropaba a su hijo con una luna llena sonriéndoles a través de la ventana. En los dibujos de Michael nunca aparecían los típicos monigotes que suelen pintar los niños con brazos y piernas en aspa representados escuetamente con unas simples líneas, sino que todos los personajes que habitaban sus dibujos estaban perfectamente definidos con todo lujo de detalles, si bien las proporciones eran de un realismo cuestionable: algunos tenían cabezas enormes mientras que las de otros eran diminutas, como de alfiler; las manos podían ser inmensas en algunos casos y las piernas de ciertos personajes eran larguísimas y les llegaban hasta el cuello. Lily se dio cuenta de algo: no había hombres en ninguno de los dibujos.

Eso era culpa suya.

Cogió la almohada de su hijo de la cama y se la llevó a la nariz inhalando su suave aroma.

—Te lo compensaré, Michael —murmuró—, te lo prometo.

Luego ahuecó la almohada y la volvió a dejar en su sitio, apagó la luz y bajó las escaleras camino de la cocina donde se sirvió un gran cuenco de helado y se sentó a la mesa.

—No me puedo creer que esté comiendo otra vez —dijo; ¿no le había dicho a Jeff que no podía tomar un solo bocado más, que incluso tenía dudas de si volvería a comer, siquiera a mirar la comida otra vez?—. Eso lo dudo mucho.

¿Así era como se proponía perder tres o cuatro kilos?, pensó decidiendo que empezaría a usar las instalaciones del gimnasio al día siguiente sin falta, aunque precisamente el siguiente era su día de descanso y le había prometido a Michael que irían a ver una película al cine. Tal vez le preguntaría a Emma si Dylan y ella querían acompañarlos. ¡O incluso mejor!: se ofrecería a llevar a Dylan con ellos para que Emma tuviera la tarde libre. La pobre parecía necesitar urgentemente un descanso y además era lo menos que podía hacer; era duro criar a un hijo sola, sobre todo si era niño, sobre todo cuando no tenías ni idea de qué era lo que pasaba por su pequeña cabeza.«Por lo menos no mucha», habría dicho Jan seguramente, y luego se habría reído. Jan nunca había tenido hijos, pero sí tenía un sobrino en California con el que hablaba a menudo.

¿Cómo sería Michael cuando creciera?, se preguntó Lily. ¿Aún la miraría con la admiración con que lo hacía ahora? ¿Todavía la querría una vez que supiera todo lo que había pasado, cuando tuviese edad para comprender lo inimaginable? ¿O tal vez le guardaría rencor, la culparía por haberlo dejado sin padre durante sus primeros años de vida? ¿Se escaparía a Europa en cuanto tuviera la menor oportunidad, llamándola tan sólo de vez en cuando desde lugares desconocidos, pensando en ella cada vez menos mientras que cada vez le echaba más y más la culpa?

Lily se puso otra bola de helado mientras pensaba que no había helado suficiente en el mundo capaz de aliviar su culpa, que ni todas las papadas del planeta podían ofrecerle suficientes pliegues donde esconderse. Pero ¡qué duda cabía de que, de todos modos, podía intentarlo!, se dijo mientras comía, disfrutando de la sensación de frío en el interior de sus mejillas.

Cogió un lápiz y un papel y se puso a dibujar corazones enlazados en un lateral de la cuartilla. Solía dibujarlos igual cuando era pequeña, recordó, pero nunca se le dio demasiado bien el dibujo. No, para lo que tenía talento era para las palabras: le encantaba inventar historias, crear los personajes de la nada y luego observar cómo se desarrollaban sus personalidades junto con la historia. Sí, iba a ser escritora tal y como lo había vaticinado su profesora.

—Voy a ser escritora —había informado a Kenny con orgullo y, durante un tiempo, él había parecido verdaderamente orgulloso también.

Pero claro, luego se quedó embarazada y su carrera de escritora quedó en vía muerta. Todos los entendidos le aconsejaron que escribiera sobre cosas que conocía, pero qué sabía ella de nada si ni siquiera había sido capaz de «evitar que le hicieran un bombo», como tan elocuentemente había expresado Kenny a gritos aquella terrible noche lluviosa.

—Es más fácil escribir sobre cosas de las que no sabes nada de nada —dijo ella ahora levantándose de la mesa de la cocina: podía llenar millones de páginas con lo que no sabía.

Y aún así, Jeff parecía encontrarla bastante interesante.

—Jeff sólo quería probar a ver si tenía suerte y pillaba —dijo Lily mientras subía lentamente las escaleras.

Había tenido suerte, pensó ella soltando una carcajada. Suerte de que ella *no* le hubiera invitado a pasar.

¿Por qué no lo había hecho?

¡Habría sido tan fácil! La situación se prestaba: tenía la casa para ella sola, ¡a saber cuándo volvería a darse esa circunstancia!; él le parecía atractivo —no, más que atractivo—, deseable; y era bastante evidente que él sentía lo mismo por ella. Habían pasado una velada muy agradable: después de cenar habían ido en coche hasta RiverScape Park, al lugar donde se unen los cinco ríos de Dayton —el Twin Creek, el Wolf Creek, el Great Miami, el Stillwater y el Mad—, y luego habían dado un paseo por los senderos bien iluminados.

—¿Sabías que Dayton es la ciudad de Estados Unidos con más inventores? —le preguntó Jeff señalando todas las estrellas doradas incrustadas sobre el camino de hormigón en honor a ellos.

—¿De verdad? ¿Qué clase de inventores?

—Pues, a ver: fue en Dayton donde los hermanos Wright, que tenían una imprenta y un taller de reparación de bicicletas en la calle South Williams, construyeron su famoso planeador.

—¡Es verdad, ahora me acuerdo de haberlo leído! ¿Qué más?

—Bueno, pues seguramente no lo sabes, pero los paracaídas, las rampas para el correo que hay en los edificios de oficinas, las escaleras de mano, el celo, las bandejas para hacer cubitos de hielo, los parquímetros, las cajas registradoras, los proyectores de cine, las máscaras de gas y una larga lista de objetos de uso diario se inventaron en Dayton —dijo él de un tirón parándose sólo para coger aire—. Por no hablar de las patatas fritas recubiertas de chocolate.

—¿Patatas fritas recubiertas de chocolate?

—Las puedes comprar en Kroger's.

—Mil gracias, pero no. Además, esta noche he comido tanto que hasta tengo mis dudas sobre si podré volver a mirar la comida en mi vida.

Siguieron paseando unos diez minutos más, deteniéndose a admirar la extravagante veleta de los hermanos Wright con una especie de monigote metálico colgando de un poste agitado por la brisa.

—Así es como me siento yo casi siempre —confesó Lily.

—Pues entonces agárrate fuerte —le contestó Jeff cogiéndole la mano.

Su tacto le resultaba electrizante. Con su mano en la de él, Lily tuvo que hacer uso de todo su poder de concentración para mantenerse en pie mientras Jeff la llevaba de vuelta al coche. ¿Cuánto hacía que no iba de la mano con alguien que no tuviera cinco años?

—¿Ya has estado en el Art Institute? —le preguntó él, aparentemente ajeno al caos que había desatado en el cuerpo de Lily hacía escasos minutos, cuando pasaron por delante del edificio de piedra con su preciosa cubierta de tejas rojas que se alzaba justo después de la salida 54B.

—No, todavía no —consiguió decir Lily—. Llevo tiempo pensando en ir con Michael.

—¿A tu hijo le gusta el arte?

Lily asintió con la cabeza, llena de orgullo:

—Dibuja de maravilla.

—Me encantaría conocerlo, a ver si un día nos presentas.

Durante el resto del camino hasta su casa se concentró en la sensación de los dedos de Jeff entrecruzados con los suyos que todavía sentía, preguntándose qué haría si él intentaba darle un beso de buenas noches.

—Lo he pasado estupendamente —dijo él mientras la acompañaba hasta la puerta.

—Yo también. —Estaba tan nerviosa como una adolescente en su primera cita.

—A ver si lo repetimos pronto.

—Me encantaría. —Buscó las llaves en el bolso. «¿Me besará ahora? —se preguntó—, o ¿está esperando a que lo invite a pasar? Eso es lo que debería hacer: debería decirle que pasara un rato»—. Gracias por el paseo por RiverScape Park. Si algún día decides que ya no quieres ser policía, te puedes dedicar a guía turístico —fue lo que dijo mientras abría la puerta y atravesaba el umbral de manera que la puerta de mosquitera se cerró a su paso convirtiéndose en una providencial barrera entre sus labios y los de Jeff.

—Ha sido un placer.

Y entonces se marchó. Lily esperó hasta ver el coche desaparecer al final de la calle, cerró la puerta con llave y subió directamente a su dormitorio.

Y ahora, a las tres de la madrugada, estaba de vuelta exactamente en el mismo lugar. Subió el primer peldaño y se detuvo. Afuera, la brisa suave de la noche había arreciado hasta convertirse en un viento que presagiaba lluvia. Lily entró en su habitación, se metió en la cama y se tapó la cabeza con las mantas para protegerse de los fantasmas que golpeaban las ventanas tratando de entrar.

Capítulo 17

—¡Rápido! ¿cuál es el código? —susurró Brad entre dientes por encima del estridente pitido monótono de la alarma.

Jamie se precipitó sobre el teclado que había sobre la pared justo al lado de la puerta e introdujo el código de cuatro cifras. «¡Dios mío, que no me haya equivocado! —rezó en silencio mientras las manos le temblaban de tal manera que apenas podía sentir el tacto de las teclas bajo la punta de los dedos—. ¡Que no haya cambiado la clave, por favor, que se pare este ruido infernal!»

Y de repente se hizo un silencio absoluto.

—¡Muy bien, Jamie! —le susurró Brad. La tomó en sus brazos haciéndola girar sobre sí misma, le dio un beso en la mejilla lleno de entusiasmo y la soltó repentinamente haciendo que ella se tambaleara y estuviera a punto de caer sobre el suelo de baldosas—. ¡Eh, cuidado! —dijo Brad agarrándola del brazo para que no chocara con el armario que tenía detrás.

A Jamie el corazón le latía a tal velocidad y con tal violencia que tardó unos segundos en asimilar que habían conseguido entrar sin que los descubrieran: estaban a salvo; no había pasado nada; ahora podían marcharse de allí y nadie se enteraría jamás de nada.

—Brad, salgamos de aquí —le suplicó agarrándolo del brazo.

—Chsss —le respondió él llevándose el dedo a los labios al tiempo que inclinaba la cabeza hacia un lado aguzando el oído.

No se oía ni un ruido en el interior de la casa: ni el sonido amortiguado de pisadas en el piso de arriba ni el susurro de una voz angustiada llamando al 911 para pedir ayuda. Todo parecía estar en calma, como debía ser a las tres de la madrugada. «En mitad de la puñetera noche —estaba pensando ella—, cuando todo el mundo está en la cama durmiendo.»

¿Qué estaban haciendo allí? ¿Cómo hemos llegado a esto?

¿Era realmente posible que Laura Dennison no se hubiera despertado con el pitido horrible de la alarma? ¿No estaría espiándolos desde su ventana sujetando el móvil con fuerza mientras daba a la policía una descripción detallada del Thunderbird azul aparcado enfrente de su casa? «Mi ex nuera tenía un coche exactamente igual» Era imposible que no se hubiera despertado. Aunque la verdad es que siempre la había sorprendido lo profundamente que dormía aquella mujer. ¡Cuántas veces la había oído Jamie presumir de que en cuanto ponía la cabeza en la almohada se quedaba «como un tronco»? No, ella no necesitaba pastillas para dormir, había declarado con orgullo una vez que Jamie se había quejado de que no dormía bien y le había preguntado si no tendría un Tylenol. La señora Dennison dormía con la puerta cerrada, recordó Jamie, ése era el único momento en que estaba permitido cerrar las puertas en aquella casa. Así que, en efecto, era perfectamente posible que no hubiera oído el pitido de aviso de la alarma.

O tal vez no estaba en casa, pensó Jamie esperanzada. Quizá se había ido de vacaciones con Mark o con alguna de las amigas con las que jugaba al *bridge*, igual hasta se habían ido todas a alguna parte: siempre estaban hablando de hacer un viaje juntas algún día, de ir a algún torneo de *bridge* para conseguir unos cuantos «puntos máster» —a saber lo que eran—, así que tal vez lo habían hecho por fin, la casa estaba vacía y ella no tenía de qué preocuparse: la malvada bruja había subido a su escoba y se había marchado volando rumbo a lugares —y manos de *bridge*— lejanos.

Sólo que no era el caso.

Porque de haber sido así, ¿quién era la mujer que Jamie había visto de pie junto a la ventana del dormitorio cuando habían pasado antes por allí aquella misma noche? No, ¡vaya si estaba allí la señora Dennison! Jamie podía detectar su presencia en el ambiente enrarecido; el veneno le inundaba la nariz y los pulmones haciendo que cada respiración le resultara no sólo dolorosa, sino también arriesgada. Brad le tiró de la mano suavemente para que entrara por más que ella seguía inclinando el cuerpo en dirección contraria, hacia la salida.

—Brad —comenzó a decir Jamie cuando él le soltó la mano repentinamente y se apartó de ella.

Lo vio subir corriendo los tres peldaños enmoquetados que conducían a la planta baja de la casa. «Sin miedo ninguno», estaba pensando ella, y al instante estaba corriendo detrás de él.

Pese a la oscuridad, Jamie era capaz de reconocer todos los muebles del cuarto de estar. Ahí estaba el horroroso sofá tapizado en rosa y blanco justo enfrente del ventanal con cortinas a juego, los sillones de orejas con tapicería a rayas verdes y blancas a ambos lados del sofá y, justo enfrente de éste, la mesita de madera clara de pino. Una inmensa chimenea de ladrillo ocupaba la mayor parte de la pared del otro lado, y delante de ella seguían las dos sillas estilo reina Ana con tapicería bordada color verde oscuro. El pequeño piano de cola negro continuaba arrinconado en una esquina mirando hacia el centro de la habitación. Hasta donde Jamie sabía, nadie lo había tocado jamás, al igual que nadie había usado nunca el precioso ajedrez de marfil importado de Italia que había sobre la mesita de pino ni los candelabros de bronce colocados sobre el tapete junto a un frutero de cristal con vetas rosas y unos cuantos marcos con fotos de madre e hijo. Las paredes eran de color blanco como la alfombra. Los dos únicos cuadros que contenía la habitación eran dos paisajes anodinos, colgados uno a cada lado de la chimenea. Había orquídeas artificiales de seda rosa y morada por todas partes. La señora Dennison presumía con frecuencia de que era imposible distinguirlas de las naturales.

—Brad, salgamos de aquí.

—Una alfombra blanca —comentó Brad como si no la hubiera oído—: muy valiente o muy estúpido.

Se sacudió el barro de los zapatos sobre la alfombra de manera lenta y deliberada.

—Brad, no hagas eso.

—¿Por qué no?

—Porque se dará cuenta de que ha entrado alguien.

—*Ha* entrado alguien.

—Ya lo sé, pero…

—Pásame uno de ésos —dijo él señalando hacia el tapete.

—¿Un qué?

—Uno de esos candelabros.

—Pero ¿para qué?

—Tengo una idea.

—Y ¿qué idea si puede saberse?

Jamie cerró los ojos con un gesto de dolor al oír el eco de su propia voz retumbándole en los oídos como un grito. Su ex suegra podría tener el sueño muy profundo, pero todo tenía un límite. Cuanto menos hablaran, mejor. Cuanto antes salieran de allí, mejor.

—Fíate de mí —le dijo él.

Pese a no tenerlas todas consigo, Jamie cogió uno de los candelabros del tapete. Pesaba más de lo que se esperaba y casi se le escurrió de las manos.

—¡Cuidado! —le advirtió Brad.

Jamie lo agarró con más fuerza.

—¿Qué vas a hacer?

—Ponlo ahí —dijo él señalando el piano.

—¿Para qué?

—Tú hazlo.

—No entiendo nada.

—Ponlo encima del piano. Sí, ahí —dijo él cuando Jamie posó el candelabro sobre la tapa cerrada del piano color ébano—. Ese loro viejo se pasará días preguntándose cómo ha llegado hasta ahí —añadió Brad respondiendo así a la pregunta de ella.

—Lo más seguro es que le eche la culpa a la señora de la limpieza —le contestó Jamie que estaba empezando a sentirse culpable.

—¿A dónde se va por aquí?

—Brad, no, mejor que...

Pero Brad ya estaba empujando la puerta del comedor.

La estancia rectangular estaba presidida por una mesa de estilo clásico de madera de nogal en torno a la que había ocho sillas de respaldo alto tapizadas en cuero rojo. Contra una de las paredes había un gran aparador de nogal a juego que contenía una cara vajilla de porcelana y cristalería fina. Brad miró distraídamente en dirección al aparador y luego abrió una puerta de vaivén que llevaba a la cocina.

—Tengo sed —dijo dirigiéndose hacia la nevera.

Jamie lo siguió mirando hacia atrás por encima del hombro.

—Brad, en serio, de verdad que creo que tenemos que marcharnos ahora mismo.

—Me vendría muy bien un vaso de leche.

—¿*Leche*?

Él abrió la puerta de la nevera, se agachó y empezó a inspeccionar el contenido de la misma.

—¡Vamos a ver!: hay zumo de naranja, huevos, zumo de arándanos, un plato de espaguetis que ha sobrado...

Gracias a la blanca luz que salía de la nevera Jamie pudo ver que Brad llevaba puestos unos guantes de látex.

—¿Te has puesto guantes? —le preguntó incrédula.

Él cogió un cartón de leche semidesnatada —dos por ciento de grasa— del estante de arriba.

—¿Dónde guardará los vasos? —preguntó ignorando la pregunta.

—¿De dónde has sacado esos guantes? —insistió Jamie.

Brad hizo un gesto con los hombros, como si la pregunta fuera irrelevante y carente de toda importancia.

—¿Los vasos? —le preguntó mientras abría el armario que tenía más cerca.

—Allí —le indicó Jamie señalándole el armario de su derecha, justo encima de los fogones—. Brad, ¿qué haces?

—Tomarme un vaso de leche. —Sacó un vaso del armario y lo llenó hasta arriba—. ¿Tú no quieres?

—Lo que quiero es salir de aquí.

—Y saldremos, pero déjame que me acabe la leche.

Se la bebió de un trago y dejó el vaso en el fregadero.

¿Qué coño estaba pasando? ¿Qué se proponía Brad? ¿Por qué llevaba guantes?

—Brad, esto no me gusta nada. Me marcho.

Inmediatamente Brad estaba a su lado, tomándola en sus brazos para besarla. Sus labios sabían a leche.

—No —le susurró él—, no te puedes marchar todavía, aún no. —Sus manos se deslizaron hasta agarrarle los muslos y la atrajo hacia él—. La diversión no ha hecho más que empezar.

A Jamie le daba vueltas la cabeza. Tan sólo hacía unos días no era más que una chica normal con un trabajo aburrido y monótono que tenía la típica aventura con un hombre casado. Y entonces, los acontecimientos se habían sucedido precipitadamente: había ligado con un atractivo desconocido en un bar, se había despedido del trabajo y se había lanzado a la carretera. Y ahora andaba por ahí haciendo el amor en baños públicos y entrando en casas ajenas; en algún punto de la interestatal, Jamie Kellogg —hija de Anne, hermana de Cynthia; ¡por Dios!: jueza y abogada respectivamente— se había perdido. Ya no tenía la menor idea de quién era ni de lo que hacía; era casi como si una fuerza desconocida se hubiera apoderado de su cuerpo y tomado el control de su mente.

«No —oyó decir a su madre—, no saldrás de todo esto tan fácilmente.»

«¿Cuándo dejarás de hacer el tonto y empezarás a asumir tus responsabilidades?», oyó que le preguntaba su hermana.

Jamie se tapó las orejas con las manos.

—Brad, quiero marcharme. Por favor. Estoy cansada.

—¿Mi chica está cansada?

—Agotada.

—De acuerdo.

—¿De acuerdo? ¿Nos vamos?

—En seguida, en cuanto tengamos lo que hemos venido a buscar.

Él se apartó y la dejó de pie allí sola para volver al comedor. Jamie lo siguió inmediatamente.

—Brad, por favor. Estoy un poco mareada...

—Es sólo el pánico escénico. —Él ya había pasado por el comedor y ahora estaba en mitad del cuarto de estar encaminando sus pasos hacia las escaleras que llevaban a los dormitorios del piso de arriba—. Bueno, está bien, tú no te muevas. Espérame aquí. —Se detuvo al pie de las escaleras—. Pero claro, como no sé dónde guarda los putos pendientes, tendré que registrarlo todo y ¡a saber lo que tardo! Igual se despierta y entonces me cogerán y seguramente me pasaré el resto de mi vida entre rejas. Todo por la mujer que amo —continuó él en tono burlón—. ¡Vamos, Jamie! No querrás que me pase el resto de mi vida en la cárcel, ¿no?

—Yo sólo quiero que nos marchemos antes de que sea demasiado tarde.

—Ya es demasiado tarde —le contestó él subiendo las escaleras de dos en dos.

«Echa a correr —pensó Jamie—, márchate. Sal de ahí ahora que todavía estás a tiempo. Huye antes de que sea demasiado tarde.»

«Ya es demasiado tarde.»

Él se detuvo a esperarla en lo alto de las escaleras atrayéndola con la mirada, igual que un pescador tira del hilo para conseguir una pieza de concurso. Jamie sintió que sus pies echaban a andar mientras subía los peldaños agarrándose con fuerza a la barandilla y dejando las marcas de sus manos sudorosas sobre la madera oscura. «Él lleva puestos guantes de látex —se recordó a sí misma—. ¿Por qué? ¿De dónde los ha sacado? ¿Cuándo los ha comprado? ¿Quién es este hombre? —se preguntó mientras subía las escaleras—. Es el diablo.»

—Y ¿ahora por dónde? —le preguntó el diablo cuando ella llegó arriba.

Jamie miró a su derecha. Podía no estar segura de lo que estaba haciendo ni de cómo se había metido en ese lío, pero había algo sobre lo que no tenía dudas: estaba metida hasta el cuello y a estas alturas lo mejor era seguir y acabar lo antes posible. Cuanto antes encontraran los jodidos pendientes, antes saldrían de allí, y antes volverían a la seguridad de su habitación en el motel, y antes podría ella dormir algo, descansar la cabeza un rato, y antes llegaría la mañana siguiente cuando vería todo con más claridad y decidiría qué hacer. Estaba claro que Brad Fisher no era quien ella creía. Los expertos en informática, los programadores de *software*, los empresarios adinerados no van por el mundo entrando en casas ajenas en plena noche; no saben cómo abrir puertas con tarjetas de crédito; no llevan navajas en el bolsillo ni tienen un par de guantes de látex de repuesto a mano. «¿Quién eres tú? —se preguntó en silencio mientras observaba cómo Brad caminaba por el pasillo de puntillas y se detenía delante de la puerta cerrada del dormitorio de la señora Dennison—. ¿Quién coño eres?»

—¿Vienes o qué? —le preguntó él con la mano ya puesta sobre el pomo de la puerta.

Jamie no se movió.

Brad giró el pomo, empujó la puerta y alargó la mano hacia ella.

Jamie respiró hondo y se obligó a poner un pie delante del otro y seguirlo al interior de la habitación.

Inmediatamente, el olor del perfume de Laura Dennison le invadió la nariz: el horrible aroma empalagoso que olía demasiado a gardenia se abrió paso por su garganta, como si fuera un dedo, y tuvo que toser para no ahogarse.

—Chsss —le advirtió Brad mientras se acercaba de puntillas a la gran cama matrimonial con postes en las esquinas y un dosel lleno de puntillas; luego se detuvo a observar a su ocupante.

La señora Dennison dormía boca arriba, con la cabeza girada hacia la izquierda y la cara prácticamente oculta tras el antifaz negro que le cubría los ojos y casi toda la frente. Pese a la oscuridad, se distinguían claramente las raíces canosas de sus cabellos castaños, más largos de lo que Jamie recordaba. Se quedó mirando a su antigua torturadora y sintió cómo su corazón se llenaba de odio y repulsión hacia ella: «¿Acaso te habría resultado tan difícil ser amable conmigo? —le preguntó en silencio a la mujer que dormía ante ella—. ¿Era realmente necesario que hicieras todo lo posible para portarte mal conmigo y hacerme la vida imposible?»

—¡Menudo loro viejo!, ¿no te parece? —dijo Brad soltando una carcajada burlona.

Al oír su voz, Jamie abrió los ojos como platos aterrorizada y se llevo el dedo índice a los labios para que se callara.

—No pasa nada —le respondió Brad tranquilamente moviendo su mano enguantada en dirección al rostro de Laura Dennison—. ¿Lo ves? Lleva tapones.

—¿Cómo?

—Míralo tú misma.

Brad tenía razón: por las orejas de la mujer asomaban unas esponjitas amarillas. ¡Claro que dormía a pierna suelta!, entre el antifaz y los tapones, no tenía ningún mérito quedarse «como un tronco».

«¡Cuánto te odio», pensó Jamie abrumada por la inesperada intensidad de sus sentimientos.

—¿Crees que duerme desnuda?

Brad ya estaba agarrando las mantas y tirando de ellas para comprobarlo.

—Brad, no hagas eso.

—Sólo una miradita de nada.

—Por favor, podría despertarse…

Pero no se despertó, aunque se movió ligeramente: hubo un pequeño espasmo en su hombro derecho cuando Brad le destapó la cabeza bajándole el grueso edredón hasta el pecho.

—Ya me lo imaginaba yo —dijo con tono burlón al contemplar el camisón azul cielo de manga larga que Laura Dennison llevaba puesto—. Supongo que deberíamos estar agradecidos —dijo soltando otra carcajada.

Jamie se horrorizó al oír su propia risa unirse a la de Brad. «Vieja arpía odiosa, estaba pensando mientras su mente se llenaba de imágenes al recordar los dos años de humillaciones y desprecio, al acordarse de aquella ocasión en que su suegra se había negado a comer más de dos bocados de una cena que ella se había esmerado en preparar y cómo a la mañana siguiente había dicho que incluso esos dos únicos bocados le habían sentado fatal; o la vez que se había «olvidado» oportunamente de presentarla a unos viejos amigos con los que se habían encontrado un día que Jamie la había invitado a comer; la manera en que la miraba sin verla cuando se dignaba dirigirle la palabra; su tono de voz condescendiente; el sutil desprecio velado de sus comentarios; los constantes e implacables intentos de debilitar la posición de Jamie en la familia; la lucha continuada por la atención y el afecto de su hijo; la animosidad creciente; todo ello hasta llegar a la culminación de aquella horrible última noche.

Jamie sacudió la cabeza en un intento de alejar los recuerdos, pero todo el elenco de personajes se había colocado ya en sus respectivas posiciones y la escena se representaba ante sus ojos cansados: en uno más de sus desesperados intentos por salvar su matrimonio, Jamie había invitado a unos amigos de Mark a cenar a su apartamento —Bob y Sharon Lasky, y Pam y Ron Hutchinson—. Por supuesto Mark llegaba tarde porque había parado en casa de su madre primero.

—Traigo una sorpresa —se excusó con sus invitados cuando por fin apareció tranquilamente en el cuarto de estar del apartamento con media hora de retraso—. Una tarta de limón y merengue de las de mi madre.

—¡Lo que más me gusta de este mundo! —dijo Bob.

Jamie sonrió y desterró al congelador la tarta de chocolate que ella había preparado aquella misma tarde, decidida a conceder a su suegra el beneficio de la duda, a demostrar a su marido que era capaz de ceder.

Después de cenar se quedaron charlando un rato y viendo el concurso de Miss América en la tele. Mark hizo un comentario idiota sobre lo mucho que le gustaría salir con una de las concursantes, una abanderada de la paz mundial con melena de leona, grandes pechos, y una sonrisa que le hacía hoyitos en la cara y desvelaba unos dientes perfectos del tamaño de pastillas de chicle.

—¿Me tomas el pelo? —le dijo Pam riéndose—. Pero ¿de qué ibais a hablar?

Mark fingió estar verdaderamente espantado:

—¡No no, no estaba pensando en *hablar* con ella precisamente! —exclamó provocando grandes carcajadas.

—¿Te ha gustado la cena? —le preguntó Jamie más tarde cuando todos se habían marchado a casa y se disponían a meterse en la cama.

Había preparado un pollo con salsa de arándanos y oporto, y todos —Mark incluido— habían repetido.

—No ha estado mal.

—¿No ha estado mal?

—¿Qué es esto, me vas a someter a un interrogatorio hasta que diga el cumplido que quieres oír?

—Es sólo que nunca dices nada.

—Ya te he dicho que no ha estado mal. Y el postre, delicioso —añadió metiéndose en la cama y tirando de la manta hasta taparse los hombros, una clara señal de que no tenía el menor interés en hacer el amor—. Y no dejes de llamar a mi madre para darle las gracias.

—Sabía que yo estaba haciendo pastel de chocolate.

—¿Qué?

—He hablado con ella hoy. Le dije que teníamos invitados a cenar esta noche y que estaba haciendo pastel de chocolate de postre.

—¿Qué estás diciendo?, ¿que lo ha hecho a propósito?

—Y ¿por qué si no iba a hacer un postre cuando sabía perfectamente que ya estaba yo haciendo uno? —insistió Jamie.

—No sé. ¿Por ser amable? ¿Porque sabe que es el favorito de Bob? ¿Porque se imaginó que tú la cagarías?

—Yo no la he cagado.

—Tú siempre la cagas.

—No es justo que me digas eso.

—*No es justo que me digas eso* —repitió él imitándola—. ¿Qué tienes, cinco años? ¡Por Dios, Jamie, ¿es que no oyes las estupideces que dices? —Y de repente, él estaba fuera de la cama, caminando por la habitación arriba y abajo en calzoncillo, que ahora se ponía cada noche para dormir: otra señal de que no tenía el menor interés en hacer el amor—. Mi madre hace ese postre maravilloso, que la mayoría de la gente aceptaría interpretándolo como un gesto amable por su parte, y tú lo ves como un acto de sabotaje. ¡Joder, se desvive por ser cariñosa contigo...!

—Se desvive por hacerme parecer incompetente.

—*Eres* una incompetente —gritó Mark—. Además de una hija de puta desagradecida.

Sus palabras fueron como una bofetada en pleno rostro e hicieron que a Jamie se le saltaran las lágrimas.

Después vinieron más palabras, más acusaciones, más lágrimas. Por fin llegó el silencio misericordioso. Mark acabó vistiéndose, metió algunas cosas en una bolsa de fin de semana y salió del apartamento dando un portazo. No hacía falta preguntarle adónde iba, pensó Jamie lanzándose sobre la cama para dejarse vencer finalmente por un sueño intranquilo.

El ruido de la llave en la cerradura de la puerta de entrada la despertó al cabo de una hora aproximadamente.

—¿Mark? —preguntó sentándose en la cama con los ojos tan hinchados por el llanto que casi no podía abrirlos.

Sin pronunciar una palabra, Laura Dennison entró en el dormitorio y encendió la luz.

—He venido a buscar mis joyas —dijo como si fuera lo más natural del mundo.

Jamie no podía creer lo que oía. Debía de estar soñando, pensó pellizcándose por debajo de las mantas.

—¿Cómo?

—La alianza, la pulsera, los pendientes —enumeró la señora Dennison.

—Sin duda esto puede esperar hasta mañana por la mañana.

—Preferiría arreglar este asunto ahora si no te importa.

—Pues *sí* que me importa.

—Son joyas de familia, como bien sabes. Te demandaré si intentas quedártelas.

Aturdida por la ira, la fatiga y la incredulidad, Jamie salió de la cama y se quitó la alianza mientras caminaba hacia el tocador. Sin saber qué decir, la dejó caer en la mano abierta que le tendía su suegra junto con la pulsera y los pendientes de oro y perlas que había llevado puestos esa misma noche. «*Sí* que me importa», repitió en silencio mientras su suegra se metía las joyas en el bolso y salía de la habitación con paso decidido.

—Me importa muchísimo —dijo con voz audible esta vez mientras contemplaba a aquella mujer odiosa dormida en la cama frente a ella—. Los pendientes están en su tocador —le dijo a Brad—, en el cajón de arriba, al fondo.

Capítulo 18

Brad atravesó la mullida alfombra blanca hasta llegar al tocador en una única y grácil zancada: «Igual que un bailarín», pensó Jamie. Daba la impresión de que se había pasado la vida entrando en casas ajenas mientras sus dueños dormían, de que curiosear entre las cosas de los demás y robarles sus objetos más preciados era algo que le resultaba totalmente familiar, gajes del oficio; estaba demasiado cómodo con la situación, pensó ella mientras contemplaba a Brad agarrar el tirador de hierro del primer cajón del tocador de madera pulida y abrirlo exponiendo su contenido al escrutinio de la noche; de la misma manera que había dado la impresión de estar demasiado cómodo en Tifton mientras empuñaba una navaja.

Los ojos de Jamie se habían ido acostumbrando poco a poco a la oscuridad y ahora era capaz de distinguir sin problema hasta el más mínimo detalle de la habitación: el sinfín de botellas de perfume de distintas formas colocadas en fila sobre el tocador; las letras plateadas del título del libro que había sobre la mesita de noche; las pequeñas grietas del papel en tonos azul pálido y blanco, entre el marco de la puerta y el techo. Pero quizá tan sólo estaba recordando este último detalle. No estaba segura: se había esforzado tanto por olvidar todo lo que tuviera que ver con el tiempo que había pasado en esa casa...

Y ahora allí estaba ella, de vuelta en mitad de todo aquello.

¿Y en mitad de qué más? ¿En qué otra ratonera se había metido?

A su lado, la señora Dennison rebulló entre las sábanas y emitió un leve sonido, como si masticara. Por un instante Jamie temió que estuviera a punto de despertarse, como si la madre naturaleza le estuviera haciendo las veces de despertador en mitad de la noche. Pero únicamente se dio la vuelta hacia el otro lado de la cama quedando sobre su costado izquierdo y, con un movimiento reflejo del brazo derecho, se tapó los hombros de nuevo. ¿Qué se suponía que debía hacer si la señora Dennison se despertaba ahora? ¿No estaría ya despierta tal vez? Quizá fingía estar durmiendo.

—Te gustaría matarla, ¿a que sí? —dijo Brad que seguía junto al tocador con las manos rebosantes de objetos personales de la mujer escurriéndosele entre los dedos.

—¿Qué? ¡No, por supuesto que no!

De repente un reguero de sudor se materializó en la frente de Jamie, como si le hubiera subido la fiebre de improviso. Estaba pensando en la navaja que llevaba Brad en el bolsillo.

—¡Joder que no! —le respondió él—. Pero si lo llevas escrito en la cara —dijo soltando una carcajada—. El odio que sientes por esta mujer es tan grande que hasta brillas en la oscuridad. —Volvió a reírse, pero esta vez era una risa silenciosa.

Jamie estaba a punto de protestar pero enmudeció al darse cuenta de que llevaba razón: en efecto, odiaba a Laura Dennison.

—Podrías hacerlo, ¿sabes? —susurró Brad con voz aterciopelada—. Basta con que agarres la almohada que está al lado de su cabeza y la aprietes contra su cara durante un par de minutos. ¡Sería tan fácil!

Jamie miró a su ex suegra. ¿De verdad estaba Brad animándola a cometer un asesinato? ¿Le habría cortado el cuello a aquel muchacho? «No seas ridícula», se dijo a sí misma obligándose a apartar de su mente aquella idea descabellada.

—Cojamos esos pendientes de una vez y salgamos de aquí.

Brad dejó caer la ropa interior de la señora Dennison sobre la mesa del tocador mientras pasaba la mano por el interior del cajón sin hacer el menor ruido.

—Aquí no hay nada.

—¿No hay un joyero?

—Compruébalo tú si quieres.

Jamie se acercó de puntillas hasta donde estaba él, sabiendo incluso antes de meter la mano en el cajón que no encontraría nada.

—Lo debe de haber cambiado de sitio —murmuró sintiendo cómo crecía en su interior el odio que sentía por aquella mujer que dormía en la cama.

«No ibas a permitir que nada resultara fácil, ¿eh?», estaba pensando mientras volvía a colocar la ropa interior en su sitio. En silencio, buscó en el segundo cajón, y en el tercero y tampoco encontró nada.

—Bueno, está visto que no está aquí —anunció—. Y ahora, vámonos.

—No, tiene que estar en algún sitio. ¿Dónde crees que puede haberlo puesto?

—No lo sé. Me va a estallar la cabeza; creo que voy a vomitar. —Jamie salió corriendo en dirección al baño, siendo repentinamente consciente de las señales que le enviaba su cuerpo: «Has alargado tu visita mucho más de lo que exige la buena educación —le decía su organismo—, estás tentando a la suerte, haciendo oposiciones al desastre».

Sal de ahí ahora que todavía estás a tiempo.

Los brazos de Brad la rodearon inmediatamente, su voz suave le susurraba palabras al oído, diciéndole que mantuviera la calma, que respirara hondo, que se controlara.

—Voy a vomitar —repitió Jamie con seguridad, sintiendo que la bilis le llegaba a la garganta. Se liberó del abrazo de Brad y entró apresuradamente en el baño contiguo al dormitorio; cerró la puerta tras de sí y encendió la luz; la claridad que emanaba de la hilera de ocho bombillas que había sobre el gran espejo rectangular la cegó por un instante.

—¡Dios! —gimió dirigiéndose a la aterrorizada joven jadeante que veía atrapada en el espejo—. ¿Qué coño estás haciendo?

Y entonces lo vio: el joyero de esmalte rojo forrado de marfil que contenía las «joyas de la familia». Estaba sobre la encimera del lavabo, a un costado, junto a una multitud de cremas antiarrugas e hidratantes carísimas. Al otro lado del lavabo había un gran bote de laca que recordaba a un centinela montando guardia, y junto a él un cuenco de cristal con algodones. Una colección impresionante de brochas, maquillajes, coloretes y pintalabios ocupaba el resto del espacio. Curioso viniendo de una mujer que solía criticarla a ella por ponerse un poco de rímel.

—Vieja cacatúa envidiosa —murmuró Jamie; ya no tenía ganas de vomitar. Entreabrió la puerta un poco estremeciéndose al ver cómo el haz de luz que escapaba del baño hacia el dormitorio atravesaba el rostro de la señora Dennison, como si fuera la hoja de la navaja de Brad.

—Brad —susurró—, está aquí. Lo he encontrado.

No hubo respuesta.

Jamie volvió al dormitorio cerrando la puerta del baño a sus espaldas; sus ojos se volvieron a adaptar a la oscuridad rápidamente.

—¿Brad?

¿Se estaba escondiendo? Se preparó para una de sus apariciones repentinas, subiendo los hombros en un gesto involuntario que se anticipaba al sobresalto que sentiría cuando él se materializara detrás de ella pasándole los dedos por el pelo, como salido de la nada. Pero nadie saltó sobre ella y el único sonido que oyó fue la respiración acompasada de la señora Dennison.

¿Dónde se había metido?

Oyó un ruido y se quedó paralizada en el sitio; tenía la impresión de que la señora Dennison había salido de la cama y se acercaba a ella por detrás. ¡Dios del cielo! ¿Qué iba a decirle a aquella mujer? ¿Cómo podía siquiera empezar a explicar lo que estaba haciendo allí? Pero cuando se volvió para mirar a la cama vio que su ex suegra seguía durmiendo profundamente. Se dio la vuelta en el preciso instante en que Brad aparecía por la puerta.

—¿Dónde coño te habías metido? —le preguntó furiosa.

—Chsss —le advirtió él entrando de nuevo en la habitación y señalando con la cabeza a la mujer dormida.

—¿Dónde habías ido?

Él se encogió de hombros y levantó en alto el largo candelabro de bronce que llevaba escondido a la espalda.

—Se me ocurrió que podíamos divertirnos un rato.

—¿Divertirnos? Pero ¿de qué estás hablando?

Brad dejó el candelabro en el tocador.

—Cuando lo vea ahí mañana al despertarse le va a dar un ataque.

—Sí, y eso además disipará cualquier duda sobre si alguien ha estado en la casa. Se dará cuenta de que le han robado los pendientes.

—¿Los has encontrado? —preguntó Brad sonriendo con anticipación.

Jamie miró hacia el baño.

—¿Ahí dentro?

Él ya había llegado hasta el cuarto de baño y estaba abriendo la puerta.

La luz inundó el dormitorio.

—¡Brad, por el amor de Dios, cierra la puerta!

—¡Deja ya de preocuparte! —le dijo él dejándola abierta—. El Zorro está durmiendo a pierna suelta. ¿Dónde están los pendientes?

Jamie corrió al baño y cerró la puerta deliberadamente, cogió el joyero de esmalte y levantó la tapa.

—¡Vaya vaya! —dijo Brad soltando un silbido grave—, ¡menudo regalo para los ojos!, ¿no te parece? —añadió con un fuerte acento sureño.

«"Menudo regalo para los ojos"… —repitió Jamie en silencio—. Y… ¿De dónde ha sacado ese acento?» ¿En qué momento había sido sustituido el sofisticado programador informático y diseñador de *software* con el que había emprendido viaje por un muchachote del sur? Se obligó a fijar la vista en la pequeña pero impresionante colección de joyas que había en la caja: varias pulseras de oro, un collar finísimo de diminutas flores hechas con diamantes engarzados, un anillo con un zafiro estrella, unos pendientitos de bola de diamantes, unos aros de plata, los pendientes de oro y perlas, una ancha alianza antigua de oro… Su alianza, se sorprendió pensando, sus pendientes de oro y perlas.

—Cógelos —dijo Brad como si viera los pensamientos de Jamie en letras fluorescentes pasando por un panelito luminoso que ella tuviera sobre la frente—, son tuyos.

Con mano temblorosa, Jamie cogió los pendientes del joyero y dejó la caja sobre la encimera. ¡Pero por Dios santo!, ¿qué estaba haciendo?

—Póntelos —le ordenó Brad.

Jamie se apartó el cabello hacia atrás, pasó el enganche de uno y luego otro a través de los diminutos agujeros de sus orejas, y se quedó contemplando el resultado en el espejo.

—Ya están de vuelta en su sitio —dijo él y Jamie no pudo evitar esbozar una sonrisa.

Brad tenía razón: los pendientes *estaban* de vuelta en su sitio. Había pagado por esos pendientes con dos años de su vida. Se había ganado el derecho a llevarlos puestos.

—Te quedan bien. —Se le acercó y la besó en el cuello abrazándola por detrás a la altura de las costillas—, estás preciosa.

Sí, en efecto, *estaba* preciosa, pensó Jamie. La pobre muchachita triste que llevaba su miedo siempre encima como un velo había desaparecido, y en su lugar había ahora una joven segura de sí misma con unos pendientes de oro y perlas en las orejas.

—Deberíamos irnos.

—¿No irás a dejar esos diamantes aquí?

—Ésos no eran míos —respondió Jamie.

—Ahora sí que lo son. —Brad le puso los pendientitos de bola de diamantes en la mano.

—No, no puedo. No los quiero.

—¡Claro que los quieres!

El tacto de las piedras sobre su piel era misteriosamente cálido; sentía que casi le agujereaban la carne, como si fueran dos diminutas gotas de ácido, y los devolvió al joyero inmediatamente.

—No, no. Por favor, vámomos.

Brad se encogió de hombros.

—Está bien, si es eso lo que quieres…

—Eso es lo que quiero.

Jamie empezó a caminar hacia la puerta pero se volvió un instante, justo a tiempo para ver que Brad se metía algo en el bolsillo, así que apagó la luz rápidamente para no ver más.

—Buenas noches, señora Dennison —murmuró Brad cuando pasó al lado de la cama—, que duerma bien, vieja hija de puta.

«Se ha apropiado de mi furia como si le perteneciera», pensó Jamie preguntándose por qué y dándose cuenta de que, en otras circunstancias, se habría sentido halagada. Salió al pasillo sintiendo cómo el alivio luchaba por sustituir al miedo en su interior para permitirle respirar de nuevo. Un minuto más y estarían fuera de aquella casa, podrían considerar este episodio de Bonnie y Clyde como agua pasada y volver a ser ellos mismos.

Sólo que, ¿quiénes eran en realidad?

¿Quién era *ella*?

—Enséñame tu antiguo dormitorio —dijo Brad de repente haciéndola sentir como si le hubieran echado un jarro de agua fría por la cabeza.

—¿Cómo?

—Enséñame tu antiguo dormitorio —repitió él cogiéndola del brazo.

—No, vámonos ya.

—No hasta que no me enseñes tu habitación. —Se dejó caer como un fardo en mitad de la moqueta beige del pasillo y cruzó las piernas al estilo indio.

—Pero ¿qué haces? Levántate, ¡por el amor de Dios!

—No si no me prometes que me enseñarás tu habitación.

—Es sólo una habitación —insistió Jamie, pero resultaba evidente que él no tenía la menor intención de moverse hasta no conseguir lo que quería, así que al final accedió—: Está bien, está bien, te la enseñaré.

Inmediatamente, Brad se levantó y la siguió por el pasillo con una sonrisa de oreja a oreja en los labios.

«Todo esto no es más que un juego para él —se dio cuenta Jamie—, se lo está pasando en grande.»

—¿Te parece todo muy divertido, eh? —le preguntó incrédula deteniéndose a la puerta de su antiguo dormitorio.

—Y a ti ¿no? —Brad entró en la habitación.

—No, lo único que quiero es salir de aquí cuanto antes.

—¡Venga ya, Jamie! ¡Nos estamos echando unas risas, reconócelo! —Le cogió la mano tirando para que lo siguiera y se detuvo a los pies de la cama matrimonial—. ¿Es aquí donde solías hacerlo con él? —Se tiró sobre la mullida cama cubierta con una colcha en tonos negros y marrones.

Jamie se hubiera reído de no haberle faltado el aliento.

—Sí, bueno —dijo con sarcasmo mientras paseaba la mirada por la habitación.

En realidad era el cuarto de un crío: con voluminosos muebles de madera oscura, las paredes pintadas de un aburrido beige claro y la alfombra de un tono crema ligeramente más oscuro, el estéreo colocado contra una de las paredes, y la gran pantalla plana de televisión en la pared que quedaba enfrente de la cama. Ni rastro de nada que fuera meramente decorativo, ningún toque personal a la vista. Ella había tratado de darle algo de carácter comprando una reproducción de Klimt en una tienda buena de carteles. Nunca había estudiado arte, pero era un cuadro de una joven pareja apasionada y tierna a la vez que confiaba en que inspiraría sentimientos similares en su propio matrimonio, así que lo colgó sobre la cama. «¿Es bonito, no te parece», le había preguntado a su marido; él dijo que sí con la cabeza pero al día siguiente, el póster había desaparecido.

—Ven a sentarte a mi lado —dijo Brad dulcemente.

Jamie negó con la cabeza. Estaba deseando que se marcharan y ver aquella habitación de nuevo le revolvía el estómago por culpa de los recuerdos que le traía: las incontables ocasiones en que, en medio de la oscuridad, había tratado de acercarse a su marido y él la había rechazado; las noches que se había pasado llorando hasta quedarse dormida; las mañanas en que se había despertado para encontrarse con que él ya había desayunado con su madre. ¿Realmente resultaba tan imposible amarla, era tan poco digna de la más leve muestra de afecto?

Brad dio unas palmaditas sobre la cama, justo al lado de donde él estaba sentado.

—¡Venga, Jamie, ven a sentarte conmigo!

A Jamie se le llenaron los ojos de lágrimas al tiempo que permitía que la ternura que rezumaba la voz de Brad la sedujera. Se dejó caer en la cama sentándose a su lado, sintió cómo le pasaba el brazo por los hombros y la atraía hacia él, cómo la besaba en la frente y le cogía las manos.

—Pobre Jamie —dijo mientras ella hundía la cara en su pecho, llorando hasta empaparle la camiseta negra—. Pobre señorita Jamie.

Y entonces empezó a besarle el pelo, las sienes, la frente y los párpados, la nariz, las mejillas y por fin la boca; sus besos se hicieron más urgentes más persistentes; sus manos abandonaron las de Jamie para recorrerle los senos. Pero ¿qué estaba haciendo Brad? ¿Qué estaba haciendo *ella*?

—Brad, no, no hagas eso.

—No pasa nada Jamie, relájate.

—¡No! Pero ¿qué estás haciendo?

—Ya sabes lo que estoy haciendo. —Le puso una mano entre las piernas.

—No, para.

—¿Por qué?

—¿Por qué? *¿Por qué?* Porque no está bien.

—Pues yo no veo que tenga nada de malo.

Jamie lo empujó tratando de que se apartara, pero sus brazos la apresaban como tentáculos; su boca era como un insecto impertinente que se negaba a volar hacia otro lado.

—No podemos hacerlo aquí.

—Claro que podemos.

—No, ¿y si nos oye?, ¿y si se despierta?

—No se va a despertar, no si dejamos de hacer tanto ruido. —Le estaba levantando la camiseta, tirando de sus pantalones.

—Brad, basta ya.

—Dime lo que hacías con él en esta cama, Jamie —le contestó él ignorando sus protestas.

—Brad, no me gusta nada todo esto, quiero que pares.

—No, no quieres. Esto te está gustando tanto como a mí. —La empujó sobre la cama y se sentó a horcajadas sobre ella sujetándole los brazos por encima de la cabeza—. Dime si se la chupaste.

Jamie negó con la cabeza, debatiéndose entre si debía ponerse a chillar o dejarse hacer. ¡Dios mío, ¿cómo había podido meterse en semejante lío? «Si me sacas de esta sana y salva —se puso a rezar—, te prometo que nunca volveré a hacer ninguna estupidez más.»

—Dime si se la chupaste —repitió Brad subiéndole la camiseta por encima de los pechos y besándole los pezones.

—Se la chupé —dijo Jamie obedientemente con la esperanza de que eso sería suficiente para contentarlo y conseguir que se apartara.

El tacto de la lengua de Brad sobre su piel estaba empezando a provocarle náuseas. Por segunda vez esa noche, sintió que estaba a punto de vomitar.

—Y ¿le gustó?

—No lo creo, no.

—Pero a ti sí te gustó hacérselo, ¿a que sí?

Brad le bajó la cremallera de los vaqueros, le bajó los pantalones por debajo de las caderas y hundió varios dedos dentro de ella rápidamente; Jamie dejó escapar un grito porque le hizo daño.

—Chsss —le advirtió él hundiendo los dedos aún más—. Esto te gusta, ¿a que sí?

—No, no me gusta —dijo ella completamente en serio, llorando.

—Seguro que sí, te conozco: te va el rollo sucio y salvaje.

—No, no me va en absoluto, para por favor.

Oyó cómo él se abría la bragueta y notó que se tiraba de los pantalones.

—Te gusta el peligro, reconócelo. Te encantó lo de la otra noche en el aparcamiento, ¿verdad que sí?: esos tíos comiéndote con los ojos... —Sacó los dedos y la penetró con una arremetida implacable mientras le susurraba al oído—: Te encanta el riesgo de que nos descubran, te encanta hacerlo en esta cama, te encanta dejar tu olor y tus fluidos en esta colcha. Te vuelve loca imaginarte a ese loro viejo entrando aquí mañana, olfateando el aire y diciendo: «¿A qué huele aquí?» —Brad soltó una carcajada—. ¡Eh, señorita Jamie! —le dijo mientras la montaba. «SALVA UN CABALLO, MONTA UN VAQUERO», pensó ella al tiempo que una nueva oleada de lágrimas le anegaba los ojos—. ¿Crees que todavía se acuerda de a qué huele el sexo?

Jamie volvió la cara hacia un lado, cerró los ojos y trató de imaginarse que estaba en una playa perdida, enterrada en arena hasta la barbilla, que no sentía nada del cuello para abajo, pero cada vez que intentaba convencerse a sí misma de que aquello no estaba pasando en realidad, Brad incrementaba el ritmo de sus embestidas, la ferocidad de sus asaltos, y ella se veía obligada a reconocer la verdadera situación: estaba en la casa de su exsuegra, en la cama de su ex marido, y la estaba violando un hombre con el que había huido voluntariamente hacía solamente unos días, un hombre con el que había hecho el amor en todas las posturas imaginables en todos los lugares posibles, un hombre del que, de hecho, había creído que podría estar enamorándose. Sería gracioso si no fuera tan patético. «Tan *jodidamente* patético», pensó mientras la boca de Brad volvía a recorrerle los pechos. Le mordió un pezón y ella gritó.

—¿Estás preparada? —le preguntó él como si, erróneamente, interpretara su dolor como pasión.

¿Era posible? ¿De verdad pensaba que ella estaba disfrutando?

Jamie contuvo la respiración cuando Brad se retiró bruscamente, le dio la vuelta dejándola tendida boca abajo, le separó los glúteos con los dedos y la penetró a la fuerza desgarrándola por dentro, abriendo tras de sí una sima que le llegó a Jamie hasta el corazón: sintió como si la rasgaran en dos, como si alguien hubiera encendido una antorcha en su interior y el fuego recorriera sus entrañas con furia abrasándolo todo a su paso. El dolor era tan insoportable que tuvo que morder la colcha para acallar sus propios gritos.

Y entonces de repente, él se dejó caer sobre ella exhausto, riéndose satisfecho.

—La culpa es tuya por tener un culo tan irresistible —le dijo al tiempo que salía de ella dándole una palmadita en el trasero. Las puntas de sus dedos eran como látigos sobre la piel de Jamie y ella lanzó un gemido—. ¡Eh, Jamie, ¿estás bien?, no me di cuenta que estaba entrando en territorio virgen.

Jamie no dijo nada, se quedó allí tendida sobre la colcha negra y marrón, incapaz de moverse.

—La culpa es tuya, ¿sabes?, por ser tan jodidamente sexy —continuó Brad mientras se subía la bragueta y se colocaba la ropa—. Me vuelves loco, ¿sabías que me vuelves loco?

«La culpa es mía», repitió Jamie en silencio.

—¡Vamos, señorita Jamie, será mejor que te levantes y te vistas. Ya llevamos mucho tiempo aquí dentro!

Jamie se levantó de la cama como pudo, pero se le doblaron las piernas cuando trató de ponerse en pie, así que se quedó acurrucada en el suelo, paralizada.

—¡Dios mío! —sollozó.

—¡Ten cuidado, señorita Jamie, no querrás manchar de sangre la alfombra!

«¿Sangre? —pensó Jamie—, ¿estaba sangrando?»

—Ya te limpiaremos en el motel —estaba diciendo Brad mientras tiraba de ella hasta ponerla de pie y le subía los pantalones y la bragueta al ver que los dedos de ella se negaban a moverse—. ¡Vamos, salgamos de aquí!

Ya iban por mitad de la escalera cuando oyeron unos pasos en el piso de arriba y al mirar hacia atrás vieron que había luz en la habitación de la señora Dennison.

—¡Dios mío!

—¿Mark? ¿Eres tú? —llamó la señora Dennison alzando la voz cautelosa y encendiendo la luz del pasillo de arriba en el momento en que Brad y Jamie llegaban al pie de las escaleras; y entonces dijo—: ¿Jamie?

Jamie se quedó inmóvil, como si hubiera quedado atrapada en una red gigantesca que acababa de descender sobre su cabeza por sorpresa.

—¿Jamie, eres tú?

—Lárgate —le gritó Brad provocando en ella una reacción inmediata.

Jamie abrió precipitadamente la puerta de la calle y salió corriendo hacia la oscuridad sin detenerse ni volver la vista atrás ni una sola vez.

Sólo cuando estaba vomitando en la acera junto al coche se dio cuenta de que Brad no estaba a su lado. Miró hacia atrás en el momento en que la luz del dormitorio de Laura Dennison se apagaba.

Capítulo 19

Al principio, Emma no sabía qué hacer con su flamante libertad. ¡Hacía tanto que no tenía un domingo entero para ella sola! Cuando Lily sugirió la idea de sacar a los niños por ahí a pasar el día —tortitas para desayunar en la International House of Pancakes, seguidas de una visita al Art Institute, luego a comer a McDonald's y para acabar, una película en el cine—, lo primero que dijo fue que no: le disgustaba la comida basura casi tanto como las galerías de arte, y la idea de sentarse en una sala de cine con un montón de niños escandalosos de cinco años no le resultaba atractiva en absoluto; pero, ¿cómo iba a negarse cuando Dylan la estaba mirando de hito en hito con esos inmensos ojos anhelantes y Lily le estaba dedicando una de sus dulces sonrisas?

—¡Es que tengo tanto que hacer! —objetó haciendo que las facciones del rostro de Dylan se tiñeran de decepción y se le llenaran los ojos de lágrimas. «Por no hablar de que estoy sin blanca», evitó añadir. La idea de malgastar el *poco* dinero que le quedaba haciendo algo con lo que no disfrutaría...

—¡Ay, pero tú no tienes que venir! —la tranquilizó Lily con voz animada, como si ya se esperara la reacción de Emma—. Deja que yo me lleve a los niños. Considéralo un regalo que te hago.

—No, no, eso no puedo permitirlo. —Las protestas de Emma sonaban huecas, hasta en los oídos de la propia Emma.

—Pero ¡por supuesto que sí puedes! Tú te quedaste con Michael ayer por la noche, hoy me toca a mí.

—Bueno, si no te causa demasiado problema...

—Yo quiero que tú vengas también, mamá —interrumpió Dylan.

—Yo no puedo, cielo, tengo demasiadas cosas que hacer.

—Y ¿qué tienes que hacer?

—¡Uy, un montón de cosas! —Emma se arrodilló junto a su hijo—. Pero eliges tú, cariño: puedes pasar el día con Michael y su madre, ir con ellos al cine y hacer todas esas otras cosas divertidas, o si no, puedes quedarte conmigo haciendo recados y todas esas cosas aburridas. Lo que tú quieras.

«¡Menudo dilema!», pensó para sus adentros con sarcasmo, rezando para que Dylan no pensara lo mismo.

—Yo quiero que tú vengas también —le respondió el niño como si no hubiera escuchado una sola palabra de lo que le había dicho.

—Pero esa no es una opción.

—¿Qué es una opción?

—Quiere decir que o vas con Lily y Michael o te quedas en casa conmigo.

A Dylan no le gustó nada su definición de «opción» y se pasaron los cinco minutos que siguieron dándole vueltas al tema sin llegar a nada pero, al final, el niño tomó la única decisión sensata posible y se marchó con Lily y su hijo a desayunar a la International House of Pancakes.

—Te lo traeré de vuelta alrededor de las cinco —le prometió Lily mientras Emma observaba cómo su hijo desaparecía calle abajo con sus nuevos amigos.

Considerando que lo había tenido atado muy en corto durante el último año, Emma se sorprendió de la facilidad, casi el entusiasmo, con que había dejado que se marchara. Pero Lily era tan dulce y tan de fiar que Emma no podía ni imaginar que a su hijo pudiera pasarle nada malo estando con ella. Lily cuidaría de Dylan como si fuera su propio hijo, Emma lo sabía, y sentía una excitación casi adolescente ante la perspectiva de pasar las próximas ocho horas sin tener que ocuparse de nadie más que de sí misma.

Fue después, cuando ya estaba metida en la ducha dejando que el agua caliente le cayera por la cabeza y los hombros, cuando se dio cuenta de que ni le había preguntado a Lily qué tal había ido su cita de la noche anterior. Aunque la verdad era que no hacía ninguna falta: sin lugar a dudas, Lily estaba radiante cuando se había presentado a su puerta a las ocho de la mañana, así que estaba claro que la cita había ido bien. Le diría que no había querido hacerle preguntas delante de los niños. Con un poco de suerte, su nueva amiga tendría unos cuantos detalles escabrosos que contar luego, aunque el hecho de que hubiera venido tan temprano probablemente quería decir que el detective Dawson no se había quedado a dormir. Emma se metió en la boca dos Excedrin para el dolor de cabeza mientras secaba el vapor del espejo del baño.

—Tengo una pinta horrorosa —dijo.

Su reflejo le dio la razón asintiendo con la cabeza. «¿Hace cuánto que no te haces un corte de pelo como Dios manda?», le preguntó la cara del espejo.

Le vino a la mente la nueva peluquería que acababa de abrir en el mismo centro comercial donde estaba Scully's. ¿Cómo se llamaba? Justo había pasado por delante el otro día. ¿Nan's Place? ¿Nancy's? ¿Nadine's?

—¡Natalie's!

Estaba viendo el inmenso cartel blanco colgado en el diminuto escaparate que anunciaba a bombo y platillo que el establecimiento también abría —tan sólo de manera temporal como «oferta de apertura»— los domingos de diez de la mañana a cinco de la tarde. Emma se preguntó cuánto cobraría Natalie por un corte de pelo.

—No importa, no me lo puedo permitir cueste lo que cueste.

«Sí que puedes —le replicó su imagen—. ¿Cuánto hace que no te permites ningún capricho?»

—Demasiado —dijo Emma en voz alta contemplando un mechón de cabello que tenía sujeto por las puntas y llegando a la conclusión de que iría hasta el centro comercial en cuanto se le pasara el dolor de cabeza. Primero se cortaría el pelo y luego igual iría de compras. ¡Qué demonios, tenía ocho horas, así que por qué no ponerse en marcha!

La peluquería estaba sorprendentemente llena para ser domingo por la mañana y Natalie no tenía ni un hueco hasta medio día, así que Emma se conformó con una oficiala que se llamaba Christy, por más que Christy diera la sensación de tener una resaca todavía peor que la suya. Tal vez fuera la música *reggae* que estaba sonando a todo volumen, pensó Emma mientras Christy la guiaba hasta el fondo del local para que pasara a lavarse la cabeza . Christy era una chica delgaducha con un jersey a rayas amarillas y negras, una minifalda negra, medias amarillas y unas voluminosas y pesadas botas de militar negras.

«Parece un abejorro gigante», pensó Emma instalándose en la silla mientras Christy le cubría los hombros con una capelina negra y le pasaba el peine por el pelo recién lavado. Los tonos negros y amarillos también eran la nota dominante del cabello de la chica: una melena rubia que le llegaba hasta la barbilla cortada en ángulos geométricos y con dos dedos de raíces negras. Hasta la ominosa aureola que rodeaba su ojo izquierdo era color amarillo mostaza.

—Me caí —dijo Christy antes de que Emma tuviera oportunidad de preguntarle nada—, aunque por supuesto nadie se lo cree —continuó sin necesidad de que la animara a hacerlo—, todo el mundo se imagina que me lo ha hecho mi novio, pero te prometo que Randy es el tío más dulce que te hayas encontrado nunca, te lo juro. No mataría ni a una mosca. Aún así la gente le echa unas miradas cuando estamos juntos... no te lo puedes ni imaginar. Es gracioso, pero también da vergüenza: me entran ganas de colgarme un cartel que diga «No me lo ha hecho él» con una flecha que apunte en su dirección, ya sabes, como en las camisetas ésas que dicen: «Salgo con un imbécil». Y claro, tampoco ayuda precisamente que tenga esa pinta de matón.

—A mí me pasó lo mismo una vez —le contestó Emma en tono de confidencia—. Me tropecé con un juguete de mi hijo y me di con la esquina de un armario de la cocina que estaba abierto. Todo el mundo supuso que mi ex marido era el culpable.

—Así que estás divorciada —declaró Christy mientras le peinaba la melena oscura por encima de los hombros observándola por el espejo para luego moverle la barbilla a derecha e izquierda.

—Hace un año.

—¿Ah sí? Yo nunca he estado casada. Tal y como yo lo veo, ¿para qué molestarse?, ¡ya sabes!, es sólo un trozo de papel; sobre todo ese lío de las bodas gais, pues lo que yo digo a esa gente que se opone es: si se quieren casar, ¿por que no les deja que se casen? ¿No ven que dentro de poco van a ser los *únicos* que se quieran casar? ¿En qué están pensando?

Emma tardó unos segundos en darse cuenta de que Christy se refería a su pelo.

—No sé, es que igual me gustaría unos centímetros más corto.

—Yo creo que deberíamos cortar a capas por los lados, para darle un poco de forma. Ahora mismo está un poco estilo orejas de cocker spaniel para mi gusto.

Emma sintió que su espalda se tensaba. ¿Su pelo parecía las orejas de un cocker spaniel? Y ¿era una mujer que parecía un abejorro la que se lo decía?

—Lo que a ti te parezca.

—¡Me encanta que la gente me diga eso! —Empezó a peinar el cabello de Emma con más brío y decisión que nunca—. Y, entonces, ¿a qué te dedicas?

Emma pasó revista a las posibilidades en silencio. Podía ser lo que le diera la gana: médica, abogada, detective de policía... Cualquier cosa, menos el fracaso que realmente era.

—Soy escritora. —«Seguro que a Lily no le importaría que tomara prestada su identidad durante media horita. Hasta podía ser que se hubiese sentido halagada.

—¿De verdad? ¡Qué guay! Y ¿qué tipo de cosas escribes?

—Relatos cortos, artículos para revistas. Ahora estoy preparando una novela.

—¡Jo, eso es genial! Me admira la gente que tiene un talento así.

—Empezó a cortarle el pelo—. Y ¿de dónde sacas las ideas?

Emma suspiró. ¿Por qué razón la gente nunca se daba por satisfecha? ¿Por qué siempre querían saber más? Para ser más exactos, ¿por qué se ponía ella siempre en semejantes situaciones? Sabía de sobra lo estúpido —y en definitiva autodestructivo— que era su comportamiento. Pero no podía evitarlo. Porque la verdad —la verdad, toda la verdad y nada más que la verdad—, era que le dolía demasiado cuando paraban las mentiras.

—Pues no es nada matemático.

—¿Aparecen como por arte de magia?

Emma estuvo a punto de soltar una carcajada.

—¡Sí algo así!

—¡Guau! ¡Qué interesante! —Christy empezó a cortar por los lados—. Y ¿ahora tienes novio?

Emma asintió con la cabeza. ¡Joder, ahora sí que estaba metida hasta el cuello, así que, ya total, seguiría hasta el final!

—Me llevó a cenar a Joso's ayer.

Christy no parecía muy impresionada, como si nunca hubiera oído hablar de Joso's. Y es que seguramente así era.

—¿Si? Oye, y ¿cómo os conocisteis?

—En Scully's.

—¿En serio? Esa Jan es todo un personaje, ¿no? Me encantaría hacer algo con ese pelo suyo, traerla al siglo veinte, aunque fuera a rastras. Y ¡qué cantidad de trofeos!, ¿verdad?

—La verdad es que la colección impresiona.

—He oído que su marido la dejó por su cirujana plástica.

—Creo que era la enfermera del cirujano —la corrigió Emma.

—¡Qué interesante!, ¿no crees?: trabajar para un cirujano plástico, quiero decir.

—Pues la verdad es que no me lo parece. Yo trabajé para uno hace algunos años —dijo Emma pensando: «¡Ahí va otra!»—, y no era tan interesante. De no ser por las estrellas de cine que venían a la consulta.

—¿En serio? ¿Estrellas como quién?

Emma negó con la cabeza. ¿Es que no iba a aprender nunca?

—De verdad que no debería decirlo.

Christy puso una cara de decepción que era la réplica exacta de la de Dylan cuando no se salía con la suya.

—Y ¿qué hacen todas esas estrellas de cine viniendo hasta Ohio?

—Entonces vivía en California.

Christy hizo un gesto que parecía querer decir: «¡Claro!, se me tenía que haber ocurrido».

—Me imagino que has viajado mucho.

—Supongo que sí.

—Seguro que de ahí sacas un montón de temas sobre los que escribir.

—Supongo que sí —repitió Emma que estaba empezando a aburrirse con la conversación.

Ésa era la otra cosa que tenía mentir: era agotador. Cerró los ojos y se limitó a asentir sin despegar los labios, emitiendo un leve sonido a intervalos regulares para indicar que seguía escuchando por más que, en realidad, prácticamente había desconectado. Por suerte Christy no pareció darse cuenta y si lo hizo no dio muestras de que le importara: continuó parloteando durante todo el tiempo que Emma permaneció allí sentada; su voz era como un somnífero que arrullaba a Emma llevándola a un agradable estado de semiinconsciencia.

Emma se imaginó a sí misma flotando en una lancha neumática color rosa en mitad de un deslumbrante mar azul. La música *reggae* que salía de un altavoz se convirtió en un grupo de carne y hueso que tocaba desde la cubierta de un imaginario yate cercano donde había una fiesta en pleno apogeo. Alguien lanzó una copa de champán por la borda y Emma la cogió al vuelo y la levantó en un brindis dirigido al atractivo capitán de la embarcación, mientras un viento cálido le susurraba al oído y las sirenas jugaban con su pelo.

—¡Bueno! ¿Qué te parece? —le estaba preguntando una voz, irrumpiendo en sus ensoñaciones con la precisión de un bisturí de cirujano.

Emma abrió los ojos en el momento en que Christy devolvía el secador a su sitio sobre la mesa. Se inclinó hacia delante en la silla, fascinada por su nuevo corte de pelo: cortado a capas por los lados y unos cuantos centímetros más corto.

—¡Genial, me encanta!

Christy sonrió llena de orgullo mientras le quitaba la capelina negra a Emma de los hombros.

—¿Quieres coger ya hora para la próxima vez? Dentro de seis semanas más o menos estaría bien.

¿Seis semanas? Emma trató de recordar cuánto hacía que no había planeado nada con tanta antelación, porque a fin de cuentas, ¡a saber dónde estaría dentro de seis semanas! Y sin embargo de repente, por primera vez desde hacía más de un año, se sentía si no segura por lo menos asentada; si no exactamente feliz, por lo menos esperanzada. Ya no tenía la impresión de vivir aislada en su mundo distante y huraño, sino que éste daba muestras de estar abriéndose: tenía una nueva amiga y la posibilidad de más. Y, lo que era más importante: su hijo tenía un nuevo amigo; tal vez ahora se acabarían las pesadillas y con ellas el mal sueño que había sido el último año de sus vidas. Le sonrió a su reflejo en el espejo: no había nada como un corte de pelo para hacerte sentir que todo marchaba bien en el mundo.

—Seis semanas; bueno, ¿por qué no?

Emma salió flotando de la peluquería sin rumbo fijo y fue a pararse delante de Marshalls, unos grandes almacenes especializados en saldos. ¡Cómo le gustaría, ya que tenía nuevo peinado, renovar también su vestuario de cara a la primavera!, pensó por un instante y luego siguió su camino con desgana. Pasó por Scully's y saludó con la mano a Jan que estaba apostada detrás del mostrador de recepción con una banda de pelo naranja fosforescente en la cabeza a juego con el naranja rabioso de su barra de labios, deslumbrante como una luz de neón, incluso a través de la cristalera.

Jan le sonrió y le hizo un gesto con la mano para que entrara a hablar con ella.

—¡Hola! ¿Estabas pensando en apuntarte? Tenemos una oferta especial para nuevos miembros: sólo doscientos cincuenta dólares por la inscripción y luego treinta al mes, más una taza y una camiseta de regalo.

Alargó la mano bajo el mostrador y sacó una gran taza de color negro con el logotipo de Scully's en letras doradas a ambos lados que puso encima.

Emma soltó una carcajada. ¿No se daba por vencida jamás?

—Para serte sincera, vengo de Natalie's. De hacerme este corte de pelo —añadió al ver que Jan no respondía nada—. ¿Te gusta?

—Mucho. Ahora lo único que te hace falta es trabajar un poco esas abdominales —Jan se dio unas palmaditas en su vientre plano para dar más énfasis a las palabras—. Te podría diseñar un programa personalizado si quieres; en un abrir y cerrar de ojos estarías en mejor forma que nunca.

De repente, a Emma se le pasó por la cabeza que Jan no tenía ni idea de quién era: pese a que habían pasado toda una noche juntas hacía tan sólo dos días, Jan no la había reconocido. «Es el nuevo corte de pelo», se aseguró Emma a sí misma preguntándose qué pasaba con ella que no dejaba la menor huella en los demás.

—Jan, soy yo, Emma —le dijo incapaz de ocultar la impaciencia en su voz—. Nos conocimos el otro día en casa de Lily.

—¡Claro, claro! —dijo Jan disimulando, aunque sus ojos la traicionaban—. Sólo te estaba tomando el pelo. ¿Has venido a buscar a Lily? —continuó lanzando una mirada anhelante hacia la sala de ejercicios, como si deseara poder atravesar el cristal—. No trabaja los domingos.

—Y parece que lo mismo pasa con la mayoría de la gente —dijo Emma mientras observaba la solitaria figura de una mujer de mediana edad en la cinta de correr y trataba por todos los medios de disimular el tono burlón de su voz; «ojo por ojo —pensó—, eso por no haber sido capaz de reconocerme»—. ¿Siempre está tan tranquilo los domingos?

—Todavía es pronto. En seguida empezará el movimiento.

Emma se acercó a la vitrina donde estaban expuestos todos los trofeos de Jan.

—¿De verdad has ganado todos estos trofeos?

Jan se animó inmediatamente.

—Desde luego que sí. —Salió de detrás del mostrador contoneándose muy ufana y fue hasta la vitrina. Llevaba unos zapatos rosa fucsia de tacón de aguja abiertos por delante que asomaban por debajo del pantalón de chándal gris de tiro bajo.

—¿Cuántos hay?

—¡Uy, he perdido la cuenta! Por lo menos treinta. —Jan abrió la cerradura de la vitrina con una llave que colgaba de una goma color verde lima que llevaba enrollada en la muñeca—. Y tengo otros tantos en casa.

—¿Por qué tipo de competiciones te los dieron?

—¡Puf, todo tipo de cosas! —Jan metió la mano en la vitrina y sacó una pequeña estatuilla en bronce de una culturista peripuesta—. Ésta es del Másters Femenino de Ohio. Y ésta —dejó el trofeo en su sitio y cogió otro, esta vez una gran copa de plata—, es de una competición que gané en Boulder, Colorado, hace unos cuatro años. —Sonó el teléfono—. ¿Me disculpas un momento? —Volvió a poner la copa dentro de la vitrina y corrió hacia el mostrador de recepción para coger el teléfono—. ¿Sí, dígame? ¿Noah? —Tapando el auricular del teléfono con la mano, se volvió hacia Emma—: Mi sobrino —dijo orgullosa—. Acaba de terminar la carrera en el M.I.T.

Emma hizo un gesto con la cabeza supuestamente para indicar que estaba impresionada.

—¿Tienes dos ofertas de trabajo? —repitió Jan sonriendo y levantando dos dedos en dirección a Emma—. Pero ¡eso es estupendo! Y ¿quieres que te diga cómo lo veo yo? —Se puso muy derecha y le guiñó un ojo a Emma—. Bueno, a ver, así que la primera oferta es para un tipo de trabajo que no te interesa excesivamente pero la empresa es muy importante y pagan muy bien, y el otro trabajo está muy mal pagado pero parece muy interesante y te parece que realmente te encantaría; total, que quieres saber cuál escogería yo; vamos, que tú no estás seguro de cuál elegir. —Jan parecía un tanto sorprendida—. ¿Cuál crees que te diría yo que escogieras? —Hizo una pausa y acto seguido agitó furiosamente sus rizos pelirrojos—. ¿Tú crees que te diría que escogieras el que paga fatal pero crees que te encantará? ¿Estás loco? —preguntó Jan alzando las manos al cielo—. ¿Quién dijo que te hayas ganado el derecho a pasártelo en grande? Quiero que te ganes bien la vida, ¡por Dios!, que seas autosuficiente. O sea, que quiero que seas capaz de pagarte las facturas.

Emma empezó a dirigirse hacia la puerta de puntillas.

—Ya te dejo tranquila —le susurró a Jan mientras abría la puerta para volver a la calle.

—¡Espera! —creyó oírla decir cuando la puerta se cerraba, pero no tenía el menor interés en oír nada más sobre el sobrino de Jan ni sobre sus trofeos.

«¿Quién dijo que te hayas ganado el derecho a pasártelo en grande?», repitió para sí estupefacta disponiéndose a volver a la carretera de Mad River, pero entonces se detuvo, giró en redondo y se encaminó con paso decidido hacia Marshalls. «¡A la mierda! Y ¿por qué no *deberíamos* pasárnoslo en grande?» Abrió la puerta de los grandes almacenes y fue derecha hacia los vestidos de verano que estaban a su derecha. ¡Ni que hiciera esto cada día! ¡Ni siquiera lo hacía cada mes! ¿Cuándo era la última vez que había salido de compras? ¿Cuándo era la última vez que se había comprado un vestido de verano bonito? Miró el precio de uno morado y blanco de flores con la espalda abierta, pensando que por más que costara ciento veinte dólares, aún así, eran cien dólares más de lo que podía gastarse. ¡Bueno! Tampoco pasaba nada si se lo probaba, sólo para ver cómo le quedaba. Encontró su talla y se colgó el vestido del brazo dirigiéndose a la siguiente hilera de ropa y repitiendo la operación con un conjunto de jersey y chaqueta color melocotón. Recorrió los pasillos sin prisa y al final puso todo lo que había escogido en un carrito, excepto un fular de suave seda verde que se enrolló al cuello. Siempre podía decir que se lo había probado y luego se le había olvidado quitárselo, aunque explicar qué hacía una blusa fucsia, también de seda, arrebujada en su bolso iba a ser más difícil llegado el caso.

Empujó el carrito en dirección a los probadores y se puso a la cola donde unas cuantas mujeres aguardaban su turno.

—Un máximo de cinco prendas a la vez —la informó la dependienta.

Emma rebuscó rápidamente entre las prendas que llevaba en el carrito.

—No sé por cuáles empezar.

—Ya, ya lo sé, es que han traído tantas cosas bonitas esta temporada...

Eligió cinco prendas, incluido el vestido morado y blanco de flores, y se las entregó a la dependienta para que las contara.

—A mí también me encanta este vestido —comentó la chica devolviéndole la ropa.

—Es precioso, ¿verdad? ¿Podrías leerme la talla? ¿Pone que es una cuarenta? ¡Es que no veo tres en un burro sin las gafas! —mintió Emma.

La dependienta se inclinó para mirar la etiqueta y Emma aprovechó ese momento para meter el jersey color melocotón con chaqueta a juego entre la ropa que se disponía a llevarse al probador.

—Si, aquí lo pone, es una cuarenta. ¡Ya me gustaría a mí entrar en una cuarenta! —exclamó la dependienta con vehemencia.

—Pues a mí me parece que estás muy bien de tipo —le respondió Emma tratando de sonar sincera.

Pensó que debería haberse puesto una falda, una de esas largas y amplias que servían tan bien para meterse cosas debajo. Con una de ésas hubiera sido capaz de llevarse media tienda, pero tal y como iba vestida, sólo había podido coger unas cuantas cosas. Con un poco de suerte conseguiría sacar el conjunto de jersey y chaqueta color melocotón, pensó mientras se quitaba la camiseta blanca y se ponía el jersey sin mangas y la chaqueta a juego; decidió que le gustaba lo que veía en el espejo.

—¡Vendido! —le dijo a la mujer del espejo decidida a ignorar la vocecilla que le recordaba que había jurado no volver a hacer eso jamás.

Se probó el resto de la ropa y luego repitió toda la operación otra vez ingeniándoselas para colar dos prendas más en la segunda tanda.

—¿No te llevas el vestido? —le preguntó la dependienta cuando salió del probador por última vez.

—No me queda bien —dijo Emma.

¡Gracias a Dios!, porque le habría partido el corazón tener que dejarlo allí si le hubiera sentado bien, pero simplemente no hubiera sido capaz de sacarlo sin que la descubrieran, por lo menos no en este viaje.

—Entonces, ¿no te quedaba bien nada?

—Hay veces que una tiene días así...

—Bueno, pues a ver si hay más suerte la próxima vez —le contestó la dependienta.

Emma sonreía cuando se alejó de los probadores: el día estaba resultando de lo más agradable, y no sólo porque todavía le quedaba toda la tarde por delante, sino también porque tenía un nuevo corte de pelo que la favorecía y las primeras prendas de un guardarropa nuevo. En cuanto consiguiera un trabajo, en cuanto ganara algo de dinero, enviaría a Marshalls un cheque anónimo que cubriera el coste de lo que se llevaba ahora.

Así que, como al final iba a pagarlo todo, podía escoger algo de bisutería que fuera bien con la ropa nueva, pensó mientras se detenía a admirar unos pendientes largos de perlas.

—¿Me podrías enseñar ésos? —le preguntó a la dependienta que había detrás del mostrador.

La jovencita, que por su parte llevaba las orejas llenas de pendientitos de cristal de varios colores, sacó los pendientes de la vitrina con un cuidado sorprendente. Emma advirtió que unos cristalitos semejantes a los de las orejas también servían de motivo decorativo en sus uñas primorosamente pintadas de un rojo intenso, y que un cristal —rojo también— decoraba un lado de su ancha nariz, como si fuera una peca gigante.

—¿Cuánto valen? —Emma se puso un pendiente a la altura de la oreja para ver cómo le quedaba y observó su reflejo en un pequeño espejo que había sobre el mostrador.

—Cincuenta y cinco dólares.

—Es mucho.

—Son perlas auténticas —replicó la chica.

Emma casi se echó a reír: ¡como si aquella jovencita fuera capaz de distinguir una perla de un cacahuete!, pensó.

—¿Me podrías enseñar éstos de aquí? —preguntó señalando unos pendientes de diamantes de imitación color rosa en forma de corazón—. Y ¿esos de ahí? —Señaló unos en forma de diminutas flores azules—, ¿podrías enseñármelos también, por favor?

Emma fue comprobando el efecto de todos los modelos frente al espejo, girando la cabeza a un lado y a otro, satisfecha al ver que todos realzaban la suave línea que describía su largo cuello. Quizás algunos de ésos no serían tan caros como las «perlas». Tal vez hasta podría permitirse comprarlos.

—¿Cuánto cuestan éstos?

—Los corazones valen sesenta y cinco, y las flores cincuenta.

—¡Uf!

¡Pues vaya unos precios razonables! Volvió a poner los pendientes sobre el mostrador, decidiendo de pronto que también devolvería las prendas que llevaba escondidas. Ya no era esa chica, se recordó. Ya no cogía cosas que no le pertenecían.

—Disculpe, señorita —dijo una clienta al otro lado del mostrador llamando a la dependienta—, ¿podría ayudarme, por favor?

La muchacha giró la cabeza y Emma, sin pensárselo un instante, cogió los corazones rosa y se los metió en el bolsillo de la chaqueta.

—Vete, vete a atender a esa señora, no te preocupes —le dijo a la dependienta con gesto magnánimo—. Ya volveré otro día.

¡Eso sí que era pasar página y dejar atrás el pasado!

Estaba ya camino de la puerta de la calle cuando sintió una mano sobre su hombro.

—Disculpe —dijo una ominosa voz masculina—, pero creo que va a tener que acompañarme.

Capítulo *20*

Cuando Jamie abrió los ojos se encontró a Brad de pie junto a la cama, observándola.

—Bueno, bueno, bueno, ¡mira quién se ha despertado por fin!

Jamie no dijo nada.

Brad se dejó caer en la cama a su lado y el movimiento hizo que Jamie sintiera como si le estuvieran atravesando el pecho con una bayoneta, tanto que tuvo que morderse el labio para no lanzar un grito de dolor.

—¡Venga ya, Jamie! ¿No estarás todavía enfadada por lo de anoche, no? —Alargó la mano para apartarle un mechón de pelo de la frente con suavidad.

Ella sintió que todo su cuerpo, cada uno de sus músculos, se crispaba y retrocedía al sentir su tacto.

—¿Qué hora es? —preguntó ella con voz ronca y átona.

—Son casi las doce del medio día —le respondió Brad, y luego soltó una carcajada—. ¿Me gano algún punto por haberte dejado dormir hasta tarde?

—Las doce —repitió ella aunque las palabras no le decían nada, como si éstas se negaran a hacerse inteligibles. ¿Qué significaba que fueran las doce del mediodía? ¿Qué significaba nada?

—¡Hora de que empiece la función!

«Hora de que empiece la función», repitió Jamie para sí, preguntándose qué función, qué hora.

—¡Vamos, Jamie! Que tenemos que salir de la habitación antes de la una.

Brad se puso de pie, fue hasta el tocador sobre el que estaba tirada la ropa que llevaba Jamie puesta el día anterior y la lanzó hacia la cama.

—Vístete. Tenemos que irnos.

Jamie detectaba en la falta de entonación de su voz que estaba perdiendo la paciencia y trató de moverse, de obligarse a ponerse en pie: sacó un pie de la cama y se apoyó sobre los codos, pero se sentía como si le hubieran escayolado todo el cuerpo mientras dormía: sus brazos eran como anclas que tiraban de ella hacia abajo; el menor movimiento no hacía sino hundirla más y más en las profundidades abismales. «¡Ojalá fuera así!», pensó al tiempo que Brad la destapaba tirando bruscamente de la fina manta que cubría su cuerpo desnudo. Una ruidosa bocanada de frío proveniente del aire acondicionado abofeteó su carne haciendo que se le pusiera la piel de gallina.

—Levántate, Jamie. Ahora.

—Tengo que ducharme —murmuró ella sin moverse.

—¿Cómo? ¿Me tomas el pelo? ¿Te vas a duchar otra vez? Ya te has pasado media noche en la ducha.

—Necesito ducharme —repitió Jamie sorprendida de encontrarse fuera de la cama.

Fue arrastrando los pies a lo largo de la cama, apoyándose en la pared y tratando de ignorar el dolor —como de mil cuchillas invisibles lacerando sus muslos— que sentía, y los puñales que parecían clavársele en los glúteos.

—Tienes cinco minutos —dijo Brad.

Jamie se vio de refilón en el espejo de la habitación cuando se dirigía al baño y casi no reconoció a la mujer con la cara hinchada y los ojos llenos de terror que le devolvió la mirada. Si no hubiera sido por los pendientes de oro y perlas que asomaban entre sus cabellos, habría podido ignorar aquella aparición como meras alucinaciones suyas debidas al agotamiento.

—¡Eh, Jamie —dijo Brad cuando pasó a su lado—, te quiero, ¿ya lo sabes, verdad?

El cuerpo de Jamie se dobló en dos de repente y se agarró los costados mientras las náuseas se apoderaban de ella en oleadas sucesivas obligándola a ponerse de rodillas al tiempo que trataba de coger aire.

Brad llegó a su lado rápidamente y la envolvió en un abrazo sofocante para ponerla de nuevo en pie.

—¡Cuidado, señorita Jamie! Ésa no es manera de reaccionar cuando un hombre te declara su amor.

Jamie se escurrió entre sus brazos para liberarse.

—¡Venga, Jamie, no te pongas así!

Ella se volvió gritándole con los ojos lo que no acertaba a poner en palabras: «¿No te pongas así? *¡¿No te pongas así?!*»

—¡Joder, Jamie, venga ya, que no ha sido para tanto! Si lo piensas, hasta ha sido divertido en cierto modo.

Jamie no daba crédito. ¿Lo decía en serio? ¿De verdad había usado la palabra *divertido* para describir lo que le había hecho la noche anterior?

—¿*Divertido*? —se oyó gritar— ¡Por el amor de Dios! ¡Me violaste!

—¡Anda, no lo pintes así! ¡Venga ya, Jamie! Te gustó, por lo menos un poquito, ¡reconócelo!

—Pero ¿cómo es posible que digas eso? ¿Cómo puedes siquiera pensarlo?

—Porque conozco a las mujeres —dijo él en tono ominoso, y con voz más ominosa aún, añadió—: Porque te conozco.

¿Era eso cierto?, se preguntó Jamie. ¿Era posible que un perfecto extraño la conociera mejor que ella misma?, ¿que desde el primer momento hubiera sabido ver algo en su interior—o más bien la falta de algo en su interior—, y simplemente hubiera actuado en consecuencia siguiendo sus instintos? «La culpa es tuya», lo oyó Jamie en su cabeza en el momento en que pisaba las frías baldosas del cuarto de baño y cerraba la puerta.

—No eches el cerrojo —le gritó Brad al otro lado de la puerta.

Jamie se quedó allí de pie con la mano en el cerrojo. Un giro de muñeca, eso era todo lo que hacía falta para alejarlo —por lo menos temporalmente—, de ella. Quizá se cansaría de esperar, de amenazarla para que abriera, de aporrear la puerta. Quizá la camarera vendría a limpiar la habitación. Quizá si se ponía a chillar con todas sus fuerzas el pánico se apoderaría de él y saldría corriendo. Pero lo más probable era que abriese la puerta de una patada, la agarrara del pelo y la lanzara sobre la cama, y entonces ¿qué?, ¿una repetición del *divertido* episodio de la noche anterior?

—¡Dios mío! —gimió dejando que su mano cayera inerte mientras las lágrimas surcaban sus mejillas recorriendo un camino ya trazado.

—¡Eh, Jamie! —se oyó la voz de Brad justo al otro lado de la puerta—. ¿Quieres que entre y te frote la espalda?

Jamie no dijo nada, descorrió la cortina de plástico transparente de la ducha y se metió en la bañera abriendo el grifo y sintiendo cómo el agua pasaba de fría a caliente de golpe. Se le pasó por la cabeza abrir la boca y dejar que se le llenara de agua: ¿se podía uno ahogar así realmente?, se preguntó dándose la vuelta y sintiendo el agua bajándole por la espalda y desapareciendo entre sus glúteos.

—¡Dios mío! —gimió de nuevo al tiempo que las lágrimas volvían a inundar sus ojos; luego levantó los brazos para apartarse el pelo mojado de la cara y sus dedos rozaron los pendientes de oro y perlas que llevaba puestos—. ¿Qué he hecho? —sollozó.

Se había estado haciendo esa pregunta toda la noche.

¿Qué había pasado? ¿Qué había hecho?

Estaba durmiendo tranquilamente en la habitación del motel —no era el Ritz exactamente, pero estaba limpio y era suficientemente confortable—, y de repente, Brad le había susurrado al oído que la quería y sus palabras la habían arrastrado fuera de la cama para zambullirse en el aire fresco de la noche, cruzar la ciudad en coche y enfilar la calle Magnolia; Brad le había dicho cuál era su plan y había ignorado sus protestas al salir del coche; ella lo había seguido intentando tranquilizarse a sí misma repitiéndose que él pararía en cualquier momento, que se daría la vuelta y le diría que todo era una broma.

Sólo que Brad no había hecho tal cosa y al poco rato estaban dentro de la casa y el pitido de la alarma había anunciado que ésta estaba a punto de dispararse; luego había enmudecido cuando ella había introducido el código, el código que tan fácilmente podía haber cambiado la señora Dennison, que *debería* haber cambiado. ¿Por qué no había cambiado el puto código? Si Laura Dennison hubiera simplemente cambiado el código, nada de esto habría ocurrido. El pitido se hubiera convertido en una atronadora sirena, ella y Brad habrían salido corriendo calle abajo, habrían desaparecido en la oscuridad de la noche, se habrían reído todo el camino de vuelta al hotel: «¡Menuda estupidez acabamos de hacer! —Los oía a los dos reírse mientras se volvían a meter en la cama—. ¡Menuda estupidez acabamos de hacer!»

Pero la señora Dennison no había cambiado el código, y tampoco se había despertado: no cuando Jamie y Brad habían recorrido el piso de abajo, no cuando habían estado de pie junto a su cama, no cuando habían registrado los cajones de su tocador.

Desde donde estaba, de pie en la ducha bajo el chorro de agua caliente, podía verse a sí misma coger los pendientes de oro y perlas del joyero de esmalte rojo y ponérselos; veía a Brad meterse los pendientitos de bola de diamantes en el bolsillo cuando ya salían de la habitación; lo observaba mientras estaba sentado en el suelo del pasillo, negándose testarudamente a moverse de allí hasta que no le enseñara su antigua habitación; y luego la habitación: las paredes color beige, la horrorosa colcha en tonos negros y marrones.

—*Ven a sentarte a mi lado.*

—*Brad, no, no hagas eso.*

—*No pasa nada Jamie, relájate.*

—*No, para.*

—*Dime lo que hacías con él en esta cama, Jamie.*

—*Brad, no me gusta nada todo esto, quiero que pares.*

—*No, no quieres. Esto te está gustando tanto como a mí. Te va el rollo sucio y salvaje.*

—*No, no me va en absoluto, para por favor.*

—*¿Estás preparada?*

Recordaba el olor a cerrado que impregnaba la colcha y se le había metido por la nariz mientras él la montaba por detrás. Recordaba el dolor insoportable, el fuego descontrolado que la había recorrido por dentro abrasando sus costados, dejando tras de sí su carne rasgada, sangrante; dándola por muerta.

—*La culpa es tuya, ¿sabes?*

«La culpa es mía.»

Se oyó el estruendo de unos nudillos sobre la puerta.

—¡Eh, Jamie, ¿cuánto tiempo piensas pasarte ahí dentro?

Jamie giró la cabeza hacia la puerta inmediatamente, y acto seguido cogió el jabón y empezó a pasárselo por los pechos tratando de borrar todo rastro de los dientes de Brad de sus pezones.

Oyó la voz de la señora Dennison en lo alto de las escaleras: «¿Jamie —había dicho—, eres tú?»... Y luego se vio salir despavorida de la casa y correr hasta el coche; se vio agacharse y vomitar junto a la acera; se vio dejándose caer al suelo, y quedándose allí tirada sin ser capaz de moverse.

¿Dónde iba a ir ella?

¿A la policía? ¿Para contarles qué exactamente, que la habían violado? ¿Para decirles que su amante la había sodomizado en la casa de su ex suegra —en la que por cierto habían entrado a escondidas—, y todo eso mientras lucía los pendientes que acababan de robar a la mujer y ahora le arañaban las orejas hasta hacerle daño? ¿Para informarlos de que todo lo que había ocurrido esa noche era culpa suya?

—Jamie, dos minutos más y entro a sacarte —le advirtió Brad.

Y entonces él había aparecido a su lado, ayudándola con suavidad a entrar en el coche, y ella había apretado la cara contra la ventanilla del copiloto, había visto reflejada en el cristal la sonrisa de Brad. Había sentido que el motor se ponía en marcha, que su ronroneo la envolvía mientras echaban a andar; había oído la risa de él, el sonido triunfal de sus dedos golpeando el volante.

—¡Joder! ¡Eso sí que ha estado bien! —había dicho él y se había reído otra vez.

De algún modo, ella había conseguido recobrar la voz:

—¿Qué ha pasado?

—Y ¿tú qué crees que ha pasado?

—¡Dios mío! —Un gemido ronco se había escapado de su garganta reverberando contra las paredes del coche.

Brad había alargado la mano para apretarle el muslo.

—Tranquila, Jamie, no ha pasado nada. —Se había reído otra vez.

—¿Qué quieres decir?

—Quiero decir que no ha pasado nada.

—Pero nos ha visto, me ha visto.

—Ha *creído* verte, pero yo la he convencido de que estaba en un error.

—Pero ¿cómo? ¿Cómo has hecho eso?

—Puedo ser de lo más persuasivo.

—¿No le habrás hecho nada?

—No me ha hecho falta —había dicho él encogiéndose de hombros mientras giraba a la derecha en el siguiente cruce.

—No lo entiendo, ¿qué le has dicho?

—Le he explicado que todo era un pequeño error y que si prometía no llamar a la policía, yo por mi parte me comprometía a no volver y retorcerle el pescuezo. Me ha parecido una dama muy razonable.

—Y ¿eso es todo?

—Más o menos.

—¿Cuánto más? —había preguntado Jamie conteniendo la respiración.

—Nada de lo que tú tengas que preocuparte, señorita Jamie.

—Pero ¿me prometes que no le has hecho nada? —había insistido ella con voz suplicante.

—Ya te he dicho que no, ¿verdad?

¿Era posible?, se preguntó Jamie ahora tratando de creer que sí, igual que se las había ingeniado, de alguna manera, para convencerse la noche anterior.

Habían vuelto al motel y ella no había tenido fuerzas para salir del coche, así que él había tenido que abrirle la puerta y sujetársela, ayudarla a ponerse de pie, cogerla del brazo mientras ella trastabillaba hacia la habitación. Una vez dentro, Jamie había entrado a trompicones en el cuarto de baño y se había quitado la ropa quedándose sin respiración al ver la sangre en sus bragas, los moratones en sus pechos, sus brazos, sus muslos… los manchurrones de sangre seca en sus glúteos. Había vomitado otra vez, pero ya no le quedaba nada que vomitar en el estómago. Y entonces se había acurrucado sobre las baldosas blancas del suelo del baño abrazándose las piernas contra el pecho, y había llorado escondiendo la cara entre sus rodillas para amortiguar el sonido. Solamente cuando Brad la había amenazado con entrar había conseguido levantarse a duras penas para meterse en la ducha y se había quedado allí dentro hasta que el agua se había enfriado, más incluso: hasta que había oído que se abría la puerta y había visto a través de la cortina de la ducha las facciones distorsionadas de Brad entrando en el baño. «El verdadero Brad Fisher —había pensado al verlo descorrer la cortina y contemplar sus facciones, perfectamente nítidas ahora, mientras cerraba el grifo—: el diablo.»

Y ella, la discípula del diablo.

Él la había tratado con una suavidad sorprendente, usando todas las toallas para secarla; luego la había metido en la cama, y tras haberla arropado bien, se había echado a su lado y la había rodeado con sus brazos hasta que había dejado de temblar y la había vencido el sueño por fin.

—Jamie —la llamó Brad otra vez al tiempo que una bocanada de aire frío acompañaba su entrada en el baño.

Jamie cerró el grifo de la ducha y se tapó con la cortina, como si fuera un gigantesco chal.

—Es hora de irse.

Ella asintió con la cabeza, esperó hasta que él se hubo marchado de vuelta a la habitación y entonces salió de la ducha y se secó con una toalla manchada de sangre. ¿Adónde iban ahora?, se preguntó. ¿De verdad decía él en serio lo de continuar con el viaje? ¿Como si no hubiera pasado nada? ¿Como si no hubieran entrado en casa de Laura Dennison y se hubieran llevado sus joyas? ¿Como si él no la hubiera violado y sodomizado en la cama de su ex marido?

«¡Joder, Jamie, venga ya, que no ha sido para tanto! ¡Si lo piensas, hasta ha sido divertido de alguna manera!»

Brad le lanzó los vaqueros, una camiseta y ropa interior limpia por la rendija de la puerta. Jamie se vistió, se lavó los dientes hasta que le sangraron las encías y se peinó hasta hacer que le doliera el cuero cabelludo. Dos gotas de sangre ocuparon el lugar de los pendientes de oro y perlas cuando se los quitó de un tirón, rasgándose los lóbulos de las orejas al hacerlo. Los dejó abandonados junto al lavabo.

—¿Adónde vamos? —le preguntó a Brad al volver al dormitorio.

Él pareció sorprendido por la pregunta.

—¿Qué quieres decir? Ya sabes a dónde vamos.

—¿Todavía tienes intención de ir a Ohio?

—Pues claro que sí; creía que querías conocer a mi hijo.

—Pero es que después de lo de anoche…

—¿Hasta cuándo piensas seguir obsesionándote con lo de anoche? —le preguntó Brad impacientemente mientras sujetaba la puerta para que ella saliera y luego la guiaba hacia el coche arrastrando la bolsa de viaje de Jamie tras de sí.

De hecho era una maleta pequeña de ruedas que iba dando saltos sobre el suelo irregular: de vez en cuando las ruedas resbalaban, hasta que al final se volcó hacia un lado, como si ella también se resistiera a avanzar.

—Entra —le ordenó él.

Durante un instante, Jamie pensó en salir corriendo, pero ¿qué sentido tenía hacer eso?, ¿dónde iba a ir?

Hacía un día luminoso: solamente unas cuantas nubes grandes y algodonosas surcaban el cielo azul en el horizonte. Hacía calor, el aire era seco: «un día perfecto», pensó Jamie mientras salían del aparcamiento y ella buscaba con la mirada algún coche de policía en el cruce, mientras aguzaba el oído tratando de captar el ruido de las sirenas. Nada. ¿Sería posible que Brad hubiera dicho la verdad sobre la señora Dennison?, ¿que lo qué más le convenía a ella era fingir que los acontecimientos de la noche anterior no habían ocurrido realmente?

En la radio, una mujer cantaba sobre un amor perdido y Brad empezó a cantar a coro. «Brad tiene la voz bonita —pensó Jamie—, una voz suave», se dijo con un escalofrío y apartó la mirada.

—Deberíamos parar a echar gasolina —dijo él desviándose hacia una gasolinera justo antes de entrar en la autopista.

Salió del coche de un salto y se sacó la cartera del bolsillo de atrás de los pantalones.

—A ver si conseguimos que esta puñetera tarjeta funcione hoy. —La metió en la ranura correspondiente—. ¡Vamos, señorita Gracie! ¡Sólo una vez más! —Unos segundos y fue rechazada otra vez. Brad soltó un gruñido burlón y luego tiró la tarjeta en el asiento del conductor—. ¿Tienes algo de dinero encima? —le preguntó a Jamie—. Ando un poco justo.

«¿Quién es esa tal señorita Gracie?», se preguntó Jamie metiendo la mano en su bolso y sacando un billete de veinte dólares que le pasó a Brad a través de la ventanilla abierta del conductor.

—¡Buena chica! —dijo él.

«Señorita Gracie», repitió Jamie en silencio lanzando una mirada a la tarjeta que estaba tirada a su lado para luego alzar la vista rápidamente.

G. HASTINGS.

¿Quién era G. Hastings?

—*Si es tan amable de firmar aquí, señor Hastings.*

—*Disculpe, señor. ¿No llevará usted por casualidad alguna otra tarjeta?*

«Señorita Gracie.»

—*El recepcionista, te acaba de llamar señor Hastings.*

—*Hastings es mi segundo nombre: Brad Hastings Fisher.*

—*Brad Hastings Fisher ¡Suena tan distinguido!*

—¿Quién es Gracie Hastings? —le preguntó Jamie cuando Brad volvió a sentarse al volante.

Su respuesta fue coger la tarjeta de crédito que Jamie tenía en la mano, doblarla varias veces a un lado y a otro hasta que se partió y tirar los dos trozos por la ventana mientras aceleraba para incorporarse a la I-75 en dirección norte.

Jamie apartó la cara sin decir nada, concentrándose en el paisaje que pasaba a toda velocidad ante sus ojos. «Podría abrir la puerta —estaba pensando— y lanzarme fuera del coche.» Se puso a imaginar: vio su cuerpo precipitándose hacia fuera agitado por el viento como un pañuelo de papel usado, lo vio rodar por el asfalto, sintió cómo su cabeza golpeaba contra el duro suelo y se abría en dos; pudo sentir su cara aplastándose contra su nuca mientras su cuerpo daba saltos sobre el asfalto despidiendo chispas a causa de la fricción, justo antes de que un segundo coche lo atropellara lanzándolo a la cuneta como si fuera una pelota que se había escapado rodando. ¿Sería un final suficientemente deshonroso como para apagar el fuego que ardía en sus entrañas? Cerró los ojos y fingió estar dormida.

—¡Eh, Jamie! —dijo Brad media hora después—. ¡Mira dónde estamos!

Jamie abrió los ojos con desgana.

—Barnsley Gardens es la siguiente salida —le anunció él—, ¿todavía te apetece ir?

Jamie dijo que no con la cabeza. ¿Lo decía en serio?

—¿Estás segura? Porque a mí no me importa si vamos, sobre todo si con eso consigo que mi chica me quiera otra vez.

—No quiero ir.

—He estado pensando en ese restaurante de cinco tenedores: igual tienes hambre, no has comido nada en todo el día.

—No quiero comer nada.

Pasaron de largo la salida de Barnsley Gardens en silencio.

—Bueno, qué... ¿no piensas hablarme en todo el día?, ¿me vas a seguir teniendo incomunicado en la celda de castigo?

—Estoy cansada, Brad. No tengo ganas de hablar.

Él no dijo nada durante unos cuantos minutos, y entonces:

—¿Sabes qué? Leí en alguna parte que todas las mujeres fantasean con que las violen.

Jamie no le contestó pero pensó que seguramente había algo de cierto en aquella afirmación. Ella misma había tenido ese tipo de fantasías en ocasiones: había algo misteriosamente seductor —hasta liberador—, en la idea de ser poseída a la fuerza, en el hecho de no tener elección, de ser obligada a someterse, a hacer lo que está prohibido. Pero lo que podía ser erótico —incluso placentero— como fantasía, había resultado una experiencia aterradora y repulsiva en la vida real.

En las fantasías de Jamie, por más violento y perverso que fuera el ataque, a ella nunca le hacían daño: nunca había desazón, ni humillación, ni miedo; no había verdadero dolor, ni sus entrañas se abrasaban, ni su corazón se partía. El violador de las fantasías no tenía verdadero poder sobre ella, sino que se limitaba a hacer lo que la imaginación de Jamie le permitía y, a fin de cuentas, estaba tan preocupado por el placer de ella como por el suyo propio. En definitiva, ella era quien controlaba la situación.

La realidad en cambio era completamente diferente.

No había placer alguno en la realidad.

—¡Ah, por cierto! —estaba diciendo Brad mientras se metía la mano en el bolsillo—, te has olvidado esto en el motel.

Los pendientes de oro y perlas que él tenía en la palma de la mano lanzaron a Jamie un destello que parecía un guiño. Brad le sonrió con absoluta frialdad y le tiró los pendientes al regazo.

Capítulo 21

Emma se quedó paralizada al sentir sobre su hombro la presión de aquella mano inmensa que amenazaba con hundirse en su carne atravesando la tela vaquera de la chaqueta, la lana de los jerséis y el algodón de la camiseta hasta desgarrarle la piel y cortarle en dos el hueso —igual que una goma de borrar parte una tiza—, hasta obligarla a caer de rodillas. Le costaba trabajo respirar y empezó a sentir que le daba vueltas la cabeza a medida que el aire se enrarecía y se volvía empalagoso. Se le nubló la vista, veía los pasillos entrecruzarse ante sus ojos: la sección de caballero colisionaba con la de joyería, la de *sport* para damas se precipitaba contra la de zapatería, las cajas se desplomaban unas sobre otras como una hilera de fichas de dominó. ¿Iba a desmayarse?

—Oiga, se lo puedo explicar todo —dijo dándose la vuelta al tiempo que la pesada mano la agarraba de la chaqueta con más fuerza para evitar que cayera al suelo.

Los ojos de Emma se encontraron con otros de color azul oscuro —algo juntos— situados a ambos lados de una nariz rota en más de una ocasión y nunca enderezada como es debido. Una pequeña cicatriz en forma de Y atravesaba la mejilla derecha de aquel hombre de cabello oscuro muy corto. «Típico corte de pelo de policía», pensó Emma cuando su alrededor dejó de dar vueltas y pudo fijar la vista y reconocer la cara.

—¡Jeff! —dijo, dejando que la palabra saliera de sus labios junto con un suspiro de alivio.

El detective Jeff Dawson no tenía ni idea de quién era aquella mujer, del mismo modo que ella misma tampoco lo sabía.

—Soy Emma, Emma Frost; nos conocimos el otro día en Scully's, tú eres el «cliente de confianza» —bromeó ella con la esperanza de arrancarle una sonrisa—. Soy la amiga de Lily —continuó al ver que no respondía—. ¿Por qué siempre tenía que recordarle a la gente quién era? Se pasó las manos por el cabello con gesto nervioso—. Me he cambiado el corte de pelo, seguramente por eso no me has reconocido.

—No no, si te he reconocido perfectamente —dijo él con frialdad—, es sólo que no podía creer lo que veían mis ojos. ¿Se puede saber qué coño estás haciendo?

—No es lo que parece —tartamudeó ella—, iba a pagar los pendientes. Por supuesto que sí.

—Y ¿por eso te los has metido en el bolsillo?

—Tenía miedo de que se me cayeran.

—Y ¿el fular que llevas puesto?

Emma se llevó la mano al fular de seda verde que llevaba al cuello; sus dedos trataron de deshacer el nudo atropelladamente, pero el dichoso pañuelo se había convertido en una soga alrededor de su cuello, pensó mientras se lo quitaba de un tirón.

—Sólo me lo estaba probando para decidirme. —Lo levantó a la altura de los ojos de él—. ¿Ves? Todavía lleva la etiqueta puesta, ¡por Dios! ¿No crees que si mi intención fuera robarlo se la habría quitado?

¿Iba a detenerla?

La dependienta con las orejas llenas de pendientitos de cristal de varios colores se acercó con cautela.

—¿Ocurre algo? —dijo.

Emma miró al policía y luego a la dependienta, y luego al policía de nuevo.

—Éstos se deben de haber caído al suelo —improvisó metiéndose la mano en el bolsillo y sacando los pendientes de diamantes de imitación color rosa en forma de corazón y dejándolos sobre un mostrador cercano.

—¡Ay Dios! ¡Gracias! —La chica se apresuró a devolverlos rápidamente a su sitio en la vitrina.

El detective Dawson se inclinó hacia delante y le susurró al oído a Emma:

—Y ¿la blusa morada que llevas en el bolso?

Emma cerró los ojos admitiendo su derrota y sacudió la cabeza en un gesto evidente de frustración.

—¿Cuánto tiempo llevas observándome?

—Por lo menos media hora.

«¡Mierda!», pensó Emma preguntándose si se la iba a llevar a comisaría para que la cachearan. No podía permitir que eso ocurriera. No ahora. No cuando las piezas de su vida empezaban a encajar.

—Por favor —le suplicó mientras Jeff Dawson le indicaba el camino apartándola del mostrador—, no puedes detenerme, eso sería terrible para Dylan; es mi hijo y está pasando por una etapa muy mala llena de problemas; si me detienes no sé qué será de él.

Estaba pensando cuánto le gustaría ser capaz de soltar unas lágrimas, como las actrices de los culebrones que lloraban cuando lo exigía el guión.

—Deberías haber pensado en eso antes —le respondió Jeff tal y como ella esperaba que hiciera.

Los polis eran tan previsibles, pensó.

—Sé que ha sido una estupidez por mi parte, lo sé, *he sido* una estúpida, pero por favor, por favor te lo pido...

—No tienes que suplicar —dijo Jeff Dawson soltándole el brazo y rascándose la cabeza—, no te voy a detener.

—¿Cómo?

—He dicho que no te voy a detener.

—¡Ay, Dios, gracias, muchas gracias!

—Siempre y cuando devuelvas todo.

—Por supuesto.

—Lo creas o no, de hecho he entrado a buscarte.

—¿Cómo? ¿Por qué? ¿Ha pasado algo? ¿Dylan está bien?

—No ha pasado nada.

—No te entiendo —dijo Emma.

—Mira, ¿qué te parece si tomamos un café en Starbucks?

—¿Quieres que tomemos un café?

—Quiero hablar contigo.

—¿Sobre qué?

—Lo hablamos tomándonos un café.

—Pues, entonces, vamos a tomarnos un café —dijo Emma pensando: «No me lleva a la comisaría, me lleva a Starbucks», mientras caminaba hacia la puerta.

—¿No te olvidas de nada? —dijo Jeff Dawson mirado fijamente el bolso de Emma.

Ella metió la mano en su bolso con cuidado, tratando de sacar la blusa de seda fucsia sin que asomara la amarilla de algodón que también había conseguido sacar de los probadores, y dejó la de seda en un carrito a regañadientes.

Parecía un tipo decente, pensó mientras caminaban a paso ligero en dirección a Starbucks que estaba al otro lado del centro comercial. No le extrañaba que a Lily le gustara. Emma se preguntó si en su vida habría alguna vez alguien como Jeff Dawson y luego apartó ese pensamiento de su mente enseguida. Los hombres como Jeff no se enamoraban de mujeres como ella, sino que preferían a las que eran como Lily: más sencillas, con un corazón más puro. Como mínimo, preferían a las que no robaban en las tiendas y no decían mentiras.

El brazo de Jeff rozó el suyo. ¿Notará todas las capas que llevo debajo de la chaqueta?, se preguntó Emma agradecida porque fuera hiciese fresco: si hubiera hecho un poco más de calor habría tenido un serio problema.

—¿Qué quieres tomar? —preguntó Jeff cuando entraron en el café, que estaba animado como siempre, dirigiéndose al mostrador.

—Me encantaría tomar un capuchino.

—Un capuchino y un café normal. —Puso un billete de veinte sobre el mostrador—. ¿Quieres algo de comer? ¿Una magdalena o algo?

—No, gracias.

Lo último que Emma quería era que se le llenara de migas el jersey nuevo. Miró hacia abajo y comenzó a abrocharse los botones de la chaqueta esforzándose por parecer natural mientras esperaban a que les sirvieran los cafés. No hacía ninguna falta llamar la atención del detective Dawson más de lo necesario.

—¿Tienes frío?

—Es sólo que no estoy acostumbrada al aire acondicionado, supongo —mintió Emma.

—Pues entonces mejor nos sentamos cerca de la ventana, ahí por lo menos nos dará el sol.

Emma sonrió, cogió el capuchino que le ofrecía el joven de detrás del mostrador y lo espolvoreó con canela. ¿Estaba jugando con ella?, se preguntó mientras seguía a Jeff hasta una pequeña mesa redonda cerca de la entrada. Una vez que se hubo sentado, sintió los rayos del sol cayendo sobre sus hombros como un chal calentito de andar por casa. La gente que había a su alrededor charlaba o leía el periódico. Dio un sorbo al café y observó a Jeff hacer lo propio. ¿Iba a decirle por fin qué estaba pasando?

—¿De qué querías hablar conmigo? —le preguntó con cautela.

—He pasado por Scully's justo después de que tú te marcharas —comenzó él.

Emma sintió que se le paraba el corazón. «¡Ay, Dios!», pensó.

—Jan me ha encargado que te diera esto. —Metió la mano en el bolsillo de su chubasquero marrón, sacó una taza negra con el logotipo de Scully's en letras doradas a ambos lados y la dejó sobre la mesa a medio camino entre ambos—. Dijo que te habías marchado antes de que tuviera oportunidad de dártela.

Emma se quedó mirando la taza, sorprendida.

—Me ha encargado que te diga que es su manera de disculparse por no haberte reconocido enseguida. Por lo visto salió corriendo detrás de ti cuando te marchaste, pero ya estabas entrando en Marshalls y ella no podía dejar el gimnasio solo, así que yo me ofrecí a entrar a buscarte.

—¡Bueno, pues sí que me has encontrado!

—Estaba buscándote por la tienda cuando he visto a una mujer que se ponía un fular al cuello y mi instinto me ha dicho que la siguiera. No me he dado cuenta de que eras tú hasta que no te he visto meterte la blusa morada en el bolso.

—Fucsia —le corrigió Emma.

—¿Cómo?

—El color: es fucsia, no morado. Perdóname, supongo que eso no tiene la menor importancia.

—¿Por qué lo has hecho?

Emma se movió nerviosa en la silla y pasó el dedo por las letras doradas del logotipo de Scully's.

—¿Enajenación mental transitoria? —Lo miró a los ojos—. No lo sé, el caso es que la blusa era bonita, la seda muy suave, y yo sabía que no me la podía permitir.

Él asintió con la cabeza aunque Emma pudo leer en sus ojos que no estaba en absoluto convencido.

—No hace falta que te recuerde que el robo en un delito grave.

—Lo sé.

—Si te llevan a juicio tendrás antecedentes, incluso podrían mandarte a la cárcel.

—¡Dios mío!

—He estado a esto de detenerte —le dijo indicando con los dedos lo cerca que había estado.

—Y entonces, ¿por qué no lo has hecho?

—Porque me has pillado desprevenido, porque me ha dado pena tu hijo, porque eres amiga de Lily y porque supongo que te debo una.

—¿Me debes una?

—Por ayer por la noche.

Emma asintió.

—Gracias, muchísimas gracias.

—No me des las gracias. —Jeff miró a su alrededor, como si tuviera miedo de que alguien estuviera escuchando su conversación—. Simplemente no lo hagas más.

—No.

—Si te pillo otra vez, me va a dar igual de quién seas amiga.

—No volverá a pasar, te lo prometo. —Emma dio otro sorbo a su capuchino, se limpió la espuma del labio con la lengua y se echó hacia atrás contra el respaldo de la silla. El sudor estaba empezando a calarle la camiseta y se preguntó si habría algo más de lo que Jeff quería hablarle. Ya había soltado la taza y el discurso. ¿Qué quedaba?

—Entonces, ¿lo pasasteis bien tú y Lily ayer por la noche?

—Sí, muy bien. —No dijo una palabra más.

—Nunca he ido a Joso's, pero he oído que es estupendo.

—Sí, está muy bien —repitió él, dando pistas claras de cuál era su adverbio favorito.

—Creo que Lily también lo pasó muy bien. —«Donde fueres...», pensó Emma.

Jeff alzó la vista del café, visiblemente interesado.

—¿Has hablado con ella?

—Sólo un momento cuando ha venido a recoger a Michael. Se ofreció a llevarse a Dylan a pasar el día con ellos, lo cual ha estado muy... bien. —Se preguntó si a Lily la habrían pillado alguna vez robando en una tienda.

Jeff asintió con la cabeza y dio un trago largo de café.

—Bueno, háblame de Emma Frost.

Emma respiró hondo. ¿Había malinterpretado sus intenciones? ¿Era posible que estuviera tratando de ligar con ella? ¿Era una amenaza de arresto la idea que tenía él de romper el hielo? Y ¿cómo se sentía ella ante la perspectiva de entrar en el territorio de una amiga, de su *mejor* amiga, de su *única* amiga?

—¿Qué quieres saber?

—Lo que sea —dijo él encogiéndose de hombros y echándose hacia delante para apoyar los codos sobre la mesa y sujetarse la barbilla sobre el reverso de sus inmensas manos entrelazadas.

—Pues... tengo veintinueve años; divorciada; tengo un hijo de cinco años...

—Dylan —dijo Jeff.

—Sí, Dylan —repitió Emma. ¿Acaso no la creía? ¿Dónde quería ir a parar?—. Y aparte de eso, no hay mucho que contar.

—¿Por qué será que me cuesta creer eso?

—Pues tú me dirás por qué.

—¿De dónde eres?

—Nací en Buffalo.

—¿En Buffalo?

—Sí, pero nos mudamos cuando yo tenía dos años.

—¿A dónde?

—A Cleveland, Detroit, Los Ángeles, Miami. ¡Seguramente he vivido en casi todas las ciudades que se te puedan ocurrir! Nos mudábamos muy a menudo cuando yo era pequeña: como hija de militar —aclaró Emma con un gesto de hombros.

—No sabía que hubiera bases militares en Miami y Detroit.

Emma notó varias gotas de sudor que le asomaban por las raíces del pelo amenazando con echar a perder su nuevo corte de pelo.

—A esas dos ciudades concretamente nos mudamos después de que mi padre muriera.

—Debe de haber muerto muy joven.

—Así es.

—¿De qué murió?

—Lo mataron en Vietnam.

Jeff asintió.

—Ha tenido que ser muy difícil cambiar tanto de ciudad.

—La verdad es que sí. Daba la impresión de que cada vez que nos asentábamos en un sitio nuevo ya estábamos teniendo que mudarnos de nuevo, y yo tenía que volver a empezar de cero: hacer amigos otra vez, acostumbrarme a un colegio nuevo, nuevos profesores. No, no era fácil.

—Y ¿por qué teníais que mudaros?

—¿Qué quieres decir?

—Has dicho que cada vez que os asentabais teníais que mudaros.

—No me refería a *teníamos* que mudarnos. Simplemente nos mudábamos, nada más.

—¿Por alguna razón en particular?

¿Por qué le hacía todas esas preguntas? Emma estaba empezando a impacientarse y la tentaba la idea de acabarse el capuchino de un trago, disculparse y salir de allí volando. Sólo que ya había agotado sus reservas de excusas para un solo día y lo más seguro era que retirarse precipitadamente no fuese la mejor manera de lidiar con Jeff Dawson.

—A mi madre la trasladaban a menudo.

—¿También estaba en el ejército?

Emma se rió.

—Según como se mire, sí, supongo que sí. Era directora de colegio.

—¿La trasladaban de una ciudad a otra? ¿No es eso poco corriente?

—Poco corriente sería una buena manera de describirla a ella en dos palabras —le contestó Emma.

—Y ¿eso por qué?

—Digamos que era única y dejémoslo ahí, ¿te parece?

—Si eso es lo que quieres…

«Lo que quiero es salir de aquí», pensó Emma. ¿No se iba a acabar nunca el café?

—Y ¿cuánto tiempo llevas en la carretera de Mad River? —le estaba preguntando él ahora.

—Un año aproximadamente.

—¿Te gusta?

—No está mal.

—¿Estás pensando en mudarte otra vez?

—¡Quién sabe!

—No debe de haber muchos trabajos de modelo aquí en Dayton —comentó él.

—La verdad es que no me he molestado en averiguarlo.

—¿Ah, no? ¿Y eso por qué?

—Porque ya estoy de vuelta de todo eso, me imagino.

—¿No te gustaba ese trabajo?

—No demasiado, no; bueno, lo que quiero decir es que me gustó durante un tiempo: era estupendo tener a toda esa gente revoloteando a mi alrededor diciéndome lo guapa que era y todo eso, pero las modelos también aguantan mucha presión. La gente no se da cuenta.

—¿Qué tipo de presión?

Emma respiró hondo.

—Pues la presión con el tema de la delgadez, por supuesto. Y no me refiero a que tengan que ser delgadas sino *realmente* delgadas, enfermizamente delgadas.

—¿Las pestañas?

—¿Cómo?

—Creía que precisamente la gracia del rímel era que hacía que las pestañas parecieran más gruesas.

«Piensas demasiado», quería chillarle Emma.

—Hacía otras cosas además de Maybelline.

—¿Ah sí? ¿Qué más?

—Anuncios de champús. L'Oreal. «Porque yo lo valgo» —dijo soltando una carcajada.

—¡Estás de broma! ¡Ya he visto esos anuncios!

—El que hice yo es de hace unos años, de antes de que empezaran a usar estrellas. De hecho, ni siquiera estoy segura de que saliera en la televisión en esta parte del país.

—Me sorprende que los de Maybelline te dejaran hacer anuncios para la competencia.

—Bueno, no eran competencia directa. O sea, que los dos productos en cuestión eran completamente distintos.

—Eso es verdad.

—No creo que las reglas fueran tan estrictas entonces como lo son ahora.

—Tuviste suerte.

—Puede ser.

—¿Nunca has estado tentada de volver a ese mundo?

—No, la verdad es que no, y además, ya estoy un poco mayor.

—¿Veintinueve son demasiados años?

—Para una modelo sí. A no ser que seas Cindy Crawford o alguien así.

—Entonces ahora, ¿a qué te dedicas?

—¿Qué?

—Que qué haces para ganarte la vida. ¿Tienes trabajo?

Emma miró por la ventana con ojos anhelantes; los implacables rayos del sol le daban directamente en los ojos mientras observaba a una joven que caminaba por el aparcamiento hacia su coche con gesto despreocupado, balanceando los brazos alegremente. «Llévame contigo», le imploró Emma en silencio.

—Ahora mismo no estoy trabajando.

—¿Estás justo entre dos trabajos?

—Supongo.

—¿Fondo de inversiones?

—¿Cómo?

—No, es que tengo curiosidad por saber cómo te lo haces para pagar las facturas.

—Tengo un dinero ahorrado, de cuando trabajaba de modelo, aunque la verdad es que ya no me queda mucho —añadió confiando en que eso le evitaría más preguntas. Ya estaba bien—. Voy a empezar a buscar un trabajo en otoño, cuando Dylan vuelva al colegio.

—¿Qué clase de trabajo te gustaría? Igual te puedo ayudar a encontrar algo.

—¡Ay, muchas gracias! Lo tendré en cuenta, y ahora me vas a perdonar, no quiero ser mal educada pero es que de verdad que me tengo que ir; todavía me quedan un montón de cosas por hacer antes de que vuelva Dylan: ir a la lavandería, a hacer la compra...

—Y por supuesto pagarás religiosamente en los dos sitios, espero.

Emma se obligó a sonreír conteniéndose las ganas de lanzarle la taza de Scully's a la cabeza.

—Por supuesto que sí, no te preocupes por eso. —Se puso de pie—. Gracias por el café.

—No te olvides la taza.

Emma se la metió en el bolso.

—Gracias otra vez.

—Que vaya bien el día.

—¡Joder, joder, joder! —exclamó Emma en cuanto abrió de golpe la puerta de su casa, se quitó la chaqueta a la carrera y comenzó a desprenderse atropelladamente de las numerosas capas de ropa que llevaba encima, como si le quemaran la piel—. Tengo tanto calor que creo que voy a explotar —dijo en voz alta a la casa desierta.

Unos instantes después estaba de pie desnuda frente al fregadero de la cocina, bebiendo agua directamente del grifo como si fuera una fuente.

—¡Joder! —dijo de nuevo al verse reflejada en la brillante superficie del tostador y darse cuenta de que se le estaba empezando a deshacer el peinado por los lados, lo que le daba aspecto de estar a punto de alzar el vuelo—. ¡Fantástico!

Salió de vuelta hacia el vestíbulo de entrada con paso decidido y empezó a recoger su ropa del suelo.

—Cincuenta y cinco dólares por un corte de pelo y ya se me ha desecho, y la culpa es toda tuya, detective Yosoylaley —dijo cogiendo el jersey y la chaqueta de color melocotón del suelo y poniéndoselos sobre el brazo junto con la blusa amarilla de algodón, una camiseta blanca, un pantalón corto, blanco también, y unos pantalones pirata negros, todo lo cual había conseguido esconder debajo de su propia ropa.

—Te crees muy listo, detective Pocasluces. ¿Qué te has pensado, que estamos en jornada de puertas abiertas para los colegios, que estás tratando con aficionados? ¡Joder!

Recogió del suelo el bolso que había dejado justo al lado de la puerta al entrar y lo subió todo a su dormitorio; tiró el bolso encima de la cama y escondió las prendas robadas en el fondo del armario pensando que ya las colocaría en otro momento.

Se dejó caer sobre el colchón, abrió el bolso, sacó la taza de Scully's y la tiró encima de la cama también: se negaba a aceptar el patético intento de pedir disculpas de Jan, el gesto de buena voluntad por haberse olvidado de quién era. Por culpa de la puñetera taza casi había acabado entre rejas, pensó sacudiendo la cabeza al darse cuenta de lo irónico de la situación: de no haber sido por la estúpida taza, ahora tendría unos pendientes de brillantes de imitación color rosa en forma de corazón y una blusa de seda preciosa. Una blusa de seda *fucsia*.

—Fucsia, detective Dawson, fucsia. —Rebuscó en su bolso y encontró rápidamente lo que buscaba—. Te crees el más listo, ¿eh?

Emma sonrió —su primera verdadera sonrisa desde que había salido de Natalie's—, y sacó una copa de bronce pequeña pero sorprendentemente pesada del bolso para examinarla a la luz del sol de la tarde que entraba por la ventana.

CAMPEONATO FEMENINO DE CULTURISMO, CINCINNATI, OHIO, 2002. SEGUNDO PUESTO.

Emma hubiera preferido un trofeo de un primer puesto, pero no le había dado tiempo a elegir y había optado por algo pequeño de la última fila, algo poco vistoso para que no se notara inmediatamente que faltaba. ¿No había admitido la misma Jan que no sabía exactamente cuántos trofeos tenía? Podía ser que pasaran semanas, incluso meses, antes de que se diera cuenta de que el trofeo no estaba. Hasta podía ser que no lo notara nunca.

De repente, su sonrisa se convirtió en un ceño fruncido: ¿Por qué había robado aquella baratija sin valor? El trofeo era feo y, además, tampoco podía precisamente dejarlo por ahí a la vista. Y para más inri, Jan era la jefa de Lily y Lily era su amiga. Tenía que devolverlo. Pero ¿qué le pasaba? ¿Por qué hacía aquellas cosas? Llevó la copa al baño y la escondió en el armarito de debajo del lavabo. La devolvería tan pronto como tuviese oportunidad de hacerlo y se le ocurriera una manera de ponerla de vuelta en la vitrina sin que Jan se diera cuenta.

Y de ahora en adelante ya no robaría más.

Capítulo 22

—¡Vaya, quién lo iba a decir! —exclamó Brad rompiendo así un silencio de más de una hora—. Estamos a punto de pasar por la «Capital norteamericana de las Alfombras».

Jamie miró hacia el lado de la carretera sin prestar demasiada atención y sus ojos, todavía hinchados, consiguieron finalmente enfocar la imagen del cartel que anunciaba la salida de Dalton: «Población 21.800. CAPITAL NORTEAMERICANA DE LAS ALFOMBRAS», decía el cartel. «Bueno, y ¿por qué no?», pensó distraída. Norteamérica parecía tener una capital de todo lo demás, así que ¿por qué no de las alfombras?

—Un sorprendente sesenta y cinco por ciento de la producción mundial de las alfombras sale de Dalton —dijo Brad con la voz cargada de entusiasmo fingido, como si estuviera haciendo una prueba para un puesto de locutor de televisión.

Jamie se preguntó si lo sabía a ciencia cierta o si simplemente estaba inventándoselo para impresionarla. Hasta ayer, tanto lo uno como lo otro le habría parecido entrañable.

—Lo ponía en un folleto que había en el motel —dijo él como si pudiera leerle el pensamiento—. Por lo visto, durante la Gran Depresión la hija de algún granjero sacó adelante a su familia tejiendo alfombras en casa y pronto otras mujeres empezaron a hacer lo mismo, y así, en menos que se tarda en decir «vuela, alfombra mágica»,

Dalton se había convertido en un centro de producción artesanal de alfombras que luego acabó transformándose en una industria de miles de millones de dólares. Impresionante, ¿eh?

Jamie no dijo nada. ¿De verdad esperaba Brad que se pusiera a hablar con él de alfombras? ¿Estaba tratando de ganársela cogiendo su relevo en el papel de guía turístico? ¿Realmente pensaba que la calmaría tan fácilmente?

—Creía que te interesaría, puesto que siempre eres tú la que anda radiando información sobre ese tipo de cosas —le dijo ingeniándoselas una vez más para leerle el pensamiento.

Jamie se quedó inmóvil, asustada ante la perspectiva de permitir a sus pensamientos la libertad de formar palabras, temiéndose que él los usurparía y los reclamaría como propios. «Sin lenguaje no hay pensamiento», recordó haber leído en algún sitio mientras se esforzaba por llenar su cabeza de ruido blanco, pero incapaz de ignorar el tono del último comentario de Brad, un tono que la advertía de que su silencio le estaba acabando la paciencia, de que estaba empezando a sentirse ofendido, como si él fuera el agraviado. Peor aún: estaba empezando a enfadarse, lo que significaba que podía explotar en cualquier momento. Jamie decidió que lo mejor era intentar no enfrentarse a él. Si lograba aguantar hasta la siguiente parada, mantener una conversación trivial, convencerlo de que iba camino de perdonarlo, conseguiría que bajara la guardia y quizá se las ingeniaría para escapar.

—Y ¿qué más has leído? —le preguntó obligándose a mirarlo.

La sorprendió que siguiera teniendo el mismo aspecto: seguía siendo guapo, seguía irradiando ese encanto adolescente, seguía teniendo esa sonrisa demoledoramente atractiva. Sólo que ahora ella respondía a todo eso de manera distinta: el anhelo se había convertido en odio, el asco había ocupado el lugar del deseo, el miedo había acabado con todo vestigio de amor.

—Pues, por ejemplo, ¿sabías que en toda esta parte de Georgia hay muchos lugares donde se libraron batallas durante la Guerra Civil? Como nos dirigimos al norte vamos en sentido contrario, claro, pero de hecho la Interestatal setenta y cinco coincide con la ruta de

Sherman hacia Atlanta. Estamos a pocos kilómetros de Rocky Face Ridge. —La miró como si eso debiera decirle algo—. ¿No te suena?

—¿Debería?

—¡Joder, sí!, pero ¿qué aprendiste tú en clase de historia?

—La historia nunca fue mi fuerte.

Él hizo un gesto de reprobación con la cabeza, como si estuviera decepcionado.

—No me puedo creer que no sepas eso.

Jamie se encogió de hombros, temerosa de decir nada por miedo a ofenderlo.

—Rocky Face Ridge fue el escenario de una batalla importantísima entre el ejército del general Sherman y los confederados. Creo que en mil ochocientos sesenta y cuatro, o igual sesenta y cinco.

—Y ¿hubo muchas bajas? —preguntó Jamie tratando de imprimir entusiasmo a su voz.

—Unas dos mil, creo.

Jamie asintió, dudando de cuánto tiempo más sería capaz de mantener la conversación sin ponerse a llorar.

—Y luego un poco más adelante, justo antes de llegar a la frontera de Georgia con Tennessee, está Ringgold, donde tuvo lugar la famosa persecución del ferrocarril. Seguro que de eso sí te acuerdas.

—¿Te refieres a cuando algunos soldados de la Unión robaron un tren y los propios maquinistas, entre otros, los persiguieron por medio estado, muchos de ellos a pie?

Jamie no tenía la menor idea de en qué oscuro rincón de su mente había encontrado esa información.

—¡Eh, no está nada mal!

—Creo que lo vi en una película.

—Yo la he visto también —dijo él con entusiasmo—. La pusieron en el Canal Historia un día. El protagonista era Fess Parker, ¿sabes quién es Fess Parker?

«¡Ay, Dios!, pensó Jamie. ¿Quién coño es Fess Parker?»

—Fess Parker era el que hacía de Davy Crokett y de Daniel Boone en la tele —la informó Brad—. Y como me digas que no sabes quiénes eran esos...

—Sí, si que sé quiénes eran.

—A ver.

¿Qué era aquello, un examen? ¿Se pararía en el arcén y la violaría otra vez si no daba la respuesta correcta?

—Davy Crockett era un explorador, un hombre de la frontera...

—Davy, Davy Crockett —cantó Brad—, era el rey de la frontera. ¡Sigue!

—Nació en mil setecientos...

No podía hacerlo. Y ¿si se equivocaba? Y ¿si decía mal la fecha? Su voz se quebró amenazando con convertirse en un sollozo.

—Nacido en Limestone, Tennessee en mil setecientos ochenta y seis —recitó Brad de memoria—. Sirvió a las órdenes de Andrew Jackson en la guerra contra los indios creek de mil ochocientos trece a mil ochocientos catorce, fue elegido miembro de la asamblea legislativa del estado en mil ochocientos veintiuno, también fue parlamentario en el congreso durante tres legislaturas y al final se convirtió en el principal adversario político de Jackson y una de las voces más importantes de los conservadores, pero perdió las elecciones en mil ochocientos treinta y cinco. Entonces se trasladó a Texas donde murió defendiendo El Álamo en mil ochocientos treinta y seis.

—¡Vaya! —dijo Jamie impresionada pese a todo.

—Daniel Boone —continuó él, que claramente estaba disfrutando—. Nacido en mil setecientos treinta y cuatro en una pequeña población cerca de Reading, Pennsylvania.

—Otro rey de la frontera —comentó Jamie; luego contuvo la respiración al darse cuenta inmediatamente de que su interrupción había hecho que los hombros de Brad se tensaran.

—De familia cuáquera, se marcharon de Pennsylvania para establecerse en el valle Yadkin, en Carolina del Norte, donde Boone se convirtió en explorador. Fundó Boonesboro junto al río Kentucky y fue elegido capitán de la milicia en mil setecientos setenta y seis. Durante la Revolución, los indios shawnee lo capturaron y lo adoptaron como un miembro más de la tribu, pero se escapó a los cuatro meses y fundó un asentamiento, Boone's Station, cerca de lo que hoy es Athens en Kentucky. Fue miembro de la asamblea legislativa de Virginia durante varios mandatos.

—Era todo un personaje, ¿no? —dijo Jamie cuando se hizo bien evidente que se suponía que tenía que decir algo.

—Bueno, resulta que muchas de las hazañas que se le atribuyen no son ciertas, pero ¿qué más da? Todo hombre es una leyenda, ¿no?

Jamie sonrió con lo que confió pasaría por admiración.

—Cierto.

—Y Fess Parker se convirtió en uno de los vinicultores más importantes de California.

—Fess Parker —repitió Jamie estremeciéndose al pensar que, hasta la tarde del día anterior, la habrían impresionado los conocimientos de historia de Brad—. ¿Cómo es que sabes todo eso?

—¿Sobre Fess Parker? Lo leí en *People*.

—No, sobre Davy Crockett y Daniel Boone —le aclaró ella.

Él se encogió de hombros.

—El año pasado tuve mucho tiempo libre, así que me puse al día de muchas cosas que tenía pendientes de leer.

—Un hombre muy polifacético —dijo Jamie.

—Y ¿qué se supone que quieres decir con eso?

—Nada en particular —respondió Jamie rápidamente—, es sólo que me sorprende que entre llevar tu empresa de informática y diseñar *software*, todavía te quedara tiempo para leer.

—A veces es el tiempo el que te encuentra —dijo Brad misteriosamente.

Jamie asintió; estaba demasiado cansada y asustada para preguntar a qué se refería.

—Y también estás lleno de sorpresas —dijo finalmente; no daba para más.

—Y no todas malas, espero.

Jamie se obligó a sonreír.

—No, no todas.

—Entonces, ¿volvemos a ser amigos? —preguntó Brad después de una pausa de varios segundos.

—¿Amigos? —Jamie hizo lo posible por disimular su incredulidad.

—De verdad que siento muchísimo todo lo que ha pasado.

«Lo que ha pasado —repitió Jamie en silencio—: como si él no hubiera tenido nada que ver, como si hubiera estado fuera de su control.»

—No ha pasado porque sí —le recordó Jamie.

—Ya, ya lo sé, perdí el control un poco.

—Me hiciste daño, Brad.

—Lo sé, lo sé.

—Me hiciste daño de verdad.

—Y lo siento, lo siento muchísimo, Jamie. Por favor, perdóname. Llevo todo el día pensando en ello, me voy a volver loco; ya sabes que te quiero, lo sabes ¿verdad?

A Jamie se le llenaron los ojos de lágrimas. ¿Se estaba volviendo loca? ¿De verdad estaban teniendo esta conversación?

—Ya no estoy segura de lo que sé.

—¡Venga ya, señorita Jamie! Tienes que saber que te quiero. Igual no sabes nada de Davy Crockett y Daniel Boone, pero eso sí que lo tienes que saber.

Jamie esbozó una sonrisa cautelosa.

—Eso está mejor —dijo Brad—, ésa sí que es mi chica.

Alargó el brazo y le apretó el muslo. Jamie apartó la pierna instintivamente.

—¡Eh, tranquila, que no tengo la menor intención de empezar nada! —Se las arregló para parecer sorprendido y dolido a la vez—. ¿Todavía te pones así?

—Es sólo que necesito un poco de tiempo —dijo Jamie con voz suplicante.

—Ningún problema, tenemos tiempo —sonrió él—, por lo menos hasta esta noche.

Jamie sintió que se le revolvía el estómago al pensar en las implicaciones de la frase.

—¿Estás bien? —le preguntó Brad.

—¿Crees que podríamos parar pronto? Me gustaría tomar un poco de agua.

—Hay coca-cola en el asiento de atrás, la compré cuando paramos a echar gasolina.

—La verdad es que preferiría agua.

—Igual más tarde.

Jamie cerró los ojos tratando de contar hasta diez, y cuando vio que eso no la calmaba, hasta veinte.

—¿Podríamos poner algo de música? —preguntó cuando se hubo serenado un poco. En algún momento, él había apagado la radio y entonces ella había agradecido el silencio, pero ahora le parecía ofensivo, como si le estuviera exigiendo que lo rompiera.

Brad apretó un botón y la radio empezó a sonar: la voz nasal de Shania Twain llenó el coche con una animada melodía. Jamie tarareó la canción, fingiendo estar concentrándose en la estúpida letra.

—Arriba, arriba, arriba —cantaba Shania.

—¿Sabías que su verdadero nombre no es Shania? —dijo Brad.

—¿Ah no?

—No, se llama Eileen, ¿te lo puedes creer? Es de algún pueblo perdido del norte de Ontario; sus padres murieron en un accidente de coche y fue ella la que crió a todos sus hermanos.

Jamie asintió: le sonaba de algo la historia.

—¿Lo leíste en *People*?

—Lo vi en *Entertainment Tonight*.

—¿Ves mucho la tele?

—Algo, ¿y tú?

—Más de lo que debería.

—¿Según quién? ¿Tu madre y tu hermana?

—No recuerdo que mi madre haya visto la tele jamás y mi hermana dice que la única cadena que ve es PBS.

—Miente.

—No lo creo, es abogada y…

—¿Cómo? ¿Así que los abogados nunca mienten?

—Lo que quiero decir es que entre el despacho y su familia no le queda mucho tiempo para ver la tele, así que es muy selectiva con lo que ve.

—Cuentos.

Jamie se encogió de hombros. Nunca pensó que se vería en la situación de tener que salir en defensa de su hermana. Ni de querer hacerlo.

—¿Cómo se llama cuando tienes cien abogados en el fondo del mar? —preguntó Brad sonriendo incluso antes de contar la parte graciosa.

Jamie negó con la cabeza: ni lo sabía ni le interesaba saberlo.

—Un buen comienzo —se rió Brad.

Jamie se preguntó si su hermana habría oído éste. Cynthia odiaba los chistes de abogados, decía que no distaban mucho de los comentarios racistas.

—Mi hermana dice que todo el mundo odia a los abogados hasta que les hace falta uno.

—Y entonces los odian incluso más. —Brad respiró hondo—. Putos mamones mentirosos. Habría que fusilarlos a todos.

A Jamie se le escapó un grito ahogado al oír la vehemencia de sus palabras.

—Bueno, a tu hermana que no la fusilen —dijo él en tono más suave.

Ella trató de sonreír.

—Por como hablas de ellos, parece que has tenido alguna mala experiencia con abogados.

—Todo el mundo ha tenido malas experiencias con abogados.

—Pues yo creo que mi hermana es muy buena.

—¿Ah sí? Y ¿tú cómo lo sabes? ¿Alguna vez la has visto en un juicio?

—No se dedica a los juicios, no ejerce de abogado litigante. «Vamos, que no es "LITIGATOR"», pensó Jamie recordando la matrícula que había visto el primer día de viaje. ¡Qué lejos parecía ya todo aquello: sus esperanzas infundadas, su inocencia perdida!

—Entonces, ¿a qué tipo de casos se dedica?

—Sobre todo a mercantil, tributario, cosas así.

—Suena divertidísimo.

—Pues a ella parece que le gusta.

—Lo que le gusta es el dinero que gana.

—A todo el mundo le gusta el dinero.

—¡Eso sí que es verdad, vaya que sí!

«La verdad —pensó Jamie—, ¿qué quería decir esa palabra? ¿Algo de lo que él le había dicho durante los últimos días había sido *verdad*?»

Tenía ganas de preguntarle: «¿Es verdad que vendiste tu empresa de informática por una suma desorbitada? ¿De verdad estabas hospedado en el Breakers porque se había acabado el contrato de alquiler de tu apartamento? ¿Es verdad que tienes una ex mujer y un hijo viviendo en Ohio? ¿Qué pasó, de verdad, después de que yo saliera corriendo de casa de Laura Dennison?» Pero lo que le preguntó fue:

—¿Quién es Grace Hastings?

La pregunta se había saltado la cola escapando de su boca precipitadamente.

—¿Qué?

—Grace Hastings —repitió Jamie—, ¿quién es, Brad? —dijo pronunciando el nombre de él en un intento consciente de mostrarle que la relación entre ellos dos comenzaba a volver a la normalidad poco a poco, a hacerse personal, que estaban empezando a conectar de nuevo.

Pareció surtir efecto: él le sonrió y le dio una palmadita en la mano mientras Jamie trataba de no estremecerse con su contacto y apartarla.

—Nadie de quien tengas que preocuparte.

—Tenías su tarjeta de crédito.

—¡Sí, para lo que me ha servido!

—Aún así...

—Grace era amiga de Beth.

—¿Beth?

—Mi ex.

—¡Ah! —Jamie se quedó callada. Hasta hacía menos de veinticuatro horas pensaba que Beth Fisher era una de las mujeres más afortunadas y a la vez más tontas del mundo: afortunada por haber estado casada con Brad y tonta por haberlo dejado; pero claro, ahora el título de «Mujer más estúpida del mundo» se lo había ganado ella—. ¿Cómo podía ser?

Brad lanzó un bostezo, como si el tema lo aburriera soberanamente.

—Es bastante guapa, supongo, pero ¿qué importa?

—Tengo curiosidad.

—Pues ya sabes lo que dicen de la curiosidad y el gato.

—Es que tengo como dos imágenes contradictorias de ella en mi cabeza.

—¿Qué clase de imágenes?

—Por un lado me la imagino alta, rubia, etérea.

—¿Etérea? ¿Qué es eso?

—Muy delicada, angelical.

Brad negó con la cabeza.

—Delicada ¿eh? ¿Angelical? —Se rió burlón—. Y ¿la otra imagen?

—Más baja, más morena, más fuerte.

—Supongo que es un poco las dos cosas —dijo Brad y se rió otra vez.

—Y ¿tu hijo?

¿De verdad tenía un hijo?, se preguntó Jamie.

—¿Qué pasa con él?

—No me acuerdo del nombre —mintió Jamie.

—Se llama Corey —dijo Brad arrugando la frente.

Así que *sí* que tenía un hijo, pensó Jamie. Sobre eso no estaba mintiendo.

Acabó la canción: Shania enmudeció y el *disk jockey* anunció que era la hora del boletín de noticias: enfrentamientos armados en Irak; un atentado suicida en Israel; una mujer de Oklahoma que había ganado una cuantiosa suma de dinero en un juicio contra una tienda de muebles, ya que mientras buscaba un sofá nuevo, un niño que correteaba por la tienda la había hecho caer al suelo y se había roto una pierna; y eso pese a que el niño resultaba ser su propio hijo.

—Ojalá hubiera tenido yo a *su* abogado —comentó Brad.

—Y ¿para qué has necesitado tú un abogado?

—*Siguen sin esclarecerse las circunstancias del brutal asesinato de una mujer ocurrido en Atlanta esta madrugada* —continuó el locutor.

Brad cambió de emisora.

—¡Espera! ¿Qué han dicho?

«¡Por Dios, que sea un error! —pensó Jamie mientras los pensamientos se agolpaban desordenadamente en su cabeza—. ¡Que haya oído mal, que estuvieran hablando de otra persona, que no sea lo que creo que es!»

—*Repunte de la crisis en Oriente Medio* —estaba diciendo otro locutor.

Brad volvió a cambiar de emisora.

—*Soy Margaret Sokoloff para ofrecerles las noticias de las cuatro.*

Una vez más, la voz de la locutora enmudeció abruptamente y fue sustituida por otra:

—*La policía continúa investigando el brutal asesinato de una mujer en Atlanta esta madrugada* —estaba recitando otro locutor más.

—Déjalo —dijo Jamie ahora que la mano de Brad ya no tenía más botones de emisoras presintonizadas que tocar.

—Jamie…

—Déjalo.

Brad se encogió de hombros.

—Como quieras.

—*El cuerpo de Laura Dennison, de cincuenta y siete años de edad fue descubierto hoy a las ocho de la mañana por su hijo, Mark Dennison, cuando éste pasó por la casa de su madre para desayunar con ella antes de ir al trabajo como tenía por costumbre.* —Jamie sintió que se le paralizaba todo el cuerpo: «¡Dios mío, nada de esto está pasando!»—. *La víctima, residente en el barrio residencial de Cutter Park, falleció a causa de la brutal paliza recibida. La policía ha declarado que todavía no hay sospechosos oficiales del terrible asesinato y no desvelará más detalles sobre el caso por el momento…*

La respiración entrecortada de Jamie retumbaba por todo el coche para cuando Brad apagó la radio.

—Y ahora no te pongas así.

—La mataste —murmuró Jamie al tiempo que todo empezaba a darle vueltas.

—¡Eh, se lo había buscado después de todas las cosas que te hizo!

—La mataste.

—Fue un accidente, Jamie.

—¿Un accidente?

—Yo sólo quería protegerte.

—¿*Protegerme*?

—Te había reconocido, Jamie. Traté de razonar con ella, intenté decirle que nunca había oído hablar de ninguna Jamie, pero simplemente se rió. Hice lo posible por explicarle que sólo queríamos lo que te pertenecía por derecho, y entonces fue cuando se puso a chillar, dijo que iba a llamar a la policía, dijo que haría que te pudrieras en la cárcel el resto de tus días, y yo no podía permitir que eso ocurriera. Así que tuve que golpearla hasta que se cayó.

—Me dijiste que habías conseguido convencerla...

—Estabas histérica, ¿qué querías que te dijera? Y además no te lo creíste, sé que no.

Tenía razón, se dio cuenta Jamie, y la revelación la dejó muda: siempre había sabido la verdad, ¿qué otra verdad era posible?

—Lo hice por ti, Jamie.

Jamie apretó la frente contra el cristal de la ventana, cerró los ojos y rezó rogando por ser capaz de olvidar.

Capítulo 23

Lily estaba sentada a la mesa de la cocina, con el bolígrafo sobre unas hojas en blanco, tratando de acorralar los pensamientos inconexos que se arremolinaban en su mente como una nube de insectos ruidosos, intentando darles algo de estructura y dirección, de infundirles un cierto dramatismo. Pero ¿cuánto dramatismo podía crear a partir de una tarde de domingo en el cine en compañía de dos niños de cinco años? A no ser que ella fuera una niñera lunática con impulsos sexuales reprimidos y uno de los niños un alienígena o un asesino en serie precoz. Y todo eso, ¿no se les había ocurrido ya a otros?

Aunque tampoco importaba. Dales a un centenar de escritores la misma idea y al final tendrás un centenar de historias diferentes, o por lo menos eso era lo que recordaba que decían sus profesores. Así que, aunque una buena idea de partida nunca estaba de más, era aún más importante lo que uno hacía con ella. Y en esos momentos, por desgracia, ella no estaba haciendo nada digno de mención.

«Escribe sobre aquello que conoces —pensó—. Bueno, pero de represión sexual sé muchísimo, eso seguro. O por lo menos de frustración sexual», se corrigió en silencio preguntándose cuánto hacía de la última vez que tuvo relaciones sexuales. ¿A quién quería engañar?, se preguntó con impaciencia: sabía exactamente cuánto hacía; su mente volvió atrás en el tiempo hasta aquella noche de marzo de hacía catorce meses y se puso de pie de un salto, negándose a pensar más en ello. Se acercó al fregadero, llenó un vaso de agua fría pese a no tener sed y se quedó mirando al cielo por la ventana mientras oscurecía. Eran las ocho. Desde luego los días se iban alargando: el tiempo pasaba deprisa y el verano llegaría en un abrir y cerrar de ojos, y luego, otro mes de marzo. ¿Cuánto tiempo más podía permitirse perder?

—En algún momento tendré que seguir con mi vida —anunció al silencio que la rodeaba—, hacer algo —dijo—, hacer el amor. —Se preguntó qué estaría haciendo Jeff Dawson y qué aspecto tendría desnudo—. ¡Por favor! —se regañó dando un trago de agua, como para sofocar los fuegos del tipo que fuera que parecían arder en su interior, y luego volvió a sentarse a la mesa. Volvió a coger el bolígrafo agarrándolo con más fuerza de la necesaria, de manera que la uña de su dedo índice se le clavaba en un lado del dedo corazón. Pensó por un momento y entonces escribió unas cuantas palabras y las subrayó con excesivo primor:

Pasar página
de Lily Rogers

—De momento voy bien. —Miró al techo—. Y ahora, ¿qué?

Seguramente debería ver cómo estaba Michael, decidió, y ya estaba medio de pie cuando se acordó de que había ido a verlo hacía menos de diez minutos y el niño estaba profundamente dormido, agotado después de un día tan movido. Miró la hora y se dio cuenta de que apenas había pasado un minuto desde la última vez que lo había hecho. Podía ver la tele, pensó, o leer, o llamar a Jeff Dawson y decirle otra vez lo bien que lo había pasado la noche anterior y quizá sugerirle que pasara a tomar un café. Desnudo.

—¡Por Dios! ¡Deja de pensar tonterías!

Pasar página
de Lily Rogers

Nancy Firestone había ido a recoger a su hijo al colegio y mientras caminaban de vuelta a casa se dio cuenta de que de los cinco hombres con los que había estado en los últimos cinco años, tres estaban muertos.

—¡Madre mía! —dijo Lily contemplando la hoja de papel—. Pero ¿de dónde me he sacado yo eso?

Se suponía que debía escribir sobre lo que conocía, y la verdad era que sólo había estado con un hombre en los últimos cinco años.

Uno había muerto de un ataque al corazón, a otro se lo había llevado por delante un tumor cerebral y el tercero había chocado con el tronco inmenso —y despiadadamente cruel— de un árbol mientras conducía su moto.

—¡Fantástico! ¡Una maravilla! —exclamó sarcástica al tiempo que arrancaba la hoja y la rompía en pedazos; luego los apretó con el puño cerrado hasta hacer con ellos una bola y la tiró al suelo. ¿Qué era lo que acababa de decidir sobre pasar página? Empezó otra vez.

Pasar página
de Lily Rogers

Nancy Firestone había ido a recoger a su hijo al colegio y mientras caminaban de vuelta a casa se dio cuenta de que de los cinco hombres con los que había estado en los últimos cinco años, tres estaban muertos. A uno lo había atropellado un coche en una intersección con mucho tráfico, otro había sufrido un repentino ataque al corazón y al tercero le habían pegado un tiro en la cabeza.

—Esto ya está mejor.

Si no iba a ceñirse a lo que conocía, entonces podía ir hasta el final. Sólo que, ¿cuál era el siguiente paso hacia el *final*? «Debería describirla», pensó.

Con su casi metro ochenta de estatura, Nancy Firestone medía más de lo que debiera si se tenía en cuenta que ni su padre ni su madre pasaban del metro sesenta y cinco. Su nariz era larga, sus labios carnosos, su cabello un poco demasiado negro para su blanca piel y, sin lugar a dudas, su rasgo más característico eran sus ojos: los tenía grandes y azules, y daban permanentemente la sensación de que sabía más de lo que dejaba entrever. Sus ojos guardaban infinidad de secretos; eso le había susurrado un hombre al oído en una ocasión y Nancy había echado la cabeza hacia atrás y se había reído.

Lily dejó el bolígrafo sobre la mesa preguntándose en qué momento Nancy Firestone se había metamorfoseado para convertirse en Emma Frost. Y ¿a qué se refería Dylan esa tarde cuando ha dicho que su madre se llamaba Emma por el bebé de Rachel en *Friends*?

—Quieres decir que se llaman igual —lo había corregido Lily sin prestar demasiada atención en el momento en que apagaban las luces del cine.

Lo había observado meter la manita en la inmensa bolsa de palomitas con mantequilla tirándole la mitad sobre el regazo.

—No —había dicho él recogiendo las palomitas escapadas y llevándose otro puñadito a la boca, como si tuviera miedo de que le quitase la bolsa sin avisar—. Antes tenía otro nombre, sólo que se supone que no se lo puedo contar a nadie.

Y luego había dicho que Dylan tampoco era su verdadero nombre, que era el de alguien que vivía en Beverly Hills y que no le gustaba, así que su madre le había prometido que la próxima vez le dejaría elegir a él su propio nombre. Sólo que se suponía que tampoco podía contar eso. Lily le prometió que le guardaría el secreto y ahora estaba sacudiendo la cabeza llena de admiración: la verdad es que no le vendría nada mal algo de la imaginación desbordante de Dylan en esos momentos.

Era un niño tan raro, concluyó. Callado y desconfiado un minuto, abierto y parlanchín el siguiente. No conocía el miedo para algunas cosas, pero por otro lado se asustaba hasta de su propia sombra. Era «un veleta», como solía decir la madre de Lily. «Un poco como su madre», pensó: nunca estabas segura de lo que estaban pensando ninguno de los dos; no acababas de pillarles el aire. Como, por ejemplo, aquella misma tarde cuando había llevado a Dylan a casa: Emma había estado educada pero distante, no la había mirado a los ojos, casi ni había oído el cumplido de Lily sobre su nuevo corte de pelo, y despedía un olor a cigarrillo recién fumado que se aferraba a su precioso jersey nuevo color melocotón como una lapa.

—¡Qué jersey tan bonito! —le había dicho Lily intentándolo una vez más—. ¿Es nuevo?

—No, claro que no —había respondido Emma cortante por más que un simple no hubiera bastado.

—¡Apestas! —le había gritado Dylan de repente rompiendo a llorar y acusando a su madre de haber roto la promesa que le había hecho de dejar de fumar.

Emma había insistido en que apestaba a tabaco sólo porque había ido a tomar un café con una vieja amiga que «fumaba como una chimenea».

—¿Qué vieja amiga? —había preguntado Dylan sin obtener respuesta ni siquiera cuando preguntó por segunda vez.

La ira había teñido de rojo las mejillas de Emma y se había limitado a dar rápidamente las gracias a Lily por haberse portado tan bien con el niño sacándolo por ahí, y acto seguido la había acompañado hasta la puerta sin más miramientos.

—Gracias otra vez —le había repetido al tiempo que la puerta de mosquitera se cerraba en las narices de Lily.

¿Qué había sido todo eso?, se preguntaba Lily ahora tratando de no darle demasiada importancia: en definitiva, Emma siempre había sido un poco distante y hasta que no se produjo la confusión con el correo, no se había dignado dirigirle más de dos palabras y el ocasional saludo con la mano desde lejos. Pero aún así, Lily confiaba en que iban camino de hacerse amigas. ¿Había ocurrido algo durante el día que había hecho que Emma cambiase de idea?

—Bien —dijo Lily volviendo a centrarse en el relato y cogiendo el bolígrafo al tiempo que pasaba a una página nueva—. Y ¿si intentamos algo un poco diferente?

Pasar página
de Lily Rogers

Habían pasado casi dos años desde la última vez que Nancy Firestome había estado con un hombre.

Ajá...

La última vez, todo había sido desagradable, brusco y precipitado: un final adecuado para un matrimonio que fue un error desde el principio.

Lily se quedó mirando las palabras que acababa de escribir, casi sin aliento. ¿Qué estaba haciendo? Arrancó la ofensiva hoja del cuaderno en un solo movimiento e hizo una bola de papel con ella que lanzó al otro lado de la habitación, donde ésta dio un bote y se precipitó hacia la que había tirado antes. ¿Qué coño estaba haciendo?

Volvió a coger el bolígrafo y comenzó a escribir frenéticamente en la siguiente hoja:

Pasar página
de Lily Rogers

Habían pasado casi dos años desde la última vez que Nancy Firestome había estado con un hombre. Dos años de soledad, anhelos y mentiras.

Una vez más, Lily alargó la mano para arrancar la página. «¿Qué coño te pasa? ¡Por Dios! Y esta vez no escribas ninguna estupidez.»

Pasar página
de Lily Rogers

Habían pasado casi dos años desde la última vez que Nancy Firestome había estado con un hombre y decidió que había llegado el momento de hacer algo al respecto.

«¡Buena chica, Nancy! ¡Eso está mejor!» Lily se puso en pie de repente con tal ímpetu que tiró la silla. La dejó allí tirada, cogió su bolso de la encimera de la cocina y rebuscó en su interior rozando por fin con los dedos la tarjeta que estaba buscando; la sacó, se quedó mirando el número escrito en ella memorizándolo involuntariamente y luego marcó los números antes de que tuviera oportunidad de pensarse lo que estaba haciendo.

—Dos años sin sexo era un tiempo demasiado largo, dos años, demasiado largo —dijo en voz alta escuchando el tono de llamada una, dos, tres veces.

En mitad del cuarto tono, le cogieron el teléfono:

—¡Hola! ¿Qué tal? —dijo Jeff Dawson como si ya supiera que era ella, como si hubiera estado esperando su llamada.

Pero, ¡por supuesto!: «Identificación de llamadas entrantes», pensó Lily. ¿Por eso había tardado tanto en contestar? ¿Había estado pensándose si quería hablar con ella o no?

—Hola, soy Lily, Lily Rogers —añadió por si conocía a más de una Lily, por si ya había borrado su número de la memoria del teléfono...

Quizás hubiera sido mejor que dijera Nancy Firestone, pensó. Nancy Firestone sabría qué decir después.

Sólo que Jeff Dawson no estaba escuchando sino que seguía hablando: «*Soy Jeff Dawson y en estos momentos no puedo atender tu llamada*».

—¡Estupendo!

Hacía tanto que no estaba con un hombre que ya no era capaz de distinguir una grabación de una voz real.

«*Pero si me dejas tu nombre, tu número y un mensaje corto después de la señal, me pondré en contacto contigo en cuanto pueda.*»

—Mejor no —dijo Lily colgando el teléfono.

Pues claro que ha salido. ¿Por qué no iba a hacerlo? ¿No creerías de verdad que iba a estar en casa esperando a que lo llamaras, no? «Ya, pero hubiera estado bien.» Se quedó de pie en medio de la cocina durante un rato y luego salió de la habitación.

Un minuto después estaba sentada a los pies de su cama pasando canales con el mando a distancia, con la mirada perdida, fija en la pantalla de la pequeña televisión que tenía en su dormitorio. «Seguro que tiene que haber *algo* decente.» Pero se desanimó después de dar una segunda vuelta completa, rindiéndose a la evidencia de que no había un solo programa en la tele que le interesara. ¿Qué le pasaba? ¿Por qué estaba tan inquieta? Había pasado un día muy agradable: la galería de arte era maravillosa —tal y como Jeff le había dicho—, y la película, una de dibujos animados con tiburones que hablaban a toda velocidad y otros habitantes varios del fondo marino, había sido entretenida. Se había dado el gusto de comer patatas fritas de McDonald's y palomitas en el cine, y Michael no había dado nada de guerra a la hora de irse a la cama, así que: ¿por qué estaba tan intranquila?

¿Era contagioso el mal humor de Emma? ¿Estaba disgustada porque Jeff no la había llamado? ¿O era simplemente que tenía un calentón? Lily se encogió de hombros, incapaz de librarse de la desagradable sensación de que algo estaba a punto de pasar. Algo malo.

Soltó una carcajada: ¿cuántas veces había tenido esa sensación en el último año? Y ¿acaso había pasado algo? No. De hecho, parecía que las cosas ocurrían cuando menos se lo esperaba, cuando menos preparada estaba para lidiar con los acontecimientos: ¿Acaso había sospechado en absoluto el terrible secreto de su marido? ¿Acaso había tenido el menor presentimiento de que Kenny estaba a punto de chocar con un árbol?

Lily se quedó mirando a la televisión ensimismada y relajó la presión del pulgar sobre el mando a distancia en el momento en que aparecía en pantalla la nítida imagen de una preciosa casa al final de una calle jalonada de árboles.

—¿Hay un nuevo asesino en serie en Atlanta? —preguntaba una sonora voz masculina mientras la fotografía de una atractiva mujer mayor sustituía al plano de la apacible calle—. No se han conocido nuevos detalles de la investigación del brutal asesinato ocurrido en un barrio residencial de Atlanta la pasada madrugada —continuó el presentador de la CNN mientras los principales titulares del día desfilaban rápidamente por la parte inferior de la pantalla—. El cadáver de Laura Dennison, viuda de cincuenta y siete años de edad, fue encontrado hoy por su hijo, Mark Dennison, a las ocho de la mañana aproximadamente. La víctima presentaba signos de haber recibido varios golpes en la cabeza con un objeto pesado. En estos momentos la policía no desea especular sobre la posibilidad de que este último asesinato esté relacionado con otros dos ocurridos en Atlanta durante los últimos ocho meses en los que las víctimas eran así mismo mujeres mayores.

—Hoy por hoy no disponemos de evidencia que nos lleve a sospechar que los casos estén relacionados —insistía un oficial de policía visiblemente impaciente que trataba de escapar del micrófono que le agitaban frenéticamente en la cara.

—Pero los residentes de este barrio acomodado de Atlanta no están en absoluto convencidos —prosiguió el presentador mientras la cámara mostraba un plano corto de los preocupados ciudadanos.

—Por supuesto que tengo miedo —declaraba a cámara una anciana—. Y la policía, ¿qué está haciendo para protegernos?

—Han asesinado a tres mujeres en los últimos ocho meses —decía otra voz airada—, está claro que es obra de un asesino en serie. ¿Cuánto tiempo más va a seguir la policía negando la evidencia?

—Una no se espera que pasen estas cosas en un barrio como Cutter Park.

Lily apagó la tele: no quería oír hablar de asesinos en serie que andaban sueltos por las calles, sobre todo si la policía parecía no poder hacer nada.

Visto lo visto, podía empezar con el libro de Steinbeck, decidió levantándose de la cama para dirigirse de nuevo al piso de abajo, y se preguntó cuántas de las otras participantes en el club de lectura estarían leyendo a esas horas. «Bueno, por lo menos estoy haciendo ejercicio con tanto subir y bajar», pensó salvando de un salto el último peldaño y dirigiéndose al cuarto de estar. Y entonces fue cuando vio la sombra de un hombre a través de las finas cortinas de la ventana.

Dejó escapar un grito ahogado y la silueta se quedó inmóvil y ladeó la cabeza hacia ella.

—¡Dios mío! —murmuró mientras la figura desaparecía de su vista.

Inmediatamente oyó que alguien llamaba a la puerta, con cautela al principio, más fuerte y con más insistencia después. Lily salió al vestíbulo con paso receloso.

—¿Lily? —se oyó decir a una voz masculina a través de las dos puertas de la entrada—. ¿Lily? Soy Jeff Dawson, ¿estás ahí?

Lily abrió la puerta y se quedó mirando al detective a través de la mosquitera de la segunda puerta.

—Hola, perdona que aparezca así, ¿no te habré asustado?

Lily se rió, sintiéndose como una estúpida pero a la vez profundamente aliviada.

—Estaba viendo las noticias en la tele y hablaban de un asesino en serie en Atlanta...

—Y ¿creíste que como le pillaba de paso había desviado el rumbo ligeramente para pasarse por la carretera de Mad River?

—Supongo que me asusté, pero pasa, pasa.

—Espero no molestar.

—En absoluto.

—Estaba por aquí cerca —comenzó a decir y luego se detuvo—. La verdad es que estaba en la otra punta de la ciudad. —Entró en la casa y Lily cerró la puerta—. ¿Qué te parece?: asombrosas mis dotes para hacerme el interesante, ¿no crees?

Lily le sonrió.

—Nunca me ha gustado demasiado ese tipo de maniobras.

—Mejor que mejor, porque a mí nunca se me han dado bien.

—De hecho, te he llamado hace un rato —reconoció ella.

—¿Ah sí? ¿Por qué?

—Quería invitarte a que pasaras a tomar un café.

—Me encantaría tomarme un café.

—Pues entonces hice bien en llamarte. —Se rieron los dos y Lily lo guió hasta la cocina sintiéndose aturdida y algo mareada de la emoción.

—¡Madre mía! Pero ¿qué ha pasado aquí?

Lily miró a la silla caída en el suelo y las bolas de papel esparcidas por toda la habitación y rápidamente puso la silla de pie y tiró los papeles en el cubo de la basura de debajo del fregadero.

—Me temo que perdí un poco la paciencia mientras trataba de escribir otro relato.

—Y ¿te puedo ayudar yo de alguna manera?

«Te puedes quitar la ropa y hacerme el amor loca y apasionadamente encima de la mesa de la cocina», pensó Lily mientras medía café para seis tazas y echaba agua en la cafetera, concentrándose en que no le temblaran las manos. No hacerse la interesante era una cosa, pero ponerse en ridículo era otra.

—¿Te parece bien descafeinado? —preguntó volviéndose en el momento en que él daba un paso hacia ella.

El beso que siguió fue suave y apremiante a la vez, tal y como se lo había estado imaginando todo el día. Se esforzó por mantener los brazos pegados al cuerpo, pues temía que si lo tocaba no sería capaz de parar hasta no haberle quitado toda la ropa. Igual podían hacerlo de pie, se sorprendió pensando. Y luego se preguntó qué demonios le pasaba: y ¿si su hijo se despertaba, bajaba a la cocina y los sorprendía en pleno arrebato de pasión dándose golpes contra los armarios de la cocina?

—Hoy he llevado a los niños a la galería de arte como tú me sugeriste y ha estado fenomenal, les encantó —susurró ella en un intento de que las cosas fueran un poco más despacio.

—¿Los niños? —le preguntó él buscando otra vez su boca con los labios.

—Michael y Dylan, el hijo de Emma. —Sintió cómo Jeff se ponía tenso de repente—. Jeff, ¿qué pasa?

¿Había bastado mencionar a su hijo para que las cosas no solamente fueran más despacio sino que se pararan en seco?

Jeff dio un paso atrás y se apoyó en la mesa clavándole una mirada de policía.

—¿Conoces bien a esa tal Emma Frost?

¿Qué estaba pasando?, se preguntó Lily.

—No entiendo dónde quieres ir a parar.

—Tu amiga Emma, ¿hace cuánto que la conoces?

¿Por qué le hacía esa pregunta?

—Pues llevamos siendo vecinas bastante tiempo, pero ha sido en los últimos días cuando hemos empezado a conocernos. ¿Por qué? ¿Qué pasa?

—¿Qué me podrías contar de ella?

—Y ¿por qué iba a tener que contarte nada? —Lily pudo oír el tono defensivo de su voz y se preguntó qué era lo que defendía exactamente.

—La he visto hoy.

—¿Y? —¿Era él la vieja amiga con la que Emma había tomado café y que supuestamente «fumaba como una chimenea»?—. ¿Te tomaste un café con ella?

—Sí pero eso fue después…

—¿Después?

«¡Ay, Dios! —pensó Lily—. ¿Después de qué?»

—Después de que la pillara robando en una tienda.

—¡¡¿Cómo?!!

—En Marshalls. Casi la detengo.

—¡¡¿Cómo?!! —dijo Lily repitiendo la única palabra que parecía ser capaz de articular.

—Y si no lo hice fue solamente porque es amiga tuya.

—Pero esto es ridículo, no puedo imaginarme a Emma robando nada.

—Robó una blusa, un fular, unos pendientes y ¡Dios sabe qué más llevaba debajo de la ropa! —enumeró Jeff.

De repente, Lily recordó la imagen de Emma con su bonito jersey nuevo color melocotón. ¿Era ésa la razón por la que no la había mirado a los ojos cuando vino a traerle a Dylan a casa?

—Dime lo que sabes de ella.

—No sé gran cosa —admitió Lily—, sólo que antes era modelo.

—¿Qué más?

—Que escribió un relato para *Cosmopolitan*.

—Y tú ¿lo has visto?

—Pues no, ya no conserva la revista después de tanto mudarse con lo del divorcio.

—Y se divorció porque…

—Porque su ex era un pervertido, le gustaba la pornografía infantil y esas cosas.

—¿Alguna vez te ha dicho dónde vive él?

Lily negó con la cabeza. Estaba empezando a asustarse.

—¿Crees que está mintiendo?

—A mí me dijo que su familia se había mudado muchas veces porque su padre era militar.

—Bueno, pero eso no es tan raro, por lo menos según lo que yo he oído contar a los hijos de militar.

—Ya, sólo que no hay bases militares en Miami ni en Detroit, dos de los lugares en los que dice haber vivido, y cuando se lo comenté, me dio una explicación absurda sobre cómo a su madre la habían trasladado de un colegio a otro.

—Su madre era directora de colegio —confirmó Lily—. Igual era de las que no se lo piensan dos veces y van donde ven que hay una oportunidad.

—Emma dijo que a su padre lo habían matado en Vietnam cuando ella todavía era una niña —replicó Jeff.

—¿Y?

—Me parece difícil teniendo en cuenta que la guerra de Vietnam acabó antes de que ella naciera.

—¡Ay, Dios! —Había dejado a su hijo con esa mujer, estaba pensando Lily—. Su hijo hizo un comentario un poco raro esta tarde —dijo haciendo memoria—, pero yo pensé que era sólo que tenía mucha imaginación…

—¿Qué dijo?

—Que su verdadero nombre no era Dylan y que el de su madre tampoco era Emma, pero que se suponía que no se lo podía contar a nadie. ¿Crees que podría ser cierto?

—Creo que me fío de Dylan más que de su madre —le contestó Jeff.

—Pero si no es Emma Frost, entonces, ¿quién es?

Jeff no dijo nada pero su silencio era más que elocuente: «No lo sé —decía—, pero voy a hacer todo lo posible por averiguarlo».

Capítulo 24

Jamie estaba acurrucada con la espalda contra el espantoso cabecero de la cama matrimonial medio desvencijada, tratando de no llorar. Brad le había dicho que dejase de llorar y era importante que hiciese lo que le ordenaba, porque no quería enfurecerlo. Si lo enfurecía —y ya había ocurrido varias veces en el transcurso de la tarde—, entonces era posible que la golpeara otra vez, y no iba a correr ese riesgo. Y menos aún ahora. Ahora que por fin él se había relajado y parecía contento, ahora que había relajado los puños y tenía los brazos extendidos tranquilamente a sus costados, ahora que estaba echado a los pies de la cama con sus propios pies sobresaliendo fuera de ella sobre esa horrorosa colcha verde y mostaza, y los ojos fijos en la televisión.

Brad soltó una carcajada y volvió la cabeza hacia Jamie.

—¡Ja! —exclamó—. ¿Has oído eso, señorita Jamie?

¿Oír qué?, se preguntó ella al tiempo que su espalda se ponía rígida contra el cabecero de madera. ¿Era madera de verdad o imitación?, se preguntó distraída, temerosa de permitir a su mente considerar otros temas más urgentes, como por ejemplo cómo salir de aquella habitación destartalada, de aquel hotelucho asqueroso; o bien, cómo escapar de ese hombre horrible que seguía diciéndole que la quería pero que la había abofeteado con tal fuerza que había hecho que le rechinaran los dientes. ¡Y pensar que no hacía tanto tiempo le parecía guapo!, se maravilló ahora al contemplar aquella sonrisa venenosa deslizándose por aquellos ojos azules para luego apartar inmediatamente tales pensamientos no deseados de su cabeza. Él los vería, pensó. Los vería y entonces le pegaría otra vez.

—¿No lo has oído? —le preguntó.

—Lo siento —se apresuró a contestar Jamie. «Debería haberlo oído, debería haber estado prestando atención».

—Lo sientes ¿por qué?

—Por nada, lo siento —se disculpó Jamie de nuevo.

Brad se incorporó apoyándose sobre un codo y soltó una carcajada.

—Son buenas noticias, señorita Jamie, eres libre: la policía de Atlanta cree que se trata de un asesino en serie, ¿te lo puedes creer?

—¿Cómo?

Pero ¿de qué le estaba hablando?, pensó.

—Creen que a tu ex suegra la ha asesinado algún mamón de asesino en serie.

«Y ¿por qué iban a pensar eso?», se preguntó Jamie.

—Por lo visto les han aplastado la cabeza a otras dos viejas durante este último año —respondió Brad como si ella le hubiera hecho la pregunta en voz alta.

«Me lee el pensamiento —se dio cuenta Jamie—, ve todo lo que pienso, por eso es tan importante que tenga la mente en blanco, vacía.»

—Policías gilipollas. —Se rió otra vez—. ¡Eh! —dijo mirando hacia la mesa redonda de madera que había entre la cama y la ventana—, todavía no has probado la cena.

—No tengo ganas. —Sólo pensar en comida le revolvía el estómago.

Brad salió de la cama de un salto y fue hasta la mesa, cogió la bolsa de papel que contenía una hamburguesa con queso, fría a esas alturas, y unas patatas fritas, y la lanzó hacia la cama. Fue a aterrizar en el regazo de Jamie a quien el inconfundible olor a McDonald's le llenó la nariz haciendo que le entraran náuseas.

—Tienes que coger fuerzas, Jamie —le dijo, como si el bienestar de ella fuera lo que más le preocupara—. ¡Venga, come un poco!

Jamie arrastró la bolsa hasta su pecho, abrió el envoltorio de papel celofán y trató de contener las casi insoportables ganas de vomitar mientras mordisqueaba el pan con cautela.

—¡Buena chica! —dijo Brad, y Jamie recordó la ilusión que le habían hecho esas palabras la primera vez que se las oyó decir —. ¡Venga, come unas patatas! —la animó mientras se colocaba de pie junto a ella y la observaba, esperando.

—Creo que no voy a poder —se atrevió a decir Jamie.

—Tampoco has comido nada a medio día, Jamie —la regañó Brad—, así que, ¡vamos, no me des un disgusto!

Inmediatamente, Jamie cogió un puñado de patatas y se obligó a ir llevándoselas a la boca. «Hagas lo que hagas, no vomites —se dijo a sí misma—. Se pondrá hecho una furia, dirá que lo haces a posta, que ya basta, que si vas a seguir comportándote como una cría te va a tener que tratar como tal.» Algo así; algo parecido a las palabras que había usado cuando llegaron a aquel motel de mala muerte; algo parecido a las palabras que había usado justo antes de golpearla. Jamie se metió unas cuantas patatas en la boca y dio un mordisco más grande a la hamburguesa.

—Eso está mejor. —Brad volvió a su posición a los pies de la cama—. ¡Eh, una película de Chuck Norris, la podemos ver. —Empezó a pasar los canales, pero no había mucho donde elegir y rápidamente se encontró de vuelta en la CNN—. Los muy cabrones. ¿Qué clase de motel es éste que ni siquiera se ve TNT? —Se rió—. Mañana mejorarán las cosas, mañana conseguiremos algo de pasta y entonces podremos ir al Ritz más cercano y olvidarnos de estos moteles de mierda.

—¿Cómo? —se preguntó Jamie dejando la hamburguesa en su regazo y reparando entonces en que había hecho la pregunta en voz alta.

Brad le guiñó un ojo.

—Tú deja que yo me preocupe por eso. ¿Qué tal te va con la hamburguesa?

Una vez más, Jamie se llevó la Big Mac a la boca y se obligó a masticar a pesar de que no le sabía a nada. Con un poco de suerte, la sensación de tener la boca dormida e insensible acabaría extendiéndosele por todo el cuerpo. Con un poco de suerte, le llegaría hasta el alma.

Cerró los ojos, se echó hacia atrás y sintió que su cuerpo se balanceaba, como si todavía estuviera sentada en el coche. Habían hecho más de seis horas de viaje ese día y sólo habían parado una vez a las afueras de Williamsburg para echar gasolina y que ella fuera al baño. De hecho, Brad había entrado con ella y se había quedado esperando a la puerta del cubículo, como el vagabundo colgado del primer día de viaje cuando todavía no habían salido de Florida. ¿Cuánto hacía de eso?, se preguntó Jamie. «Toda una vida», pensó.

Toda la vida de Laura Dennison.

—¡Dios mío!

—¿Qué pasa? —preguntó Brad impaciente—. ¿No te irás a poner a vomitar otra vez?

Jamie negó con la cabeza, dio otro mordisco a la Big Mac, como si así diera prueba del perfecto estado en que volvía a encontrarse su estómago.

—¡Joder, gracias a Dios, no creo que aguantase más tonterías de ésas!

Había vomitado tres veces desde que salieron de Dalton. Una a las afueras de Knoxville, donde Brad había conseguido de milagro apartar el coche al arcén a tiempo. Otra vez cuando ascendían por el empinado tramo de autopista trazado sobre la ladera de la Pine Mountain, cerca de la frontera de Tennessee y Kentucky, y en esa ocasión Brad no se había molestado en salir al arcén aduciendo que asumía —y había resultado que con razón— que ya no le quedaba nada en el estómago, y añadiendo además que Jamie lo hacía a propósito y que el sonido de sus arcadas estaba empezando a ponerlo de los nervios. Ella rió incrédula: una risotada desdeñosa se escapó de sus labios sin que le diera tiempo a ahogarla; fue la primera vez que le pegó: con el revés de la mano la golpeó en la cabeza haciéndola sentir unas vibraciones como escalofríos recorriéndola por dentro de un oído a otro. Jamie gritó y él volvió a golpearla: esta vez le partió el labio. Dijo que si hacía un solo ruido más le partiría el cuello como si fuera una caña seca y luego tiraría su cuerpo a la cuneta.

Ella guardó silencio después de aquello.

En Berea, población 9.200, pasaron el primero de la media docena de coches de policía que habían visto aquel día y Jamie contuvo la respiración, como hizo a partir de entonces cada vez que veía aparecer a lo lejos un coche de la policía del estado, rezando para que los parara. Pero Brad se empeñó en respetar los límites de velocidad y sus ruedas se empeñaron en permanecer en perfecto estado, y por tanto la policía no se fijó en ellos. Pasaron las salidas para Lexington, población 241.800, Georgetown, población 11.400 y Florence, con una población demasiado pequeña como para mencionarla siquiera pero que tenía un enorme depósito de agua a las afueras sobre el que podía leerse en grandes letras: «FLORENCE LES DESEA FELIZ VIAJE», y finalmente llegaron a Cincinnati, población 1.820.000.

—Casi hemos llegado —dijo Brad anunciando satisfecho que Dayton sólo estaba a media hora.

Entonces fue cuando Jamie vomitó por tercera vez, y en esta ocasión Brad esperó a que estuvieran en la habitación del destartalado motel a las afueras de Middleton, población 46.000, para golpearla de nuevo.

Jamie volvió a dejar la hamburguesa sobre su regazo, se llevó los dedos a la boca y se tocó el labio con cuidado. Nadie antes le había pegado. Ni su madre; ni Tim Rannells; ni siquiera Mark Dennison.

—Deja de tocarte el labio —le dijo Brad pese a que no lo había visto darse la vuelta—, se te va a poner a sangrar otra vez.

Jamie bajó la mano en el momento en que Brad gateaba por la cama para venir a sentarse a su lado.

—¡A ver! —dijo inclinando la cabeza hacia ella—, déjame que le de un beso para que se ponga bien.

Jamie aguantó la respiración al notar el contacto de los labios de Brad, sintiendo que se quemaban los suyos —doloridos y en carne viva— igual que el ácido.

—¿Te has acabado la cena? —le preguntó él mirando dentro de la bolsa de papel.

—No puedo comer más, Brad —exclamó ella con un hilo de voz mientras le suplicaba en silencio: «Por favor, no me obligues a comer más».

—Bueno, no pasa nada, señorita Jamie —le dijo él con voz aterciopelada—, parece que no lo has hecho mal del todo teniendo en cuenta que no tenías hambre según tú.

Jamie asintió agradecida: no lo había hecho mal del todo, estaba contento con ella.

—¿Sabes que creo que deberías hacer ahora? —le preguntó él de repente.

Jamie negó con la cabeza, temerosa de preguntar.

—Creo que deberías llamar a tu hermana.

—¿A mi hermana?

—Le dijiste que la llamarías en unos días, y sí, creo que deberías.

—¿Quieres que llame a mi hermana? —repitió Jamie incrédula.

—Bueno, lo más probable es que haya oído en las noticias que le han aplastado la cabeza a la vieja zorra de Atlanta, y no queremos que a tu hermana se le metan ideas extrañas en la cabeza, ¿verdad que no? Así que creo que la deberías llamar y tranquilizarla. —Alargó la mano hacia el teléfono y le pasó el auricular a Jamie—. Dile que… estás en Savannah: es un sitio al que siempre he querido ir, y que te lo estás pasando en grande. ¡Venga! —le ordenó cogiendo el aparato de la mesilla y dejándoselo a Jamie en el regazo—. Me parece que hay que darle al ocho o al nueve primero para que te den línea.

Jamie marcó lentamente el teléfono de su hermana apretando el auricular con fuerza contra su oreja. ¿Qué iba a decirle?, se preguntó. ¿Por dónde empezar a contarle el lío en que estaba metida?

—Y recuerda que voy a estar escuchando cada palabra que digas —le advirtió Brad sacando la navaja de su bolsillo y agitándola en el aire indolentemente mientras se acurrucaba contra ella.

Le cogieron el teléfono en mitad del segundo tono.

—¿Sí, dígame? —se oyó decir a una vocecita infantil.

Apretar una tecla. El filo de una navaja.

—¿Melissa? —preguntó Jamie sintiendo que los ojos se le llenaban de lágrimas al oír la voz de su sobrina de tres años.

—Sí, ¿quién es?

—Soy la tía Jamie, cielo.

—¿Quién es?

—Soy Jamie —repitió con voz más fuerte esta vez.

—¿Quién es, Melissa? —oyó decir a su hermana.

Tal vez si se ponía a chillar, pensó Jamie. Sólo que si empezaba, sabía que no podría parar.

Hasta que la parara él.

Igual que había parado a Laura Dennison.

—Melissa, que se ponga mamá —le dijo lacónica.

—¿Sí? —oyó decir a Cynthia un instante después.

Jamie se la imaginó en mitad de su cocina impoluta, con un libro de Derecho en una mano y uno de recetas en la otra, con el chiquitín, Tyler, perfectamente encajado en la cadera y Melissa jugando tan contenta a sus pies.

—¿Sí? —repitió Cynthia con un tono de voz que indicaba que no tenía tiempo para andarse con rodeos—. ¿Sí?

—Saluda a tu hermana, Jamie —le susurró Brad.

—Cynthia, soy yo.

—¿Jamie? ¿Jamie, dónde estás? ¡Todd, es Jamie!

—¿Dónde está? —se oyó gruñir a Todd a lo lejos.

—¿Dónde coño estás? —preguntó Cynthia de nuevo—. Nos tenías locos de preocupación.

—Dile que estás en Savannah —le ordenó Brad tapando el auricular con la mano—. Dile que estás bien.

—Estoy bien, Cynthia, estoy en Savannah.

—¿En Savannah? Está en Savannah —oyó que Cynthia le decía a su marido—. ¡Gracias a Dios, estábamos tan preocupados! Yo ya no sabía qué pensar, sobre todo después de... ¿Has visto la CNN?

Brad asintió.

—Sí —respondió Jamie siguiendo sus indicaciones—, no me lo podía creer.

—No sabíamos qué pensar; vamos que evidentemente no creíamos que tú hubieras tenido nada que ver con lo que le ha pasado a la señora Dennison, pero habías estado tan rara últimamente...: dejaste el trabajo y te marchaste sin más, y sé cuánto odiabas a esa mujer, y luego al no tener noticias tuyas... ¡Bueno!, dejémoslo en que estoy encantada de que me hayas llamado. ¿Cuándo vuelves?

Brad se encogió de hombros.

—No estoy segura.

—¿Qué quieres decir con que no estás segura?

—Dentro de una o dos semanas —le susurró Brad.

—Dentro de una o dos semanas —repitió Jamie.

—¿Una o dos semanas? Jamie, ¿qué está pasando?

—No está pasando nada.

—Por favor, prométeme que no te has casado otra vez.

—¿Cómo?

—Las dos sabemos lo impulsiva que puedes llegar a ser. Sólo estoy diciendo que espero que aprendieras la lección la última vez.

—No me he vuelto a casar.

La conversación se estaba volviendo surrealista. Brad se tapó la boca con la mano esforzándose por no soltar una carcajada.

—¿Me lo juras?

—¡Joder, Cynthia...!

—Bueno, bueno, está bien. No se ha casado —informó Cynthia a su marido—. Entonces, ¿qué estás haciendo exactamente? ¿Estás tú sola?

—Estás con unos amigos —le indicó Brad moviendo los labios en silencio.

—Estoy con unos amigos.

—¿Con qué amigos? Tú no tienes amigos.

«¡Dios! —pensó Jamie—. Todo esto tendría gracia si no fuera tan patético.»

—Dile que tienes que colgar —dijo Brad haciendo círculos con la navaja en el aire para darle a entender que abreviara.

—Tengo que colgar, Cynthia —le dijo Jamie a su hermana.

—¡Espera! Aquí está pasando algo, lo noto.

—No pasa nada.

—¿Me lo prometes?

—Estoy bien, Cynthia, no tienes que preocuparte por mí.

—¡Ya, ya, seguro! Como si eso fuera posible.

—Dales un beso grande grande y restallante a los niños y a Todd de mi parte.

—¿Qué?

—Te quiero.

Se hizo una pausa. Jamie casi podía ver el desconcierto escrito en el rostro de su hermana.

—Yo también te quiero —le contestó Cynthia.

—Te llamo dentro de un par de días —dijo Jamie colgando el teléfono rápidamente con el corazón desbocado.

—Buena chica —dijo Brad.

Jamie asintió con la cabeza preguntándose si Cynthia habría comprendido su desesperado grito de ayuda. Desde luego sabía de sobra que lo último que esperaría oír decir a Jamie era que diese «un beso grande grande y restallante» a su marido de su parte, por más que el tipo le cayera bien. No era una señal muy clara, pero junto con la también desconcertante profesión de amor fraterno, tal vez sería suficiente para que Cynthia sospechara que, efectivamente, pasaba algo y grave. ¿Sería suficiente como para que llamase a la policía para avisarlos de que le parecía que su hermana se había metido en algún lío y creía que deberían tener los ojos abiertos por si se cruzaban con un viejo Thunderbird azul? Jamie trató de imaginar la conversación de Cynthia con su marido:

—¡Que raro! —Se imaginó a Cynthia diciendo.

—Y ¿eso te sorprende? —le preguntaría Todd—. Viniendo de tu hermana…

—Me acaba de decir que te dé un «beso grande grande y restallante».

—Habrá estado bebiendo —diría su cuñado haciendo caso omiso de los comentarios de su mujer.

—Me ha dicho que me quiere.

—Ha estado bebiendo seguro.

—Ya, supongo que tienes razón —oyó responder a su hermana—. ¡Por Dios! ¿Crees que llegará el día en que empiece a comportarse como una persona responsable?

Jamie cerró los ojos. Su hermana no llamaría a la policía sino que acabaría de dar la cena a su marido y a sus hijos y después trabajaría un rato; igual hacía un par de llamadas que tuviera pendientes y luego leería un poco antes de irse a la cama. Tal vez ella y Todd harían el amor. Tal vez pensaría unos minutos en su hermana mayor antes de dejarse vencer por el sueño. Probablemente no: pensar en su hermana mayor era demasiado frustrante, demasiado agotador. Una auténtica pesadilla.

—No es problema tuyo —oyó decir a Todd mientras Brad dejaba el teléfono de vuelta en su sitio.

—¿Y? ¿Qué te pasa ahora, señorita Jamie? —le estaba preguntando Brad—. ¿Echas de menos tu casa?

Jamie alzó la vista hacia el hombre que estaba de pie junto a la cama, lo observó levantar los brazos por encima de su cabeza estirándose durante un buen rato; la navaja era como una extensión natural de su mano; parecía formar parte de su anatomía, igual que si hubiera nacido con un dedo de más.

—¿Quién eres? —se le escapó a Jamie en un suspiro.

Se estremeció preparándose para la bofetada, pero Brad se rió.

—¿Pero qué clase de pregunta es ésa?

—Jamás has sido diseñador de *software*, ¿verdad?

Él soltó una carcajada más fuerte.

—No tengo ni puta idea de *software*.

—Y la empresa de informática tampoco existe...

—¿La que vendí por una millonada? No, me temo que no.

Jamie asintió haciéndose a la idea de algo que en el fondo ya sabía.

—¿Brad Fisher es tu verdadero nombre?

—Bueno, el Fisher no es del todo mentira. El Brad lo he cogido prestado del señor Pitt. Me pareció que no le importaría, al señor Pitt, me refiero. Un apellido horroroso por cierto; no entiendo cómo no se lo cambió. Al decirlo suena como si estuvieras escupiendo algo. Cerró la navaja y se la volvió a meter en el bolsillo del pantalón.

—Y entonces, ¿cómo te llamas?

—Y ¿eso qué más da?

—Supongo que da igual —dijo Jamie—. ¡Qué importa nada a estas alturas!

—En mi partida de nacimiento pone Ralph —le dijo él mirando su propio reflejo en el espejo que había encima del tocador al otro lado de la habitación—. Igual que mi padre. —Se pasó la mano por los cortos cabellos castaños—. Pero ahora soy *Brad* Fisher. Nuevo nombre. Nuevo corte de pelo. Nueva chica.

—Todo eso que me contaste sobre tu padre —comenzó a decir Jamie ignorando ese último comentario, animada por la inesperada predisposición de él a hablar.

—¿Qué pasa con eso?

—¿Había algo de verdad en toda esa historia?

—¿Te refieres a si llevé a la señorita Carrie-Leigh Jones a dar una vuelta en el coche nuevo de mi padre?

Jamie dijo que sí con la cabeza observando cómo Brad mantenía los brazos a sus costados pero cerraba los puños.

—Sí, eso es verdad.

—Y ¿él te pegó?

Brad no respondió pero el reflejo de su cara en el espejo se volvió sombrío.

—Y ¿tu madre? —preguntó Jamie.

—¿Qué pasa con mi madre?

—¿Alguna vez intentó detenerlo?

—¡Ah, sí, claro —se rió Brad—, y tiene las cicatrices que lo demuestran!

—¿También le pegaba a ella?

—Era algo así como una tradición familiar.

—Y ¿a tus hermanas?

—No tengo hermanas —admitió Brad sacudiendo la cabeza con gesto divertido—. Esa historia que te conté de cómo me enseñaron a besar, bueno, la verdad es que la saqué de una entrevista que leí, del bueno de Tom Cruise. ¡No te haces ni idea de la cantidad de veces que he echado un polvo gracias a esa historia! —dijo riéndose—. En cualquier caso, el de las hermanas es Tom, yo sólo tenía un hermano pequeño.

—¿Tenías?

—Se las ingenió para que lo mataran hace ocho años: un trapicheo de drogas que salió torcido —le aclaró antes de que Jamie preguntara.

—Lo siento —dijo Jamie, y era verdad: lo sentía mucho por todos ellos.

—¿Que lo sientes por qué? Fue su puta culpa, y además, ¡qué más da! De eso ya hace mucho.

—Y ¿dónde viven tus padres ahora?

—Mi madre sigue en Texas y mi padre está muerto —dijo Brad con una sonrisa—. Tuvo suerte, se encargó de él su propio corazón antes de que lo hiciera yo.

Jamie se estremeció mientras asimilaba ese último dato.

—Y la historia sobre cómo conseguiste la navaja…

—¡Ésa es cojonuda!, ¿no crees? Cada vez se me da mejor esto de inventar historias sobre la marcha —se rió mientras se volvía hacia ella—. ¿Por qué me haces tantas preguntas?

—Simplemente estoy intentando conocerte —le respondió Jamie dándose cuenta de que era cierto.

Brad volvió a sentarse en la cama y le cogió la mano.

—Quieres conocerme tal y como soy, ¿es eso?

Jamie sintió que todo su cuerpo se ponía en tensión y se retraía, como tratando de alejarse, mientras intentaba soltarse la mano.

—Quiero conocer al verdadero Brad Fisher —repitió ella.

«Quiero conocer al hombre con el que me he estado acostando —añadió en silencio—, el hombre en quien había confiado, el que ha asesinado brutalmente y a sangre fría a una completa desconocida.»

Tal vez si consiguiera que ese hombre le hablara de sí mismo lo suficiente descubriría alguna manera de salir de aquella pesadilla.

—Muy bien entonces —dijo él besándole los labios con suavidad y después se echó hacia atrás apoyándose sobre los codos y cruzó los pies—, pregunta todo lo que quieras.

Capítulo 25

—¿Vas a matarme? —preguntó Jamie fundiendo todas sus preguntas en una.

—¿Matarte? —Brad parecía verdaderamente sorprendido—. Y ¿por qué iba a matarte? Pero si yo te quiero, Jamie, ¿acaso lo has olvidado?

Ella sintió que se le llenaban los ojos de lágrimas, abrió la boca para decir algo pero no consiguió pronunciar una sola palabra.

—¿Es eso lo que te ha estado preocupado todo el día? ¿Por eso has estado tan rara?

Jamie miró hacia la ventana, tratando de asimilar lo que oía. ¿Lo decía en serio? ¿De verdad se habría estado preguntando por qué actuaba ella como lo hacía, tratando de adivinar *qué sería* lo que la había molestado? ¿Era posible?

—Mira que eres tontorrona —le dijo él apretándose contra ella y rodeándola con los brazos, riéndose mientras la besaba en la frente—. ¿En serio creías que iba a matarte?

—Ya no sé qué pensar. He pasado tanto miedo.

—¿Miedo de mí?

—No entiendo lo que está pasando.

Las lágrimas que había estado tratando de contener comenzaron a rodarle por las mejillas.

—¿Qué es lo que no entiendes?

—Nada —dijo ella comenzando a balancearse hacia adelante y hacia atrás—, no entiendo lo que pasó en Atlanta.

—Que la situación se me fue un poco de las manos, nada más. Ya te he pedido perdón por eso. —El familiar tono de impaciencia teñía su voz nuevamente.

—No es sólo eso.

—¿Qué es entonces?

—Todo —dijo Jamie—: no entiendo nada de lo que ha pasado, Brad. ¿Cómo ha podido ocurrir?

—Las cosas no siempre ocurren por una razón, Jamie.

—¡Hay una mujer muerta, por el amor de Dios!

—Una mujer a la que tú odiabas, una mujer que te trató como si fueras basura.

—Eso no significa que se mereciera morir.

—Tal y como yo lo veo, sí.

—¿Me estás diciendo que la mataste por mí?

«¡Dios bendito! —pensó Jamie—. ¡Dios bendito! ¡Oh Dios mío!»

—Pero ¿qué importancia tiene por qué la maté? Está muerta de todos modos.

—Por favor, Brad, sólo ayúdame a entenderlo.

Brad se apoyó en el cabecero de la cama con las manos detrás de la cabeza, como si estuviera tomando el sol relajadamente.

—No sé si puedo, señorita Jamie.

Jamie se esforzó por convertir sus miedos en ideas coherentes, y éstas en palabras, y las palabras a su vez en preguntas con sentido.

—Cuéntame lo que pasó —le pidió por fin viendo que era lo único inteligible que alcanzaba a decir.

—No sé desde dónde quieres que empiece.

—¿Por qué fuimos a Atlanta?

—¿Qué quieres decir?

—¿Por qué fuimos a Atlanta? —repitió ella.

—Porque pasábamos por allí, Jamie —le recordó él—, de camino a Ohio.

—No —le corrigió ella—. Yo quería que siguiéramos hasta el

Barnsley Gardens, pero fuiste tú el que insistió en que parásemos en Atlanta.

—Estaba cansado, quería relajarme un poco.

—Querías ir a su casa —dijo Jamie incapaz de pronunciar el nombre de Laura Dennison en voz alta—; lo habías estado planeando desde el principio.

—Bueno, pues sí —reconoció él después de un silencio—. Después de que me contaras la historia de los pendientes decidí que sería divertido hacerle una visita.

—Ya habías decidido que entrarías en la casa —afirmó Jamie.

—Los *dos* entramos en la casa —le recordó él.

—No era la primera vez que te metías de esa manera en una casa ajena. —Otra afirmación.

Brad sonrió.

—No, ya lo había hecho un par de veces antes.

—Ya has tenido problemas con la justicia antes.

—Un par de veces —volvió a decir él.

—Pero ¿por qué tenías que matarla? —preguntó Jamie.

—Porque nos vio, Jamie. ¿Qué otra cosa podía hacer?

—Podías haber salido corriendo, podías haber venido conmigo.

—Me tenía que ocupar primero.

—¿Cómo… cómo la mataste? —siguió preguntando ella.

—Ya sabes cómo, lo has oído en las noticias.

—La golpeaste hasta matarla.

—No fue tanto como cuentan esos reporteros, sólo le di unas cuantas veces, no hizo falta más.

—Con el candelabro —dijo Jamie con voz monótona.

—¡Eh!: «Ha sido el señor Fisher con un candelabro en el dormitorio». ¿Te acuerdas de ese juego? Ése en el que había que adivinar quién había matado a quién, dónde y con qué. ¿Cómo se llamaba, el Cluedo?

—¿El Cluedo? —repitió Jamie mientras pensaba: «¿De verdad estamos hablando de un ridículo juego de mesa?»

—Sí sí, ése. A mí me encantaba.

—Tuviste intención de matarla desde el principio, ¿verdad?

Brad arrugó la frente y ladeó la cabeza, como si verdaderamente estuviera considerando la pregunta.

—La verdad es que eso más o menos lo improvisé.

—¿Por eso trajiste el candelabro a la habitación?

—¿Te refieres al candelabro con tus huellas dactilares por todas partes? —le preguntó él burlón.

La pregunta fue como una bofetada en pleno rostro para Jamie y tuvo que agarrar con fuerza la colcha entre sus dedos para no desplomarse.

Brad sonrió.

—Sí, supongo que por eso lo subí a la habitación.

Le había tendido una trampa.

—¿Por qué? —preguntó ella en un susurro.

—¿Por qué, qué, señorita Jamie?

¿Qué quería de ella?

—¿Habías matado a alguien antes? —se oyó preguntar.

Hubo un silencio de varios segundos.

—Un par de veces —contestó él siguiendo con su respuesta habitual.

—¡Oh Dios mío!

—¡Eh-eh! ¡Ahora no te me pongas histérica otra vez!

Jamie trató por todos los medios de contener el grito que intentaba escapar de su garganta. Se imaginó la tarjeta oro, leyó mentalmente el nombre.

—¿A Grace Hastings?

—¡Guau, señorita Jamie! ¡Te mereces un diez! ¡Menuda detective privado estás hecha!, ¿no?

—¿Quién es Grace Hastings? ¿Qué le hiciste a ella?

—Espera un momento, las preguntas de una en una.

—¿Quién es? —insistió Jamie tratando de no pensar en la pobre mujer en pasado.

Brad se encogió de hombros.

—Una amiga de Beth, aunque yo creo que le hubiera gustado ser algo más. ¡Eh, Jamie, ¿alguna vez has hecho un trío?

—¿Cómo?

—Ya me has oído.

—¿Qué le pasó a Grace Hastings, Brad?

—Ah-ah, tú has estado haciendo todas las preguntas, ahora me toca a mí.

—Por favor...

—¿Alguna vez has hecho un trío? —insistió él.

—No —respondió ella: ¿qué iba a ganar resistiéndose a contestar?, pensó.

—¿Alguna vez has estado con otra mujer?

—No.

—Y ¿nunca te ha tentado la idea?

—No —respondió ella.

—¿Ni un poquito?

—No.

—Simplemente no es lo tuyo, ¿eh?

Jamie asintió. ¿En qué estaba pensando él ahora?

—Y ¿si yo te dijera que me excita, la idea de verte con otra mujer? Y ¿si yo te lo pidiera? ¿Lo harías por mí?

«¡Por Dios!»

—No lo sé.

—Pues es algo en lo que pensar, ¿no? —dijo Brad mientras se echaba hacia delante para sacar una almohada de debajo de la colcha y la ahuecaba para ponérsela detrás de la cabeza—. Beth era igual; deberías haber visto cómo se puso la primera vez que se lo sugerí.

—Así que la ex mujer que vive en Ohio sí que existe —dijo Jamie tratando de recuperar el control de la conversación.

—¡Vaya que sí!

—Y ¿el hijo?

—Sí señora: Corey Fisher, tiene cinco años.

—Pero no tienes buena relación con Beth, ¿no?

Brad se rascó la nuca.

—La verdad es que no. No.

—Se escapó de ti, ¿verdad? —preguntó Jamie sin que le hiciera falta que le contestara para saber la respuesta.

«En eso se distingue a un buen abogado», habría dicho su hermana.

Jamie se preguntó qué estaría haciendo Cynthia, si su extraño comportamiento al teléfono la habría desconcertado lo suficiente como para tratar de averiguar lo que pasaba. Pero, ¿qué iba a hacer ella? ¿Cómo podía su hermana ni siquiera saber por dónde empezar?

—Se llevó a mi hijo —estaba diciendo Brad—. No debería haber hecho eso.

—Háblame de ella —dijo Jamie—, háblame de tu matrimonio.

Brad bostezó, como si el tema no le interesara en absoluto.

—Pues, lo típico: chico conoce a chica y todo eso; nos conocimos, nos enamoramos, nos casamos y tuvimos un hijo. Al principio todo iba bien, aunque su familia nunca me aceptó: no era lo suficientemente bueno para su niñita, supongo. Ella no paraba de decirles que yo era un «diamante en bruto», pero no se lo creyeron. Y la misma historia con sus amigos: fueron lo suficientemente amables al principio, pero su amabilidad era de las que matan. No sé si me entiendes: seguramente tenían la esperanza de que si se limitaban a dejar que pasara el tiempo, el bueno del marido acabaría por marcharse. «El malo del marido», habrían dicho ellos. —Soltó una carcajada riéndose de su propio juego de palabras—. Sólo que yo los engañé a todos: no me fui a ninguna parte, y eso los cabreó de verdad. Sí señora, se cogieron un cabreo descomunal.

Empezó a arrastrar las palabras, como si su mente estuviera absorta en un recuerdo lejano escondido en un rincón de su mente.

—Pero ¿tanto te odiaban?

—¡Por lo visto! Y eso que puedo ser encantador, ¿verdad que sí?

—A mí me pareciste encantador —reconoció Jamie.

—Sí, bueno —dijo encogiéndose de hombros—, ¡qué se le va a hacer! ¿no?

—¿Qué hiciste tú? —le preguntó Jamie.

—Nada.

—¿Le pegabas, Brad?

—¿Cómo?

—¿Por eso te odiaban sus amigos?

Brad se puso muy serio.

—La gente se pelea —dijo.

—¿Por eso te pidió el divorcio?

—Y ¿quién ha dicho que estemos divorciados?

—¿No lo estáis?

Él se enderezó, los músculos de su espalda se pusieron rígidos bajo la camisa blanca.

—Según ella sí.

—Y ¿según tú?

—Sólo porque me enviase una puta carta con el membrete de su abogado diciéndome que iba a solicitar el divorcio no quiere decir que yo esté de acuerdo.

Brad se escurrió fuera de la cama y caminó hacia la puerta.

¿Adónde iba ahora? ¿Sería posible que fuera a abrir la puerta y marcharse? ¿A dejarla allí?

Pero incluso si ésa había sido su intención, al final se detuvo cuando llegó a la puerta, se dio la vuelta y apoyó la espalda en la pared.

—¡Tranquila, señorita Jamie! —le dijo malinterpretando la expresión del rostro de ella—. Soy un hombre libre.

Jamie asintió intentando con todas sus fuerzas parecer aliviada.

—¿Su abogado te envió una carta?

—Primero consiguió que me encerraran, y luego solicitó el divorcio.

—¿Has estado en la cárcel?

Jamie contuvo la respiración.

—Casi un año.

—¿Porque le pegabas?

Brad negó con la cabeza con gesto de agotamiento, como si estuviera cansado de que nadie lo comprendiera.

—Nunca le pegué. —Se alejó de la puerta mientras seguía negando con la cabeza—. ¿Qué te hace pensar que yo haría algo así?

—No quería...

—¡Mujeres! ¡Joder! Siempre os ponéis las unas del lado de las otras, ¿no? —Volvió a negar con la cabeza—. Hacen falta dos para discutir, Jamie. No era una mujer inocente que pasaba por allí, ¿sabes? Y tampoco era un saco de boxeo, allí plantada esperando a que le llegasen los golpes; ni era muda precisamente, y nada que hicieras o dijeras le tapaba la boca. Pero a veces, yo, lo único que quería era que se callara. ¿Sabes de qué te hablo?: cuando lo único que quieres es tener la fiesta en paz, pero tu jodido hijo no deja de llorar y tu mujer no para de calentarte la cabeza con algo que le has dicho a alguna gilipollas amiga suya...

—No te dejó otra opción —concluyó Jamie.

—Ella tampoco estaba de brazos cruzados precisamente: también daba buenos puñetazos. ¡Joder, ella a mí también me maltrataba! —dijo Brad convencido.

—Tiene que haber sido terrible para ti.

«¡Bien por ella!», pensó Jamie rezando por la oportunidad, la fuerza, la sangre fría.

—Bueno, ya, pero quien siembra, recoge.

—¿A qué te refieres?

—A que se me da muy bien esperar el momento oportuno.

Jamie hundió la barbilla en el pecho y se quedó mirando fijamente a un hilo suelto que sobresalía de la colcha, preguntándose que pasaría si tiraba: ¿se desharía la colcha entera?

—¿Por qué estuviste en la cárcel?

—Es una larga historia —dijo Brad caminando arriba y abajo entre la cama y la puerta.

—Me gustaría oírla.

De repente, Brad cogió una de las sillas que rodeaban la mesa, le dio la vuelta y se sentó a horcajadas apoyando los codos en el respaldo. Miró las pesadas cortinas en tonos verde y mostaza como si para él fueran transparentes, como si a través de ellas fuera capaz de ver Dayton, que estaba a menos de treinta minutos en coche.

«Está pensando en mañana», se dijo Jamie, y cerró los ojos tratando de no ver nada.

—No te va a gustar —le dijo él en voz baja.

—¿Fue por lo que le hiciste a Grace Hastings?

—¿A Gracie? No —respondió en un tono que dejaba bien claro cuánto le divertía esa idea—. Hazme caso: a la buena de la señorita Gracie no la van a encontrar jamás.

—¿Por qué estuviste en la cárcel? —preguntó Jamie de nuevo, ya que la asustaba demasiado seguir preguntando sobre Grace Hastings.

«Señorita Gracie —pensó—. Señorita Jamie.» ¿Iban a correr la misma suerte?

—Pero me tienes que prometer que no te vas a poner histérica. Hace mucho tiempo de eso, fue justo después de que me mudara a Florida.

—¿Qué pasó?

—Acababa de llegar a Miami, así que no conocía a nadie —comenzó Brad—, y entonces una noche estoy en un bar y conozco a un tío gordo de mediana edad, y empezamos a hablar: me cuenta que está en la ciudad porque hay una convención de electrodomésticos o algo así, que tiene mujer y dos hijos en Philadelphia, el típico rollo. Así que tardo un rato en darme cuenta de que el cabronazo aquel me estaba entrando. Me hace bastante poca gracia, créeme, pero decido que le voy a seguir la corriente: a fin de cuentas es él el que está pagando las copas y lleva un fajo de billetes así de gordo.

—Brad hizo un gesto con la mano para indicar el grosor del fajo de billetes—. Total, que nos tomamos unas copas más y me invita a subir a su habitación en el hotel; se supone que para enseñarme unos catálogos, como si a mí me importaran una mierda las cocinas y las neveras; ¡total!, que ahí me tienes, pensando que el muy gilipollas no sólo le está poniendo cuernos a su mujer sino que además es un puto maricón, y que alguien tiene que darle una lección, ¿no? Así que voy con el al hotel, subo a la habitación, nos tomamos otro par de copas y en cuanto me pone la mano encima, le enseño lo que es bueno. —Se encogió de hombros—. Supongo que se me fue la mano.

—¡Murió!

—Oficialmente fue una hemorragia cerebral masiva.

—Y ¿te detuvieron?

—¡Joder, qué va!

—No entiendo.

—No había nada que me relacionara con lo que había pasado: nadie me conocía, nadie me había visto entrar en la habitación, fuimos muy discretos —dijo con un guiño.

—¿Y entonces…?

—¿Que si me cogieron?

Jamie asintió con la cabeza.

La expresión de Brad se volvió torva.

—Nunca te fíes de una mujer —dijo con voz ominosa.

—Se lo contaste a tu mujer —dijo Jamie encajando todas las piezas de repente.

—Habíamos estado discutiendo, no me preguntes por qué, y ella me dijo que quería el divorcio, y yo le contesté que nos veríamos en el infierno antes de que eso ocurriera. Pero parece que no me creyó —dijo Brad sonando genuinamente sorprendido—, porque se marchó de casa y para cuando quise darme cuenta, estaba hablando de llevarse a mi hijo a California. Creo que fue entonces cuando le conté lo que le había pasado al maricón del bar, como si fuera una fábula con moraleja. Y entonces, a los pocos días tengo a la policía esperándome a la puerta de casa y resulta que encuentran la pinza para billetes de aquel tío en el fondo de un cajón; yo hasta me había olvidado de que la tenía. Bueno, resumiendo, que me detienen, me niegan la libertad bajo fianza y acabo con mi culo en la cárcel, donde me paso más de un año en una celda apestosa hasta que el juez decide que las pruebas en mi contra eran inadmisibles, por insuficientes. Por lo visto el registro que hicieron en mi casa fue ilegal y eso convertía la pinza para billetes en una «prueba ilícita». —Se rió—. Es irónico hasta cierto punto, ¿no?: la policía da con la aguja en el pajar de pura casualidad, y luego viene el juez y les revienta el globo con ella… —Se rió otra vez, dando con la mano en la mesa para mayor énfasis—. Bueno, que al final me soltaron.

—¿Cuánto hace de eso?

—Unas cuantas semanas.

¿Había pasado de la celda a su cama en unas cuantas semanas?

—Cuando volví a casa, me encontré con que ahora vivía allí una pareja de maricas, ¿te lo puedes creer? Y a mi mujer y mi hijo se los había tragado la tierra.

—¿Cómo averiguaste dónde había ido?

—Bueno, ahí es donde entra nuestra vieja amiga Gracie.

—¿Te dijo que Beth estaba en Ohio?

—No le di mucha más opción.

—Seguro que llamó a Beth para avisarla... —Jamie oyó lo que estaba diciendo y de repente se detuvo al darse cuenta de lo ridículas que eran sus palabras: Grace Hastings no había avisado a nadie, porque nunca tuvo oportunidad de hacerlo.

Él sonreía como si le leyera el pensamiento.

—Ahora me toca a mí —le dijo.

—¿Cómo?

—Ahora me toca a mí preguntar, como en *El silencio de los corderos*. Te acuerdas de *El silencio de los corderos*, ¿no, Jamie?

Jamie asintió. ¿De verdad estaban hablando de películas? ¿Primero juegos de mesa y ahora películas?

—Una película fantástica. Una película *fantástica* —dijo él dándose la razón—. ¿No crees?

—Supongo.

—¿Qué quieres decir con «supongo»? *El silencio de los corderos* es una película fantástica, sin lugar a dudas.

—Hace ya un tiempo que la vi.

—Pues tendremos que alquilarla una noche de éstas, cuando todo esto pase.

—¿Cuándo todo esto pase?

—Después de nuestra visita a la carretera de Mad River.

Jamie asintió encajando por fin todas las piezas.

—La vas a matar, ¿no?

—Ése es el plan —dijo Brad tranquilamente.

—Y ¿qué pinto yo en tu plan?

Brad se levantó de la silla y volvió a sentarse al lado de Jamie en la cama acariciándole el pelo.

—¿Tú? Pues, tú eres mi chica, Jamie. Tu sitio está a mi lado.

«¿Qué significa eso? —se preguntó Jamie—. ¿Qué está queriendo decir?»

—¿Esperas que te ayude a matar a tu mujer?

—Espero que me ayudes —le respondió él—, igual que yo te ayudé a ti en Atlanta.

Capítulo 26

Emma estaba echada en la cama, mirando de frente, con la mirada fija en la pared: su infancia se proyectaba ante sus ojos sobre la superficie blanca igual que una película antigua. Se vio como una niña de mejillas regordetas de tres o cuatro años a la que su padre subía por encima de la cabeza, bien alto, sujetándola con sus manos firmes mientras la aupaba al cielo, para luego ponérsela sobre sus hombros anchos como si fuera un saco de patatas y salir corriendo arriba y abajo por el jardín con ella acuestas. Recordaba su propia risa cantarina siguiéndolos como una estela y, a lo lejos, la voz de su madre diciéndole a su padre que fuera más despacio, que tuviera cuidado, que mirase dónde ponía los pies. «No —oyó protestar a la niñita mientras la risa estruendosa de su padre llenaba el cielo—, ¡más rápido, más rápido!»

Luego se vio tapada hasta el cuello en la cama con cabecero y pies de hierro forjado, escuchando a sus padres discutir en la habitación de al lado. La niña se cubrió la cabeza con la colcha rosa pálido tratando de silenciar la furia que le llegaba de la habitación contigua, y cuando emergió de nuevo a la superficie ya tenía varios años más: las mejillas ya no eran regordetas y una desconfianza recientemente descubierta llenaba sus inmensos ojos azules. Oyó la voz enfadada de su madre seguida de un fuerte ruido, y luego otro, saltó de la cama temiendo que la casa se estuviera derrumbando a su alrededor, y eso exactamente era lo que estaba ocurriendo, pero no en el sentido en que ella se imaginaba. Observó a una Emma todavía niña salir de la cama y apresurarse hacia la habitación de sus padres, empujar la puerta justo a tiempo de alcanzar a ver un espejo roto junto a una silla tirada en el suelo, en el preciso instante en que su padre —sudoroso, con el oscuro cabello cayéndole sobre unos ojos furibundos también oscuros— ya se dirigía hacia ella y se la llevaba en brazos de vuelta a la cama. «¿Qué pasa? —preguntó la niña una y otra vez— ¿qué pasa?, ¿qué pasa?»

—No pasa nada —la tranquilizó él—, vuelve a dormirte, cariño, no pasa nada, todo está bien.

Sólo que al día siguiente él se había ido y nada volvió a estar bien jamás.

Emma parpadeó mientras observaba a la niñita triste transformarse en una niña tímida de nueve o diez años que botaba una pelota sobre el suelo de cemento, detrás del edificio de apartamentos de seis pisos situado en una parte de la ciudad que era, más que nada, gris. Allí vivían ella y su madre. La amiga imaginaria de Emma, Sabrina, estaba a un lado observando mientras esperaba pacientemente su turno. Sabrina se llamaba así por el personaje de Kate Jackson en *Los ángeles de Charlie*, que era la serie favorita de Emma por aquel entonces: la emitían varias veces al día a distintas horas y Emma la veía siempre que podía. Algunos episodios los había visto tantas veces que se sabía fragmentos del diálogo y hasta podía recitar algunos capítulos enteros de memoria. Los primeros episodios eran sus favoritos: los de los ángeles del principio, aunque Chreyl Ladd casi le gustaba tanto como le había gustado Farrah Fawcett. En cuanto a Jaclyn Smith, era guapa, eso por descontado, pero como actriz no valía gran cosa, tal y como había decretado lapidariamente su madre después de haber visto la serie apenas un minuto. A su madre en cambio no le gustaba que viera tanto la tele, pero el hecho era que casi nunca estaba en casa. En los días que siguieron a la deserción de su padre y la venta de su casa como resultado, su madre había tenido que coger dos trabajos —a veces hasta tres—, trabajos para llegar a fin de mes, yendo de uno a otro sin tan siquiera una pausa, por lo que salía de casa a primera hora de la mañana y a veces para cuando volvía Emma ya estaba en la cama; solía estar todavía despierta cuando llegaba su madre, pero fingía haberse dormido porque no quería hablar con la mujer que creía responsable de todas las pérdidas que había sufrido en la vida.

La única amiga que había conseguido tener en su nuevo colegio era una niña corpulenta que se llamaba Judy Rico y que también era nueva, aunque su amistad terminó abruptamente cuando una tarde Judy, en un intento de resultar más simpática a las cabecillas de la clase, anunció durante el recreo que la madre de Emma era la señora de la limpieza de *su* madre. Emma hizo un gesto de dolor al verse tirando a Judy Rico al suelo y abalanzándose sobre ella, dándole puñetazos en la cara hasta que la sangre de la nariz empezó a caer por su blanca camisa y la profesora vino a rescatar a Judy y la apartó de ella, que seguía dando golpes a ciegas, y se la llevó al despacho de la directora. Después de eso, se quedó completamente sola, pero no importaba: ¿quién necesita tener amigas cuando ya se tiene a los ángeles de Charlie?

Las cosas mejoraron algo durante un tiempo después de que se mudaran a Detroit y su madre consiguiera un trabajo en un colegio para señoritas, el Bishop Lane School. Emma se vio a sí misma con el uniforme perfectamente planchado, recordó el orgullo que había sentido la primera vez que metió los brazos en las mangas de la chaqueta color verde oscuro. «Éste es mi sitio», se acordó de haber pensado mientras iba a ocupar su lugar en la última fila para la foto de la clase, rodeada de otro montón de adolescentes que como ella sonreían orgullosas a la cámara.

Y entonces las imágenes se volvieron borrosas.

Emma cerró los ojos y se dio la vuelta en la cama, negándose a ver nada más porque, a fin de cuentas, ¿qué había que mereciera la pena verse? ¿El episodio de la libidinosa profesora de gimnasia? Había ocurrido, pero a Claire Eaton, no a ella, y a la profesora la habían despedido fulminantemente después de que la madre de Claire hablara con la directora del colegio, quien desde luego *no* era la madre de Emma. En cuanto al fotógrafo que había conocido en McDonald's, bueno: tenía diecisiete años, la cámara que llevaba al cuello era la Polaroid de su padre, y Emma albergaba serias dudas de que se hubiera fijado en absoluto en sus ojos porque estaba demasiado ocupado mirándole sus recién desarrollados pechos.

—¿Por qué he tenido que decirle a todo el mundo que fui modelo para Maybelline? —gimió mirando al techo.

Porque llevaba contando esa mentira tanto tiempo que casi hasta ella se la creía, se dio cuenta. Todo había empezado de la manera más inocente: un chico deseoso de impresionarla —y sin duda con la esperanza de llevársela a la cama—, le había dicho que tenía unos ojos preciosos y le había preguntado si eran los de las cajas del rímel de Maybelline. A partir de ahí, no tuvo que hacer gran cosa más: la siguiente ocasión en que alguien le dijo que tenía los ojos muy bonitos no le hizo falta más que adaptar un poco; a fin de cuentas no estaba tan lejos de la verdad: sus ojos tenían el mismo color y la misma forma que los de la chica de Maybelline. ¿Quién iba a notar la diferencia? ¿Quién iba a descubrir la verdad?

¡Ay, Dios! ¿Qué otras mentiras había contado últimamente?: ¿Que había escrito sobre sus días como modelo para *Cosmopolitan*? ¿Que era hija de militar y que su padre había muerto en Vietnam?

Ése era el problema con las mentiras, que se reproducían a toda velocidad, como las ratas. Lo cual no era grave si se las contabas a alguien como Lily, tan ingenua y confiada que se creía prácticamente cualquier cosa. Pero si se trataba de alguien tan baqueteado como Jan Scully o tan curtido como Jeff Dawson, entonces estabas buscándote un problema. Recordó todas las preguntas que él le había hecho y lo poco convencido que había dado la impresión de estar con sus respuestas.

—¡Joder! —dijo saliendo de la cama y dirigiéndose hacia el armario: sacó del fondo su vieja maleta marrón de lona y la lanzó sobre la cama.

«Tengo que salir de aquí», estaba pensando mientras abría bruscamente la maleta y empezaba a tirar prendas en esa dirección. No tardaría mucho en recoger su ropa: no tenía mucha —ni tan siquiera contando sus últimas «adquisiciones»—, y Dylan tenía incluso menos. Vació rápidamente los cajones de la cómoda y luego empezó con la ropa que quedaba en las perchas. En menos de veinte minutos, estaba toda metida en la maleta.

—Ahí no has estado muy inteligente que digamos —murmuró al darse cuenta de que no había dejado fuera nada que ponerse.

Y además, ¿adónde iba a ir?

«A cualquier parte», se dijo metiendo la mano dentro de la maleta y sacando unos vaqueros y un jersey azul marino. Le costó más encontrar la ropa interior, así que al final acabó deshaciendo la maleta del todo y teniendo que volver a doblar cada cosa otra vez. «Donde sea menos aquí.» Seguramente no poseía demasiadas cosas, pero todavía le quedaba el instinto, y su instinto le decía que había llegado el momento de soltar amarras y marcharse, que ya no estaban seguros en la carretera de Mad River.

Aún así, había pagado el alquiler hasta el final del mes siguiente, pensó dejándose caer sobre la cama al sentirse repentinamente abrumada por el cansancio; y además, si se marchaba ahora, en mitad de la noche, tendría que dejar todos los muebles y el resto de sus cosas, y no tenía dinero para comprar otras, ni aunque fueran de segunda mano. Más aún: ¿cómo iba a sacar a Dylan del colegio ahora que el curso estaba a punto de terminar? ¿Acaso no acababa de estar allí tendida mirando al techo sin poder dormir, recordando lo doloroso que había sido para ella no llegar a echar raíces en ningún sitio? ¿No había llegado a odiar a su propia madre precisamente por eso? ¿Quería que Dylan la odiara a ella también?

—¡Joder! —dijo otra vez empujando la maleta fuera de la cama y contemplando cómo su ropa se desparramaba por el suelo.

No podía marcharse, y realmente tampoco quería. No, lo que quería era empezar de cero: mañana por la mañana le contaría la verdad a Lily, se lo contaría todo, y confiaba en que lo entendería y sería capaz de perdonarla. Y después iría a Scully's y devolvería el puñetero trofeo robado y le pediría disculpas a Jan. En unos cuantos meses más, cuando le pareciese que ya no había peligro, hasta podía que le diera permiso a Dylan para empezar a usar su verdadero nombre; ella haría lo mismo, los dos recuperarían sus identidades y empezarían de cero, y ella redescubriría a la persona que había detrás de todas las mentiras.

Emma se dio la vuelta hasta quedar echada boca arriba y clavó la vista en el techo. Sólo había un problema, pensó Emma: no tenía ni idea de quién podía ser esa persona.

Lily se dio la vuelta en la cama y abrió los ojos. Jeff Dawson estaba junto a ella sonriéndole, con la cabeza apoyada en la almohada. Se preguntó cuánto tiempo llevaría observándola en el momento que él —sin decir nada—, la atrajo hacia sí y Lily sintió que se fundía en sus brazos.

«Pero ¿qué coño te crees que estás haciendo? —oyó a Kenny decirle desde los pies de la cama—. Es un perdedor, ¡por el amor de Dios!, sal de ahí ahora que todavía estás a tiempo.»

Lily dejó escapar un grito ahogado y se incorporó de golpe, buscando en la oscuridad a hombres que sabía perfectamente que no estaban allí: ni Jeff estaba echado a su lado ni Kenny le estaba gritando desde los pies de la cama.

—¡Dios bendito! —exclamó escuchando el sonido de una moto en la distancia y preguntándose si ese sonido fantasmagórico era el que había hecho que Kenny apareciera en su sueño.

«¿Qué le habría parecido Jeff Dawson a Kenny? —se preguntó—. ¿De verdad lo habría visto como un perdedor o le habría caído bien?»

—A mí me gusta —murmuró ella en voz baja, como si le diera miedo que las palabras se oyeran demasiado.

«¿Tienes algo con él? —recordó que Emma le había preguntado la primera vez que los había visto juntos.

«No, claro que no», le había respondido Lily, pero Emma había intuido la verdad incluso entonces.

Pero ¿qué sabía Emma de verdades?, se preguntó Lily. ¿Quién era Emma Frost exactamente y cuántas mentiras le había contado?

Volvió a repasar mentalmente la conversación que había tenido con Jeff, la increíble historia que le había contado sobre cómo había pillado a Emma robando en una tienda. No podía ser verdad. Pero por otro lado, ¿por qué no? En realidad Lily apenas la conocía, no sabía casi nada de su vida y no la había tratado lo suficiente como para entender bien cómo funcionaba su mente. De hecho, cuanto más sabía de Emma, más enigmática le resultaba.

Lily salió de la cama, se acercó a la ventana y miró hacia la calle oscura, haciéndose la pregunta a la que llevaba dando vueltas en su cabeza desde que había oído el increíble relato de Jeff: si Emma Frost no era quien decía ser, entonces, ¿quién era? ¿Por qué tantas mentiras y tanto engaño?

Lily casi se echó a reír. ¿Quién era ella para juzgar a los demás? ¿Quién era ella para quejarse de la gente que no decía la verdad? Y si Jeff había detectado las mentiras de Emma tan rápido, ¿cuánto tiempo pasaría antes de que sus propias respuestas empezaran también a ser poco convincentes?

Caminó hacia el armario, lo abrió y se quedó mirando la poca ropa que colgaba de las perchas. Tal vez había llegado el momento de marcharse. Siempre había pensado que sólo se quedaría en Dayton temporalmente, hasta que ganara algún dinero y pensara qué quería hacer con el resto de su vida. Nunca había perdido la esperanza de que, algún día, quizá podría volver a casa. Aunque todavía no. Aún era demasiado pronto para pensar en eso.

Y además, no estaba mal aquí: tenía sus amigas, un trabajo, hasta un club de lectura, y a Michael le iba muy bien, así que ¿por qué iba a marcharse?: ¿porque había conocido a un hombre que le gustaba y parecía que la cosa podía ir a más?, ¿porque era demasiado pronto para andar pensando en esas cosas?, ¿o porque era demasiado tarde?, pensó con tristeza cerrando el armario y dejándose caer sobre el colchón a los pies de la cama.

«No se puede construir una relación basada en la mentira», estaba pensando. Igual que no puedes huir de tu pasado indefinidamente: tarde o temprano iba a tener que empezar a decir la verdad. Sobre su matrimonio. Sobre la muerte de Kenny. Sobre su papel en todo lo que había pasado.

«La verdad os hará libres», ¿no era eso lo que se decía? ¿No decían también que «"libertad" es otra forma de decir "nada que perder"»?

Lily cerró los ojos. Ella tenía mucho que perder, pensó metiéndose otra vez en la cama y quedándose boca arriba mirando al techo, preguntándose qué pensaría Jan de ella cuando se enterase de que su empleada de confianza era una mentirosa, qué pensarían sus amigas cuando se enterasen de hasta qué punto les había mentido. ¿Qué iba a decir Jeff Dawson —se preguntaba mientras el sueño la iba venciendo—, cuando se enterara de que Emma Frost no era la única impostora de la carretera de Mad River?

Jamie esperó hasta estar segura de que Brad se había dormido para abrir los ojos. Llevaba horas tumbada a su lado, escuchando el sonido de su respiración, esperando a que se hiciera más regular y acompasada, a convencerse sin que quedara el menor resquicio de duda de que estaba verdaderamente dormido y no simplemente poniéndola a prueba. Ya lo había hecho una vez esa noche y ella había estado peligrosamente cerca de no superar el examen.

Jamie miró los números rojos del reloj digital de la mesita de noche sin mover la cabeza, estremeciéndose al recordar cómo se había librado por los pelos: alrededor de la una, dos horas después de que él le hubiera dado un beso de buenas noches y le hubiera dicho que se quitara la ropa y se diera la vuelta para que la abrazara por detrás mientras dormían. Por suerte, no la había presionado para que hicieran el amor, quizá porque intuía que ella estaba demasiado frágil, quizá porque él estaba demasiado cansado después de haber conducido todo el día. Por la razón que fuera, había parecido contentarse con estar allí echado junto a ella y se había quedado dormido con increíble facilidad, rodeando su cuerpo desnudo con brazos que la tenían sujeta como si fueran cadenas de hierro. Ella se había quedado inmóvil durante lo que le pareció una eternidad antes de conseguir escurrirse librándose de aquellos brazos y zafarse del peso del cuerpo de Brad que la aprisionaba. Él no se había movido. Pero cuando Jamie ya estaba a los pies de la cama y alargaba la mano para coger sus vaqueros, la voz de él se había alargado como una mano en medio de la oscuridad para agarrarla del hombro dejándola paralizada.

—¿Qué te crees que estás haciendo? —lo había oído decir, y la pregunta era como un reptil enroscado en su nido que acabase de lanzarle una dentellada fulminante directa al corazón.

Jamie trató por todos los medios de que su voz sonase lo más neutra posible, pese a las disparatadas fluctuaciones de los latidos de su corazón.

—Tengo que ir al baño.

—Y ¿desde cuándo vas con los vaqueros *puestos* al baño?

—No me los estaba poniendo.

—Entonces, ¿qué hacías?

—Me duele la cabeza, pensé que igual tendría algún Excedrin en el bolsillo.

—Y ¿tienes alguno?

Brad encendió la luz de la mesita de noche y le clavó la mirada. Jamie buscó en los bolsillos del pantalón.

—No —dijo ella con la voz teñida de una decepción que no fingía—, igual en mi bolso.

—Pues mejor mira a ver —le dijo él señalando el bolso que estaba sobre el tocador.

Jamie fue arrastrando los pies hasta el tocador, consciente de que los ojos de Brad estaban fijos en su cuerpo desnudo, cogió el bolso y palpó en su interior buscando cualquier cosa que pudiera dar cierta credibilidad a su historia.

—Aquí están —dijo Jamie sintiendo una sensación de alivio que le recorría todo el cuerpo, como una ola gigante que la empapaba de sudor, al tiempo que levantaba en alto un frasco de Excedrin.

—Más te vale tomarte uno entonces —dijo él.

Jamie asintió con la cabeza y fue hacia el baño para tomarse dos Excedrin con un poco de agua.

—Y ya que estás ahí dentro, aprovecha para hacer pis —le ordenó él—, no tengo ganas de despertarme otra vez esta noche, mañana es un día importante, hay que estar descansado —añadió con tono glacial.

Cuando Jamie volvió al dormitorio, su bolso y su ropa habían desaparecido. Estuvo a punto de preguntar dónde estaban, pero luego se lo pensó mejor. Estaba claro que Brad los había puesto en algún sitio donde ella no pudiera cogerlos, era su manera de decirle que no iba a dejar ningún cabo suelto. Así que volvió a meterse en la cama, en la misma posición en que estaba.

—¡Eh, Jamie! —le susurró él mientras le besaba la nuca—. He oído decir que el sexo quita los dolores de cabeza.

—Por favor, Brad...

—Tranquila, nena —dijo él rodeándola con un brazo igual que un ancla que la sujetaba y a la vez tiraba de ella hacia el fondo—, era un broma.

Jamie cerró los ojos y contuvo las lágrimas.

—Que tengas dulces sueños, señorita Jamie.

«Que tengas dulces sueños, señorita Jamie», repitió ella en silencio preguntándose si se arriesgaría de nuevo a intentar escapar. Eran casi las cuatro de la mañana y aunque estaban sólo a media hora de Dayton no había gran cosa en los alrededores: incluso si conseguía huir de aquella habitación y de aquel motel, ¿cómo iba a llegar hasta la civilización? No habría nadie en la recepción a esas horas, no habría ningún teléfono que pudiera usar sin tener monedas o una tarjeta, ninguna puerta a la que pudiera llamar sin correr el riesgo de que él la pillara. No tenía dinero ni zapatos, ¡ni ropa, por el amor de Dios! ¿De verdad iba a salir corriendo en mitad de la noche, descalza y desnuda, con la esperanza de llegar hasta la autopista y así salvarse?

Si Brad se despertaba y veía que no estaba, seguro que iría a por ella. Y ¿qué iba a pasar si la encontraba? Entonces, ¿qué? «Hazme caso: a la buena de la señorita Gracie no la van a encontrar jamás», lo oyó decir en su cabeza.

Y sin embargo, ¿qué otra cosa podía hacer? Brad ya había matado por lo menos a una mujer —seguramente a dos—, y estaba a punto de matar a otra. Sólo era cuestión de tiempo hasta que decidiera que ella también era prescindible igual que las otras. Por lo menos tenía que intentar escapar y ésta podía ser su última oportunidad.

Así que hizo un movimiento suave, como si se diera la vuelta dormida. Brad también se movió ligeramente pero no se despertó y su brazo seguía agarrándola por la cadera. Jamie volvió a cambiar de posición dándose la vuelta lentamente hasta quedar tendida boca arriba y Brad se movió con ella: ahora su brazo estaba sobre el vientre de Jamie que sintió su aliento cálido en el cuello y lo oyó suspirar como si estuviera en mitad de un agradable sueño. ¿Estaría soñando con su ex mujer?, ¿con lo que tenía pensado hacerle?

Jamie trató de imaginársela pero sólo conseguía ver a una mujer acurrucada en un rincón cubriéndose la cara con los brazos llenos de moratones, protegiéndose la cabeza de unos golpes que sabía que eran inevitables. Pero, de algún modo, había logrado reunir el coraje suficiente para escapar de su torturador, para coger a su hijo y salir corriendo. Y sin embargo, incluso después de eso, incluso después de haber conseguido el divorcio y haber recorrido medio país hasta llegar a Ohio, donde creía estar segura y donde su hijo y ella habían adquirido una nueva identidad, a pesar de todo, seguía sin estar a salvo. Él había descubierto dónde se escondía y se dirigía hacia allí para matarla. De la misma manera que Jamie sabía que la perseguiría a ella si conseguía escapar.

En ese momento comprendió que nunca más volvería a estar a salvo mientras Brad Fisher viviera.

Esperó cinco minutos antes de volver a ponerse de lado y al hacerlo hizo que el brazo de Brad se deslizara por su cadera dejándola libre: se dio cuenta de que era su oportunidad, pero sus piernas se negaban a moverse. ¿A dónde vas? —parecían decirle—, ¿dónde piensas esconderte?

Eso no importaba, decidió. No importaba que no supiera dónde iba a ir, no importaba que estuviera desnuda y no tuviera dinero ni zapatos ni documentación. Lo único que importaba era salir de allí, de lo demás ya se preocuparía después.

Se incorporó lentamente hasta quedar sentada en la cama; la sábana se deslizó por su cuerpo y Brad cambió ligeramente de postura moviendo los labios mientras giraba el cuerpo ligeramente hacia la izquierda. Jamie contuvo la respiración, preguntándose si debía tenderse de nuevo en la cama y desistir. Pasaron varios minutos antes de que consiguiera decidirse y por fin sacó los pies de la cama: el contacto de la alfombra deshilachada bajo las plantas de los pies le provocó una especie de descargas que le recorrieron las piernas, como si hubiera pisado un cable de alta tensión. Había conseguido llegar hasta allí, estaba pensando, sintiendo los ojos de él clavados en su espalda, su media sonrisa recorriéndole la piel. Oyó que algo se movía detrás de ella y se preparó para sentir que la agarraba. ¿Qué le iba a decir esta vez? ¿Tendría siquiera la oportunidad de hablar antes de que él la silenciara de una vez por todas?

Jamie se dio la vuelta.

No había nadie detrás, y cuando bajó la mirada en dirección a la cama se dio cuenta de que Brad seguía bajo las mantas durmiendo a pierna suelta. «¡Dios bendito!», dijo para sí tapándose la boca con la mano para amortiguar el sonido de su respiración entrecortada. Tenía que ir con mucho cuidado, no podía permitirse ni un solo error, no mientras él siguiera estando tan cerca.

Poniendo un pie delante del otro, poco a poco fue dando pasos cada vez más grandes. Parte de ella quería salir corriendo, pero sabía que si lo hacía incrementaría las posibilidades de que él se despertara: ya hacía un rato que sus ojos se habían acostumbrado a la oscuridad pero aún así la habitación no le resultaba familiar y no podía arriesgarse a chocar con algún mueble o a tropezar, tenía que moverse lentamente y con mucha precaución.

Estaba a medio camino hacia la puerta cuando vio la ropa de Brad sobre el respaldo de la silla en la que había estado sentado antes. Muy lentamente alargó la mano, cogió su camiseta negra y se la puso rápidamente, sacando la cabeza por el cuello redondo de la misma igual que una tortuga cautelosa emergiendo de su caparazón. «Si está despierto le diré que tenía frío», pensó Jamie, pero cuando volvió a mirar hacia la cama vio que no se había movido.

Los dedos de Jamie rozaron los vaqueros de Brad. ¿Estarían las llaves de su coche todavía dentro? ¿Estaría la navaja oculta en su interior? ¿Sería capaz de cogerlas sin hacer ruido? ¿Debería arriesgarse? Y si conseguía sacar la navaja, entonces, ¿qué? ¿Sería capaz de usarla si fuera necesario? ¿Podría matar a otro ser humano?

De repente Brad se movió, como si los pensamientos de Jamie lo hubieran zarandeado; ella se quedó inmóvil, con la mano en los vaqueros, conteniendo la respiración mientras Brad bostezaba y se daba la vuelta. Desde donde estaba, no podía distinguir si sus ojos estaban abiertos o cerrados, si la estaba o no observando mientras esperaba a ver qué hacia después. Así que no hizo nada, simplemente se quedó allí temblando, de pie en mitad de la habitación, hasta que oyó que la respiración de Brad se volvía regular y acompasada otra vez.

Jamie alargó la mano lentamente hacia el bolsillo de los vaqueros y sus dedos cautelosos buscaron a tientas entre los pliegues de la gruesa tela: comprobó que el bolsillo estaba vacío y casi se le saltaron las lágrimas porque eso significaba que tendría que darle la vuelta al pantalón y buscar en el bolsillo del otro lado. ¿Sería capaz de hacerlo sin que las llaves hicieran ruido? Los pantalones tenían aún puesto un grueso cinturón de cuero, por lo que no iba a ser tan fácil darles la vuelta. Pero si las llaves del coche estaban dentro, si conseguía recuperarlas, entonces tendría una verdadera oportunidad de salir de allí, de ir a la policía y evitar los acontecimientos del día siguiente.

Dio la vuelta a los vaqueros con cuidado de que la hebilla de metal no golpease el respaldo de la silla y metió la mano en el segundo bolsillo: ni las llaves del coche ni la navaja estaban dentro. Probó en los bolsillos de atrás sabiendo de antemano que no encontraría nada. «¡Mierda!», pensó mientras dejaba otra vez los pantalones sobre el respaldo de la silla mordiéndose el labio para no chillar: «¡Mierda! ¡Mierda! ¡Mierda!»

Fue entonces cuando sintió que el ambiente era distinto, que había habido un ligero cambio de las corrientes de aire, de la luz, lo que fuera: no tenía que darse la vuelta para saber que los ojos de Brad estaban abiertos y que su rostro esbozaba aquella sonrisa cruel.

—¿Estás preparada para morir, Jamie? —le preguntó al tiempo que el sonido de una navaja que se abría rompía el silencio de la noche.

Jamie no perdió el tiempo dándose la vuelta sino que echó a correr hacia la puerta, soltó la cadena y tiró de la manilla, gritando al pequeño retazo de noche que vio a través de la puerta entreabierta antes de que ésta volviera a cerrarse de golpe y sintiera que la levantaban por los aires y la lanzaban al otro lado de la habitación, como si fuera un objeto sin vida, sin peso y sin ninguna importancia. Consiguió ponerse de pie en el momento en que él se abalanzaba sobre ella y le daba un puñetazo en el estómago cuando ya casi estaba erguida. Sintió la fuerte ráfaga de aire que abandonaba su cuerpo y cayó al suelo, jadeando mientras trataba de recobrar el aliento. Unas manos la agarraron del pelo y tiraron de su cabeza hacia atrás, su blanco cuello contrastaba con el negro de la camiseta. Vio la hoja reluciente describiendo un arco en dirección a su cuello.

Y luego ya no vio nada más.

Capítulo 27

Emma vio el coche en cuanto abrió la puerta de la entrada: estaba aparcado a media calle, frente a la casa de la señora Discala, y se preguntó si el hijo de la anciana, el paramédico del que siempre presumía, se habría comprado otro coche nuevo, aunque éste parecía haber conocido mejores tiempos. ¡Bueno!, pensó Emma, ¿acaso no nos pasaba lo mismo a todos? Siempre le habían encantado los Thunderbird porque tenían un estilo muy particular y éste además era azul cielo, lo que le daba un cierto aire místico aunque no estaba segura de por qué. Nunca había tenido coche, ni siquiera tenía permiso de conducir, pero decidió en ese preciso instante que si alguna vez compraba un coche, sería un Thunderbird azul cielo igual que ése.

—¡Bueno, Dylan, venga, date prisa!

—Ya casi estoy —gritó su hijo desde el piso de arriba aunque casi un minuto después seguía sin bajar.

Emma volvió al vestíbulo.

—¡Dylan, venga, vas a llegar tarde al cole!

Nada.

—Dylan por favor, no me obligues a subir.

De repente Dylan apareció en lo alto de las escaleras, con un objeto de metal redondo y brillante en las manos.

—¿Qué es esto? —Alzó los brazos sosteniendo el trofeo de Jan por encima su cabeza, como si fuera él quien acababa de quedar segundo en el Campeonato Femenino de Culturismo de Cincinnati, Ohio en 2002.

—¿Qué haces tú con eso? —Emma ya estaba a mitad de las escaleras antes de que Dylan tuviera oportunidad de retroceder ni un paso.

Inmediatamente, el niño se escondió el trofeo tras la espalda para evitar que se lo quitara.

—Lo voy a llevar al cole para enseñarlo.

—¿Y quién ha dicho que tienes permiso para andar en mis cosas?

La amenaza omnipresente de las lágrimas hizo que a Dylan le temblara la voz.

—No he andado en tus cosas, estaba en el baño y lo encontré cuando estaba buscando mis jabones de animales.

—Ya no te quedan, la semana pasada usaste el último que te quedaba, ¿te acuerdas?

—Pero ¿por qué no puedo llevarlo al colegio para enseñarlo?

—Porque no es tuyo.

«Ni siquiera es mío», estuvo a punto de añadir pero se lo pensó mejor: ¡a saber qué sería capaz de decir Dylan en clase!

—Pero es bonito.

—Sí, sí que lo es, pero no lo puedes llevar al cole, Dylan, lo siento mucho. Y ahora dámelo, por favor.

A regañadientes, Dylan sacó la copa de detrás de su espalda y la sujetó frente a su pecho. Emma la agarró inmediatamente obligando a los testarudos dedos de su hijo a soltarla.

—Nunca tengo nada que llevar al cole para enseñar —dijo el niño poniendo cara de puchero exagerada.

—Bueno, si me hubieses avisado con un poquito de tiempo y no esperaras al último minuto —dijo Emma irritada—, igual hubiera podido buscarte algo interesante para llevar al cole y enseñarlo.

—¿Algo como qué?

—No sé —dijo cogiéndolo de la mano y comenzando a bajar las escaleras mientras él comenzaba a gimotear—. ¡Bueno, bueno! Está bien, vamos a buscar alguna cosa.

Fue hasta el cuarto de estar, tiró el trofeo en el sofá y miró con gesto desvalido en todas direcciones. Tenía que devolver la estúpida copa a Jan, pero ¿cuándo? ¿Qué le iba a decir a aquella mujer? ¿Cuánto se podía permitir contarle?

—No hay nada —sollozó Dylan.

—Sí que hay —cayó en la cuenta Emma corriendo a la cocina—, tengo algo perfecto.

Dylan se puso justo detrás suyo mientras ella rebuscaba en los armarios de la cocina. ¿Dónde lo había puesto?

—¿Qué es? —preguntó Dylan.

—Una taza —le anunció Emma agarrando la taza en cuestión por el asa; se dio la vuelta y ofreció la inmensa y horrorosa taza a su hijo—. Es del gimnasio Scully's, ¿ves el logo escrito a los lados?

Dylan no parecía muy impresionado.

—¿Qué es un logo?

—Es el nombre —explicó Emma que estaba demasiado impaciente como para pararse a explicar nada—. Tú enséñaselo a los otros niños en clase y diles a todos que te dan una de éstas cuando te apuntas a Scully's, y además te regalan una camiseta.

¡Coño, igual hasta le estaba haciendo algo de publicidad a Jan con toda esta historia!; lo cual serviría, al menos en parte, para redimir su pecado.

—Y ¿también les puedo enseñar la camiseta?

—La camiseta no la tengo.

—Y ¿por qué no?

—Porque yo no me he apuntado.

—Y entonces, ¿por qué tienes la taza?

—Dylan, ¿la quieres o no?

Dylan agarró la taza fuertemente contra su pecho, como si tuviera miedo de que se la fuera a quitar.

—La quiero —dijo.

—Bien, pues entonces vámonos, que vas a llegar tarde. —Emma salió fuera y mientras sujetaba la puerta para que pasase su hijo, se dio cuenta de que había desaparecido de nuevo—. ¡Dylan, por el amor de Dios....!

—Tengo que ir al baño —gritó la vocecita que se oía alejándose en el piso de arriba.

—Increíble —murmuró Emma dejando que la puerta volviera a cerrarse tras ella y se quedó mirando hacia la calle ensimismada.

El Thunderbird azul todavía estaba aparcado frente a la casa de la señora Discala y parecía que había alguien dentro, aunque desde donde estaba era difícil distinguir si era una persona o si se trataba solamente de la sombra de alguna rama del árbol bajo el que estaba aparcado el coche. «¿Qué clase de árbol?», se preguntó mientras observaba a Lily y Michael salir de su casa y pensó que seguramente Lily sabría qué clase de árbol era. Lily era el tipo de persona que sabía esas cosas. Tal vez se lo preguntaría, siempre y cuando ella todavía le hablara: no sabía si Lily había hablado con Jeff Dawson y, si lo había hecho, tampoco sabía cuánto le habría contado él del desafortunado incidente de Marshalls. ¿Cómo iba a explicar todo aquello? ¿Podía confiar en Lily lo suficiente como para decirle la verdad? ¿Acaso tenía elección?

—Mamá —estaba diciendo Dylan mientras le tiraba de la manga de la chaqueta vaquera—, mamá, vamos a llegar tarde.

—¿Cómo? ¡Ay, sí perdona! No te he oído bajar. ¿Ya estás listo? Dylan alzó la taza por encima de su cabeza.

—Nadie ha llevado nunca una taza al cole —dijo orgulloso—. ¡Eh, ahí está Michael! ¡Eh, Michael! —gritó mientras corría ya hacia la calle donde esperaban Lily y su hijo—. ¡Tengo una taza para enseñar en el cole!

—¡Eh, nosotros también tenemos de ésas! —estaba diciendo Michael en el momento en que Emma llegaba hasta ellos.

—¡Hola! —saludó Emma a Lily.

—¡Hola! —le repondió Lily mirando hacia la acera.

«Lo sabe», pensó Emma echando a andar a su lado.

—¡Oye! ¿Sabes qué árboles son éstos? —preguntó haciendo un gesto amplio con las manos, como con intención de incluir todos los árboles del barrio en la pregunta.

—Bueno, éstos son arces, claro —dijo Lily ingeniándoselas para no mirar a Emma sino al césped frente a la casa de ésta.

—Claro —asintió Emma.

—Y ésos son robles —continuó Lily señalando en dirección al Thunderbird azul.

—Supongo que debería saber estas cosas —comentó Emma.

—¿Por qué? —preguntó Lily que seguía sin mirarla a la cara cuando doblaron la esquina para coger la calle South Patterson.

—¡No sé! —dijo Emma encogiéndose de hombros mientras se preguntaba si eran imaginaciones suyas o si verdaderamente Lily estaba distante.

Quizá sólo se estaba inventando la tensión que le parecía detectar en los hombros de Lily, en su voz —de por sí ya reservada— teñida de recelo. Quizás al final Jeff no había dicho nada. Emma se preguntó si habría manera de averiguar qué sabía Lily sin revelar más de lo estrictamente necesario.

—¡Bueno! Y ¿qué hiciste ayer por la noche? ¿Algo interesante?

—La verdad es que no.

Emma respiró hondo mirando a los dos niños echarse carreras delante de ellas.

—Jeff pasó por casa —dijo Lily.

Emma sintió que le faltaba el aire y se esforzó por no atragantarse.

—Dijo que te había visto ayer.

Emma esperó sin decir nada.

—En Marshalls —continuó Lily.

—Sí —confirmó Emma.

—Dijo que...

—¡Mamá —gritó Michael—, date prisa, vas muy despacio!

—¡Sí, muy despacio! —lo imitó Dylan levantando las manos para luego dejarlas caer a ambos lados del cuerpo, igual que había hecho una Emma exasperada hacía poco rato.

—¡Cuidado con esa taza! —le advirtió Emma, pero ya era demasiado tarde: la taza se escurrió de la mano de Dylan y se estrelló a sus pies contra la acera rompiéndose en mil pedazos—. ¡Ayayay!, que desastre —murmuró Emma al tiempo que su hijo empezaba a llorar.

Lily fue inmediatamente hasta el niño y empezó a recoger los trozos.

—No pasa nada, cariño, sé dónde podemos encontrar otra igualita que ésta.

—Pero me hace falta esta mañana.

—La vamos a buscar ahora mismo, ¿vale? —Lily le pasó el dedo por debajo de los ojos con gesto maternal para secarle las lágrimas—. Y ahora tú vete a clase que tu madre va a venir en bus conmigo a Scully's y te va a traer otra taza a clase en diez minutos, ¿qué te parece?

—¿Diez minutos?

—Igual ni eso.

Dylan asintió con la cabeza mientras las lágrimas seguían rodando por sus mejillas. Emma sabía que no dejaría de llorar hasta que no tuviera la taza nueva en las manos.

—¡Bueno, Dylan! Vete con Michael a clase y yo vuelvo enseguida.

—Diez minutos —insistió Dylan.

—Sí, ahora vete —lo apremió Emma dándole una palmadita suave en el trasero mientras lo empujaba en dirección al patio del colegio al final de la calle, y luego sacudiendo la cabeza dijo—: ¡Ni un momento aburrido!

—¡Ahí está el bus! —exclamó Lily señalando el autobús que se acercaba rápidamente del otro lado de la carretera.

Al salir corriendo detrás de ella, Emma vio el Thunderbird azul doblar la esquina y detenerse al final de la calle. Por un instante se preguntó qué estaría haciendo allí mientras subía al autobús detrás de Lily y se sentaba junto a ella en la fila de atrás.

Lily no perdió el tiempo.

—Jeff me ha contado lo que pasó ayer —comenzó a decir— en Marshalls.

—No es lo que parece —dijo Emma rápidamente.

—Y entonces, ¿qué es?

Emma se estremeció al oír la pregunta. ¿De verdad le debía a esta mujer una explicación?

De repente, el bus frenó en seco para que subieran dos adolescentes de aspecto exuberante que se dejaron caer en los asientos que había al lado de Emma. Se les escurrieron los libros del regazo y se desparramaron por el suelo.

—¡Uy! —dijo una de las chicas riéndose mientras se estiraba por encima de las piernas de Emma para recogerlos.

—¡Eres tan patosa! —se rió su amiga ayudándola a recoger los que quedaban en el suelo.

—Pero si es todo culpa tuya —contestó la primera y las dos empezaron a retorcerse de risa.

—Seguramente éste no es el mejor momento para hablar de todo esto —comentó Lily.

—Tienes razón.

—Pero tenemos que hablar de algunas cosas, ¿qué tal cuando yo salga del trabajo?

—Bien —dijo Emma mirando por la ventana trasera.

Ya no se veía el Thunderbird azul. «Tenía un color tan bonito», pensó Emma de nuevo.

—Te vas a meter en un lío *tan* gordo —dijo la adolescente que iba al lado de Emma a su amiga entre risitas mientras Emma volvía la cabeza hacia la parte delantera del autobús y fijaba la vista al frente intentando no pensar en nada.

—¿Dónde va la muy hija de puta ahora? —preguntó Brad al volante del Thurnderbird azul que mantenía oculto tras un Lexus todoterreno blanco mientras seguían al autobús pasando por delante del patio del colegio.

Se volvió hacia la mujer que estaba hecha un ovillo en el asiento del copiloto, como si esperara que le respondiera.

Jamie no dijo nada. Brad le había dicho esa mañana que no quería oírle una palabra más hasta que no hubieran salido sin problema de Ohio o si no la mataría, tal y como debía haber hecho la noche anterior —añadió él—, como habría hecho la noche anterior si no hubiera sido porque ella se desmayó al ver la hoja de la navaja acercándose a su cuello. Por alguna razón misteriosa, a Brad eso le había parecido divertido, hasta entrañable, igual que se lo parecían sus agallas, o eso le había dicho después de reanimarla con un vaso de agua helada que le tiró a la cara.

—Hay que reconocer que tienes agallas, señorita Jamie —le había dicho riéndose—, no muchas luces —añadió riendo otra vez—, pero sí muchas agallas.

Su madre no habría sido capaz de decirlo mejor, pensaba Jamie ahora, preguntándose qué hubiera dicho la pobre mujer si viera a su hija ahora: con los ojos hinchados y enrojecidos, perfilados por las medias lunas púrpura de sus profundas ojeras, con la pálida piel llena de manchas, los labios cortados y con sangre seca pegada, los brazos cubiertos de moratones, el estómago aún dolorido del puñetazo y el cuello de los tirones. ¿Por qué no la había matado?, se preguntó. ¿Qué papel horrible le tenía reservado para las próximas horas?

—Ya no tardaremos mucho —dijo él respondiendo a su pregunta como si la hubiera formulado en voz alta—. En cuanto consiga pillar a esa zorra sola....

«¿Qué pasará entonces?», se preguntó Jamie en silencio.

—Y ahí es donde me tienes que ayudar —la informó.

¿Y después de que la mate? ¿Le llegaría el turno a ella?

Él sabía desde el principio que intentaría escapar, eso le dijo la noche anterior después de atrancar la puerta con muebles suficientes como para asegurarse de que, incluso si se quedaba dormido —«y fíjate, igual lo hago», bromeó él—, el ruido de levantar o arrastrar la mesa y las dos sillas junto con el del resto de cosas que había apilado contra la puerta sería suficientemente fuerte como para despertarlo.

—¿Estabas despierto todo el tiempo? —le preguntó ella.

—Todo el tiempo —le confirmó él—, ¿quién iba a conseguir dormirse contigo levantándote y acostándote toda la noche? Me imaginé que me estabas poniendo a prueba y parece que tenía razón, aunque te diré que estaba empezando a perder la paciencia de tanto esperar a que por fin te decidieras a hacer algo. Te habías sentado y pensé: «Bueno, esta vez sí que lo va a hacer», y me había ido preparado aunque tenía que asegurarme de que mi respiración siguiera siendo lenta y acompasada para que pensaras que estaba frito. En la cárcel se aprenden estas cosas porque, ¿sabes?, allí no puedes bajar la guardia nunca, tienes que ingeniártelas para dormir con un ojo abierto. —Sacudió la cabeza al recordar—. En cualquier caso, creo que lo hiciste bastante bien, aunque jamás tuviste la menor oportunidad. Por ejemplo, lo de ponerte mi camiseta fue buena idea para no tener que salir corriendo en bolas, aunque yo casi habría pagado por verlo, de verdad te lo digo. Y me parece que yo también estuve bastante bien dejando los vaqueros en la silla bien a la vista, ¿no crees? Pensé que no podrías resistir la tentación de buscar las llaves. Igual hubiera sido más inteligente por tu parte ir directamente hacia la puerta, aunque te tengo que decir que habrías estado muerta antes de haber tenido tiempo ni a quitar la cadena, así que seguramente, en *retrospectiva* —dijo enfatizando mucho la palabra—, fue una suerte para ti que *decidieras* registrar los bolsillos de mi pantalón. Es muy probable que eso te salvara la vida. Eso y que estás adorable cuando te desmayas.

Brad la había arropado bien con las mantas y se había acurrucado contra ella dejando la navaja abierta justo detrás de la oreja izquierda de Jamie. «Y ahora no quiero oír una palabra más hasta que no hayamos salido de Ohio sin problemas, o si no voy a tener que matarte», le había dicho; y entonces había sonreído, igual que sonreía ahora.

—¡Bueno!, se ve en tu cara que tienes un millón de preguntas, así que voy a ser buen tío y te dejaré que me hagas un par, venga, dispara.

Se equivocaba, pensó Jamie. No tenía un millón de preguntas, sólo tenía una:

—¿Qué es lo que esperas que haga yo?

—Bueno, la verdad es que eso va a depender sobre todo de lo que haga Beth, y ahora mismo, parece que se está bajando de ese autobús destartalado.

Jamie observó a las dos mujeres bajar en la acera que había frente a un pequeño centro comercial bastante anodino y caminar hacia el aparcamiento mientras Brad mantenía el coche a una distancia prudencial.

—Y ¿qué pasa con tu hijo? —se atrevió a preguntar.

—Está muy grande, ¿no crees? —le preguntó Brad orgulloso como si ella tuviera manera de saberlo—. Es increíble lo rápido que crecen, ¿verdad? —Aparcó el coche en un hueco que le permitía ver claramente a su ex mujer sin ser descubierto—. No vamos a hacer nada con mi hijo de momento —dijo respondiendo con retraso—, no hasta que no nos hayamos ocupado de su madre.

—Y ¿entonces? —Jamie observó a las dos mujeres pasar de largo los distintos escaparates de las tiendas sin ser apenas consciente de que había hecho otra pregunta hasta que no había salido ya de su boca.

—Y entonces, nada. Nos quitamos de en medio, esperamos a que las autoridades se pongan en contacto conmigo para darme la terrible noticia de la inesperada muerte de mi ex mujer y entonces Corey vuelve con su padre, todo perfectamente razonable y legal.

—Pero seguro que sospecharán...

—¡Eh-eh-eh! Para una mañana, ya basta de preguntas. Tú deja que yo me preocupe del resto, ¿entendido?

Jamie asintió. ¿De verdad creía que las autoridades iban a entregar el niño sin más a un sujeto con antecedentes como los suyos, por más que fuera el padre?

—Claro que seguramente ayudaría si estuviera casado y me hubiera establecido en algún sitio —dijo Brad guiñándole el ojo—. ¿No decías que siempre habías querido conocer Texas, señorita Jamie?

Jamie se hundió en el asiento empezando a sospechar que, al final, resultaba que ya estaba muerta. ¿Era realmente posible que un hombre que hacía tan sólo unas horas había estado a punto de cortarle el cuello le estuviera pidiendo matrimonio?

—Para que te lo vayas pensando —dijo Brad inclinándose sobre el volante y observando cómo las dos mujeres entraban en el gimnasio Scully's.

—Llegas prontísimo —exclamó Jan cuando Lily, seguida de Emma, entró por la puerta.

Emma vio la duda en los ojos profusamente sombreados de azul de Jan, como si ésta estuviera considerando preguntarle su nombre y si estaba interesada en inscribirse.

—Soy Emma —dijo antes de que Jan tuviera oportunidad de dejarlas a las dos en ridículo otra vez.

—Por supuesto que sí —dijo Jan—, ¿Cómo estás? ¿Te dio Jeff la taza?

—Sí sí, gracias.

¿Había notado Jan que le faltaba un trofeo? ¿Sospechaba que Emma pudiese haberlo cogido? Quizá debería confesar en ese mismo momento, reiterar sus disculpas, rogar a Jan que la perdonara, intentar explicarse. Sólo que: ¿cómo explicar lo inexplicable?

—Por desgracia, la taza es precisamente la razón por la que estoy aquí —continuó Emma ignorando sus pensamientos—: Hemos tenido un pequeño accidente.

—Su hijo pensó que la taza era tan bonita —dijo Lily tomando el relevo— que decidió que la llevaría al cole para enseñarla en clase, y cuando íbamos camino del colegio se le ha caído al suelo.

—¡Claro, cómo no! —dijo Jan como si se tratase de un fenómeno ineludible de la naturaleza—. Así que queréis otra...

—La puedo traer de vuelta después —se ofreció Emma.

—¡No seas tonta!

Jan metió la mano debajo del mostrador y le dio a Emma otra taza.

—Dile a tu hijo que tenga más cuidado con ésta.

—La protegerá con su vida.

—Mejor será que te vayas sin perder más tiempo —le aconsejó Lily.

—¿Tú no vienes?

—Empiezo a trabajar en una hora, ya no me merece la pena. Hablamos luego —le contestó al tiempo que Emma abría la puerta.

—¡Sí, luego nos vemos!

Emma salió del gimnasio diciendo adiós con la mano y cruzó por mitad del aparcamiento en dirección a la parada del autobús, aliviada de marcharse. «¿Otro Thunderbird azul en una esquina del aparcamiento?», se preguntó en el momento en que el autobús paraba junto a ella. Subió mientras buscaba el cambio exacto en su monedero y cuando miró hacia atrás, el coche azul ya no estaba, «y seguramente nunca había estado», concluyó. Era obvio que tenía una fijación con los Thunderbird azules.

—Llegas tarde —le dijo Dylan cuando lo fue a buscar a clase unos minutos más tarde—, dijiste que sólo tardarías diez minutos.

Emma se disculpó y entregó la taza a su hijo. El niño volvió a entrar en el aula inmediatamente sin darle las gracias ni con un abrazo, y Emma ya estaba a mitad del pasillo cuando oyó una voz femenina que la llamaba.

—Disculpe —resonó con urgencia la voz a sus espaldas en el pasillo vacío—. Disculpe, ¿señora Frost?

Emma se volvió en el momento en que la inquietantemente concienzuda profesora de Dylan, la señorita Kensit, la alcanzaba. Annabel Kensit era una de esas mujeres que parecían estar moviéndose constantemente. Tenía el cabello corto y castaño y sus pequeños ojos eran marrones; a Emma siempre le ponía nerviosa pasar más de unos minutos con ella.

—Llevo un tiempo esperando la oportunidad de poder hablar con usted —estaba diciendo la joven que ahora estaba de pie ante Emma pasando constantemente el peso de un pie a otro nerviosa. Tenía más o menos su edad pero parecía que acabase de cumplir los veinte. Emma se preguntó por qué todo el mundo mostraba tanto interés en hablar con ella de repente. ¿También había estado la profesora de Dylan en Marshalls ayer? ¿También quería pedirle una explicación?

—¿Hay algún problema? —preguntó Emma recelosa.

—No no, no pasa nada, es sólo que ya hace tiempo que no hablamos y creía que nos habríamos visto en la última reunión de padres y profesores pero como...

—Sí, le pido disculpas por mi ausencia, es que no me encontraba bien aquel día.

—Ay, ¡cómo lo siento! —Los diminutos ojos de la señorita Kensit lanzaron un destello de preocupación—. Espero que no haya sido nada.

—No no, nada de importancia.

—¡Ah, me alegro de que así sea!

—¿Pasa algo?

«Por favor, que no pase nada», estaba rezando Emma en silencio.

—La verdad es que no, sólo pensé que había unas cuantas cosas sobre las que debíamos hablar.

—¿Como por ejemplo?

—Bueno, Dylan es un niño muy bueno, pero se altera mucho por el motivo más insignificante, como por ejemplo esta mañana: estaba tan nervioso porque usted llegaba tarde...

No era capaz de tener esa conversación en aquel momento, no tenía ni el tiempo ni la energía necesarios, y por más que estuviera agotada de tanto mentir, la triste realidad era que la verdad la aterrorizaba más si cabe. La verdad no haría sino complicar las cosas más, empeorarlas. La perspectiva de enfrentarse a sus demonios y confesar sus pecados le resultaba simplemente demasiado abrumadora: era mejor, y ciertamente más fácil, seguir corriendo, seguir escondiéndose, seguir fingiendo. La verdad acarreaba demasiadas consecuencias, y a Emma nunca se le habían dado demasiado bien las consecuencias. Tal vez algún día se armaría de valor y dejaría de correr para convertirse en la mujer a la que llevaba persiguiendo todos esos años, una mujer que no se avergonzaba de su pasado y que confiaba en el futuro, una mujer cuyo presente estaba lleno de posibilidades y que tenía una vida, que no necesitaba exagerar y agrandar para estar orgullosa de quién era. Pero por el momento se tenía que ir a casa y hacer la maleta, acabar lo que había empezado la noche anterior.

—Lo siento mucho, señorita Kensit, pero éste no es el mejor momento...

—¡Ay, no sabe cuánto lo siento! ¿Cree que podríamos hablar unos minutos cuando venga a recoger a Dylan esta tarde?

—Desde luego que sí, nos vemos entonces.

«Y ¿por qué no?», pensó Emma. Ya puestos, podía fijar todas las citas a las que no tenía intención de acudir para el mismo día.

Vio el viejo Thunderbird azul en cuanto dobló la esquina de la carretera de Mad River: estaba de vuelta en el mismo sitio donde lo había visto por primera vez, frente de la casa de la señora Discala, y al ir acercándose se dio cuenta de que había dos personas dentro sentadas en los asientos de delante. ¿Qué estaban haciendo allí? ¿Sería posible que la hubieran estado siguiendo? ¿Habían vuelto para vigilar su casa? Tal vez eran policías de incógnito enviados a petición de Jeff Dawson. O peor aún: quizás estaban allí porque la habían descubierto; probablemente, quien fuera que se sentaba en el coche había venido a llevarse a su hijo.

Emma tenía los cinco sentidos en estado de alerta cuando cruzó la calle decidida a alejarse de la gente que había en aquel coche tan rápido como le fuera posible. Pero había algo en la manera de sentarse de la mujer que estaba en el asiento del copiloto —ligeramente encorvada y con la espalda apoyada en la puerta, como si no quisiera estar allí, como si quisiera estar en cualquier sitio menos allí—, que hizo que Emma se detuviera y diera la vuelta dejándose vencer por la curiosidad. Se acercó al Thunderbird azul y golpeó con los nudillos el cristal de la ventanilla.

—Disculpen —comenzó a decir cautelosamente al tiempo que se bajaba la ventanilla. «¿Me han estado siguiendo? ¿Hay alguna razón para que estén vigilando mi casa? ¿Los envía mi ex marido?», estaba pensando—, ¿puedo ayudarles en algo? —fue lo que preguntó en realidad.

La mujer que ocupaba el asiento del copiloto alzó unos ojos ojerosos y enrojecidos hacia Emma mientras que el hombre que estaba al volante se giró lentamente.

—Sí —dijo él con una sonrisa que hizo que a Emma se le helara la sangre en las venas—, de hecho, creo que sí.

Capítulo 28

—Así es —estaba diciendo Lily—. Sólo doscientos cincuenta dólares por la suscripción más los treinta mensuales. —Esperó a que Jan le recordara que no se olvidase de mencionar la taza y la camiseta de regalo, pero su jefa estaba, raro en ella, muy callada. Lily miró hacia la vitrina de los trofeos que Jan había estado limpiando durante prácticamente los últimos cuarenta minutos—. Sí, muy bien, esperamos verla por aquí muy pronto, y no se olvide de que la oferta especial se acaba a fin de mes y que incluye una taza y una camiseta de regalo. —Colgó el teléfono y sonrió a Jan, esperando una palmadita en la espalda visual, pero no llegó—. ¿Pasa algo?

Jan no dijo nada: estaba mirando fijamente la vitrina, como si acabase de ocurrir algo terrible; o estuviese a punto de ocurrir.

—¿Jan?

Jan la miró sin verla.

—¿Mmm?

—¿Pasa algo? ¿Jan? —volvió a preguntar Lily de nuevo al ver que seguía sin responderle—. ¿Algún problema?

—No estoy segura.

—No te sigo.

Jan miró a Lily y luego a la vitrina y luego a Lily otra vez.

—Falta uno de mis trofeos.

—¿Estás segura?

—Los he contado diez veces. Debería haber treinta y sólo hay veintinueve.

Lily salió de detrás del mostrador, se unió a Jan junto a la vitrina e hizo un recuento rápido.

—¿Estás segura de que había treinta?

Jan solía decirle a la gente que tenía tantos que había perdido la cuenta.

—Segurísima, diez en cada estantería.

—Y ¿no podría ser que te hayas llevado uno a casa?

—Y ¿para qué iba a llevarme uno a casa? —le respondió Jan cortante pero luego se disculpó rápidamente—: Lo siento mucho, ya sé que sólo estás tratando de ayudar.

—¿Cuál falta, lo sabes?

—Eso es lo que estoy pensando.

Lily miró las tres estanterías repletas de trofeos relucientes de todos los tamaños y formas. Podría estar mirándolos todo el día y no saber cuál faltaba, pero no le cabía duda de que Jan lo descubriría en breve: los trofeos eran como hijos para ella, lo que hacía que tuviera hacia ellos una actitud llena de orgullo y protectora a la vez.

—No es uno de los grandes —dijo Jan—, me habría dado cuenta al instante si fuera uno de los grandes el que faltara. Así que tiene que ser de los pequeños, no un primer premio sino uno de los otros, una copa o algo así. —Sus ojos profusamente sombreados recorrieron la estantería de abajo—. ¡Es la copa de bronce del segundo puesto en el Campeonato Femenino de Culturismo de Cincinnati en 2002! —declaró señalando el lugar que había ocupado el trofeo—. Siempre ha estado justo aquí. ¡Mierda! ¿Dónde está?

—¿Seguro que no la has movido de sitio? —preguntó Lily, aunque ya sabía cuál iba a ser la respuesta.

Jan no la había movido de sitio: respecto a sus trofeos era obsesiva, igual que con su rutina diaria de ejercicio.

—Estaba ahí, siempre ha estado ahí. ¿Crees que habrá entrado alguien por la noche y se la habrá llevado?

—Esta mañana, ¿había señales de que hubieran forzado la puerta? —le dijo Lily detectando ecos de la voz de Jeff en la suya propia.

384

Decidió que dejaría de preguntar obviedades: si alguien se hubiera tomado el tiempo y el esfuerzo de entrar a robar, ¿por qué iba a llevarse sólo un trofeo relativamente insignificante de un segundo puesto?

—No no, no he notado nada —admitió Jan—, y la vitrina estaba cerrada con llave, así que quien se haya llevado el trofeo tenía la llave. ¡Ay, Dios!, ¿no será Art, verdad?

—¿Para qué iba a querer tu ex marido uno de tus trofeos?

—¡Yo qué sé! Igual me está haciendo luz de gas, como en esa película antigua en la que el marido de Ingrid Bergman intenta hacerla creer que se estaba volviendo loca, ¿te acuerdas?

Lily negó con la cabeza.

—Me temo que no.

—¿No la has visto? Se titulaba *Luz de Gas* o *Luz que agoniza*, algo así, ¿seguro que no la has visto? —Jan parecía casi tan horrorizada como cuando se había dado cuenta de que le faltaba un trofeo.

—¿Cuándo ha sido la última vez que abriste la vitrina? —preguntó Lily.

—La última vez que limpié los trofeos: el lunes pasado, supongo.

—Y ¿estás segura de que entonces estaban todos?

—Completamente.

Sonó el teléfono. Lily volvió al mostrador y lo cogió:

—Gimnasio Scully's, buenos días. No, lo siento, se ha equivocado. —Colgó y decidió que no le diría a Jan que era alguien preguntando por Art Scully.

—¡Un momento! —dijo Jan de pronto agitando sus largas uñas naranjas—. ¡El teléfono!

—¿El teléfono?

—Mi sobrino me llamó; tu amiga, Emma, estaba aquí y yo le estaba enseñando mis trofeos cuando sonó el teléfono.

A Lily se le cayó el alma a los pies.

—¿Cuándo fue eso?

—Ayer. Creo que venía buscándote a ti, le dije que no estabas y estuvimos hablando un rato, me preguntó sobre los trofeos y yo abrí la vitrina para que pudiera verlos mejor. Entonces llamó Noah, yo cogí el teléfono y mientras estaba hablando con él, Emma se fue.

—Y ¿cerraste la vitrina después de que se marchara?

—En cuanto colgué el teléfono.

Lily miró al suelo. ¿Era posible que Emma hubiera robado uno de los trofeos de Jan además de lo que se había llevado de Marshalls? Pero ¿por qué? ¿Por qué iba a hacer algo así?

—¿Crees que tu amiga podría haberlo hecho? —preguntó Jan poniendo palabras audibles a la primera pregunta de Lily.

Lily ya no sabía qué pensar, pero ¡iba a averiguar qué demonios estaba pasando antes de las tres de la tarde!, se dijo.

—Escucha, ¿crees que te las puedes arreglar sin mí un rato? —le preguntó a Jan.

—¿A dónde vas?

Lily abrió la puerta de la calle.

—A recuperar tu trofeo.

¿Qué coño estaba pasando?, se preguntó Lily mientras se apresuraba para coger el autobús llegando justo en el momento en que arrancaba de nuevo: corrió detrás durante una media manzana, pero desistió cuando se hizo evidente que el conductor no tenía intención ni de parar ni de ir más despacio. Miró la hora a sabiendas de que el próximo autobús tardaría quince minutos y decidió que seguramente llegaría antes caminando. Y además lo más probable era que fuese mejor así, pensó mientras respiraba hondo y aminoraba el paso: ir andando le daría tiempo para calmarse, para ordenar las ideas en su cabeza. No era cuestión de irrumpir en casa de Emma hecha una furia lanzando acusaciones y exigiendo una explicación. ¿No había aprendido de manera bastante dolorosa que los enfrentamientos no son una forma efectiva de aligerar las tensiones y que casi nunca tienen consecuencias positivas para nadie? Si quería respuestas, iba a tener que hacer las preguntas adecuadas. Y si quería entender esas respuestas, no había duda de que iba a tener que escoger con cuidado las palabras con que formulara esas preguntas.

Lily trató de imaginar la escena en la que estaba a punto de verse envuelta, como si estuviera creando una de sus historias: dos mujeres jóvenes se conocen y se hacen amigas, se hacen visitas, se cuidan a los niños, comparten copas de vino y confidencias. Y entonces una de ellas descubre que la otra le ha estado mintiendo sobre casi todo; en una palabra: su amiga no es lo que parece. Pero lo que hace la historia verdaderamente interesante es que igual podría decirse de ella misma.

Lily esperó a que el semáforo de la calle Stewart se pusiera en verde y cruzó, preguntándose cómo acabaría la historia.

—*Llegas pronto —dice Emma con un destello de pánico en sus inmensos ojos azules—, creí que vendrías más tarde.*

—*Es que esto no podía esperar.*

«¡Ni hablar! Demasiado melodrama. Inténtalo otra vez.»

—*Llegas pronto —dice Emma visiblemente desconcertada por la inesperada visita de su amiga—, creí que vendrías más tarde.*

—*Ha pasado algo.*

Emma no dice nada, parece estar conteniendo el aliento. Las dos mujeres están de pie frente a frente en medio del escaso mobiliario del cuarto de estar de Emma.

—*Uno de los trofeos de Jan ha desaparecido —dice Lily yendo directa al grano.*

—*No entiendo.*

—*Creo que sí que lo entiendes.*

Se hace un largo silencio.

—*¿Crees que lo cogí yo?*

—*¿Lo cogiste?*

—*Por supuesto que no, ¡cómo iba hacer eso!*

—*Porque pasaste por allí ayer, estuviste mirando los trofeos de Jan y ahora falta uno.*

—*Y ¿no crees que puede ser que se le haya extraviado a Jan?*

Lily niega con la cabeza.

—*Podría haberlo pensado, si no fuera por lo que pasó en Marshalls...*

—*Ya te he dicho que todo eso es un tremendo malentendido.*

—¿De verdad? ¿Qué es lo que estoy entendiendo mal?

—No voy a seguir contestando a este interrogatorio.

—Pues yo creo que deberías.

—¿Ah sí? Y ¡yo que pensé que éramos amigas!

—Somos amigas.

—Pues a mí no me lo parece.

—Emma...

—¡No! Se acabó la conversación, sal de mi casa.

«Bastante bien —pensó Lily—, bastante bien. Empieza otra vez: diferentes respuestas esta vez»

—Uno de los trofeos de Jan ha desaparecido —dice Lily yendo directa al grano.

Se hace un largo silencio.

—¿Crees que lo cogí yo?

—¿Lo cogiste?

—Sí —se limita a decir Emma.

«Mucho mejor.»

—Pero ¿por qué?

Otro silencio: claramente la respuesta a esta pregunta no es tan sencilla como la de la primera.

—¿Por qué cogiste el trofeo de Jan? —preguntó Lily en voz alta.

Lily casi podía entender, aunque no justificar, la ropa que Emma había robado en Marshalls: Emma no tenía dinero ni perspectivas de ir a tenerlo, era pobre, estaba deprimida, se dejó llevar por la tentación en un momento de debilidad. Pero ¿y el trofeo de culturismo de Jan? ¿Qué iba a hacer con eso? Incluso si conseguía venderlo, no era probable que le dieran más que unos cuantos dólares por él. ¿Por qué molestarse? Sobre todo cuando conocía a Jan, sabía que era jefa y amiga de Lily... ¡Era una traición tan grande!...

¿Acaso la traición de Emma era peor que la suya propia?

Lily se bajó de la acera interrumpiendo el rumbo de un Chrysler Sebring cuyo conductor hizo sonar el claxon furioso y alzó los brazos airadamente.

—Lo siento —vocalizó Lily pese a que la expresión del hombre que iba al volante le indicó que con eso no le bastaba.

«Siento tantas cosas que han pasado», pensó.

Si quería dejar de sentirlo algún día, tenía que empezar a decir la verdad. ¿Cómo iba a esperar que los demás fueran honestos si ella no lo era? Los pensamientos de Lily volvieron a centrarse en la historia que tenía en la cabeza.

—*Llegas pronto —dice Emma haciéndose a un lado para que Lily entre—, creí que vendrías más tarde.*

—*Esto no podía esperar*

—*Oye, si es sobre lo que pasó en Marshalls...*

—*No, no es eso.*

Emma mira desconcertada a Lily que niega con la cabeza.

«¿Sería capaz de hacerlo? ¿De verdad iba a decirle a Emma la verdad?»

—*¿Nos podemos sentar?*

Emma guía a Lily hasta el cuarto de estar y le hace un gesto para que se siente en el sofá esperando hasta que está instalada para sentarse a su lado.

—*Bueno, ¿me vas a explicar de qué va todo esto?*

—*Sé que me has estado mintiendo —comienza Lily tratando de encontrar una manera de pasar a su propia confesión gradualmente—, sé que nunca has sido modelo para Maybelline, sé que nunca has escrito un relato para* Cosmopolitan, *ni siquiera estoy segura de que tu verdadero nombre sea Emma Frost.*

—*Espera un momento —la interrumpe Emma poniéndose de pie de un salto—, ¿a dónde quieres ir a para con todo eso...?*

—*Pero lo que no sabes es que yo te he estado mintiendo también.*

—*¿Cómo? ¿De qué me estás hablando?*

—*No soy quien tú crees.*

«No. Para. Demasiado trillado. Puedes hacerlo mejor.»

—*¿Cómo? ¿De qué me estás hablando? —le pregunta Emma.*

Lily da unas palmadas en el sofá para indicarle que vuelva a sentarse.

—*Por favor, vuelve a sentarte...*

—*No quiero sentarme, ¿qué es lo que me estás diciendo, que no te llamas Lily?*

—No, sí que me llamo Lily, eso es verdad.

—Entonces, ¿qué no es verdad? —pregunta Emma dejando su propia duplicidad a un lado momentáneamente.

—Pues prácticamente todo lo demás.

—¿Qué?

—Déjame que empiece por el principio.

«¡Dios del cielo!», pensó Lily. ¿Acaso tenía ya la menor idea de dónde estaba el principio?

¿Debía empezar por su infancia feliz perturbada temporalmente por la muerte de su padre de un cáncer de próstata cuando ella tenía doce años? ¿O por el hermano que había asumido su papel erigiéndose en su guardián y protector aunque apenas le llevaba un año? Y ¿su típica rebelión adolescente, las amigas que había hecho, los chicos con los que había salido? ¿Era eso relevante? ¿O debería empezar con la primera vez que vio al hombre que cambiaría su vida para siempre, su matrimonio con él después, y la horrible muerte de Kenny? ¿Había algún modo de condensar los últimos cinco años, había algo que pudiera decir para hacerlos tolerables, más fáciles de comprender?

—Para empezar, mi matrimonio no era como tú crees —comienza Lily.

—¿Cómo era entonces?

—Un desastre, como el tuyo.

«¿Era posible?», se preguntó Lily mientras seguía caminando calle abajo ajena a cuanto la rodeaba. ¿Habrían elegido tanto Emma como ella el mismo tipo de hombre? ¿Por eso habían acabado haciéndose amigas?

—Pero ¿de qué me estás hablando? Tú estabas casada con el hombre perfecto.

—Estaba casada con un monstruo.

—Explícate —le pide Emma.

Sólo que, ¿cómo explicarlo?

Era demasiado fácil contentarse con decir que todo el mundo comete errores, aunque esa afirmación sencilla era probablemente lo que más se acercaba a la verdad. No había nada en su pasado, en cómo la habían educado, que presagiara el desastre que se cernía sobre ella. Sus padres eran maravillosos y su hermano mayor la adoraba, tenía muchos amigos... Pero entonces conoció a ese hombre en una fiesta y se enamoró perdidamente de él. Empezaron a salir, ella se quedó embarazada, se casaron. Sus padres y sus amigos no las tenían todas consigo, pero todos estaban dispuestos a dejar a un lado sus objeciones y conceder al flamante marido de Lily el beneficio de la duda. El único que seguía insistiendo en que no se fiaba de aquel hombre de sonrisa cautivadora era su hermano.

Y la desconfianza acabó dando paso al desdén.

Fue ese desdén el que lo llevó inexorablemente a su muerte.

Subido a una moto.

—*Me estoy perdiendo* —*dice Emma impaciente caminando por el pequeño cuarto de estar arriba y abajo*—, *creía que era tu marido el que había muerto en un accidente de moto.*

Lily niega con la cabeza.

—*Estaba mintiendo: no fue mi marido sino mi hermano.*

Su hermano, se repitió Lily secándose de los ojos unas lágrimas que no podía evitar. Kenny era apenas un año mayor que ella, su gemelo en tantas cosas, la persona de la que más cerca se sentía en el mundo entero, y en un arrebato de ira ciega que ya no podía contener, había salido en una misión desgraciada para vengar los moratones que cubrían los brazos y el rostro de su hermana, moratones a los que ella ya no tenía ni la fuerza ni el deseo de quitar importancia: «¡Si es que soy tan patosa, me di con una puerta; tropecé con un juguete de Michael». No después de ese último día plagado de discusiones y amenazas, un día en que, por fin, había sido capaz de reunir el coraje necesario para decirle a su marido que quería el divorcio; la respuesta de él había sido decirle que se verían en el infierno antes de que eso ocurriera. Y cuando el día había dado paso a la noche y las amenazas de su marido se habían materializado en forma de puños, y cuando hasta esos puños no habían podido aplastar su decisión de huir de aquella farsa de matrimonio llevándose al niño con ella, él la había tirado al suelo y la había violado salvajemente varias veces mientras su hijo lloraba en la habitación de al lado. Cuando acabó, la dejó allí, acurrucada en posición fetal sobre las frías baldosas, llorando y sangrando.

—Tú no vas a ninguna parte —le había dicho.

Ella esperó hasta que estuviera dormido y entonces cogió a Michael y huyó a casa de su madre. Kenny estaba allí y con tan sólo mirar a su hermana supo cuanto necesitaba saber.

—Por favor, Kenny, no hagas ninguna locura, no vayas, no vale la pena —le suplicó ella.

Pero Kenny ya estaba saliendo por la puerta y subiéndose a la moto para marcharse a toda velocidad en medio de la lluviosa noche.

Incluso ahora, Lily todavía podía oír el rechinar de los neumáticos patinando sobre la carretera mojada por las lluvias torrenciales de Miami; podía sentir la vibración de la inmensa moto en el momento en que Kenny perdió el control en una curva y patinó saliéndose de la carretera para ir a chocar contra el enorme tronco de una palmera. Oyó a su madre llorando en silencio a su lado en la habitación del hospital, oyó el dolor que teñía su voz mientras la calmaba a ella repitiéndole una y otra vez que el accidente no había sido culpa suya.

Lily sabía que su madre llevaba razón: técnicamente, ella no tenía la culpa de la decisión precipitada de Kenny de salir en busca de su marido, ella no era la responsable de su decisión de no llevar casco, ni de la de conducir a toda velocidad por las calles mojadas. Pero aún así, no había estado dispuesta a dejar de aferrarse a su sentimiento de culpa porque, si lo hacía, era como si dejara marchar a Kenny y no había estado preparada para dejarlo ir.

Sin embargo, ahora había llegado el momento de dejar de permitir que su pasado controlara su presente y dictara su futuro. Había llegado el momento de empezar de nuevo. Lily lo vio claro en el momento en que doblaba la esquina para enfilar la carretera de Mad River.

Vio el Thunderbird azul casi de inmediato y pensó que le sonaba haberlo visto antes. Alguien tenía visita, pensó mientras observaba a Carole McGowan salir de casa con sus dos schnauzers regordetes. Carole la saludó de lejos con la mano al tiempo que los perros tiraban de ella en dirección a Lily.

—¡Hola! —saludó Lily a su vecina observando a los perros detenerse y levantar la pata a un lado de la acera—. ¿Cómo es que estás en casa a estas horas?

—Mortimer ha estado un poco raro todo el fin de semana —dijo Carole—, así que lo he llevado al veterinario.

—Y ¿todo bien?

—Todo perfecto. —Carole estiró la mano para acariciar el lomo de Mortimer—. Resulta que es Casper el que tiene un problema.

Ahora era el turno de Casper para que le rascaran detrás de las orejas.

—Y ¿qué le pasa a Casper? —preguntó Lily distraída mirando en dirección a casa de Emma.

—Pues por lo visto se ha tragado un hueso de pollo. ¡Es tan glotón! ¿Verdad que sí, Casper? ¿A que te comerías cualquier cosa, a que sí? —Como para ilustrar las palabras de su dueña, Casper empezó a mordisquear unas briznas de hierba—. Te lo prometo, ¡cualquiera diría que lo matamos de hambre! Bueno, total, que el veterinario ha dicho que hemos tenido suerte de que no le haya perforado las paredes del estómago, pero parece que está bien, así que como suele decirse: «No siempre acaba mal, lo que mal empieza,», ¿no?

—Eso dicen —asintió Lily reparando en que las cortinas del cuarto de estar de Emma se habían movido.

—Esa Emma es todo un personaje, ¿no? —comentó Carole siguiendo la dirección de la mirada de Lily.

¿De qué estaba hablando Carole? ¿Ya la había llamado Jan para contarle lo del trofeo desaparecido?

—¿Qué quieres decir?

—Que es muy buen fichaje para el club de lectura: es lista y tiene las cosas claras.

«Y lo que no tiene claro —añadió Lily en silencio—, se lo inventa.»

—Bueno, a ver si les doy un paseo a estos dos antes de volver al trabajo.

Lily la observó alejarse con sus perros hasta que los perdió a los tres de vista.

—No siempre acaba mal, lo que mal empieza —repitió en un suspiro mientras cruzaba la calle en dirección a casa de Emma.

Por supuesto, había cosas que sí acababan mal: su matrimonio, sin lugar a dudas. Su marido había cumplido sus amenazas de hacer que su vida fuera un infierno si lo dejaba, la había acosado en el trabajo y llamaba hasta a sus amigos a cualquier hora del día o de la noche. Al cabo de unos meses, la madre de Lily ya no aguantaba más sufrimiento y se mudó a California para estar más cerca de su hermana. Lily había estado preparándose para ir con ella cuando recibió una orden judicial que le prohibía sacar a Michael del estado hasta que un juez no se hubiera pronunciado respecto a quién correspondía su custodia.

—¿Por qué haces esto? —le había preguntado a su marido.

—Porque es mi hijo. —Fue entonces cuando, alardeando de lo que le pasaba a la gente que se interponía en su camino, le contó cómo había asesinado con sus propias manos a cierto representante de electrodomésticos en Miami.

—Tienes que contárselo a la policía —le había aconsejado su amiga Grace.

—No me creerán, y además ni siquiera estoy segura de que sea verdad.

—Sí que estás segura.

—Es su palabra contra la mía.

Resultó que su palabra había bastado para desencadenar los acontecimientos. En poco tiempo, Ralph Fisher había sido detenido y, considerando que existía peligro de fuga, le habían negado la condicional. Lily consultó a su abogado y éste envió a Ralph los papeles del divorcio casi de inmediato. Ella volvió a su nombre de soltera, hizo las maletas y se marchó hacia el norte con su hijo. Ralph estaba en esos momentos en alguna prisión de Florida, esperando a ser juzgado. Cuando se celebrara el juicio y a Ralph lo mandaran a la cárcel para el resto de sus días —o al menos esa esperanza tenía Lily—, entonces podría ir a California a reunirse con su madre. Pero mientras tanto había decidido que lo mejor era mantenerse a una distancia prudencial de las personas a las que quería, por si algo iba mal y él trataba de cumplir sus amenazas. Su amiga Grace le había prometido que la mantendría informada regularmente por e-mail, aunque Lily llevaba varias semanas sin tener noticias suyas. Tal vez después se acercaría al internet café y le pondría unas líneas.

Pero lo primero era lo primero, decidió al tiempo que llamaba al timbre de Emma y aguzaba el oído para escuchar sus pisadas acercándose. Durante varios segundos no hubo respuesta y Lily estaba a punto de llamar otra vez cuando oyó la familiar voz.

—Entra, está abierto —le dijo Emma desde el interior de la casa.

Lily miró hacia atrás por encima de su hombro en dirección al Thunderbird azul, cogió aire y empujó la puerta.

Capítulo 29

Jamie estaba sentada sobre el brazo del sillón beige y verde, incapaz de moverse. Oyó cómo se abría y se cerraba la puerta de la entrada. En cuestión de unos minutos, al menos una mujer estaría muerta, y lo más probable es que fueran dos. «Si tengo suerte —estaba pensando Jamie—, también me matará a mí.»

—¿Emma? —llamó una voz femenina desde el vestíbulo.

La casa estaba sospechosamente en calma, como si estuviese conteniendo la respiración.

—Estoy en el cuarto de estar —respondió Emma.

Su voz sonaba distante y forzada, como si se encontrara en otra parte de la casa y no sentada al lado de Jamie.

—Siento irrumpir de este modo, sé que dije que vendría más tarde. —Una bella mujer de cabellos rubios y ojos angustiados apareció a la puerta de la habitación. Brad había dicho que su ex mujer se llamaba Beth, pero Emma decía que el nombre de su amiga era Lily—. Espero no pillarte en mal momento.

Jamie vio el desconcierto apoderarse de las facciones de Lily mientras recorría la habitación con la mirada. Jamie se preguntó si presentiría el peligro que la acechaba y trató de leer sus pensamientos, de interiorizar la escena desde su perspectiva: su amiga, Emma, con todo el cuerpo en tensión y el rostro macilento, estaba sentada en el sillón que había perpendicular al sofá y, en el brazo del sillón, se sentaba una desconocida con rostro ojeroso y barbilla amoratada que contrastaban con el brillo de los pendientes de oro y perlas que llevaba puestos.

—¡Ay, perdona! —balbució Lily—, no sabía que tenías visita.

—No pasa nada —dijo Emma, aunque estaba claro que no era cierto.

—Volveré más tarde.

—No, no te vayas —dijo Emma con voz suplicante—, entra, por favor.

—¿Seguro que no interrumpo?

—De verdad que no.

Jamie se preguntó si Emma las presentaría.

—Soy Lily —dijo la mujer antes de que Emma tuviera oportunidad de hacerlo tendiéndole la mano mientras se acercaba—, vivo al final de la calle.

—Encantada —respondió Jamie manteniendo las manos a los costados—, ¿Lily has dicho?

—Bueno, la verdad es que es Lily-Beth —explicó Lily—, me quité el «Beth» hará cosa de un año más o menos, pero en honor a la verdad... —Se interrumpió sonrojándose al mirar a Emma—. En fin, de eso podemos hablar en otro momento. Y ¿tú eres...? —preguntó mirando a Jamie.

—Jamie, Jamie Kellogg.

—¿Kellogg? —repitió Lily, claramente más para romper el silencio incómodo que porque realmente le interesara—. ¿Tienes algo que ver con los de los cereales de desayuno?

—No —respondió Jamie sin mover un músculo; le dolía demasiado hacer el menor movimiento.

—Perdona, seguramente todo el mundo te hace la misma pregunta.

—Ya no, la verdad —dijo Jamie mientras pensaba: «¿De verdad estamos teniendo esta conversación?»

Lily volvió a mirar a su amiga.

¿No había notado lo rígida que estaba Emma?, se preguntó Jamie. ¿No se daba cuenta de que había tenido las manos a la espalda durante todo lo que llevaban hablando?, ¿de que las tenía atadas con una gruesa cuerda que se le clavaba en la carne tierna de las muñecas?

Si se estaba dando cuenta, Lily no lo mostraba en absoluto.

—Y ¿vosotras dos? —preguntaba ahora—, ¿sois parientes?

Emma no dijo nada.

Lily se sentó lentamente al borde del sofá marrón fijando la vista en una pequeña copa de bronce que había en el asiento del centro, tirada de medio lado.

—¡Así que sí que fuiste tú quien se llevó el trofeo! —exclamó volviéndose hacia Emma de repente—. ¡No me lo puedo creer!, ¿cómo has podido hacerlo?

—Lo siento —tartamudeó Emma con los ojos llenos de lágrimas.

—No lo entiendo, pero ¿por qué ibas tú a...? —apartó la mirada de Emma para posarla en Jamie—. ¿Qué está pasando aquí?

Jamie contuvo la respiración. Sintió algo parecido a una corriente de aire y vio a Brad emergiendo de su escondite en una esquina del comedor. Éste se llevó un dedo a los labios indicándole que no dijera nada. ¿Había alguna manera de avisar a Lily? ¿Había forma de redimir, por lo menos en parte, lo que había ocurrido en Atlanta?

—Bueno, está bastante claro que estoy interrumpiendo algo importante —estaba diciendo Lily—, y además tengo que volver al trabajo enseguida. —Se puso en pie y Brad volvió a su escondite—, así que le llevaré esto de vuelta a Jan y ya hablaremos luego.

Ni Emma ni Jamie se movieron.

Lily se encaminó hacia la puerta del cuarto de estar y entonces titubeó y se detuvo.

«No te pares —trataba de gritarle Jamie con los ojos—. Corre, corre lo más rápido que puedas. Corre para salvar la vida.»

—Oye, ¿qué está pasando? —preguntó Lily sin reparar en que Brad estaba ahora acercándosele sigilosamente, que estaba a escasos centímetros de su espalda.

Tenía que hacer algo, pensó Jamie frenética. Tenía que avisarla, no podía simplemente permanecer allí sentada y permitir que él matara a otro ser humano a sangre fría igual que había hecho con Laura Dennison. Igual que había hecho con Grace Hastings. Igual que había hecho con el viajante de electrodomésticos de Philadelphia. Igual que había hecho con sólo Dios sabía quién más.

—¿Vas a algún sitio, Lily-Beth? —preguntó él.

Jamie vio cómo Lily se quedaba lívida y se dio cuenta de que no tenía que darse la vuelta para saber quién le hablaba, que no necesitaba ver a Brad para saber que estaba sonriendo. Observó cómo Lily cerraba los ojos, como si aceptara su triste suerte. Tal vez siempre había sabido que algún día él la encontraría y quizá se sentía aliviada de que por fin ese día hubiera llegado.

Y entonces, de repente, Lily se dio la vuelta, golpeó a Brad en la cabeza con la copa de bronce y aprovechando la confusión del momento echó a correr hacia la puerta de la calle. Jamie trató de seguirla pero sus piernas se negaron a moverse y vio con impotencia cómo Brad, con la sangre brotando de la herida que tenía en la cabeza, agarraba a Lily por las costillas, igual que una mortífera pitón, y apretaba hasta vaciarle los pulmones mientras ella daba patadas e intentaba por todos los medios coger aire; la trajo al cuarto de estar y la lanzó al suelo a los pies de Jamie.

—Muy bien, señorita Emma —ordenó a la mujer que sollozaba al lado de Jamie—, ven aquí a mi lado mientras Jamie le ata las manos a la espalda a Beth. Y átale los pies también —añadió agarrando del brazo a una Emma que se dirigía hacia él con paso vacilante, y apretando el filo de la navaja contra su garganta—. Si no haces exactamente lo que te digo la rajaré como a un cerdo —le advirtió a Jamie.

El rostro de Emma pasó de macilento a lívido; un grito ahogado se escapó de sus labios. Lily no se movió cuando Jamie sacó la cuerda que había escondida tras las mesitas blancas apilables, no opuso resistencia cuando le ató las manos a la espalda mientras oía los gemidos de Emma al contacto de la navaja paseando sobre las venas de su cuello.

—Asegúrate de que los nudos están bien hechos —le ordenó Brad.

Jamie acabó de atar las muñecas de Lily y pasó a los pies. ¿Era posible que estuviera haciendo aquello? ¿De verdad estaba dejando a otra mujer completamente indefensa? Hace dos noches atrás había esperado en el coche mientras Brad asesinaba a una anciana desvalida. Hoy ya había subido de categoría y era una cómplice en toda regla, y no importaba que no tuviera elección, que él la matase si no obedecía, porque de hecho lo más probable era que la matase en cualquier caso, si no hoy, mañana. O si no, pasado mañana.

Y además, siempre había elección.

Ellas eran tres, se recordó a sí misma. Tres contra uno. Aunque Jamie sabía que aún así no estaban en igualdad de condiciones: eran tres, pero tres mujeres aterrorizadas y maltratadas no eran contrincante para un lunático armado con una navaja.

—Átale a ésta los pies también.

Brad tiró a Emma al suelo junto a Lily. Como tenía las manos atadas a la espalda, Emma no tenía manera de amortiguar la caída y al aterrizar sobre su hombro derecho chilló de dolor.

Jamie comenzó rápidamente a sujetar con la cuerda los tobillos de Emma.

—Ralph, por favor —comenzó Lily.

—Ahora me llamo Brad —la corrigió él.

—¿Cómo?

—Tú te has quitado el nombre de «Beth» —dijo—, y yo me he añadido el de «Brad».

—Esto no es asunto de nadie más que tuyo y mío —le dijo Lily—. No hay motivo para implicar a nadie más.

—A mí me da la impresión de que ya están implicadas.

—Ralph…

—Brad —la corrigió irritado—, no me obligues a tener que repetírtelo otra vez —dijo propinándole una patada en las piernas con sus pesadas botas negras.

—Brad —murmuró Lily tratando de contener las lágrimas—, por favor, deja que se vayan.

—Pero, Lily-Beth, vamos a ver, ¿cómo voy a hacer eso? —Se agachó para comprobar que los nudos de las cuerdas que aprisionaban a las dos mujeres estaban bien apretados—. Jamie está aquí porque es mi novia. Siéntate, señorita Jamie —le ordenó guiñándole el ojo y ella obedeció de inmediato volviendo a sentarse sobre el brazo del sillón beige y verde en la misma posición de antes—. Y tu amiga, Emma... ¡Bueno! Ella está aquí porque es una cotilla que no podía evitar meter las narices donde nadie la llama, así que debe ser verdad eso que dicen de que la curiosidad mató al gato.

—¡Oh Dios mío! —gritó Emma.

—No tienes por qué hacerle daño, Brad, a la que quieres es a mí.

—Eso es verdad, supongo. —Durante unos segundos pareció considerar las palabras de Lily—. Pero ¿cómo voy a dejar que se vaya cuando sabes tan bien como yo que irá corriendo a la policía?

—¡No —protestó Emma—, no lo haré, lo juro!

—Jura todo lo que quieras, guapa, no puedo dejar que te vayas.

—Por favor, Ralph... Brad —se corrigió Lily inmediatamente; ya era demasiado tarde para evitar el puntapié de la gruesa bota—, tiene un hijo.

—Sí, lo he visto esta mañana. —Brad se arrodilló junto a Emma; se oyó el crujir de sus rodillas a través de la tela de los vaqueros—. Un chaval muy majo, pero no tanto como Corey, por supuesto. Corey es *mi* hijo, claro que seguramente tú lo conoces como Michael, ése era el nombre que le gustaba a Lily-Beth; insistió en que lo llamáramos como su padre, era muy importante para ella, así que al final dije que sí y lo llamamos Michael Corey Fisher aunque yo siempre preferí Corey. Igual que siempre me ha gustado más Beth. Pero, en fin, nunca estuvimos de acuerdo en gran cosa, ¿verdad cariño mío? —le preguntó a Lily.

—Por favor —gimió Emma—, no sé quién eres ni de qué estás hablando.

—¿Ah no? ¿No te ha contado nada?

Emma negó con la cabeza.

—Vaya, vaya, pues eso no está nada bien —dijo Brad—: no hablarle a nadie del amor de tu vida, del padre de tu hijo. Estoy dolido.

Se puso de pie otra vez y comenzó a caminar arriba y abajo, como si estuviera muy disgustado.

Jamie sabía lo que estaba haciendo: jugando con ellas igual que el gato juega con el ratón antes de comérselo; se dio cuenta de que las atormentaba porque eso era para él casi tan divertido como matarlas. Miró a Lily a sabiendas de que estaba pensando lo mismo. ¡Ojalá tuviera ella una décima parte del coraje de esa mujer! ¡Ojalá tuviera fuerza para luchar!

Pero él se la había arrebatado toda cuando la violó y luego, a la noche siguiente, sus puños habían aplastado su espíritu hasta someterlo. Ahora ya no era tan valiente, ¿a que no? Incluso sin las cuerdas, estaba tan maniatada como las otras dos mujeres que yacían en el suelo a sus pies.

—Y entonces, ¿cuál es *tu* historia? —le preguntó Brad a Emma—. No hemos tenido mucha oportunidad de hablar antes de que llegara Beth... Por ejemplo, ¿cómo se llama tu hijo?

—Dylan —murmuró Emma.

—Y el padre de Dylan, ¿a qué se dedica?

Emma guardó silencio durante un instante que resultó un tanto demasiado largo.

—Es policía.

—¿Policía? —repitió Brad sonriendo burlonamente.

—Deberías marcharte, suele llegar a casa a esta hora más o menos.

—¿De verdad? Bueno, pues en ese caso mejor me doy prisa y te corto el cuello ya. —Brad se puso de rodillas inmediatamente y agarró por el pelo a Emma, que se había puesto a gritar. Jamie cerró los ojos y se tapó la cara con las manos—. ¡Cállate! —vociferó él—. Y no me mientas, odio que me mientan, aunque supongo que a estas alturas debería estar acostumbrado.

—No te mentiré —gimió Emma.

—¿Qué pasa, que crees que soy gilipollas? ¿Es eso? ¿O es que no te acuerdas de que lo primero que he hecho ha sido registrar la casa? He subido al piso de arriba, señorita Emma, y he mirado en tu armario: sé que no hay ningún hombre viviendo en esta casa. ¡Joder!, pero ¿qué clase de imbécil te has creído que soy?

—No creo que seas imbécil.

—No sabes lo que me alegra oír eso, sigue hablando así y hasta puede que al final no te mate.

—Por favor, no me mates —suplicó Emma.

—Jamie —gruñó Brad—, quítate las manos de la cara.

Jamie retiró las manos inmediatamente.

—¿Ves lo buena chica que es ella? —se burló Brad mientras una ola de vergüenza la recorría—. Bueno, ahora supongamos que me dices dónde está el padre de Dylan en realidad —ordenó a Emma—, y no me mientas, porque me daré cuenta al instante, incluso si es una mentirijilla piadosa de nada, y te clavaré esta navaja en el corazón: ¡ris ras!, ¿está suficientemente claro?

Emma asintió con la cabeza aunque como él le estaba tirando del pelo casi no podía mover el cuello.

—No te mentiré —le prometió otra vez.

Pese a sus esfuerzos por no mirar la escena que se desarrollaba ante sus ojos, Jamie vio que Lily se inclinaba hacia delante.

—Bueno, entonces, ¿dónde tienes a tu hombre?

—Está en San Diego.

—¿Hace cuánto que os divorciasteis?

Emma dudó.

—¿No estarás pensando en mentirme otra vez, verdad? —dijo Brad apretándole la nuez con la punta de la navaja.

—Casi dos años —dijo ella rápidamente.

—Y ¿cómo se llama el tío?

—Peter —respondió Emma—, Peter Rice.

—Y ¿a qué se dedica Peter Rice? Estoy seguro de que no es policía.

—Es vendedor, de ordenadores, *software*, esas cosas.

—¿En serio? —Brad soltó una sonora carcajada—. Yo tuve una empresa de informática una vez, ¿a que sí, Jamie?

Jamie clavó la mirada en el suelo y no dijo nada.

—Y ¿por qué dejaste San Diego y al bueno del señor Rice?

—No tenía elección.

—Y eso ¿por qué?

—Porque me iba a quitar a mi hijo.

—A Dylan, así se llama, ¿no?

Emma dudó de nuevo.

—Martin —musitó tras una pausa—, se llama Martin.

Brad se rió.

—¡Mira tú por dónde! ¿Habrá alguien en la carretera de Mad River que use su verdadero nombre? —Se agachó a los pies de Jamie apoyando la espalda en el sillón beige y verde—. Ven a sentarte aquí conmigo, señorita Jamie —le ordenó tirándole del brazo y arrastrándola hacia abajo—, únete a la fiesta, ahora viene cuando nos enteramos de los secretos de todo el mundo.

Jamie sabía que Brad no tenía el menor interés en Emma o en sus secretos, sabía que tan sólo estaba jugando con todas ellas, prolongando su propio placer al prolongarles el sufrimiento. Brad las mantendría con vida mientras lo divirtieran y luego las asesinaría una por una.

—Así que lo que estás diciendo es que en vez de dejar que él te quitara a tu hijo, *tú* le quitaste a *su* hijo —dijo Brad—. ¡Pues no me suena muy justo que digamos! ¿Era Peter Rice buen padre?

Emma negó con la cabeza.

—Era buen padre —reconoció—, pero ésa no era la cuestión.

—¿De verdad? Entonces, ¿cuál?

—La cuestión era que pensé que mi hijo estaría mejor conmigo.

—Y ¿fue eso lo que pensó el juez también?

—No, él le dio la razón a Peter.

—¿Le concedieron a él la custodia? Eso sí que es raro, ¿no? ¿El juez concedió la custodia al padre? ¿Por qué haría eso?

Emma cerró los ojos y cuando los volvió a abrir unos segundos más tarde estaban llenos de lágrimas.

—¡Vamos, dime la verdad, Emma, ¿no eras una madre adecuada?

—Soy muy buena madre —insistió Emma volviendo los ojos a Lily con la esperanza de que ésta se lo confirmara con la mirada—, pero he hecho cosas, cosas de las que no estoy orgullosa…

—¿Qué clase de cosas?

—Por favor…

—Que no te entren las vergüenzas ahora que la cosa se está empezando a poner interesante —le advirtió Brad—. ¿Qué clase de cosas?

Cuando Brad soltó el cabello de Emma, la barbilla de ésta se hundió en su pecho en señal de derrota.

—He robado y he mentido.

—Vaya, vaya, vaya. Así que eres una ladrona y una mentirosa, ¿eh?

—Sí —dijo Emma claramente—, soy una mentirosa. —Se volvió hacia Lily—: Mentí sobre mi pasado, sobre mi ex marido...

—No me debes ninguna explicación.

—Sí, sí que debo una explicación: a ti, a Peter y sobre todo a mi hijo.

—¡Eh, y no te olvides de mí! —dijo Brad riéndose.

—Peter no era el monstruo que yo pintaba —continuó Emma sin que nadie le preguntara—, no me engañó, no era un pervertido, era un buen hombre, y siento haberle causado tanto dolor. Era el típico hombre decente que se vio envuelto en una situación que lo superaba: trató de entender por qué hacía yo las cosas que hacía, por qué mentía cuando era igual de fácil decir la verdad. Pero yo no tenía respuestas que darle. ¿Qué iba a decirle? ¿Por qué iba a creer nada de lo que le dijera? Transcurrido un tiempo simplemente se rindió, dijo que ya no podía con tanto drama, que quería el divorcio y que pensaba que Martin estaría mejor con él. Sabía que tenía razón, que yo no tenía la menor oportunidad si íbamos a juicio, pero simplemente no podía dejar que se llevara a mi hijo: él es la única cosa decente que he hecho en la vida. —Respiró hondo y dejó escapar el aire lentamente—. Quiero tanto a mi hijo. Lo sabes, ¿verdad que sí?

—Lo sé —musitó Lily.

—Mira que te buscas amigas raras, Lily-Beth —dijo Brad—, aunque tengo que admitir que ésta me gusta más que la señorita Gracie.

Lily lo miró con los ojos como platos, boquiabierta a causa de la sorpresa.

—¿Grace?

—Sí, ¿se me había olvidado contarte que le hice una visita la semana pasada?

—¿Qué le has hecho? —dijo Lily con los ojos llenos de lágrimas.

—Bueno bueno, yo no malgastaría muchas lágrimas por la buena de Gracie, fue ella quien te delató y me dijo dónde encontrarte.

—¿Qué le has hecho, Ralph?

—Brad —le recordó él.

—La has matado, ¿verdad?

—Lo cierto es que la última vez que la vi sí que parecía bastante muerta. —Brad soltó una carcajada, como si hubiera contado el chiste más gracioso del mundo—. ¡Dios, cómo me lo estoy pasando de bien! ¿Y ustedes, señoritas?

—Por favor —suplicó Emma—, suéltame, te juro que no se lo contaré a nadie.

La mano de Brad se movió a una velocidad vertiginosa. Sin ni siquiera mirar, hundió la navaja en el pecho de Emma quien, con los ojos desorbitados, lanzó un gritó.

—¡Ris ras! —dijo Brad al tiempo que tiraba de la navaja hacia afuera—. ¿No te había dicho que no me mintieras?

Jamie se quedó mirando incrédula la sangre que brotaba del pecho de Emma empapándole la bonita blusa color amarillo pálido. La carnicería estaba empezando, pensó. Primero Emma, luego Lily, y después ella. Y si Brad no la mataba, si al final mataba a las otras dos y a ella la dejaba con vida, ¿acaso sería capaz de vivir consigo misma?

«¿Cuándo dejarás de hacer el tonto y empezarás a asumir tus responsabilidades?», oyó que le preguntaban su madre y su hermana al unísono.

Quizá siempre habían tenido razón respecto a ella.

Y de repente todo fueron gritos en la habitación: Jamie se abalanzó sobre Brad saltando sobre su espalda y clavándole sus furiosos dedos en los ojos. Él se giró tratando de quitársela de encima, pero ella se aferró con fuerza, incluso cuando Brad empezó a asestarle navajazos en los brazos a ciegas con la hoja ya ensangrentada.

—¡Me cago en la puta! —gritó él tropezándose con las piernas de Emma mientras los pies atados de Lily lo golpeaban en los tobillos haciéndolo trastabillar por la habitación y caer al suelo. La navaja salió volando en dirección al vestíbulo de entrada. Jamie se bajó de la espalda de Brad de un salto y se lanzó a por el cuchillo pero, incluso entonces, Brad se movió con una velocidad increíble y agarró el bajo ligeramente acampanado de los vaqueros de Jamie justo en el momento en que ella rozaba con los dedos las cachas de madera tallada de la navaja.

—¡No! —gritó Jamie mientras Brad la arrastraba por el suelo hacia él y sus dedos se alejaban de la navaja.

—¡Menuda guerrillera estás hecha, ¿eh? —exclamó él riendo al tiempo que le daba la vuelta dejándola tendida boca arriba y sus manos le rodeaban el cuello—. ¡Seguro que te voy a echar de menos, señorita Jamie!

Jamie notó una corriente de aire: vio a Lily abalanzarse sobre Brad cayéndole sobre la espalda como un peso muerto con fuerza suficiente como para cortarle la respiración. En el segundo que tardó él en reaccionar y quitarse a Lily de encima, Jamie se había escurrido hasta apartarse de él y buscaba frenéticamente la navaja por el suelo. La encontró en el preciso instante en que Brad se le abalanzaba de nuevo, se puso en pie con Brad pisándole los talones y antes de que pudiera llegar a la puerta él le estaba dando la vuelta y le rodeaba el cuello con las manos otra vez.

—¿Preparada para morir, señorita Jamie? —le estaba preguntando.

Todo ocurrió en un instante: alcanzó a ver el fugaz destello pero no la navaja cuando se la hundió entre las costillas; sólo vio la sorpresa en sus ojos al tiempo que caía de rodillas ante ella. Y unos instantes después lo vio poner los ojos en blanco y caer hacia atrás con el mango de la navaja clavado cerca del corazón.

Fue corriendo hasta el teléfono, marcó el 911 y se puso a chillar que enviaran una ambulancia. Luego desató a Lily y las dos se precipitaron hacia Emma; Lily acunaba a la mujer medio inconsciente en sus brazos.

—Te vas a poner bien —la tranquilizaba Lily tratando de parar la hemorragia con el puño—, ¿me oyes, Emma? Aguanta, te vas a poner bien.

Emma alargó el cuello hacia Lily y a duras penas consiguió decir:

—Dile a mi hijo que lo quiero mucho.

Capítulo *30*

Jamie estaba sentada en el sillón beige y verde: las lágrimas le corrían por las mejillas y no hacía ni ademán de secárselas aunque de vez en cuando la policía que estaba de pie a su lado se agachaba y le secaba la cara con un pañuelo de papel. Siempre parecía haber alguien preguntándole si estaba bien. «¿Cómo voy a estar bien? —les respondía en silencio—. Acabo de matar a un hombre. Una mujer ha sido asesinada en Atlanta por mi culpa. Otra mujer podría no sobrevivir a las heridas.» Aunque los paramédicos parecían tener esperanzas de que Emma se recuperaría.

—Todavía respira. —Jamie recordó haber oído gritar a alguien mientras los paramédicos se hacían cargo de Emma y ponían una máscara de oxígeno sobre su macilento rostro para luego colocar su cuerpo deslavazado sobre la camilla.

—Que es más de lo que puede decirse de éste —había dicho otro paramédico mirando a Brad.

El eco de las sirenas todavía resonaba en sus oídos pese a que ya había pasado por lo menos una hora desde que se había marchado la ambulancia.

La policía había llegado a los pocos minutos de su desesperada llamada al 911. Casi de inmediato, un agente se había precipitado hacia el cuarto de estar seguido de una mujer que llevaba un chándal gris de tiro bajo.

—¿Dónde está Lily? —gritaba la mujer mientras otro agente la sacaba de la casa—. Lily, ¿estás bien? ¡Jeff, haz algo!

El agente que respondía al nombre de Jeff le prometió que la llamaría luego y que Lily estaba bien. Jamie miró hacia el sofá marrón donde Lily estaba sentada, llorando silenciosamente en brazos de Jeff. Estaba claro que aquello era más que una relación profesional, y como la habitación era pequeña, Jamie no tuvo que esforzarse demasiado para oír lo que decían:

—Hemos encontrado a Peter Rice —oyó decir a Jeff—, y nos ha confirmado que su ex mujer secuestró al hijo de ambos hace casi dos años cuando el juez le concedió a él la custodia; dice que llevaba todo este tiempo buscándolos. Su verdadero nombre es Susan, por cierto.

Lily negó con la cabeza.

—A mí no me parece que tenga cara de Susan.

Jamie sonrió con tristeza: «La gente rara vez es como parece a juzgar por su cara», pensó.

—En cualquier caso, cogerá el próximo avión.

—Eso está bien. —Lily se restregó una muñeca con los dedos de la otra mano: todavía se veían en su piel las marcas enrojecidas de las cuerdas—. Ya sabes que Emma no es la única que ha estado mintiendo —le dijo a Jeff—. Hay tantas cosas que debo contarte.

—No me las tienes que contar ahora.

Lily sonrió llena de gratitud.

—¿Puedo contártelas luego?

—Yo no voy a ninguna parte.

Lily le acarició la mano.

—¿Por qué se te ocurrió venir?

—Pasé por el gimnasio como de costumbre y Jan me contó lo del trofeo de marras y que te habías marchado como una exhalación y aún no habías vuelto. Estaba preocupada y, sinceramente, yo también, así que decidimos venir a ver qué estaba pasando y en cuanto doblamos la esquina, vimos los coches de policía y la ambulancia. El corazón me dio un vuelco —admitió él.

Jamie sonrió contemplando cómo Lily apoyaba la cabeza en el

hombro de Jeff mientras pensaba que el detective Dawson parecía un tipo agradable: Lily había encontrado uno bueno.

—¿Qué tal estás? —le preguntó a Jamie la policía.

Jamie no estaba segura pero creía recordar que aquella mujer con piel de ébano se había presentado antes como Angela Pauley. La agente Pauley debía llevarle unos diez años y pesaría alrededor de doce kilos más.

Jamie se encogió de hombros. ¿Qué podía decir? No tenía ni idea de qué tal estaba. Un minuto había estado sentada en el suelo, preparándose en silencio para aceptar el triste destino que la aguardaba y al minuto siguiente estaba de pie luchando por salvar la vida. «¿Preparada para morir, señorita Jamie?», oyó decir a Brad. La respuesta era no. No estaba preparada para morir, estaba preparada para vivir.

—Esos pendientes son preciosos —le estaba diciendo Angela Pauley.

Jamie se llevó los dedos a las orejas, se quitó los pendientes y se los dio a la policía.

—Pertenecen a mi ex suegra, ¿podría encargarse de que se los hagan llegar a su hijo?

Angela Pauley le dio los pendientes a otro agente que había por allí y los dos se miraron intrigados.

—¿Cree que podrá prestar declaración ahora?

Un papel y un bolígrafo aparecieron en manos de la agente como por arte de magia al tiempo que se ponía de rodillas junto a Jamie.

¿Qué podía decir? —se preguntó Jamie— ¿Por dónde empezar?

—Nos ha salvado la vida —interrumpió Lily, aún sentada en el sofá marrón, sonriendo llena de agradecimiento.

—¿Cuál era su relación con Ralph Fisher? —preguntó la agente Pauley a Jamie.

«Era su amante», pensó Jamie.

—Lo que ha hecho ha sido increíble —continuó Lily.

«Su compañera de viaje, su cómplice, su víctima.»

—Si no llega a ser por ella estaríamos todas muertas.

«Su asesina.»

—¿Qué estaban haciendo usted y Ralph aquí? —insistió la agente Pauley intentándolo por otro camino.

Jamie miró hacia el ventanal que daba a la calle: la carretera de Mad River. ¿Qué podía decir para siquiera comenzar a tratar de explicar los acontecimientos de los últimos días? ¿Por dónde empezar? ¿Por el horrible hotel de las afueras de Dayton? ¿Por la vieja casa de Atlanta? ¿Por el bar en West Palm Beach?

«Di la verdad, toda la verdad y nada más que la verdad», le susurró su madre en un oído.

«No les digas nada hasta que no hables con un abogado», oyó a su hermana susurrándole en el otro.

Las dos mujeres comenzaron a discutir, sus voces se convirtieron en un murmullo sordo, como un zumbido de moscas en la mente de Jamie, que sacudió la cabeza tratando de echarlas fuera. La única voz en la que podía confiar realmente, la única que entendía en aquellos momentos, era la suya propia.

—Por qué no empezamos por su nombre —dijo Angela Pauley con suavidad.

—Jamie Kellogg.

—¿Necesita algo, Jamie? ¿Un vaso de agua tal vez?

—No gracias.

—¿Cree que está preparada para contarnos lo que ha pasado?

Jamie respiró hondo una vez; y otra más.

—Estoy preparada —dijo.

www.titania.org

Visite nuestro sitio web y descubra cómo ganar
premios leyendo fabulosas historias.

Además, sin salir de su casa, podrá conocer
las últimas novedades de
Susan King, Jo Beverley o Mary Jo Putney,
entre otras excelentes escritoras.

Escoja, sin compromiso y con tranquilidad,
la historia que más le seduzca
leyendo el primer capítulo de cualquier libro
de Titania.

Vote por su libro preferido y envíe su opinión
para informar a otros lectores.

Y mucho más...